Ciao, Bellezza

Serie Piper
Band 999

Zu diesem Buch

Italien und die Italiener in der Sicht deutscher Dichter, angefangen mit Goethes faszinierender Schilderung des römischen Karnevals über die sehnsuchtsvollen Träume der Romantiker bis hin zu den bissigen Einlassungen zeitgenössischer Lyrik, die die traditionelle Italiensehnsucht konterkarieren...

Mit Texten von über vierzig Autoren, darunter viele neuere wie Ingeborg Bachmann, Rolf Dieter Brinkmann, Günter Kunert, Ulla Hahn, Peter Rühmkorf, Friedrich Christian Delius und Rose Ausländer, vermittelt der Band mosaikartig ein Bild dessen, was deutsche Dichter und Schriftsteller aus zwei Jahrhunderten in Italien erlebt und empfunden haben. Zugleich gibt der Band Aufschluß über wichtige Epochen der inneren Begegnung zwischen Deutschen und Italienern.

Eine literaturgeschichtliche Einführung und eine Auswahlbibliographie ergänzen die Textauswahl.

Petra Christine Hardt, geboren 1954 in Frankfurt/M. Studium der Romanistik und Germanistik, Promotion 1980. Seither im Verlagswesen tätig.

Manfred Hardt, geboren 1936 in Siegen. Studium der Romanistik und Germanistik. Von 1974–1979 Professor für Romanische Philologie an der Universität Freiburg. Seit 1979 Ordinarius für Romanistik mit dem Schwerpunkt Italianistik an der Universität Duisburg Gesamthochschule.

Ciao, Bellezza

Deutsche Dichter über Italien

Ein Lesebuch

Herausgegeben von
Petra und Manfred Hardt

Piper
München Zürich

ISBN 3-492-10999-3
Originalausgabe
Oktober 1988

Umschlag: Federico Luci,
unter Verwendung des Gemäldes
»Die Wasserfälle von Tivoli« (1817) von Carl Philipp Fohr
(Städelsches Kunstinstitut, Frankfurt)
Gesamtherstellung: Clausen & Bosse, Leck
Printed in Germany

Inhalt

Vorwort

Italien im Spiegel der deutschen Literatur oder was deutsche Dichter über Italien zu sagen haben, ist das Thema dieses Buches. Damit ist zugleich angedeutet, daß die hier vorgelegte Auswahl deutscher literarischer Texte kein landläufiges Lesebuch darstellt. Sie ist weder ein Panorama der deutschen Literatur des 19. und 20. Jahrhunderts, noch möchte sie in die Werke einzelner deutscher Autoren einführen. Die meisten von ihnen sind einem breiten Publikum bekannt, und es wäre müßig, den deutschen Lesern Goethe oder Eichendorff, Benn oder Bachmann vorstellen zu wollen. Diese Anthologie möchte etwas anderes einkreisen und in den Blick rücken, nämlich das, was deutsche Dichter in Italien gesehen, erlebt und erlitten und dann in der Kunstform literarischer Texte zum Ausdruck gebracht haben. Die Auswahl des Bandes konzentriert sich darauf, die vielfältigen Spiegelungen Italiens, seiner Menschen, seiner Städte und seiner Regionen in der deutschen Literatur von der Goethezeit bis zur jüngsten Gegenwart wiederzugeben. Reiseberichte, Briefe, Memoiren u. ä. werden nicht berücksichtigt, es sei denn, daß sie, wie etwa bei Goethe oder Heine, einen hohen literarischen Rang beanspruchen können. Die in diesem Band vereinten Spiegelungen aus zwei Jahrhunderten sind so gewählt, daß die Textstücke in sich verständlich, interessant, und wenn möglich auch amüsant zu lesen sind. Die Lektüre einer farbigen Vielfalt meist kurzer Texte oder Gedichte soll zunächst einmal unterhaltsam sein und Freude bereiten. Der Leser vermag am Faden der Chronologie zu verfolgen, wie deutsche Dichter im Laufe von zweihundert Jahren sich mit der italienischen Realität auseinandersetzten. Dabei wird ihm allerdings bald bewußt werden, daß hinter diesen Spiegelungen Italiens im Bewußtsein von über vierzig deutschen Dichtern, aus deren Werken hier zitiert wird, ein anderes großes Thema fortlaufend angesprochen bleibt, zu dessen Darstellung die Texte dieses Bandes nur einige wenige Mosaiksteinchen beitragen können: nämlich das ebenso fruchtbare wie schwierige und stets ungemein komplexe Verhältnis zwischen Deutschland und Italien, die Geschichte der Anziehungen und Abstoßungen, der Berührungen und Begegnungen zweier großer Kulturnationen, die außer durch tiefgreifende Unterschiede auf fast allen Gebieten auch noch durch zwei sehr unterschiedliche und schwer erlernbare Sprachen voneinander getrennt sind. Es scheint, daß dichterische Texte noch am tiefsten in die Abgründe dieser höchst sensiblen, sich ständig ändernden Zone hineinleuchten können und deutlicher als andere erkennen lassen, daß im Verhältnis zweier Völker nicht nur das Offenkundige, das landläufig Bekannte, die direkten Begegnungen und Erfahrungen zählen, sondern daß eine große Zahl schwer bestimmbarer, seelischer und geistiger Kräfte hineinspielen...

Umfang und Gewicht dieser jahrhundertelangen problematischen, immer fruchtbaren Auseinandersetzung träten noch deutlicher in den Blick, wenn wir diesem Bande sein komplementäres Gegenstück, nämlich eine Anthologie der Spiegelungen Deutschlands in der italienischen Literatur, zur Seite stellen könnten. Das kann vielleicht in Zukunft einmal geleistet werden. Aber schon der vorliegende Band macht hinreichend deutlich, daß das deutsch-italienische Verhältnis keine normale europäische Nachbarschaft ist. Für die Deutschen war Italien noch nie irgendeines unter den europäischen Nachbarländern. Die deutsche Sehnsucht nach Italien, das Gefühl oder die Überzeugung, daß Italien notwendig sei zur Vervollkommnung der Bildung ebenso wie zur Ausbildung eines vollen Menschentums, sind unbestreitbare historische Tatsachen – die aber, und das belegt der vorliegende Band, noch heute Gültigkeit haben. Immer wieder wird in der deutschen Literatur die Selbstfindung und Neuorientierung deutscher Künstler und Philosophen in Italien thematisiert, nicht selten sogar ihre persönliche Wiedergeburt. Goethe vermeldete aus Rom »eine wahre

Wiedergeburt«. Herder schrieb vom gleichen Ort Gleiches. Anselm Feuerbach schrieb 1857 von dort: »Rom. Bei diesem Namen hört alles Träumen auf, da fängt die Selbsterkenntnis an«. Und noch 1986 kann Thomas Bernhard wiederum von Rom bekennen: »...ich bin auf der Piazza Minerva ein neuer Mensch geworden. Ich habe hier erst wieder zu mir selbst gefunden...«* Das weist auf innere Notwendigkeiten ebenso hin wie auf geistesgeschichtliche Konstanten. Es darf vermutet werden: von denen, die die deutsche Kultur trugen und tragen, ist kaum einer an der Auseinandersetzung mit Italien vorbeigekommen.

Bevor wir unsere Leser in die Lektüre der Texte entlassen, möchten wir jedoch noch in aller Kürze die wichtigsten Stationen des langen und schwierigen Weges skizzieren, den die Darstellung Italiens in der deutschen Literatur bis zur Gegenwart genommen hat. Der Blick in die Geschichte zeigt, daß die Darstellung Italiens in der deutschen Literatur über Jahrhunderte hinweg bedingt, ja behindert war durch eine Anzahl traditioneller Faktoren, Vorstellungen und Vorurteile, die ihrerseits wiederum nur aus geschichtlichen Zusammenhängen heraus erklärbar sind. Als generelles Faktum kann gelten, daß in der Sicht der Deutschen und in der Widerspiegelung dieser Sicht in der deutschen Literatur Italien von Anfang an eine Sonderstellung einnahm. Es trat kaum als konkretes Land mit seinen spezifischen Gegebenheiten in den Blick, sondern in aller Regel als Träger eines Dritten, als Exponent, Symbol oder Sinnbild von etwas anderem. Wie kein zweites europäisches Land war Italien lange Epochen hindurch Vermittler und Repräsentant europäischer Kultur- und Geisteswerte; dazu gehörten nicht nur geistesgeschichtliche und kulturelle Leistungen, sondern auch religiöse Inhalte, denn Italien bzw. Rom war schließlich Sitz des Heiligen Vaters und für die Protestanten lange Zeit die Stätte des Antichrists. Der Humanismus war die erste geschichtlich bedeutsame Phase, in der Italien eine hohe Ausstrahlung auf ganz Europa entfaltet. Trotz dieser starken Aus-

* Thomas Bernhard, Auslöschung. Ein Zerfall.

strahlung, die auch Deutschland voll erfaßt, wird Italien nicht als konkretes Land mit gegebenen sozialen, politischen und wirtschaftlichen Verhältnissen gesehen und rezipiert, sondern lediglich als Entdecker und Vermittler der humanistischen Bildung, d. h. vor allem des Erbes der griechischen und insbesondere der römischen Antike, das nun an mehreren humanistischen Zentren im deutschsprachigen Raum, oft unter Mitwirkung italienischer Gelehrter, aufgearbeitet und verbreitet wird.

Ähnliches gilt auch für das 16. Jahrhundert, das Italien in der Hochrenaissance eine Blütezeit in Politik, Wirtschaft und Kultur beschert und dazu, durch Gelehrte wie Giordano Bruno und Galileo Galilei, einen Vorsprung auf dem Gebiet der Naturwissenschaften – auch jetzt wird Italien weiterhin im wesentlichen rezipiert als Spenderin von Kunst und Wissenschaft. Dies bleibt auch im 17. Jahrhundert noch so, in dem Italien trotz des politischen Niedergangs seinen großen kulturellen Einfluß behält, der sich im deutschsprachigen Gebiet etwa in der Gründung wissenschaftlicher Gesellschaften nach italienischem Vorbild (zum Beispiel der 1617 nach dem Muster der *Accademia della Crusca* gegründeten *Fruchtbringenden Gesellschaft*) niederschlägt oder in der Entstehung deutscher Dichterschulen in der Nachfolge italienischer Autoren, wie zum Beispiel der deutsche Petrarkismus oder der deutsche Marinismus (nach Marino Marini), nicht zuletzt auch in einem starken Einfluß der italienischen Musik und der italienischen Oper. In all diesen Jahrhunderten wird somit der deutsche Blick auf Italien durch einzelne herausragende Kulturleistungen fixiert und damit auch vereinseitigt. Das 18. Jahrhundert bringt auf deutscher Seite eine bis dahin nicht gekannte Zuwendung und Aufmerksamkeit für die Kultur, Kunst und Bildung Italiens. War Rom schon immer die heilige Stätte und das Pilgerziel der Gläubigen, so werden Italien und Rom nunmehr auch Heiligtum und Ziel aller Kunstgläubigen. Dieses neue Interesse, dieser »neue Blick« auf Italien wurde maßgeblich geprägt durch Johann Joachim Winckelmann (1717–1768), der ab 1755 in Italien verschiedene Ämter bekleidete und unermüdlich die Halbinsel bereiste, um die Spuren der griechisch-römischen Antike auf italienischem Boden freizulegen. (Auf italienischem Boden deswegen, weil Griechenland noch unter türkischer Besatzung lag und damit nicht zugänglich war.) Was aber sah Winckelmann von Italien? Die Antwort darauf darf überspitzt lauten: Er sah von Italien überhaupt nichts, außer den dort vorhandenen Spuren der griechisch-römischen, besonders aber der griechischen Antike. Die griechische Kunst repräsentierte für ihn »edle Einfalt und stille Größe« und damit das höchste Kunst- und Bildungsideal des Abendlandes, dessen Spuren und Zeugnissen er auf italienischem Boden nachging.

Die Blickrichtung Winckelmanns blieb auch in den folgenden Jahrzehnten maßgebend, nicht zuletzt deshalb, weil kein andrer als Goethe durch einen bekenntnishaften Aufsatz über den Archäologen und durch Edition seiner Schriften dessen Nachwirkung kräftig förderte. Vor allem aber, weil Goethe selbst von September 1786 bis April 1788 Italien auf den Spuren Winckelmanns bereist, dessen Schriften und Briefe er stets bei sich führt. »Die Begierde, dieses Land zu sehen, war überreif«, notiert er am 1. 11. 1786 in Rom in sein Tagebuch. Aber was tut er, was sieht er in Italien? Er reist wie Winckelmann vor allem den noch erhaltenen Resten der Antike nach. Dabei bevorzugt er wie dieser die griechische Antike, er sucht die unmittelbare Anschauung dieses Kunst- und Bildungsideals »in jenem Lande, wo für jeden Empfänglichen die eigenste Bildungsepoche beginnt«. – »Wasserleitungen, Bäder, Theater, Amphitheater, Rennbahnen, Tempel! Und dann die Paläste der Kaiser, die Gräber der Großen ... Mit diesen Bildern habe ich meinen Geist genährt und gestärkt«, schreibt er in Rom. Alles andere bleibt auf dieser Bildungsreise seitab; Land und Leute, aber auch die großartigen Kunstwerke des Mittelalters bleiben weitgehend unbeachtet. An den romanischen und gotischen Kirchen Oberitaliens geht er achtlos vorüber. Alles Mittelalterliche ist ihm die Kunst einer »barbarischen Zeit«, und den Mailänder Dom nennt er »ein Ungeheuer, wo man einen ganzen Marmorberg mit ungeheuren Kosten versetzt und in die elendsten Formen gezwungen hat«. Selbst die Landschaften, die ihm immer wieder vor Augen treten, werden nicht in sich selbst gewürdigt, sondern lediglich als Anschauungshilfe für das Verständnis der Dichtungen Homers, wie u. a. ein Brief an Herder vom 17.5.1787 verdeutlicht. Festzuhalten ist die hohe Einschätzung Roms durch Goethe. »Ich zähle einen zweiten Geburtstag, eine wahre Wiedergeburt, von dem Tage, da ich Rom betrat«. Allerdings wird das zeitgenössische Rom, das ihm begegnet, kaum wahrgenommen, geht es ihm doch in erster Linie darum, »das alte Rom aus dem neuen herauszuklauben«. Vom römischen Volk – und insgesamt von den Italienern – trennt ihn eine akzeptierte, ja gewollte Distanz: »Ich verzeih jedem, der sie tadelt und schilt; sie stehen zu weit von uns ab, und als Fremder mit ihnen zu verkehren, ist beschwerlich und kostspielig«. Selbst in den berühmten Aufzeichnungen über »Das Römische Karneval« vom Februar 1788 werden in erster Linie das Spektakel der Festlichkeiten, weit weniger aber das Volk in seinem konkreten Zustand beschrieben (vgl. S. 25ff.). Eine dezidierte Beschreibung des Volkes wie die der Bewohner Neapels vom 28.5.1787, mit der sich Goethe gegen die bereits damals verbreiteten deutschen Vorurteile bezüglich der Arbeitsgewohnheiten der Neapolitaner wendet, stellt aufs Ganze gesehen eine Ausnahme dar. Diese Beschreibung, aus der wir ebenfalls einen Textauszug bieten (S. 36ff.), enthält viele konkrete, doch zugleich distanzierte Beobachtungen; und auch sie endet damit, daß Goethe die antiken Elemente in Haltung und Lebensgewohnheiten des Volkes von Neapel hervorhebt.

Dieses durch Winckelmann und Goethe geprägte Bild Italiens als Ruinenstätte der Antike, die Anschauung italienischer Landschaft und Natur, ja sogar der Bewohner zum besseren Verständnis der Antike, das Ganze einbezogen in die übergeordnete Zielsetzung der sittlichen Vervollkommnung und Ausbildung zu vollendetem Menschentum, blieben für viele Jahrzehnte bestimmend und bis heute wirksam. Zwar gab es durchaus einige gegenläufige Italienerlebnisse und -darstellungen. Zu nennen wäre etwa Wilhelm Heinse, der einige Jahre vor Goethe Italien bereiste und der sein eigenwilliges Italienbild in dem Roman *Ardinghello und die glückseeligen Inseln* (1787 veröffentlicht) gestaltete: Italien als Land absoluter, weder durch Sitte noch Moral eingeschränkter individueller Freiheit. Dieses höchste Ideal der Individualität sah Heinse vor allem im italienischen Renaissancemenschen verwirklicht (vgl. S. 43ff.). Bewußt als »Gegenbildungsreise« geschrieben war demgegenüber der betont nüchterne Reisebericht des Johann Gottfried Seume (1763–1810), der 1803 unter dem Titel »Spaziergang nach Syrakus im Jahre 1802« erschien. Seume stellt die Beobachtung des vierten Standes, der Bauern und Handwerker, die Probleme ihrer Arbeit und ihres Alltags in den Mittelpunkt und sieht die Antike nicht als Bildungsideal, sondern als Zeitalter der Sklavenhaltung. Trotz dieser und einiger anderer abweichender Konzeptionen behielt Goethes Italienbild jedoch für lange Zeit eine geradezu kanonische Stellung.

Ganz anders die Blickrichtung und Haltung der Romantiker. Sehnsucht war die Grundhaltung der Geistesepoche der Romantik. Als Sehnsucht nach südlicher Ergänzung gehörte sie nach romantischer Anschauung zum Wesen des nordischen Menschen. Was Italien anbetrifft, so richtete sich die deutsche romantische Sehnsucht im einzelnen auf: das Land der Kunst, der großen Künstler und der Schönheit; auf die südliche Natur, die prächtigen Gärten, die exotische Pflanzenwelt; auf das »natürliche« Leben, das heißt den südlich-mediterranen Lebensstil; auf das Land der großen Geschichte, das stimmungsträchtige Land der Ruinen; auf den Sitz des Heiligen Vaters als Oberhaupt der katholischen Christenheit. Alle diese und viele weitere Einzelmotive erscheinen in den Texten oft vereint in einem alles übertönenden Wunsch nach Entgrenzung und Entfesselung, der zum Beispiel in Otto Heinrich von Loebens Sonett mit dem bezeichnenden Titel *Süddufi* anklingt:

Im Herzen wohnt ein unaufhörlich Sehnen,
Zu wogen in des Südens Farbentanze,
Berauscht im Blütenstaub der Pomeranze,
Hinwegzufliehen auf wollustvollen Tönen.
[...]

Trotz scheinbar konkreter Motive und Blickrichtungen ist für die Romantik eine grundsätzliche Ziellosigkeit der Sehnsucht wesentlich: Italien ist in erster Linie das Land eines seligen Daseins, das in weiter Ferne liegt. Eine konkrete Kenntnis der italienischen Wirklichkeit hätte diese ins Unendliche gerichtete Sehnsucht zerstört. Darum will auch die romantische Sehnsucht keine Erfüllung, zumindest nicht in erster Linie: Italien wird als Seeleninhalt, nicht als Wirklichkeit gesucht. Goethes Sehnsucht war konkret und daher auch konkret erfüllbar: nach Ausbildung des Auges, Anschauung der Denkmäler und Vermehrung des Wissens in Italien kehrte er befriedigt nach Weimar zurück. Seine Sehnsucht war gestillt. Die Romantik zog es demgegenüber vor, sich ewig zu sehnen. Nur so auch ist zu erklären, daß zum Beispiel E. T. A. Hoffmann und Eichendorff, die die Italiensehnsucht sehr stark thematisierten, nie italienischen Boden betraten. Aus dieser vielfach gegebenen mangelnden Kenntnis des Landes wiederum erklären sich die vielen vagen, realitätsfernen, oft auch skurril-humorvollen Passagen über Italien, die wir in der romantischen Literatur antreffen.

Soweit die Romantiker indes reisten – und viele von ihnen reisten in der Tat nach Italien –, glich ihre Reise einer Wallfahrt an eine schon bekannte, weil schon zuvor im Traum phantasievoll ausgemalte Stätte. Nicht das Sehenswerte und Neue wird gesucht, sondern die Bestätigung der Traumbilder, die die Phantasie geschaffen hatte. Daraus resultiert u. a., daß zum Beispiel Landschaften in erster Linie als Stimmungsgehalte erfaßt werden (und nicht in scharf gezeichneten, wirklichkeitstreuen Beschreibungen wie bei Goethe). Natur wird nicht Objekt der Anschauung, erst recht nicht der wissenschaftlichen Wahrnehmung, sondern wird als beseeltes Wesen gedeutet. So präsentieren sich uns die durchseelten Landschaften der Romantiker in verfließenden Umrissen, die sich in Farbtöne und Lichtwirkungen auflösen. Italien sprach zu den Romantikern weniger durch Formen und Linien, als vielmehr durch Farbe und Licht, wie zum Beispiel Tiecks *Anblick von Florenz* veranschaulicht:

Rings die Gebirge,
Die herrliche Stadt
Im Glanz der scheidenden Sonne.
Das Abendrot erglänzt
Im vielfachen Purpur
An den Felsen und die Gebäude

Brennen im Strahl,
Und hundert Villen
Erglänzen fern und ferner.
[...]

Ähnlich beseelt war die Haltung der Romantiker zu den Ruinen Italiens: Die Ruinen lösten in erster Linie ein Gefühl aus, und dieses Gefühl führt zu träumerischem Versenken in die (große) Vergangenheit bzw. zu subjektiver, phantasievoller Verschmelzung von Vergangenheit und Gegenwart, schauder- und ahnungsvoll. War die Ruine gar noch bewachsen, so feierte der romantische Geist sie als Synthese aus Vergangenheit und Gegenwart, aus Kunst und Natur, aus Wachstum und Untergang, wie es in Eichendorffs berühmtem Italiengedicht (S. 88–90) typisch veranschaulicht wird.

Wie aber sahen die Romantiker das italienische Volk? Die Romantik hatte einen starken Sinn für das geschichtliche Werden und damit ein Interesse am Erfassen geschichtlicher Zusammenhänge. In dieser Perspektive erkannten die Romantiker zum Beispiel im Unterschied zu Goethe die Bedeutung des Mittelalters und seiner Denkmäler auf italienischem Boden. In der Perspektive der geschichtlichen Tiefe erschienen ihnen auch die zeitgenössischen Italiener als Endpunkt einer langen Generationenfolge, die von den Höhen des Römerreiches und der hochmittelalterlichen Bildungsmacht herabführte zur unmittelbaren Gegenwart. Und die bescheidene zeitgenössische Gegenwart mußte ihnen vor der Folie einer gewaltigen geschichtlichen Vergangenheit beinah zwangsläufig als Zustand einer Dekadenz anmuten. In dieser Sicht der Italiener als eines dekadenten Volkes liegen denn auch eine Anzahl von deutschen Vorurteilen begründet, von denen einige bis in unsere Gegenwart zäh überlebt haben. Andererseits ging die romantische Sicht auch weit über das Kriterium der Dekadenz hinaus und konkretisierte sich bei der Gestaltung einzelner Individuen in der romantischen Literatur in einer Reihe von wiederkehrenden, typischen Italiener-Figuren, die neben einigen negativen und dekadenten Zügen insgesamt eher positive, ja oft geradezu übermenschliche Merkmale tragen. Da ist beispielsweise der Typ des genialen Abenteurers, der Kraft, Energie und unbändigen Freiheitsdrang vereint und der die Vagabondage zum Lebensprinzip erhebt; da ist der Typ des großen Künstlers, von kräftiger, schöner, ja götterähnlicher Gestalt, mit beweglichem Geist und reger Phantasie ausgestattet, in allem die Überlegenheit eines höheren Menschentums ausstrahlend; da ist der große Verbrecher, oft eine Synthese aus Abenteurer, Künstler und Verbrecher, der sich außerhalb jeder gesellschaftlichen Ordnung bewegt; da ist nicht zuletzt der Typ des großen Verführers, des Don Giovanni, oft aufs engste verbunden mit dem des dämonischen Magnetiseurs bzw. Magiers, der die Menschen in seinen Bann zu schlagen vermag und der uns noch bei Thomas Mann in der unheimlichen Gestalt des Cipolla wiederbegegnet, um nur einige zu nennen. Generell gilt, daß die meisten Italiener-Typen durch zwei Merkmale charakterisiert sind: einmal erscheinen sie als Vertreter einer grenzenlosen individuellen Freiheit, denen ein sittliches Prinzip unbekannt ist; zum anderen zeigen sie eine generelle Überlegenheit über die Deutschen, die immer wieder motivbildend wird, wobei ihre Superiorität vor allem im künstlerischen und geistigen Bereich gesehen wird. Von all diesen Merkmalen jedoch bleibt festzuhalten, daß sie einer romantischen Sehweise mit den geschilderten Implikationen und weniger einer konkreten empirischen Anschauung entsprungen sind.

Wann aber werden diese Bilder und Vorstellungen, die der romantischen Phantasie entstammen, durch eine wirklichkeitsnähere und konkretere Beobachtung abgelöst? Über das Bild des »antiken« Italien, das Winckelmann und Goethe gezeichnet hatten und über das farbige Phantasiebild der Romantik schiebt sich etwa seit dem 2. bis 3. Jahrzehnt des 19. Jahrhunderts eine neue Sicht Italiens: Mensch und Landschaft treten langsam in den Mittelpunkt einer zunehmend ungefärbten, unvoreingenommenen Beobachtung. Die Schriftsteller Wilhelm Müller (1774–1827), Wilhelm Friedrich Waiblinger (1804–1830) sowie der Schriftsteller und Maler August Kopisch (1799–1853), der die Blaue Grotte bei Capri entdeckte, gehörten zu den ersten, die zur Entstehung dieses neuen Italienbildes beitrugen. Geradezu sensationell war seinerzeit der programmatische Satz W. Müllers aus der Einleitung seines *Rom, Römer und Römerinnen* (1820): »Kunst und Altertum bleiben gänzlich von meinen Briefen ausgeschlossen.« Was die Mehrheit der Reisenden und Kunstliebhaber bis dahin in Italien gesucht hatte, wurde hier kategorisch ausgeschlossen zugunsten des Versuchs, Leben, Arbeit und Kultur des italienischen Volkes darzustellen. Ähnlich schrieb der heute vergessene W. F. Waiblinger, der 1826 nach Italien zog, in seinen *Wanderungen in Italien*: »Ich habe weder einen antiquarischen, noch geographischen, noch statistischen Zweck: ich möchte Sie ins Leben, in die wahre ungeteilte Wirklichkeit hineinführen.« Wenngleich diese Zielsetzungen bei Waiblinger wie auch bei W. Müller noch durch festsitzende romantische Attitüden und persönliche Projektionen behindert wurden und der Feder keiner der genannten Autoren große Literatur entsprang, so war hiermit doch eine neue Tendenz formuliert, die im Laufe des 19. Jahrhunderts rasch an Gewicht gewinnen sollte. Schon der in ironischer Distanz zu Klassik und Romantik schreibende Heinrich Heine beobachtet mit erstaunlicher Akribie den italienischen Alltag. In seiner *Reise von München nach Genua* (1828) sieht er die Sommersprossen an den »überreifen« Nakken der jungen Trienterinnen ebenso wie das derbe Gesicht und die gekräuselten Locken der Marktfrauen, übersieht aber auch nicht die österreichischen Truppen, die damaligen Besatzer Oberitaliens, die auf einer Terrasse »zum Heldentume abgerichtet wurden« (vgl. S. 104ff.).

Die Sicht der Deutschen auf Italien, die Darstellung Italiens durch deutsche Dichter und die Wahl ihrer Themen wurden im 19. Jahrhundert vor allem durch zwei entscheidende Entwicklungen geprägt: Die eine war die Wiederentdeckung der italienischen Renaissance durch Jacob Burckhardt, dessen richtungweisendes und auch wegen seiner literarischen Qualitäten hochgerühmtes Werk *Die Kultur der Renaissance in Italien* 1859 erschien. Die Grundfrage, die Burckhardt in diesem Werk beantworten wollte, war die nach der Entstehung des Individuums im modernen Sinne. Burckhardt beschreibt zunächst die vielgestaltigen politischen Verhältnisse der italienischen Halbinsel, um dann im berühmten zweiten Abschnitt seines Buches zu folgern: »In der Beschaffenheit dieser Staaten, Republiken wie Tyrannien liegt nun zwar nicht der einzige, aber der mächtigste Grund der frühzeitigen Ausbildung des Italieners zum modernen Menschen. Daß er der Erstgeborene unter den Söhnen des jetzigen Europa werden mußte, hängt an diesem Punkte.« In einer ähnlichen Blickrichtung sah auch Nietzsche wesentliche Züge des von ihm postulierten höheren Menschen der Zukunft bereits im *italienischen Renaissance*menschen entfaltet. Das Thema der *italienischen Renaissance* und ihrer großen, kraftvollen Menschen, das auch bereits durch Goethes Übertragung der Vita des Benvenuto Cellini (1500–1571) eingeleitet worden war, spielt in vielfachen Abschattierungen in der deutschen Literatur des 19. Jahrhunderts und darüber hinaus eine wichtige Rolle, angefangen etwa mit Ludwig Tiecks Spätwerk *Vittoria Accorombona* (1840) bis hin zu Thomas Manns Drama *Fiorenza* (1907), in dem u. a. die Persönlichkeit des Lorenzo de'Medici (1469–1492) gestaltet wird; während die negative und sezierende Auslassung H. M. Enzensbergers über den berühmten Niccolò Machiavelli (1469–1527; vgl. S. 334ff.) die tiefgreifende Wandlung sichtbar macht, die auch dieses Thema in der Literatur unserer Gegenwart erfährt.

Die zweite wichtige Entwicklung des Jahrhunderts war die Entstehung eines freien und vereinten Nationalstaats Italien durch das Risorgimento, den nationalen Befreiungskampf, der nach vielen Rückschlägen endlich am 17. 3. 1861 zur Ausrufung Viktor Emanuels II. als Herrscher eines vereinten Königreichs Italien, zunächst mit der Hauptstadt Turin, dann ab September 1870 mit der Hauptstadt Rom, führte. Dieses aufrüttelnde Ereignis zerbricht ein viele Jahrzehnte altes Schema der deutschen Italienliteratur: Italien als Ruinenstätte der Antike, als Land der Farbe und des Lichts und damit Domäne der Maler und Künstler, das Volk sozusagen malerisch in Lumpen abseits stehend, als das Land der Briganten und Taugenichtse, politisch und gesellschaftlich dem Verfall und der Anarchie preisgegeben. So kommt es erst relativ spät, erst in den sechziger Jahren des Jahrhunderts, unter der Wucht der Ereignisse zu einer Korrektur bzw. Aufgabe dieses Italienklischees und zur Beachtung, dann auch Anerkennung der politischen Realität

Italiens. Ein schönes Zeugnis für die tiefgreifende Neubewertung des südlichen Nachbarn, zumindest durch gebildete Schichten, ist das auch heute noch lesenswerte Buch des klassisch-humanistisch gebildeten Viktor Hehn mit dem Titel *Italien. Ansichten und Streiflichter* (1867), das vor allem in seinem Kap. VIII *Pro populo italico* energisch mit deutschen Vorurteilen gegenüber den Italienern aufräumte und für eine realistische und angemessene Beurteilung des neuen Italien plädierte. Zu Recht nannte der Historiker Theodor Schieder dieses Buch die »Nahtstelle, die die ästhetisch-humanistische Italienliebe der Frühzeit des 19. Jahrhunderts mit der Bejahung des modernen politischen Italiens verbindet«. Seit der Herstellung der nationalen Einheit ist Italien als politisches und gesellschaftliches Gebilde mit all seinen Problemen und Besonderheiten immer stärker zu einem Thema der deutschen Literatur geworden. Mit dem Freiheitskampf selbst, den Aktionen Garibaldis und anderer Freiheitskämpfer hat sich u. a. Ricarda Huch auseinandergesetzt, der wir neben verschiedenen Schriften zum Risorgimento auch eine zweibändige *Geschichte von Garibaldi* (1906/07) sowie eine in Romanform gehaltene Biographie des Grafen Federigo Confalonieri verdanken, eines Mailänder Freiheitskämpfers (S. 141 ff.).

Das 20. Jahrhundert ist gekennzeichnet durch eine enorme Zunahme enger und vielschichtiger Beziehungen zwischen Deutschland und Italien, im Guten wie im Schlechten. Zwei Weltkriege, Aufstieg und Fall des Faschismus, Widerstand und Resistenza, schließlich der Wiederaufbau in einem vereinten Westeuropa, wirtschaftliche Verpflichtungen, Arbeitsemigration und -immigration führen zu einer beispiellosen Intensivierung der wechselseitigen Erfahrungen, die ihren Niederschlag auch in der Literatur findet. Wir beobachten jetzt eine große Vielfalt und Komplexität der literarischen Behandlung Italiens mit zahlreichen Abschattierungen in thematisch-inhaltlich wie stilistisch-darstellungstechnischer Hinsicht. Sie reichen etwa von den realitätsaufhebenden Mystifikationen eines Hugo von Hofmannsthal, dessen Venedig in erster Linie ein Seelenzustand ist (vgl. S. 182 ff.), bis hin zum kruden und bissigen Realismus der Romtagebücher des Rolf Dieter Brinkmann, der sich an den »sackkratzenden« Römern ärgert (S. 358 ff.); oder von den pathetischen, noch ganz im Banne Goethes stehenden Mignon-Träumereien Gerhart Hauptmanns (S. 257 ff.) bis hin zur gesellschaftskritisch sezierenden Nacherzählung eines Kriminalfalles durch P. O. Chotjewitz (S. 341 ff.).

In dieser Vielfalt zeichnen sich einige inhaltliche Hauptrichtungen bzw. typische Blickrichtungen ab, die von deutschen Autoren in bezug auf Italien gerne gewählt werden und die auch wegen ihrer inhaltlichen Bedeutung hier noch kurz angeführt seien. Italien erscheint zum Beispiel als Land demokratischer Freiheit und Pluralität. In dieser Sicht wählte Heinrich Mann in seiner *Kleinen Stadt* (1909) die Szenerie eines Städtchens in den Sabiner Bergen, um die durch das Eintreffen einer Schauspielertruppe ausgelösten vielschichtigen Emanzipations- und Befreiungsprozesse einer zuvor völlig erstarrten kleinbürgerlichen Welt darzustellen und um damit zugleich auf die Entwicklung der Demokratie im wilhelminischen Deutschland einzuwirken. »Was hier klingt, ist das hohe Lied der Demokratie. Es ist da, um zu wirken in einem Deutschland, das ihr endlich zustrebt.« Da ist Italien als das Land der Kunst und der Künstler, insbesondere der Maler und Musiker, das u. a. in dem sensiblen Verdi-Roman von Franz Werfel zur Darstellung kommt (S. 203 ff.) oder auch etwa in Thomas Manns *Tod in Venedig* (1913), indem der Künstler Gustav von Aschenbach in der Lagunenstadt seinen Künstlertraum von Schönheit und Eros zu Ende, das heißt zu Tode träumt. Da ist Italien als Entstehungsland des Faschismus, thematisiert zum Beispiel in Thomas Manns *Mario und der Zauberer* (1930), wo in der Gestalt des verkrüppelten Hypnotiseurs Cipolla die drohenden Umrisse eines Willens sichtbar werden, der die Einzelnen zu totaler Unterwerfung zwingt und sie wie Marionetten tanzen läßt – eine besonders eindringliche Vorahnung des in Deutschland unmittelbar bevorstehenden Untergangs der individuellen Freiheit (vgl. S. 220 ff.). Da ist Italien als Ort mystischer Versenkung, lebensphilosophischer Orientierung bzw. künstlerischer und menschlicher Selbstfindung und Identifizierung. So gestaltet etwa Hugo von Hofmannsthal in seinem Roman *Andreas oder die Vereinigten* (1926) Venedig als symbolischen Ort der Ambivalenz von Sein und Schein, als einen »Ort, der nicht völlig das Hier« und eine »Zeit, die nicht völlig Gegenwart« ist, wo der junge »Andreas« seine »Existenz verfeinert und sammelt« und die Einheit der Person zurückgewinnt in einem mystischen Prozeß von Vereinigungen (vgl. S. 182). Nicht zuletzt ist das zeitgenössische Italien immer wieder themenbildend geworden, seine gesellschaftlichen Probleme, seine Menschen, seine Familien, seine Kinder – ein weites Feld, das u. a. von Marie Luise Kaschnitz, Franz Werfel und Stefan Andres, aber auch von Ingeborg Bachmann und Wolfgang Koeppen in künstlerisch herausragender Weise dargestellt wurde.

Neben diesen und einigen weiteren thematischen Hauptströmungen, die sich aus der deutschen italienbezogenen Gegenwartsliteratur herausschälen, gibt es eine bemerkenswerte Vielfalt von Versuchen, einen persönlichen, originellen Zugang zu dem alten, vielfach vorbelasteten und daher auch nicht leicht zu behandelnden Thema Italien zu finden. Es verdient unsere Bewunderung, in welchem Maß es Ingeborg Bachmann gelingt, einem alten Italien-Motiv, nämlich dem der sieben Hügel Roms, neue und unvergeßliche Akzente abzuringen (S. 307); mit welch verblüffender Bündigkeit etwa Günter Kunert in *Venedig II* (S. 403) die »Auschwitz-Lüge«, das heißt den Versuch, einzelne Kapitel der deutschen Geschichte totzuschweigen, im Bild der Lagunenstadt thematisiert und denunziert; mit welcher Sprachgewalt etwa Peter Rühmkorf in seinem *Gruß aus Rom* (S. 338f.) durch eine ironische Klitterung der ruhmreichen Geschichte der Weltmetropole Machtstreben und Ruhmsucht als die monotonen Konstanten der Weltgeschichte anprangert. Daß unter so vielen engagierten und originellen Versuchen unserer Gegenwart auch die Karikatur der alten deutschen Italiensehnsucht zum Thema wird, wie in Delius' *Gen Italien* wirkungsvoll geschehen, versteht sich beinahe von selbst.

Zur Auswahl des Bandes ist noch anzumerken, daß Autoren des deutschsprachigen Raumes berücksichtigt wurden mit Ausnahme der Schweiz, für die das Italienische Landessprache und deren Verhältnis zu Italien ein anderes ist. Die Texte des Bandes sind in der Regel in chronologischer Reihenfolge aufgeführt, die sich an dem Jahr der Erstpublikation der zitierten Werke orientiert. Eine Liste der Autoren und Werkausgaben befindet sich am Ende des Bandes, ebenso eine knappe Auswahlbibliographie zu den hier angesprochenen Themen, die dem Interessierten ein weiterführendes Studium erleichtern soll.

Duisburg und Wildsachsen, Ostern 1988

Manfred und Petra Christine Hardt

Johann Wolfgang von Goethe

Das Römische Karneval

Aus »Italienische Reise«

...

Vorbereitung zum Wettrennen

Der Augenblick des Wettrennens der Pferde nähert sich nun immer mehr, und auf diesen Augenblick ist das Interesse so vieler tausend Menschen gespannt.

Die Verleiher der Stühle, die Unternehmer der Gerüste vermehren nun ihr anbietendes Geschrei: Luoghi! Luoghi avanti! Luoghi nobili! Luoghi, Padroni! Es ist darum zu tun, daß ihnen wenigstens in diesen letzten Augenblicken, auch gegen ein geringeres Geld, alle Plätze besetzt werden.

Und glücklich, daß hier und da noch Platz zu finden ist; denn der General reitet nunmehr mit einem Teil der Garde den Corso zwischen den beiden Reihen Kutschen herunter und verdrängt die Fußgänger von dem einzigen Raum, der ihnen noch übrig blieb. Jeder sucht alsdann noch einen Stuhl, einen Platz auf einem Gerüste, auf einer Kutsche, zwischen den Wagen oder bei Bekannten an einem Fenster zu finden, die denn nun alle von Zuschauern über und über strotzen.

Indessen ist der Platz vor dem Obelisk ganz vom Volke gereiniget worden und gewährt vielleicht einen der schönsten Anblicke, welche in der gegenwärtigen Welt gesehen werden können.

Die drei mit Teppichen behängten Fassaden der oben beschriebenen Gerüste schließen den Platz ein. Viele tausend Köpfe schauen übereinander hervor und geben das Bild eines alten Amphitheaters oder Zirkus. Über dem mittelsten Gerüste steigt die ganze Länge des Obelisken in die Luft; denn das

Gerüste bedeckt nur sein Piedestal, und man bemerkt nun erst seine ungeheure Höhe, da er der Maßstab einer so großen Menschenmasse wird.

Der freie Platz läßt dem Auge eine schöne Ruhe, und man sieht die leeren Schranken mit dem vorgespannten Seile voller Erwartung.

Nun kommt der General den Corso herab, zum Zeichen daß er gereiniget ist, und hinter ihm erlaubt die Wache niemandem, aus der Reihe der Kutschen hervorzutreten. Er nimmt auf einer der Logen Platz.

Abrennen

Nun werden die Pferde nach geloseter Ordnung von geputzten Stallknechten in die Schranken hinter das Seil geführt. Sie haben kein Zeug noch sonst eine Bedeckung auf dem Leibe. Man heftet ihnen hier und da Stachelkugeln mit Schnüren an den Leib und bedeckt die Stelle, wo sie spornen sollen, bis zum Augenblicke mit Leder, auch klebt man ihnen große Blätter Rauschgold an.

Sie sind meist schon wild und ungeduldig, wenn sie in die Schranken gebracht werden, und die Reitknechte brauchen alle Gewalt und Geschicklichkeit, um sie zurück zu halten.

Die Begierde, den Lauf anzufangen, macht sie unbändig, die Gegenwart so vieler Menschen macht sie scheu. Sie hauen oft in die benachbarte Schranke hinüber, oft über das Seil, und diese Bewegung und Unordnung vermehrt jeden Augenblick das Interesse der Erwartung.

Die Stallknechte sind im höchsten Grade gespannt und aufmerksam, weil in dem Augenblicke des Abrennens die Geschicklichkeit des Loslassenden, sowie zufällige Umstände, zum Vorteile des einen oder des andern Pferdes entscheiden können.

Endlich fällt das Seil, und die Pferde rennen los.

Auf dem freien Platze suchen sie noch einander den Vorsprung abzugewinnen, aber wenn sie einmal in den engen Raum zwischen die beiden Reihen Kutschen hinein kommen, wird meist aller Wetteifer vergebens.

Ein paar sind gewöhnlich voraus, die alle Kräfte anstrengen. Ungeachtet der gestreuten Puzzolane gibt das Pflaster Feuer, die Mähnen fliegen, das Rauschgold rauscht, und kaum daß man sie erblickt, sind sie vorbei. Die übrige Herde hindert sich untereinander, indem sie sich drängt und treibt; spät kommt manchmal noch eins nachgesprengt, und die zerrissenen Stücke Rauschgold flattern einzeln auf der verlassenen Spur. Bald sind die Pferde allem Nachschauen verschwunden, das Volk drängt zu und füllt die Laufbahn wieder aus.

Schon warten andere Stallknechte am venezianischen Palaste auf die Ankunft der Pferde. Man weiß sie in einem eingeschlossenen Bezirk auf gute Art zu fangen und fest zu halten. Dem Sieger wird der Preis zuerkannt.

So endigt sich diese Feierlichkeit mit einem gewaltsamen, blitzschnellen, augenblicklichen Eindruck, auf den so viele tausend Menschen eine ganze Weile gespannt waren, und wenige können sich Rechenschaft geben, warum sie den Moment erwarteten, und warum sie sich daran ergötzten.

Nach der Folge unserer Beschreibung sieht man leicht ein, daß dieses Spiel den Tieren und Menschen gefährlich werden könne. Wir wollen nur einige Fälle anführen: Bei dem engen Raume zwischen den Wagen darf nur ein Hinterrad ein wenig herauswärts stehen, und zufälligerweise hinter diesem Wagen ein etwas breiterer Raum sein. Ein Pferd, das mit den andern gedrängt herbeieilt, sucht den erweiterten Raum zu nutzen, springt vor und trifft gerade auf das herausstehende Rad.

Wir haben selbst einen Fall gesehen, wo ein Pferd von einem solchen Schock niederstürzte, drei der folgenden über das erste hinausfielen, sich überschlugen, und die letzten glücklich über die gefallenen weg sprangen und ihre Reise fortsetzten.

Oft bleibt ein solches Pferd auf der Stelle tot, und mehrmals haben Zuschauer, unter solchen Umständen, ihr Leben eingebüßt. Ebenso kann ein großes Unheil entstehen, wenn die Pferde umkehren.

Es ist vorgekommen, daß boshafte neidische Menschen einem Pferde, das einen großen Vorsprung hatte, mit dem Mantel in die Augen schlugen und es dadurch umzukehren und an die Seite zu rennen zwangen. Noch schlimmer ist es, wenn die Pferde auf dem venezianischen Platze nicht glücklich aufgefangen werden; sie kehren alsdann unaufhaltsam zurück, und weil die Laufbahn vom Volke schon wieder ausgefüllt ist, richten sie manches Unheil an, das man entweder nicht erfährt oder nicht achtet.

Aufgehobne Ordnung

Gewöhnlich laufen die Pferde mit einbrechender Nacht erst ab. Sobald sie oben bei dem venezianischen Palast angelangt sind, werden kleine Mörser gelöst; dieses Zeichen wird in der Mitte des Corso wiederholt und in der Gegend des Obelisken das letztemal gegeben.

In diesem Augenblicke verläßt die Wache ihren Posten, die Ordnung der Kutschenreihen wird nicht länger gehalten, und gewiß ist dieses selbst für den Zuschauer, der ruhig an seinem Fenster steht, ein ängstlicher und verdrießlicher Zeitpunkt, und es ist wert, daß man einige Bemerkungen darüber mache.

Wir haben schon oben gesehen, daß die Epoche der einbrechenden Nacht, welche so vieles in Italien entscheidet, auch die gewöhnlichen sonn- und festtägigen Spazierfahrten auflöset. Dort sind keine Wachen und keine Garden, es ist ein altes Herkommen, eine allgemeine Konvention, daß man in gebührender Ordnung auf und ab fahre; aber sobald Ave Maria geläutet wird, läßt sich niemand sein Recht nehmen, umzukehren, wann und wie er will. Da nun die Umfahrt im Karneval in derselben Straße und nach ähnlichen Gesetzen geschieht, obgleich hier die Menge und andere Umstände einen großen Unterschied machen, so will sich doch niemand sein Recht nehmen lassen, mit einbrechender Nacht aus der Ordnung zu lenken.

Wenn wir nun auf das ungeheure Gedränge in dem Corso zurückblicken, und die für einen Augenblick nur gereinigte Rennbahn gleich wieder mit Volk überschwemmt sehen, so scheinet uns Vernunft und Billigkeit das Gesetz einzugeben, daß eine jede Equipage nur suchen solle, in ihrer Ordnung das nächste ihr bequeme Gäßchen zu erreichen und so nach Hause zu eilen.

Allein es lenken, gleich nach abgeschossenen Signalen, einige Wagen in die Mitte hinein, hemmen und verwirren das

Fußvolk, und weil in dem engen Mittelraume es einem einfällt hinunter, dem andern hinauf zu fahren, so können beide nicht von der Stelle und hindern oft die Vernünftigern, die in der Reihe geblieben sind, auch vom Platz zu kommen.

Wenn nun gar ein zurückkehrendes Pferd auf einen solchen Knoten trifft, so vermehrt sich Gefahr, Unheil und Verdruß von allen Seiten.

Nacht

Und doch entwickelt sich diese Verwirrung, zwar später, aber meistens glücklich. Die Nacht ist eingetreten, und ein jedes wünscht sich zu einiger Ruhe Glück.

Theater

Alle Gesichtsmasken sind von dem Augenblick an abgelegt, und ein großer Teil des Publikums eilt nach dem Theater. Nur in den Logen sieht man allenfalls noch Tabarros und Damen in Maskenkleidern; das ganze Parterre zeigt sich wieder in bürgerlicher Tracht.

Die Theater Aliberti und Argentina geben ernsthafte Opern mit eingeschobenen Balletten; Valle und Capranica Komödien und Tragödien mit komischen Opern als Intermezzo; Pace ahmt ihnen, wiewohl unvollkommen, nach, und so gibt es, bis zum Puppenspiel und zur Seiltänzerbude herunter, noch manche subordinierte Schauspiele.

Das große Theater Tordenone, das einmal abbrannte, und, da man es wieder aufgebauet hatte, gleich zusammenstürzte, unterhält nun leider das Volk nicht mehr mit seinen Haupt- und Staatsaktionen und andern wunderbaren Vorstellungen.

Die Leidenschaft der Römer für das Theater ist groß und war ehemals in der Karnevalszeit noch heftiger, weil sie in dieser einzigen Epoche befriedigt werden konnte. Gegenwärtig ist wenigstens ein Schauspielhaus auch im Sommer und Herbst offen, und das Publikum kann seine Lust den größten Teil des Jahres durch einigermaßen befriedigen.

Es würde uns hier zu sehr von unserm Zwecke abführen,

wenn wir uns in eine umständliche Beschreibung der Theater, und was die römischen allenfalls Besonderes haben möchten, hier einlassen wollten. Unsre Leser erinnern sich, daß an andern Orten von diesem Gegenstande gehandelt worden.

Festine

Gleichfalls werden wir von den sogenannten Festinen wenig zu erzählen haben; es sind dieses große maskierte Bälle, welche in dem schön erleuchteten Theater Aliberti einigemal gegeben werden.

Auch hier werden Tabarros sowohl von den Herren als Damen für die anständigste Maske gehalten, und der ganze Saal ist mit schwarzen Figuren angefüllt; wenige bunte Charaktermasken mischen sich drunter.

Desto größer ist die Neugierde, wenn sich einige edle Gestalten zeigen, die, wiewohl seltener, aus den verschiedenen Kunstepochen ihre Masken erwählen und verschiedene Statuen, welche sich in Rom befinden, meisterlich nachahmen.

So zeigen sich hier ägyptische Gottheiten, Priesterinnen, Bacchus und Ariadne, die tragische Muse, die Muse der Geschichte, eine Stadt, Vestalinnen, ein Konsul, mehr oder weniger gut und nach dem Kostüm ausgeführt.

Tanz

Die Tänze bei diesen Festen werden gewöhnlich in langen Reihen, nach Art der englischen, getanzt; nur unterscheiden sie sich dadurch, daß sie in ihren wenigen Touren meistenteils etwas Charakteristisches pantomimisch ausdrücken; zum Beispiel, es entzweien und versöhnen sich zwei Liebende, sie scheiden und finden sich wieder.

Die Römer sind durch die pantomimischen Ballette an stark gezeichnete Gestikulation gewöhnt; sie lieben auch in ihren gesellschaftlichen Tänzen einen Ausdruck, der uns übertrieben und affektiert scheinen würde. Niemand wagt leicht zu tanzen, als wer es kunstmäßig gelernt hat; besonders wird der Menuett ganz eigentlich als ein Kunstwerk betrachtet, und nur von wenigen Paaren gleichsam aufgeführt. Ein solches Paar wird dann von der übrigen Gesellschaft in einen Kreis eingeschlossen, bewundert und am Ende applaudiert.

Morgen

Wenn die galante Welt sich auf diese Weise bis an den Morgen erlustiget, so ist man bei anbrechendem Tage schon wieder in dem Corso beschäftiget, denselben zu reinigen und in Ordnung zu bringen. Besonders sorgt man, daß die Puzzolane in der Mitte der Straße gleich und reinlich ausgebreitet werde.

Nicht lange, so bringen die Stallknechte das Rennpferd, das sich gestern am schlechtesten gehalten, vor den Obelisk. Man setzt einen kleinen Knaben darauf, und ein anderer Reiter, mit einer Peitsche, treibt es vor sich her, so daß es alle seine Kräfte anstrengt, um seine Bahn so geschwind als möglich zurückzulegen.

Ungefähr zwei Uhr nachmittag, nach dem gegebenen Glokkenzeichen, beginnt jeden Tag der schon beschriebene Zirkel des Festes. Die Spaziergänger finden sich ein, die Wache zieht auf, Balkone, Fenster, Gerüste werden mit Teppichen behängt, die Masken vermehren sich und treiben ihre Torheiten, die Kutschen fahren auf und nieder, und die Straße ist mehr oder weniger gedrängt, je nachdem die Witterung oder andere Umstände günstig oder ungünstig ihren Einfluß zeigen. Gegen das Ende des Karnevals vermehren sich, wie natürlich, die Zuschauer, die Masken, die Wagen, der Putz und der Lärm. Nichts aber reicht an das Gedränge, an die Ausschweifungen des letzten Tages und Abends.

Letzter Tag

Meist halten die Kutschenreihen schon zwei Stunden vor Nacht stille, kein Wagen kann mehr von der Stelle, keiner aus den Seitengassen mehr herein rücken. Die Gerüste und Stühle sind früher besetzt, obgleich die Plätze teurer gehalten werden; jeder sucht aufs baldigste unterzukommen, und man erwartet das Ablaufen der Pferde mit mehrerer Sehnsucht als jemals.

Endlich rauscht auch dieser Augenblick vorbei, die Zeichen werden gegeben, daß das Fest geendigt sei; allein weder Wagen, noch Masken, noch Zuschauer weichen aus der Stelle.

Alles ist ruhig, alles still, indem die Dämmerung sachte zunimmt.

Moccoli

Kaum wird es in der engen und hohen Straße düster, so siehet man hie und da Lichter erscheinen, an den Fenstern, auf den Gerüsten sich bewegen und in kurzer Zeit die Zirkulation des Feuers dergestalt sich verbreiten, daß die ganze Straße von brennenden Wachskerzen erleuchtet ist.

Die Balkone sind mit durchscheinenden Papierlaternen verziert, jeder hält seine Kerze zum Fenster heraus, alle Gerüste sind erhellt, und es sieht sich gar artig in die Kutschen hinein, an deren Decken oft kleine kristallne Armleuchter die Gesellschaft erhellen; indessen in einem andern Wagen die Damen mit bunten Kerzen in den Händen zur Betrachtung ihrer Schönheit gleichsam einzuladen scheinen.

Die Bedienten bekleben den Rand des Kutschendeckels mit Kerzchen, offne Wagen mit bunten Papierlaternen zeigen sich, unter den Fußgängern erscheinen manche mit hohen Lichterpyramiden auf den Köpfen, andere haben ihr Licht auf zusammengebundene Rohre gesteckt und erreichen mit einer solchen Rute oft die Höhe von zwei, drei Stockwerken.

Nun wird es für einen jeden Pflicht, ein angezündetes Kerzchen in der Hand zu tragen, und die Favoritverwünschung der Römer Sia ammazzato hört man von allen Ecken und Enden wiederholen.

Sia ammazzato chi non porta moccolo! Ermordet werde, der kein Lichtstümpfchen trägt! ruft einer dem andern zu, indem er ihm das Licht auszublasen sucht. Anzünden und ausblasen und ein unbändiges Geschrei: Sia ammazzato, bringt nun bald Leben und Bewegung und wechselseitiges Interesse unter die ungeheure Menge.

Ohne Unterschied, ob man Bekannte oder Unbekannte vor sich habe, sucht man nur immer das nächste Licht auszublasen oder das seinige wieder anzuzünden und bei dieser Gelegenheit das Licht des Anzündenden auszulöschen. Und je stärker das Gebrüll Sia ammazzato von allen Enden widerhallt, desto mehr verliert das Wort von seinem fürchterlichen Sinn, desto mehr vergißt man, daß man in Rom sei, wo diese Verwünschung, um einer Kleinigkeit willen, in kurzem an einem und dem andern erfüllt werden kann.

Die Bedeutung des Ausdrucks verliert sich nach und nach gänzlich. Und wie wir in andern Sprachen oft Flüche und unanständige Worte zum Zeichen der Bewunderung und Freude gebrauchen hören, so wird Sia ammazzato diesen Abend zum Losungswort, zum Freudengeschrei, zum Refrain aller Scherze, Neckereien und Komplimente.

So hören wir spotten: Sia ammazzato il Signore Abbate che fa l'amore. Oder einen vorbeigehenden guten Freund anrufen: Sia ammazzato il Signore Filippo. Oder Schmeichelei und Kompliment damit verbinden: Sia ammazzata la bella Principessa! Sia ammazzata la Signora Angelica, la prima pittrice del secolo.

Alle diese Phrasen werden heftig und schnell mit einem langen haltenden Ton auf der vorletzten oder drittletzten Silbe ausgerufen. Unter diesem unaufhörlichen Geschrei geht das Ausblasen und Anzünden der Kerzen immer fort. Man begegne jemanden im Haus, auf der Treppe, es sei eine Gesellschaft im Zimmer beisammen, aus einem Fenster ans benachbarte, überall sucht man über den andern zu gewinnen und ihm das Licht auszulöschen.

Alle Stände und Alter toben gegeneinander, man steigt auf die Tritte der Kutschen, kein Hängeleuchter, kaum die Laternen sind sicher, der Knabe löscht dem Vater das Licht aus und hört nicht auf zu schreien: Sia ammazzato il Signore Padre! Vergebens, daß ihm der Alte diese Unanständigkeit verweist: der Knabe behauptet die Freiheit dieses Abends und verwünscht nur seinen Vater desto ärger. Wie nun an beiden Enden des Corso sich bald das Getümmel verliert, desto unbändiger häuft sich's nach der Mitte zu, und dort entsteht ein Gedränge, das alle Begriffe übersteigt, ja das selbst die lebhafteste Erinnerungskraft sich nicht wieder vergegenwärtigen kann.

Niemand vermag sich mehr von dem Platze, wo er steht oder sitzt, zu rühren; die Wärme so vieler Menschen, so vieler Lichter, der Dampf so vieler immer wieder ausgeblasener Kerzen, das Geschrei so vieler Menschen, die nur um desto heftiger brüllen, je weniger sie ein Glied rühren können, machen zuletzt selbst den gesundesten Sinn schwindeln; es scheint unmöglich, daß nicht manches Unglück geschehen, daß die Kutschpferde nicht wild, nicht manche gequetscht, gedrückt oder sonst beschädigt werden sollten.

Und doch, weil sich endlich jeder weniger oder mehr hinweg sehnt, jeder ein Gäßchen, an das er gelangen kann, einschlägt, oder auf dem nächsten Platze freie Luft und Erholung sucht, löst sich diese Masse auch auf, schmilzt von den Enden nach der Mitte zu, und dieses Fest allgemeiner Freiheit und Losgebundenheit, dieses moderne Saturnal endigt sich mit einer allgemeinen Betäubung.

Das Volk eilt nun, sich bei einem wohlbereiteten Schmause an dem bald verbotenen Fleische bis Mitternacht zu ergötzen, die feinere Welt nach den Schauspielhäusern, um dort von den sehr abgekürzten Theaterstücken Abschied zu nehmen, und auch diesen Freuden macht die herannahende Mitternachtsstunde ein Ende.

Aschermittwoch

So ist denn ein ausschweifendes Fest wie ein Traum, wie ein Märchen vorüber, und es bleibt dem Teilnehmer vielleicht weniger davon in der Seele zurück als unsern Lesern, vor deren Einbildungskraft und Verstand wir das Ganze in seinem Zusammenhange gebracht haben.

Wenn uns während des Laufs dieser Torheiten der rohe Pulcinell ungebührlich an die Freuden der Liebe erinnert, denen wir unser Dasein zu danken haben, wenn eine Baubo auf öffentlichem Platze die Geheimnisse der Gebärerin entweiht, wenn so viele nächtlich angezündete Kerzen uns an die letzte Feierlichkeit erinnern, so werden wir mitten unter dem Unsinne auf die wichtigsten Szenen unsers Lebens aufmerksam gemacht.

Noch mehr erinnert uns die schmale, lange, gedrängt volle

Straße an die Wege des Weltlebens, wo jeder Zuschauer und Teilnehmer mit freiem Gesicht oder unter der Maske, vom Balkon oder vom Gerüste nur einen geringen Raum vor und neben sich übersieht, in der Kutsche oder zu Fuße nur Schritt vor Schritt vorwärts kommt, mehr geschoben wird, als geht, mehr aufgehalten wird, als willig stille steht, nur eifriger dahin zu gelangen sucht, wo es besser und froher zugeht, und dann auch da wieder in die Enge kommt und zuletzt verdrängt wird.

Dürfen wir fortfahren ernsthafter zu sprechen, als es der Gegenstand zu erlauben scheint, so bemerken wir: daß die lebhaftesten und höchsten Vergnügen, wie die vorbeifliegenden Pferde, nur einen Augenblick uns erscheinen, uns rühren, und kaum eine Spur in der Seele zurücklassen, daß Freiheit und Gleichheit nur in dem Taumel des Wahnsinns genossen werden können, und daß die größte Lust nur dann am höchsten reizt, wenn sie sich ganz nahe an die Gefahr drängt und lüstern ängstlich-süße Empfindungen in ihrer Nähe genießet.

Und so hätten wir, ohne selbst daran zu denken, auch unser Karneval mit einer Aschermittwochsbetrachtung geschlossen, wodurch wir keinen unsrer Leser traurig zu machen fürchten. Vielmehr wünschen wir, daß jeder mit uns, da das Leben im ganzen, wie das Römische Karneval, unübersehlich, ungenießbar, ja bedenklich bleibt, durch diese unbekümmerte Maskengesellschaft an die Wichtigkeit jedes augenblicklichen, oft geringscheinenden Lebensgenusses erinnert werden möge.

Das Volk von Neapel

Aus »Italienische Reise«

...Der gute und so brauchbare Volkmann nötigt mich, von Zeit zu Zeit von seiner Meinung abzugehen. Er spricht zum Beispiel, daß dreißig- bis vierzigtausend Müßiggänger in Neapel zu finden wären, und wer spricht's ihm nicht nach! Ich vermutete zwar sehr bald nach einiger erlangter Kenntnis des südlichen Zustandes, daß dies wohl eine nordische Ansicht sein möchte, wo man jeden für einen Müßiggänger hält, der sich nicht den ganzen Tag ängstlich abmüht. Ich wendete deshalb vorzügliche Aufmerksamkeit auf das Volk, es mochte sich bewegen oder in Ruhe verharren, und konnte zwar sehr viel übelgekleidete Menschen bemerken, aber keine unbeschäftigten.

Ich fragte deswegen einige Freunde nach den unzähligen Müßiggängern, welche ich doch auch wollte kennen lernen; sie konnten mir aber solche ebensowenig zeigen, und so ging ich, weil die Untersuchung mit Betrachtung der Stadt genau zusammenhing, selbst auf die Jagd aus.

Ich fing an, mich in dem ungeheuren Gewirre mit den verschiedenen Figuren bekannt zu machen, sie nach ihrer Gestalt, Kleidung, Betragen, Beschäftigung zu beurteilen und zu klassifizieren. Ich fand diese Operation hier leichter als irgendwo, weil der Mensch sich hier mehr selbst gelassen ist und sich seinem Stande auch äußerlich gemäß bezeigt.

Ich fing meine Beobachtung bei früher Tageszeit an, und alle die Menschen, die ich hie und da still stehen oder ruhen fand, waren Leute, deren Beruf es in dem Augenblick mit sich brachte.

Die Lastträger, die an verschiedenen Plätzen ihre privilegierten Stände haben und nur erwarten, bis sich jemand ihrer bedienen will; die Kalessaren, ihre Knechte und Jungen, die bei den einspännigen Kaleschen auf den großen Plätzen stehen, ihre Pferde besorgen und einem jeden, der sie verlangt, zu Diensten sind; Schiffer, die auf dem Molo ihre Pfeife rauchen; Fischer, die an der Sonne liegen, weil vielleicht ein ungünstiger Wind weht, der ihnen auf das Meer auszufahren verbietet. Ich sah auch wohl noch manche hin und wider gehen, doch trug meist ein jeder ein Zeichen seiner Tätigkeit mit sich. Von Bettlern war keiner zu bemerken als ganz alte, völlig unfähige und krüppelhafte Menschen. Je mehr ich mich umsah, je genauer ich beobachtete, desto weniger konnt' ich, weder von der geringen, noch von der mittlern Klasse, weder am Morgen, noch den größten Teil des Tages, ja von keinem Alter und Geschlecht eigentliche Müßiggänger finden.

Ich gehe in ein näheres Detail, um das was ich behaupte glaubwürdiger und anschaulicher zu machen. Die kleinsten Kinder sind auf mancherlei Weise beschäftigt. Ein großer Teil derselben trägt Fische zum Verkauf von Santa Lucia in die Stadt; andere sieht man sehr oft in der Gegend des Arsenals, oder wo sonst etwas gezimmert wird, wobei es Späne gibt, auch am Meere, welches Reiser und kleines Holz auswirft, beschäftigt, sogar die kleinsten Stückchen in Körbchen aufzulesen. Kinder von einigen Jahren, die nur auf der Erde so hinkriechen, in Gesellschaft älterer Knaben von fünf bis sechs Jahren, befassen sich mit diesem kleinen Gewerbe. Sie gehen nachher mit den Körbchen tiefer in die Stadt und setzen sich mit ihren kleinen Holzportionen gleichsam zu Markte. Der Handwerker, der kleine Bürger kauft es ihnen ab, brennt es auf seinem Dreifuß zu Kohlen, um sich daran zu erwärmen, oder verbraucht es in seiner sparsamen Küche.

Andere Kinder tragen das Wasser der Schwefelquellen, welches besonders im Frühjahr sehr stark getrunken wird, zum Verkauf herum. Andere suchen einen kleinen Gewinn, indem sie Obst, gesponnenen Honig, Kuchen und Zuckerware einkaufen und wieder als kindische Handelsleute den übrigen Kindern anbieten und verkaufen; allenfalls, nur um ihren Teil daran umsonst zu haben. Es ist wirklich artig anzusehen, wie ein solcher Junge, dessen ganzer Kram und Gerätschaft in einem Brett und Messer besteht, eine Wassermelone, oder einen halben gebratenen Kürbis herumträgt, wie sich um ihn eine Schar Kinder versammelt, wie er sein Brett niedersetzt und die Frucht in kleine Stücke zu zerteilen anfängt. Die Käufer spannen sehr ernsthaft, ob sie auch für ihr klein Stückchen Kupfergeld genug erhalten sollen, und der kleine Handelsmann traktiert gegen die Begierigen die Sache ebenso bedächtig, damit er ja nicht um ein Stückchen betrogen werde. Ich bin überzeugt, daß man bei längerem Aufenthalt noch manche Beispiele solches kindischen Erwerbes sammeln könnte.

Eine sehr große Anzahl von Menschen, teils mittlern Alters, teils Knaben, welche meistenteils sehr schlecht gekleidet sind, beschäftigen sich, das Kehricht auf Eseln aus der Stadt zu bringen. Das nächste Feld um Neapel ist nur ein Küchengarten, und es ist eine Freude zu sehen, welche unsägliche Menge von Küchengewächsen alle Markttage herein geschafft wird, und wie die Industrie der Menschen sogleich die überflüssigen, von den Köchen verworfenen Teile wieder in die Felder bringt, um den Zirkel der Vegetation zu beschleunigen. Bei der unglaublichen Konsumtion von Gemüse machen wirklich die Strünke und Blätter von Blumenkohl, Broccoli, Artischocken, Kohl, Salat, Knoblauch einen großen Teil des neapolitanischen Kehrichts aus; diesen wird denn auch besonders nachgestrebt. Zwei große biegsame Körbe hängen auf dem Rücken eines Esels und werden nicht allein ganz voll gefüllt, sondern noch auf jeden mit besonderer Kunst ein Haufen aufgetürmt. Kein Garten kann ohne einen solchen Esel bestehen. Ein Knecht, ein Knabe, manchmal der Patron selbst, eilen des Tags so oft als möglich nach der Stadt, die ihnen zu allen Stunden eine reiche Schatzgrube ist. Wie aufmerksam diese Sammler auf den Mist der Pferde und Maultiere sind, läßt sich denken. Ungern verlassen sie die Straße, wenn es Nacht wird, und die Reichen, die nach Mitternacht aus der Oper fahren, denken wohl nicht, daß schon vor Anbruch des Tages ein emsiger Mensch sorgfältig die Spuren ihrer Pferde aufsuchen wird. Man hat mir versichert, daß ein paar solche Leute, die sich zusammen tun, sich einen Esel kaufen und einem größern Besitzer ein Stückchen Krautland abpachten, durch anhaltenden Fleiß in dem glücklichen Klima, in welchem die Vegetation niemals unterbrochen wird, es bald so weit bringen, daß sie ihr Gewerbe ansehnlich erweitern.

Ich würde zu weit aus meinem Wege gehen, wenn ich hier von der mannigfaltigen Krämerei sprechen wollte, welche man mit Vergnügen in Neapel, wie in jedem andern großen Orte bemerkt; allein ich muß doch hier von den Herumträgern sprechen, weil sie der letztern Klasse des Volks besonders angehören. Einige gehen herum mit Fäßchen Eiswasser, Gläsern und Zitronen, um überall gleich Limonade machen zu können, einen Trank, den auch der Geringste nicht zu entbehren vermag; andere mit Kredenztellern, auf welchen Flaschen mit verschiedenen Liqueuren und Spitzgläsern in hölzernen Ringen vor dem Fallen gesichert stehen; andere tragen Körbe allerlei Backwerks, Näscherei, Zitronen und anderes Obst umher, und es scheint, als wolle jeder das große Fest des Genusses, das in Neapel alle Tage gefeiert wird, mitgenießen und vermehren.

Wie diese Art Herumträger geschäftig sind, so gibt es noch eine Menge kleiner Krämer, welche gleichfalls herumgehen und, ohne viele Umstände, auf einem Brett, in einem Schachteldeckel ihre Kleinigkeiten, oder auf Plätzen, geradezu auf flacher Erde, ihren Kram ausbieten. Da ist nicht von einzelnen Waren die Rede, die man auch in größern Läden fände, es ist der eigentliche Trödelkram. Kein Stückchen Eisen, Leder, Tuch, Leinewand, Filz usw., das nicht wieder als Trödelware zu Markte käme und das nicht wieder von einem oder dem andern gekauft würde. Noch sind viele Menschen der niedern Klasse bei Handelsleuten und Handwerkern als Beiläufer und Handlanger beschäftigt.

Es ist wahr, man tut nur wenig Schritte, ohne einem sehr übelgekleideten, ja sogar einem zerlumpten Menschen zu begegnen, aber dies ist deswegen noch kein Faulenzer, kein Tagedieb! Ja ich möchte fast das Paradoxon aufstellen, daß zu Neapel verhältnismäßig vielleicht noch die meiste Industrie in der ganz niedern Klasse zu finden ist. Freilich dürfen wir sie nicht mit einer nordischen Industrie vergleichen, die nicht allein für Tag und Stunde, sondern am guten und heitern Tage für den bösen und trüben, im Sommer für den Winter zu sorgen hat. Dadurch daß der Nordländer zur Vorsorge, zur Einrichtung von der Natur gezwungen wird, daß die Hausfrau einsalzen und räuchern muß, um die Küche das ganze Jahr zu versorgen, daß der Mann den Holz- und Fruchtvorrat, das Futter für das Vieh nicht aus der Acht lassen darf usw., dadurch werden die schönsten Tage und Stunden dem Genuß entzogen und der Arbeit gewidmet. Mehrere Monate lang entfernt man sich gern aus der freien Luft und verwahrt sich in Häusern vor Sturm, Regen, Schnee und Kälte; unaufhaltsam folgen die Jahreszeiten aufeinander, und jeder, der nicht zugrunde gehen will, muß ein Haushälter werden. Denn es ist hier gar nicht die Frage, ob er entbehren wolle; er darf nicht entbehren wollen, er kann nicht entbehren wollen, denn er kann nicht entbehren; die Natur zwingt ihn zu schaffen, vorzuarbeiten. Gewiß haben diese Naturwirkungen, welche sich Jahrtausende gleich bleiben, den Charakter der in so manchem Betracht ehrwürdigen nordischen Nationen bestimmt. Dagegen beurteilen wir die südlichen Völker, mit welchen der Himmel so gelinde umgegangen ist, aus unserm Gesichtspunkte zu streng. Was Herr von Pauw in seinen Recherches sur les Grecs, bei Gelegenheit da er von den zynischen Philosophen spricht, zu äußern wagt, paßt völlig hierher. Man mache sich, glaubt er, von dem elenden Zustande solcher Menschen nicht den richtigen Begriff; ihr Grundsatz alles zu entbehren sei durch ein Klima sehr begünstigt, das alles gewährt. Ein armer, uns elend scheinender Mensch könne in den dortigen Gegenden die nötigsten und nächsten Bedürfnisse nicht allein befriedigen, sondern die Welt aufs schönste genießen; und ebenso möchte ein sogenannter neapolitanischer Bettler die Stelle eines Vizekönigs in Norwegen leicht verschmähen und die Ehre ausschlagen, wenn ihm die Kaiserin von Rußland das Gouvernement von Sibirien übertragen wollte.

Gewiß würde in unsern Gegenden ein zynischer Philosoph schlecht ausdauern, da hingegen in südlichen Ländern die Natur gleichsam dazu einladet. Der zerlumpte Mensch ist dort noch nicht nackt; derjenige, der weder ein eigenes Haus hat, noch zur Miete wohnt, sondern im Sommer unter den Überdächern, auf den Schwellen der Paläste und Kirchen, in den öffentlichen Hallen die Nacht zubringt und sich bei schlechtem

Wetter irgendwo gegen ein geringes Schlafgeld untersteckt, ist deswegen noch nicht verstoßen und elend; ein Mensch noch nicht arm, weil er nicht für den andern Tag gesorgt hat. Wenn man nur bedenkt, was das fischreiche Meer, von dessen Produkten sich jene Menschen gesetzmäßig einige Tage der Woche nähren müssen, für eine Masse von Nahrungsmitteln anbietet; wie allerlei Obst und Gartenfrüchte zu jeder Jahreszeit in Überfluß zu haben sind; wie die Gegend, worin Neapel liegt, den Namen Terra di Lavoro (nicht das Land der Arbeit, sondern das Land des Ackerbaues) sich verdienet hat und die ganze Provinz den Ehrentitel der glücklichen Gegend (Campagna felice) schon Jahrhunderte trägt: so läßt sich wohl begreifen, wie leicht dort zu leben sein möge.

Überhaupt würde jenes Paradoxon, welches ich oben gewagt habe, zu manchen Betrachtungen Anlaß geben, wenn jemand ein ausführliches Gemälde von Neapel zu schreiben unternehmen sollte; wozu denn freilich kein geringes Talent und manches Jahr Beobachtung erforderlich sein möchte. Man würde alsdann im ganzen vielleicht bemerken, daß der sogenannte Lazzarone nicht um ein Haar untätiger ist als alle übrigen Klassen, zugleich aber auch wahrnehmen, daß alle in ihrer Art nicht arbeiten um bloß zu leben, sondern um zu genießen, und daß sie sogar bei der Arbeit des Lebens froh werden wollen. Es erklärt sich hierdurch gar manches: daß die Handwerker beinahe durchaus gegen die nordischen Länder sehr zurück sind; daß Fabriken nicht zustande kommen; daß, außer Sachwaltern und Ärzten, in Verhältnis zu der großen Masse von Menschen wenig Gelehrsamkeit angetroffen wird, so verdiente Männer sich auch im einzelnen bemühen mögen; daß kein Maler der neapolitanischen Schule jemals gründlich gewesen und groß geworden ist: daß sich die Geistlichen im Müßiggange am wohlsten sein lassen, und auch die Großen ihre Güter meist nur in sinnlichen Freuden, Pracht und Zerstreuung genießen mögen.

Ich weiß wohl, daß dies viel zu allgemein gesagt ist, und daß die Charakterzüge jeder Klasse nur erst nach einer genauern Bekanntschaft und Beobachtung rein gezogen werden können, allein im ganzen würde man doch, glaube ich, auf diese Resultate treffen.

Ich kehre wieder zu dem geringen Volke in Neapel zurück. Man bemerkt bei ihnen, wie bei frohen Kindern, denen man etwas aufträgt, daß sie zwar ihr Geschäft verrichten, aber auch zugleich einen Scherz aus dem Geschäft machen. Durchgängig ist diese Klasse von Menschen eines sehr lebhaften Geistes und zeigt einen freien richtigen Blick. Ihre Sprache soll figürlich, ihr Witz sehr lebhaft und beißend sein. Das alte Atella lag in der Gegend von Neapel, und wie ihr geliebter Pulcinell noch jene Spiele fortsetzt, so nimmt die ganz gemeine Klasse von Menschen noch jetzt Anteil an dieser Laune...

Wilhelm Heinse
Aus dem Roman »Ardinghello und die glückseeligen Inseln«

... Die Vögel begrüßten vielstimmig den neuen Tag. Die Sonne kam herauf im herrlichen Lichtkreis am Ende der Bergstrecke des Monte Baldo und schritt kühn übers Gebirg bei Verona im gelben Feuer; die Stirn, womit sie sich emporwarf, war Majestät, die der Blick nicht aushielt; und je voller sie hereintrat: desto öfter mußte sich das geblendete Auge von dem göttlichen Glanze wegwenden, der doch so entzückend nach der blinden Dunkelheit war, daß es immer durstiger sich in den köstlichen Strahlen berauschte.

Breit lag der See da im Morgenduft und die Hügel im dünnen Nebel; ein leises Wehen in der Mitte kräuselte die Wellen, und weckte seine Schönheit wie auf, und machte sie lebendig. Die Häuserchen zwischen den Bäumen am Ufer schienen allein zu schlummern mit ihrer Unbeweglichkeit und weil die Menschen noch nicht heraus waren.

Unser Nachen wallte leicht mit voll geschwelltem Segel über die nassen Pfade.

Es war ein heiter Wetter zu Anfang Oktobers und einer meiner unvergeßlichen Tage. Sirmio lag lieblich da in Strahlen und sonnte sich; und die unabsehliche Kette der Felsen dahinter, wie eine neue Welt, als ob sie bestimmt wäre, lauter Titanen zu tragen. Süßer rötlicher Dunst bekleidete glänzend den östlichen Himmel, und die wollichten Wölkchen schwebten still um den lichten Raum des Äthers, worin entzückt in hohen Flügen die Alpenadler hingen.

Der See ist würklich einer der schönsten, die ich gesehen habe, so reizend sind dessen Ufer und zugleich majestätisch und wild, mit soviel Abwechslung von Lokalfarben; und Licht und Schatten macht immer neue Szenen. Die Halbinsel Sirmio liegt in der Tat da wie der Sitz einer Kalypso, um von da aus das Land zu beherrschen, und hat das prächtige Theater von ungeheuren Gebirgen vor sich.

Wir kamen bei guter Zeit am bestimmten Ort an und machten uns noch in der Kühle den Berg hinauf. Als wir die erste Anhöhe erstiegen hatten, lagerten wir uns in dem Wäldchen von Kastanien unten an den Quell der mit Efeu bekleideten Felsenwand ins weiche Gras, von hohen dunkeln Eichen und Buchen hier umschattet, nachdem wir erst unsre Weinflaschen an den frischesten Platz gestellt, gerade wo der Sprung hervorstrudelte. Dem Schiffer sagten wir, er sollte vor Sonnenuntergang uns wieder abholen; und so blieben wir allein.

Wir ruhten vom Aufsteigen aus und streckten uns die Länge lang auf die bequemsten Fleckchen; noch niedrig beim Aufgehen hatte schon die Sonne durch die Stämme den Tau weggeküßt, und es war nun alles trocken. Wir genossen vom neuen das Labsal des letzten Schlummers, als wir so früh aus den Betten mußten; und die einzelnen Lichtstrahlen zitterten süß von oben schräg durch die bewegten Zweige auf unsre Augenlider und schimmerten in die Dämmerung. »O Sonn und Erde«, rief endlich Ardinghello, »wie gut macht ihr's euern Kindern, wenn sie sich selbst das Leben nicht verbitterten!« und sprang auf. Auch ich rastete nicht länger: der frische Duft der fortrieselnden Quelle machte den ganzen Körper doppelt rege.

Ich nahm ihn in Arm und ging mit ihm auf und nieder durch die Bäume und sagte: »Das ist doch nicht fein, da wir so lange beisammen sind und ich dich liebe wie mein ander Ich, daß du mir noch nichts von deinen Lebensumständen bekannt gemacht hast und immer damit hinter dem Berge hieltest! Sooft die Rede auf deine Familie kam, bogst du davon aus, als ob du aus dem Kraute gewachsen wärest; was Cäcilien betrifft, laß ich's noch angehen, und deine Entschuldigung wäre bei jedem andern gut gewesen.«

»Lieber!« versetzte er darauf, »mein Schutzgeist hat mich davon abgehalten. Ich glaube, daß jeder Mensch einen Dämon hat, der ihm sagt, was er tun soll, und daß Sokrates nicht einen allein hatte; wenn wir nur dessen Stimme hören und uns nicht übereilen wollten! In jedem Menschen wohnt ein Gott; und wer sein inner Gefühl geläutert hat, vernimmt ohne Wort und Zeichen dessen Orakelsprüche, erkennt seinen eignen höhern Ursprung, sein Gebiet über die Natur und ist nichts untertan.

Ich stamme aus einem der guten Häuser von Florenz: mein Vater war Astorre Frescobaldi und meine Mutter Maria von der verfolgten Familie der Albizi! Beide sind nicht mehr, und ich bin allein noch übrig, ihr erstes und letztes Kind. Mein Vater entbrannte in Leidenschaft für Isabellen, die dritte Tochter des Cosmus, vermählt mit dem Römer Paul Orsini: und sie gab ihm leicht Gehör; er war noch jung, wohlgebildet und hatte tausend Reize, sie zu fesseln. Sie wurde gleichfalls gegen ihn entzündet; und in Abwesenheit ihres Mannes, der von ihr wie geschieden lebte und sich meistens zu Rom aufhielt, hatten sie erwünschte Gelegenheit, ihr Liebesspiel zu treiben. So gebar sie denn zwei Töchter, von welchen wenigstens die erste meine natürliche Schwester ist. Sie hat sich hernach vielen preisgegeben und mag wohl selbst nicht wissen, mit wem sie die übrigen Kinder erzeugte; jung und schön über alle Weiber, voll Witz und Geist und Leben, und so durch Erziehung gebildet, daß sie Spanisch, Französisch und sogar Lateinisch spricht, verschiedne Instrumente spielt, wie eine Sirene singt, und Verse macht, oft aus dem Stegreif, herrschte sie am Hofe wie eine Göttin und tat, was sie wollte. Noch jetzt übt sie Gewalt aus, obgleich der Zepter ihres Vaters ihr nun entwandt ist.* Ihre Liebhaber verfolgten sich einer den andern, und wie die Sonne strahlte die Mutwillige, ungestört vom Krieg der Elemente um sie herum; immer mit neuen Vergnügungen beschäftigt, ließ sie ihre Geliebtesten im Elend verderben und machte sich darüber keine Sorge. Ein göttlich schönes Ding bloß für die Gegenwart! ein Feuer, das alles aufzehrt, was sich ihm nähert.

Mein Vater wurde das erste Opfer; der Herzog ließ ihn gefangensetzen. Er machte sich los und flüchtete nach Venedig und von dort in die Levante. Man zog seine Güter ein, unter

* Fu amata dal *Cosmo* suo padre, di maniera, che era voce per la città, che egli avesse commercio carnale seco, sagt eine florentinische Handschrift aus der damaligen Zeit hierüber.

Vorwand von Verschwörung und Staatsverbrechen; meine Mutter starb darüber für Gram. Mich nahm meine Tante Lucrezia zu sich. O guter Freund, du weißt noch nicht, was ein kluger Tyrann tun kann! von fern sieht die Tigerkatze schön aus, wegen ihrer Stärke und Behendigkeit. Wenn Cosmus ein zweiter Augustus ist in Unterjochung der Freiheit und Wollust gegen seine Landestöchter und in seinen Julien: so ist er noch viel grausamer als sein Urbild.

Durch ein bloßes Ohngefähr hab ich die beste Erziehung erhalten. Als Knabe folgt ich meistens meinem Hange, und wurde hernach bei dem gestörten Hausfrieden durch die Leidenschaft meines Vaters gegen Isabellen wenig mit vorgesetzten Lehrmeistern geplagt. Ich ging mit Kindern von allerlei Klassen um, und die fähigsten waren meine Spielgesellen; ich suchte sie zu übertreffen im Laufen und Ringen und Schwimmen im Arno und in listigen Streichen. Ich habe freilich manche Beule im Balgen und Fallen davongetragen, bin aber davon weder ein Krüppel geworden noch gestorben. Mein Vater, ein mutiger tapfrer Mann, nahm mich im ersten zarten Alter einigemal mit zur See, wo er als Befehlshaber der Galeeren die Küsten gegen die Korsaren bestrich: und die reinen großen ewigen Gegenstände erfüllten hier meine ganze Seele und erregten mächtig alle Triebe zum Freien und Edlen.

Wie ich zum Jüngling heranwuchs, hatten die bildenden Künste und höhern Leibesübungen den größten Reiz für mich, und nächst diesen griechische und römische Sprache und die Geschichte dieser hohen Völker; auch hierin wollt ich jeden übertreffen, und Glück und Gestalt und Wesen führte mich zu den besten Meistern.

In der Zeichnung und Malerei kam ich auf die letzt unter die Hände des Georg Vasari, der zwar nie ein schöpferisches Werk hervorgebracht hat, aber voll Kenntnis und Geschmack war, bei allen seinen Vorurteilen. Der alte Schwätzer blies wie ein Boreas mit vollen Backen in meinen Enthusiasmus. Mein Vater, dessen Augapfel ich war, ließ mir zwar nach seiner Jovialität und nach Georgens Verheißungen, daß ich ein Licht werden würde, alles zu verdunkeln, freien Willen: doch bracht er mich noch kurz vor seiner Gefangenschaft und Flucht zu verschiednen philosophischen Köpfen, in deren Umgang ich nach und nach mich zu einer andern Richtung lenkte. Meine erste Neigung behielt aber immer die Oberhand.

Ich glaube, die Hauptregel bei der Erziehung sei, den Kindern Zeit zu lassen, sich selbst zu bilden. Das beste, was man tun kann, ist, daß man die Triebe schärft und reizt, ein vortrefflicher Mensch zu werden, und ihnen die eigne Arbeit soviel wie möglich dabei erleichtert. Alle Natur, wenn sie groß und herrlich werden soll, muß freie Luft haben. Freilich muß der Stoff dazu in den Urkräften liegen, und ein guter Erzieher sollte doch einigermaßen die Vortrefflichkeit der Pflanzen kennen. Jeder gewaltige Geist wirft schon in der Kindheit, obgleich noch im Chaos und Nebel, helle Strahlen von sich. Alkibiades legt sich als spielender Knabe Wagen und Ochsen in den Weg, zwingt den Treiber, zu halten; Scipio erkannte den künftigen Marius im jungen Soldaten. Ein einziger Gedanke, nur eine Tat, von scharfem tiefen Gefühl oder vielfacher Überlegung entsprossen, obgleich noch roh auf verschiednen Seiten, ist eine glückliche Vorbedeutung; und so Schnelligkeit, zu fassen und zu behalten: hingegen Allgehorsam und Fraubasengutartigkeit, so beliebt bei Pedanten, eine unglückliche; denn da ist kein Mut und keine Kraft. Alles, was in die jungen Seelen eingetrichtert wird, was sie nicht aus eigner Lust und Liebe halten, haftet nicht und ist vergebliche Schulmeisterei. Was ein Kind nicht mit seinen Sinnen begreift, wovon es keinen Zweck ahndet, zu seinem eigenen Nutzen und Vergnügen: das verfliegt wie Spreu im Winde. So ist die Natur des Lebendigen vom Baum und Gras an, und der Mensch macht davon keine Ausnahme. Jeder geh in sein Leben zurück und sehe, ob etwas von allen dem Vorzeitigen geblieben ist, wo nicht etwa bloß zum Verderb des Genusses. Viel Natur und wenig Bücher, mehr Erfahrung als Gelerntes hat die wahren vortrefflichen Menschen in jedem Stand hervorgebracht.

Ein Kind muß erst den Boden kennenlernen, worauf es geboren ist, Gewächse, Tiere und Menschen, eh es etwas Ausländisches fassen kann: sonst kömmt ein Papagei heraus. ›Keine Schrift‹, sagt Plato mit Recht, ›und wäre sie von dem echtesten Trismegist, gibt mehr als Erinnerung der Dinge, die man schon kennt‹, und ist für den, der sie nicht kennt, ebenso unbedeutend als die Hieroglyphen für die Römer auf ihren prächtigen Obelisken. Von der sinnlichen Natur aber geht man hernach über in die Geisterwelt, und macht in Entzücken Bekanntschaft mit den großen Griechen und Römern und allen außerordentlichen Wesen, die diese Nacht erleuchten.

Als mein Vater einige Jahre weg war«, fuhr er fort, »bekam ich eine solche Sehnsucht nach ihm, daß ich nicht länger bleiben konnte. Ich fühlte die Ungerechtigkeit des Großherzogs wegen seiner buhlerischen Tochter erst recht lebendig, sah meine eigne Gefahr und machte mich ohngeachtet der Vorstellungen meiner Tante auf und reiste ihm nach, ohne zu wissen, wo er sich eigentlich aufhielt. Ich ging unter anderm Namen nach Venedig, um dort, während ich ihn auskundschaftete, die Werke Tizians zu studieren und vom Paul Veronese und Tintorett zu lernen; und meine Tante schickte mir von meinem Mütterlichen, soviel ich brauchte. Paul gewann mich bald lieb, so wie der Greis Tizian, den ich in seinen letzten Tagen oft mit Singen und Spielen ergötzte; und sie weihten mich in verschiednen von ihren Geheimnissen ein, weil sie Auge bei mir fanden. Es war mir nun lieb, daß ich außer meinem eignen Vergnügen noch etwas gelernt hatte, womit ich mich auf allen Fall durch die Welt schlagen konnte.

Den Herbst vor meiner Bekanntschaft mit dir erfuhr ich endlich, daß mein Vater zu Kandia als Hauptmann in Diensten eurer Republik stünde, unter dem General Malatesta, einem Florentiner, dessen Sohn Cosmus in den Armen seines Vaters dort umbringen ließ, weil er mit seiner ersten Tochter Maria zu tun hatte, die er deswegen selbst, der kalte Barbar ohne Eingeweide, mit Gift hinrichtete. Ich war schon zur Abreise fertig und wartete nur auf ein Schiff zur Abfahrt, als meine Tante mir die neue traurige Nachricht meldete, daß auch er durch Meuchelmörder, eben wie der junge Malatesta, längst, noch vor dem Kriege mit den Türken, das Leben eingebüßt habe. Dies traf mich wie ein Wetterschlag; ich schwur in meinem Herzen hohe Rache und kochte lauter Galle. Noch bis jetzt kann ich nichts ausrichten, wenn ich mein junges Blut nicht für ein altes ausgemergeltes auf der Stelle hingeben will: aber das Verderben reift über ihren Häuptern.«

Dem Edlen standen hier die Tränen in den Augen, er warf sich nieder an die Quelle, mit dem Gesicht auf dem Boden; sein Inneres war beklommen; er schwieg und knirschte mit den Zähnen.

Ich faßte ihn bei der Hand und redt ihm zu: »Mich jammert dein Schicksal, und du hast recht, zu zürnen. Aber die Welt ist voll von Unglücklicheren! und du kannst noch stolz sein; wo sind diejenigen, die soviel Leben in ihrem Innern haben wie du, um alles zu bekämpfen? Freude und Leid umtanzt und umringt wechselweise jeden Menschen, und hierin ist kein Unterschied zwischen König und Knecht.«

»O ihr Venezianer«, fuhr er auf, »und ihr Genueser habt gut reden! Euch hat kein Haus, wie uns das Mediceische, so niederträchtig zugrunde gerichtet, und ihr strahlt frohlockend in Osten und Westen von Italien wie das Zwillingsgestirn am Himmel; Toskana, die alte Glorie von Welschland, liegt da in Schmutz und Trauerkleidern, mit Ketten behangen von seinen eignen Söhnen.«

Unser Gespräch ging dann auf die Geschichte dieser Staaten über, das hier zu weitläuftig wäre und außer meinem Kreise.

Es war schon gegen Mittag, und der Dunst vom Sonnenbrand auf den Gegenden benahm alle Aussicht; unten schien der See zu kochen und eine ungeheure Feuerpfanne von geschmolznem Silber; Eidechsen, Käfer, Mücken und unzählbare Insekten hielten in der Glut ein allgemeines Fest, und die Grillen betäubten mit ihrem Gezirp wie ein Meerbrausen die Ohren: wir machten uns also an unsere Quelle in die grüne kühle Nacht, wo die undurchdringlichen Eichen und Buchengewölbe und Felsen mächtiglich vor der Hitze Dampf beschirmten.

Wir stärkten uns mit Speise, und der frische Purpursaft der Traube weckte unbezwinglich die Freude wieder in jeder Nerve. Wie ein paar junge Götter lagen wir da im Schatten, und unsre Augen und Lippen lächelten vom vergangenen Kummer wie die Blumen des Frühlings von süßem Abendtau. O Jugend, o glückselige Jugend, ach, warum verlässest du uns so bald! . . .

Ludwig Tieck

Aus dem Roman »Franz Sternbalds Wanderungen«

...Franz blieb länger in Florenz, als er sich vorgenommen hatte, sein neuer Freund Castellani ward krank, und Sternbald war gutherzig genug, ihm Gesellschaft zu leisten, da jener zu Florenz fast ganz fremde war. Er konnte den Bitten seiner jungen Frau, der freundlichen Lenore, sich nicht widersetzen, und da er in Florenz für seine Kunst noch genug zu lernen fand, so gereute ihn auch dieser Abschub nicht.

Es ereignete sich außerdem noch ein sonderbarer Vorfall. Es fügte sich oft, daß er bei seinen Besuchen seinen Freund nicht sprechen konnte, Lenore war dann allein, und noch ehe er es bemerken konnte, war er an sie gefesselt. Er kam bald nur, um sie zu sehen. Lenore schien gegen Franz sehr gefällig, ihre schalkhaften Augen sahen ihn immer lustig an, ihr mutwilliges Gespräch war immer belebt. An einem Morgen entdeckte sie ihm unverhohlen, daß Castellani nicht mit ihr verheiratet sei, sie reise, sie lebe nur mit ihm, in Turin habe sie ihn kennengelernt, und er sei ihr damals liebenswürdig vorgekommen. Franz war sehr verlegen, was er antworten solle; ihn entzückte der leichte, flatterhafte Sinn dieses Weibes, obgleich er ihn verdammen mußte, ihre Gestalt, ihre Freundlichkeit gegen ihn. Sie sahen sich öfter und waren bald einverstanden; Franz machte sich Vorwürfe, aber er war zu schwach, dies Band wieder zu zerreißen.

Es gelang ihm, mit einem Maler in Florenz in Bekanntschaft zu geraten, der niemand anders war, als Franz Rustici, der damals in dieser Stadt und Italien in großem Ansehn stand. Dieser verschaffte ihm ein Bild zu malen, und schien an Sternbald Anteil zu nehmen. Sie sahen sich öfter, und Franz ward in Rusticis Freundschaft aufgenommen.

Dieser Maler war ein lustiger, offener Mann, der ernst sein konnte, wenn er wollte, aber immer für leichten Scherz Zeit genug übrigbehielt. Franz besuchte ihn oft, um von ihm zu lernen und sich an seinen sinnreichen Gesprächen zu ergötzen. Rustici war ein angesehener Mann in Florenz, aus einer guten Familie, der bei Andrea Verocchio und dem berühmten Leonard da Vinci seine Kunst erlernt hatte. Franz bewunderte den großen Ausdruck an seinen Bildern, die wohlüberdachte Komposition.

Nachdem sich beide oft gesehen hatten, sagte Rustici an einem Tage zu Sternbald: »Mein lieber deutscher Freund, besucht mich am künftigen Sonnabend in meinem Garten vor dem Tore, wir wollen dort lustig miteinander sein, wie es sich für Künstler ziemt. Wir machen oft eine fröhliche Gesellschaft zusammen, zu der der Maler Andrea gehört, den Ihr kennt, und den man immer del Sarto von seinem Vater her zu nennen pflegt; dieser wird auch dort sein. Die Reihe, einen Schmaus zu geben, ist nun an mich gekommen, Ihr mögt auch Eure Geliebte mitbringen, denn wir wollen tanzen, lachen und scherzen.«

»Wenn ich nun keine habe, die ich mitbringen kann«, antwortete Franz.

»Oh, mein Freund«, sagte der Florentiner, »ich würde Euch für keinen guten Künstler halten, wenn es Euch daran fehlen sollte. Die Liebe ist die halbe Malerei, sie gehört mit zu den Lehrmeistern in der Kunst. Vergeßt mich nicht, und seid in meiner Gesellschaft recht fröhlich.«

Franz verließ ihn. Castellani war nach Genua gereist, um dort einen Arzt, seinen Freund, zu sehen, seine Geliebte war in Florenz zurückgeblieben. Franz bat um ihre Gesellschaft auf den kommenden Schmaus, die sie ihm auch zusagte, da sie sich wenig um die Reden der Leute kümmerte.

Der Tag des Festes war gekommen. Lenore hatte ihren schönsten Putz angelegt, und war liebenswürdiger als gewöhnlich. Franz war zufrieden, daß sie Aufmerksamkeit und Flüstern erregte, als er sie durch die Straßen der Stadt führte. Sie schien sich auch an seiner Seite zu gefallen, denn Franz war jetzt in der blühendsten Periode seines Lebens, sein Ansehn war munter, sein Auge feurig, seine Wangen rot, sein Schritt und Gang edel, beinahe stolz. Er hatte die Demut und Schüchternheit fast ganz abgelegt, die ihn bis dahin immer noch als einen Fremden kennbar machte. Er geriet nun nicht mehr so, wie sonst, in Verlegenheit, wenn ein Maler seine Arbeiten lobte, weil er sich auch daran mehr gewöhnt hatte.

Sternbald fand schon einen Teil der Gesellschaft versammelt, die ganz aus jungen Männern und Mädchen oder schönen Weibern bestand. Er grüßte den Meister Andrea freundlich, der ihn schon kannte, und der ihm mit seiner gewöhnlichen leichtsinnigen und doch blöden Art dankte. Man erwartete den Wirt, von dem sein Schüler Bandinelli erzählte, daß er nur noch ein fertiges Gemälde in der Stadt nach dem Eigentümer gebracht habe, und eine ansehnliche Summe dafür empfangen werde.

Der Garten war anmutig mit Blumengängen geschmückt, mit schönen grünen Rasenplätzen dazwischen und dunkeln, schattigen Gängen. Das Wetter war schön, ein erfrischender Wind spielte durch die laue Luft, und erregte ein stetes Flüstern in den bewegten Bäumen. Die großen Blumen dufteten, alle Gesichter waren fröhlich.

Francesco Rustici kam endlich, nachdem man ihn lange erwartet hatte, er näherte sich der Gesellschaft freundlich, und hatte das kleine Körbchen in der Hand, in dem er immer seine Barschaft zu tragen pflegte. Er grüßte alle höflich, und bewillkommte Franz vorzüglich freundschaftlich. Andrea ging aufgeräumt auf ihn zu, und sagte: »Nun, Freund, du hast noch vorher ein ansehnliches Geschäft abgemacht, lege deinen Schatz ab, der dir zur Last fällt, vergiß deine Malereien, und sei nun ganz mit uns fröhlich.«

Francesco warf lachend den leeren Korb ins Gebüsch, und rief aus: »Oh, mein Freund, heute fallen mir keine Geldsummen zur Last, ich habe nichts mehr.«

»Du bist nicht bezahlt worden?« rief Andrea aus, »ja, ich kenne die vornehmen und reichen Leute, die es gar nicht wissen und nicht zu begreifen scheinen, in welche Not ein armer Künstler geraten kann, der ihnen nun endlich seine fertige Arbeit bringt, und doch mit leeren Händen wieder zurückgehen muß. Ich bin manchmal schon so böse geworden, daß ich Pinsel und Palette nachher in den Winkel warf und die ganze Malereikunst verfluchte. Sei nicht böse darüber, Francesco, du mußt dich ein paar unnütze Gänge nicht verdrießen lassen.«

»Er ist bezahlt«, sagte ein junger Mann, der mit dem Maler gekommen war.

»Und wo hat er denn sein Geld gelassen?« fragte Andrea verwundert.

»Ihr kennt ja seine Art«, fuhr jener fort, »wie er keinen Armen vor sich sehen kann, ohne ihn zu beschenken, wenn er Geld bei sich hat. Kaum sahen sie ihn daher heute aus dem Palast kommen und seinen bekannten Korb an seinem Arm, als ihm auch alle Bettler folgen, die mit seiner Gutherzigkeit bekannt sind. Er gab jedem reichlich, und nahm es nicht übel, daß einige darunter waren, denen er erst gestern gegeben hatte; als ich es ihm heimlich sagte, antwortete er lachend: ›Mein Freund, sie wollen aber heute wieder essen.‹ Ein alter Mann stand von der Seite und sah dem Austeilen zu, er heftete die Augen aufmerksam auf den Korb, und seufzte für sich: ›Ach Gott, wenn ich doch nur das Geld hätte, das in diesem Korbe ist!‹ Francesco hatte es unvermuteterweise gehört. Er geht auf den Alten zu, und frägt, ob es ihn glücklich machen würde? ›Oh, mich und meine Familie‹, ruft jener, ›aber seid nicht böse, ich dachte nicht, daß Ihr es hören würdet.‹ – Sogleich kehrt mein launiger Francesco den ganzen Korb um, und schüttet ihn dem alten Bettler in seine lederne Mütze, geht davon, ohne auch nur den Dank abzuwarten.«

»Ihr seid ein edler Mann!« rief Sternbald aus.

»Oh, Ihr irrt«, sagte der Maler, »es ist gar nichts Besonderes, ich kann den Armen nicht sehen, es jammert mich, und so gebe ich ihm wenigstens, da ich nicht mehr tun kann. Bei diesem Alten fiel mir ein, wie manche unnütze Ausgaben ich in meinem Leben schon gemacht hätte, wie wenig ich aufopfre, wenn ich mir eine Tapete oder ein kostbares Hausgerät versage. Ich dachte: ›Wenn du nun kein Geld bekommen, wenn du das Gemälde gar nicht gemalt hättest?‹ Ich sah Kinder und seine alte zerlumpte Gattin in Gedanken vor mir, die mit so heißer Sehnsucht seine Rückkehr erwarteten.«

»Aber wenn du so handeln willst«, sagte Andrea, »so kannst du deinem Geben gar keinen Einhalt tun.«

»Das ist es eben, was mich betrübt«, fuhr Rustici fort, »daß ich meine Gutherzigkeit einschränken muß, daß alles, was wir an Wohltaten tun können, nichts ist, weil wir nicht immer, weil wir nicht alles geben können. Es ist eine sonderbare Fügung des Schicksals, daß Überfluß und Pracht und drückender Mangel dicht nebeneinander bestehen müssen, die Armut auf Erden kann niemals aufgehoben werden, und wenn alle Menschen gleich wären, müßten sie alle betteln, und keiner könnte geben. Das allein tröstet mich auch oft darüber, wenn mir einfällt, daß ich mich bei meiner Kunst wohl befinde, indessen andre, die weit härtere Arbeiten tun, die weit fleißiger sind, Mangel leiden müssen. Hier ist auf Erden See und Weltmeer, hier strömen große Flüsse, dort leiden die heißen Ebenen, die wenigen Pflanzen ersterben aus Mangel am nötigen Wasser. Einer soll gar nicht dem andern nützen, jedes Wesen in der Natur ist um sein selbst willen da. – Doch, wir müssen über das Gespräch nicht unsers Gastmahls vergessen.«

Er versammelte hierauf die Gesellschaft. Ein schöner Knabe ging mit einem Korbe voll großer Blumenkränze herum, jeder mußte einen davon nehmen und ihn sich auf die Stirn drücken. Nun setzte man sich um einen runden Tisch, der auf einem schattigen kühlen Platze im Garten gedeckt war, an allen Orten standen schöne Blumen, die Speisen wurden aufgetragen. Die Gesellschaft nahm sich sehr malerisch aus, mit den großen, vollen, bunten Kränzen, jeder saß bei seiner Geliebten, Wein ward herumgegeben, aus den Gebüschen erschallten Instrumente von unsichtbaren Musikanten.

Rustici stand auf, und nahm ein volles Glas: »Nun zuerst«, rief er aus, »dem Stolze von Toskana, dem größten Manne, den das florentinische Vaterland hervorgebracht hat, dem großen Michael Agnolo Buonarotti!« – Alle stießen an, alle ließen ihr »Er lebe!« ertönen.

»Schade«, sagte Andrea, »daß unser wahnsinniger Camillo uns verlassen hat, und jetzt in Rom herumwandert, er würde uns eine Rede halten, die sich gut zu dieser Gelegenheit schickt.«

Muntere Trompeten ertönten zu den Gesundheiten, und

Flöten mit Waldhörnern gemischt klangen, wenn sie schwiegen, vom entfernten Ende des Gartens. Die Schönen wurden erheitert, sie legten nun auch den Schleier ab, sie lösten die Locken aus ihren Fesseln, der Busen war bloß. Franz sagte: »Nur ein Künstler kann die Welt und ihre Freuden auf die wahre und edelste Art genießen, er hat das große Geheimnis erfunden, alles in Gold zu verwandeln. In Italien ist es, wo die Wollust die Vögel zum Singen antreibt, wo jeder kühle Baumschatten Liebe duftet, wo es dem Bache in den Mund gelegt ist, von Wonne zu rieseln und zu scherzen. In der Fremde, im Norden ist die Freude selbst eine Klage, man wagt dort nicht, den vorüberschwebenden Engel bei seinem großen goldenen Flügel herunterzuziehen.«

Ein Mädchen gegenüber nahm den Blumenstrauß von der weißen Brust, und warf ihn Franzen nach den Augen, indem sie ausrief: »Ihr solltet ein Dichter sein, Freund, und kein Maler, dann solltet Ihr lieben, und Euch täglich in einem neuen Sonette hören lassen.«

»Nehmt mich zu Eurem Geliebten an«, rief Sternbald aus, »so mögt Ihr mich vielleicht begeistern. Diese Blumen will ich als ein Andenken an Eure Schönheit aufbewahren.«

»Sie welken«, sagte jene, »der liebliche Brunnquell, aus dem ihr Duft emporsteigt, versiegt, sie fallen zusammen, sie lassen die Häupter sinken, und freilich vergeht alles so, was schön genannt wird.«

Franz war von der wundervollen Versammlung, von den Blumen, den schönen Mädchen, Musik und Wein begeistert, er stand auf und sang:

»Warum Klagen, daß die Blume sinkt
Und in Asche bald zerfällt:
Daß mir heut ein lüstern Auge winkt
Und das Alter diesen Glanz entstellt.

Ihm mit allen Kräften nachzuringen,
Fest zu halten unsrer Schönen Hand –
Ja, die Liebe leiht die mächtgen Schwingen
Von Vergänglichkeit, sie knüpft das Band.

Sagt, was wäre Glück, was Liebe?
Keiner betete zu ihr
Wenn sie ewig bei uns bliebe,
Schönheit angefesselt hier.

Aber wenn auch keine Trennung droht,
Eifersucht und Ungetreue schweigen,
Alle sich der Liebe neigen,
Fürchten gleich Geliebte keinen Tod –

Ach! Vergänglichkeit knüpft schon die Ketten,
Denen kein Entrinnen möglich bleibt,
Lieb und Treue können hier nicht retten,
Wenn die harte Zeit Gesetze schreibt.

Darum geizen wir nach Küssen,
Beugen Schönen unser Knie,
Winke, Lippen, Lächeln grüßen
Allzuoft zur Freude nie.«

Als er geendigt hatte, schämte er sich seines Rausches, und Rustici rief aus: »Seht, meine Landsleute, da einen Deutschen, der uns Italiener beschämt! Er wird uns alle unsre Schönen abtrünnig machen.«

Andrea sagte: »Ein Glück, daß ich noch Bräutigam bin, für meine Frau würd ich sehr besorgt sein. Aber seht ihn nur an, jetzt sitzt er so ernsthaft da, als wenn er auf eine Leichenrede dächte. Mir fällt dabei mein Lehrer Piero di Cosimo ein, der immer von so vielen recht trübseligen Gedanken beunruhigt wurde, der sich vor dem Tode über alle Maßen fürchtete, der sich unter sonderbaren Phantomen abängstigte, und sich doch wieder an recht reizenden, ja ich möchte beinahe sagen, leichtfertigen Phantasien ergötzte.«

Rustici sagte: »Er war gewiß eins der seltsamsten Gemüter, die noch auf Erden gelebt haben, seine Bilder sind zart und vom Geiste der Wollust und Lieblichkeit beseelt, und er saß, gleich einem Gefangenen, in sich selber eingeschlossen, seine Hand nur ragte aus dem Kerker hervor, und hatte keinen Teil an seinem übrigen Menschen. Seine Kunst lustwandelte auf grüner Wiese, indem seine Phantasie den Tod herbeirief, und tolle, schwermütige Maskeraden erfand.«

Das Gespräch der Maler ward hier unterbrochen, denn die Mädchen und jungen Leute sprachen von allerhand lustigen Neuigkeiten aus der Stadt, wodurch die Sprechenden überstimmt wurden. Das lebhafte Mädchen, das Laura hieß, erzählte von einigen Nachbarinnen aus der Stadt überaus fröhliche Geschichten, die keiner als Franz anstößig fand. Er saß ihren schwarzen Augen gegenüber, die ihn unablässig verfolgten, bei jeder lebhaften Bewegung, wenn sie sich vorüberbog, machte sie den schönsten Busen sichtbarer, ihre Arme wurden ganz frei, und zeigten die weißeste Rundung. – Lenore ward etwas eifersüchtig, und entblößte ihre Arme, um sie mit denen ihrer Gegnerin zu vergleichen, die übrigen Mädchen lachten.

Andrea und Francesco hatten sich abseits unter einen Baum gesetzt, und führten ein ernsthaftes Gespräch; beide waren von Wein begeistert. »Du verstehst mich nicht«, sagte Rustici mit vielem Eifer, »der Sinn dafür ist dir verschlossen, ich gebe aber darum doch meine Bemühungen nicht auf. Glaube nur, mein Bester, daß zu allen großen Dingen eine Offenbarung gehört, wenn sie sich unsern Sinnen mitteilen sollen, ein Gast muß plötzlich herabsteigen, der unsern Geist mit seinem fremden Einfluß durchdringt. So ist es auch mit der erhabenen Kunst der Alchimie beschaffen.«

»Es ist und bleibt immer unbegreiflich«, sagte der langsamere Andrea, »daß du durch Zeichen und wunderbare, unverständliche Verbindungen so viel ausrichten willst.«

»Laß mich nur erst zum Ende kommen«, eiferte Francesco, »so sind diese Verbindungen nicht mehr wunderbar, so erscheint alles einfach und klar vor unsern Augen. Die anscheinende Verwirrung muß uns nur nicht abschrecken, es ist die Ordnung selbst, die in diesen Buchstaben, in diesen unverständlichen Hieroglyphen uns gleichsam stammelnd oder wie aus der Ferne anredet. Treten wir nur dreist näher hinzu, so wird jede Silbe deutlicher, und wir verwundern uns denn nur darüber, daß wir uns vorher verwundern konnten. Ein guter

Geist hat dem Sternbald eingegeben, zu sagen, daß sich alles unter der Hand des Künstlers in Gold verwandle. Wie schwierig ist der Anfang zu jeglicher Kunst! Und wird nicht alles in dieser Welt verwandelt und aus unkenntlichen Massen zu fremdartigen Massen erzogen? Warum soll es mit den Metallen anders sein? Schweben nicht über die ganze Natur wohltätige Geister, die nur Seltsamkeiten aushauchen, nur in einer Atmosphäre von Unbegreiflichkeiten leben, und so wie der Mensch alles sich gleich oder ähnlich macht, sie ebenso alle Elemente umher, wenn sie noch so feindselig sind, noch so träge in der Alltäglichkeit sich herumbewegen, anrühren und in Wunder umschaffen. An diese Geister müssen wir glauben, um auf sie zu wirken; du mußt der Begeisterung beim Malen vertrauen, und du weißt nicht, was sie ist, woher sie kömmt, die Geisteratmosphäre umweht dich und es geschieht: – mit unserm innerlichen Seelenothem müssen wir jene Geisterwelt herbeisaugen, unser Herz muß sie magnetisch an sich reißen, und siehe, sie muß ihrer Natur nach, durch ihre bloße Gegenwart das unbegreifliche Wunder wirken.«

Andrea wollte etwas antworten, als die Trompeten laut ertönten, und ihr sonderbares Gespräch unterbrachen. »Ihr seid«, sagte die schalkhafte Laura, »sehr ernsthaft geworden.«

»Verzeiht«, antwortete der freundliche Rustici, »ich kann meine Natur nicht immer ganz beherrschen, und alle süßen Töne der Instrumente und der Sängerin ziehen sie zur Melancholie. Ich habe mich oft gefragt: woher? warum? aber ich kann mir selber keine Rechenschaft geben.«

»Ihr werdet vielleicht dadurch an trübselige Gegenstände erinnert«, sagte Laura.

»Nein, das ist es nicht«, fuhr der Maler fort, »sondern mir ist im Gegenteil innerlich dann sehr wohl, meine Freude, die wie ein gefangener Adler in Ketten gesessen hat, schlägt nun mit einem Male die muntern, tapfern Schwingen auseinander. Ich fühle, wie die Kette zerreißt, die mich noch an der Erde hielt, über die Wolken hinaus, über die Bergspitzen hinüber, der Sonne entgegen mein Flug gewendet. Aber nun verlieren sich unter mir die Farben, und die Abwechselungen und Absonderungen der bunten Welt. Ich bin frei, aber die Freiheit genügt mir nicht, ich kehre zurück und reiße mich von neuem empor. Es ist, als wenn Stimmen mich erinnerten, daß ich schon einst viel glücklicher gewesen sei, und daß ich auf dieses Glück von neuem hoffen müsse. Die Musik ist es nicht selbst, die so zu mir spricht, aber ich höre sie wie abgebrochene Laute aus einer ehemaligen verlornen Welt, die ganz und durchaus nur Musik war, die nicht Teile, Abgesonderheit hatte, sondern wie ein einziger Wohllaut, lauter Biegsamkeit und Glück dahinschwebte, und meinen Geist auf ihren weichen Schwanenfedern trug, statt daß er auch jetzt noch auf den süßesten Tönen wie auf Steinen liegt, und sein Unglück fühlt und beklagt.«

»So ist Euch nicht zu helfen, phantastischer lieber Maler und Freund«, sagte Laura lachend, indem sie ihm die weiße Hand reichte, die er ehrerbietig küßte. Dann drehte sie sich von ihm, und sprach im Getümmel der übrigen Mädchen umher, sie hatten beschlossen, daß sie nun, da es kühl geworden war, einen muntern Tanz aufführen wollten, wie ihn die fröhlichen Landleute in Italien zu tanzen pflegen.

Der Tanz ging vor sich, aber Sternbald und Lenore blieben zurück, weil er es nicht wagen mochte, diese leichten, schnellen und ihm ungewöhnlichen Bewegungen mitzumachen, um die übrigen nicht durch seine Ungeschicklichkeit zu verwirren. Laura tanzte von allen am zierlichsten, ohne alle Bemühung gelangen ihr die schwierigsten Stellungen und die schnellsten Veränderungen. Franz ergötzte sich an den leichten, flatternden Gewändern, an den schön verschlungenen Figuren. Die zierlichsten Füße schwebten, trippelten und sprangen auf und ab, im Schwunge des Rocks ward das leichte, wohlgeformte Bein sichtbar, weiße Arme und Busen, üppige Hüften, die das Gewand deckte und verriet, zogen das Auge nach sich, und verwirrten es in dem fröhlichen Tumult. Laura und einige andre junge Mädchen waren ausgelassen, wenn sie im Sprunge in den Arm ihres Tänzers flogen, hob dieser sie im Schwunge hoch, und in der Luft schwebend sangen sie Stellen aus Liebesliedern in die Musik hinein.

Der wilde, bacchantische Taumel war beschlossen, ein andrer Tanz, der Zärtlichkeit ausdrückte, wurde angeordnet, auch

Lenore und Sternbald schlossen sich dem Reihen an. – Eine sanfte Musik erklang, die Paare umschlangen sich und schwebten hinauf und hinab, die Hände und Arme begegneten sich wieder, und Busen an Busen geschmiegt, begann eine neue Wendung. Da sah man die verführerischsten Stellungen knüpfen, alle Gelenke wurden biegsamer, Franz war wie in Trunkenheit verloren. Die Luft duftete ihnen Wonne und Freude entgegen, wie auf den Wellen der Musik schwebte er an Lauras oder Lenorens Arm einher, in jedem tanzenden Gesicht kam ihm ein schalkhafter Engel entgegen, der ihm Entzücken predigte. Er drückte Lauras Hand, die seine Zärtlichkeit erwiderte.

Man ruhte im Schatten der Bäume aus. Knaben gaben kühlende, wohlschmeckende Früchte herum, die Schönen lagerten sich im Grase. Andrea war vom Tanz erhitzt und sagte: »Seht, mein Freund Sternbald, so müßt ihr Deutsche erst nach Italien kommen, um zu lernen, was schön sei, hier erst offenbart sich euch Natur und Kunst. In eurem trüben Norden ist es der Imagination unmöglich, ihre Flügel auszudehnen und das Edle zu empfinden.«...

Jean Paul
Aus dem Roman »Titan«

... Überall wollte Albano aussteigen und in große Ruinen und in den Glanz der entfallnen Kleinodien treten, welche den Welteroberern auf dem Wege nach Rom von den Triumphwagen verloren gegangen. Aber der Ritter riet ihm an, seine Augen und Begeisterung zu sparen und aufzuheben für Rom. Wie schlug sein Herz, als sie endlich in der wüsten Campagna, die voll Lava-Würfe um den Horst der römischen Adler, dieser über die Welt getriebnen Sturmvögel, lag, auf der Flaminischen Straße rollten! – Aber er und Gaspard fühlten sich wunderbar beklommen – den stehenden See einer schwülen Schwefelluft glaubt' man zu durchwaten, die sein Vater den Schwefelhütten zu Baccano zuschrieb – er lechzete nach dem Schnee auf den fernen Bergen – der Himmel war schwarzblau und still – einzelne hohe Wolken flogen pfeilschnell durch die stille Wüste – ein Mann in der Ferne setzte eine ausgegrabene Urne wieder hin und betete, ängstlich gen Himmel blickend, seinen Rosenkranz – Albano wandte sich nach den Gebürgen, denen die Abendsonne, wie aufgelöset in stechendem Glanz, zusank. – Auf einmal ließ der Ritter den Postillon halten, der heftig die Arme, da es unter dem Wagen noch fortrollte, gen Himmel warf und rief: »Heilige Mutter Gottes, ein Erdbeben!« Aber Gaspard berührte den sonnentrunknen Sohn und sagte zeigend: »Ecco Roma!« – Albano blickte hin und sah in tiefer Ferne die Kuppel der Peterskirche im Sonnenglanz. Die Sonne ging unter, die Erde bebte noch einmal, aber in seinem Geiste war nichts als Rom.

Eine halbe Stunde nach dem Erdstoße wickelte sich der Himmel in Meere ein und warf sie stück- und stromweise herunter.

Die nackte Campagna und Heide verdeckte der Regenmantel – Gaspard war still – der Himmel schwarz – der große Gedanke stand einsam in Albano, daß er dem Blut- und Throngerüst der Menschheit, dem Herzen einer erkalteten Helden-Welt, der ewigen Roma zueile; und als er auf dem Ponte molle hörte, daß er jetzt über die Tiber gehe: so war ihm, als sei die Vergangenheit von den Toten auferstanden und er schiffe im zurücklaufenden Strome der Zeit; unter den Strömen des Himmels hört' er die alten sieben Bergströme rauschen, die einst von Roms Hügeln kamen und mit sieben Armen die Welt aus dem Boden aufhoben.

Endlich rückte das breitstehende Sternbild der Bergstadt Gottes in Nächte auseinander, Städte mit sparsamen Lichtern lagen hinauf und hinab, und die Glocken (für ihn Sturmglokken) schlugen vier Uhr *, als der Wagen durch das Triumphtor der Stadt, die Porta del Popolo, rollte: so riß der Mond seinen schwarzen Himmel auf und goß aus der Wolken-Kluft den Glanz eines ganzen Himmels hernieder; da stand der ägyptische Obeliskus des Tors wolkenhoch in der Nacht, und drei Straßen liefen glänzend auseinander. So bist du (sagte sich Albano, als sie im langen Corso nach der zehnten Region fuhren) wirklich im Lager des Kriegsgottes; hier, wo er das Heft des ungeheuern Kriegsschwertes faßte und mit der Spitze die drei Wunden in drei Weltteile machte. – Guß und Glanz durchflogen die weiten, breiten Straßen – zuweilen kam er plötzlich vor Gärten vorbei und in breite Stadtwüsten und Marktplätze der Vergangenheit. – Das Rollen der Wagen unter dem Rauschen des Regens glich dem Donner, dessen Tage dieser Heldenstadt sonst heilig waren, gleichsam der donnernde Himmel der donnernden Erde – eingemummte Gestalten mit kleinen Lichtern schlichen durch die finstern Straßen – oft stand ein langer Palast mit Säulen-Reihen im Feuer des Mondes, oft eine graue einsame Säule, oft eine einzelne hohe Fichte, oder eine Statue hinter Zypressen. Einmal, da weder Regen noch Mondlicht war, ging der Wagen um die Ecke eines großen Hauses, auf dessen

* Zehn Uhr.

Dache eine blühende lange Jungfrau, mit einem aufblickenden Kinde an der Hand, eine kleine Handleuchte bald gegen eine weiße Statue, bald gegen das Kind selber richtete und so wechselnd die ganze Gruppe beleuchtete. Mitten in das erhobene Gemüt drang die freundliche Gesellschaft und brachte ihm manche Erinnerungen mit; besonders war ihm ein römisches Kind eine ganz neue und mächtige Idee.

Sie stiegen endlich aus bei dem Fürsten di Lauria, Gaspards Schwiegervater und altem Freund. Nah' an seinem Palast lag der Campo vaccino (das alte Forum), und auf die breiten Treppen und die drei Wunder-Gebäude des Kapitols schien der helle Mond; in der Ferne stand das Coliseo. Zögernd ging Albano in das erleuchtete Haus, wovor der Wagen der Fürstin stand, und wandte schwer das Auge von diesen Höhen der Welt, wovon einst ein leichtes Wort wie eine Schneeflocke lange rollte und ewig wuchs, bis es in einem fremden Lande eine Stadt erdrückte mit der Schlaglawine.

Die Fürstin mit ihrer Gesellschaft sah erfreuet die neue kommen. Der alte Fürst Lauria empfing höflich und zurückhaltend seinen Enkel. Seine unzähligen Bedienten redeten fast alle Sprachen Europas durcheinander. Albano fragte sogleich den Ritter nach seinem Lehrer Dian, diesem auf den Römer geimpften Griechen; aber gerade an das Menschlichste hatte, wie immer die Großen, Gaspard nicht gedacht. Man schickte in dessen nahe Wohnung; er war nicht zu Hause.

Man speisete. Der Fürst bewirtete sogleich mit seinem Lieblings-Schaugericht, mit dem politischen Weltlauf, und gab das Neueste von der französischen Revolution. Zeitungen waren ihm Ewigkeiten, Nouvellen Antiken; er hielt alle Blätter Europas und daher zu jedem den deutschen, den russischen, den englischen, den polnischen Bedienten, der es ihm übersetzte. Bei seiner satirischen Kälte gegen alle Menschen und Sachen erschien der politische und welsche Eifer stärker, womit er gegen den Ritter die Fanzosen beschirmte, der sie gelassen verachtete und, sich nach seiner Weise sogar in schlechten Wortspielen auslassend, den alten Römern das Forum und den neuern das Campo vaccino, und ebenso den alten Galliern das Marsfeld und den neuern ein Märzfeld eingab.

Albano glaubte, so nah' am Forum geb' es keinen Scherz und jedes Wort müsse groß sein in dieser Stadt. Der kalte Lauria sprach warm für Gallien, wie ein Minister nur Völker, nicht Individuen achtend, und seine Meinung gefiel dem Jüngling.

Da lenkte die Fürstin den Strom auf Roms hohe Kunst. Fraischdörfer zerlegte den Koloß in Glieder und wog sie auf der engsten Waage. Bouverot stach den Riesen in historisches Kupfer. Die Fürstin sprach mit vieler Wärme, aber ohne Bedeutung. Gaspard schmolz alle ein, gleichsam zu einem korinthischen Erz, und umfaßte alle, ohne gefasset zu werden. Auf seiner kalt, aber stark aufdringenden Lebensquelle ließ er die Welt wie eine Kugel spielen und schweben.

Albano bewahrte, mit allen unzufrieden, seine Begeisterung, den unterirdischen Göttern der Vergangenheit um ihn her nach alter Sitte opfernd, nämlich mit Schweigen. Wohl hätt' er reden wollen und können, aber anders, in Oden, mit dem ganzen Menschen, mit Strömen, die aufwärts stiegen und wüchsen. Immer sehnsüchtiger sah er an die Fenster nach dem Mond im reinen Regenblau und nach einzelnen Säulen des Forums; draußen glänzte ihm die größte Welt. – Endlich stand er zürnend und schmachtend auf und schlich hinunter in die dämmernde Herrlichkeit und trat vor das Forum; aber die Mondnacht, die Dekorationsmalerin, die mit unförmlichen Strichen arbeitet, macht' ihm fast die Bühne unkenntlich.

Welch' eine öde, weite Ebene, hoch von Ruinen, Gärten, Tempeln umgeben, mit gestürzten Säulen-Häuptern und mit aufrechten einsamen Säulen und mit Bäumen und einer stummen Wüste bedeckt! Der aufgewühlte Schutt aus dem ausgegossenen Aschenkrug der Zeit – und die Scherben einer großen Welt umhergeworfen! Er ging vor drei Tempel-Säulen*, die die Erde bis an die Brust hinuntergezogen hatte, vorbei und durch den breiten Triumph-Bogen des Septimius Severus hindurch; rechts standen verbundne Säulen ohne ihren Tempel, links an einer Christen-Kirche die tief in den Bodensatz der

* des Jupiter tonans.

Zeit getauchte Säulenreihe eines alten Heidentempels, am Ende der Siegesbogen des Titus und vor ihm in der öden waldigen Mitte ein Springwasser, in ein Granitbecken sich gießend.

Er ging dieser Quelle zu, um die Ebene zu überschauen, aus welcher sonst die Donnermonate der Erde aufzogen; aber wie über eine ausgebrannte Sonne ging er darüber, welche finstere tote Erden umhängen. O der Mensch, der Mensch-Traum! riefs unaufhörlich um ihn. Er stand an der Granitschale, gegen das Coliseo gekehrt, dessen Gebürgsrücken hoch in Mondlicht stand, mit den tiefen Klüften, die ihm die Sense der Zeit eingehauen – scharf standen die zerrissenen Bogen von Neros goldnem Hause wie mörderische Hauer darneben. – Der palatinische Berg grünte voll Gärten, und auf zerbrochnen Tempel-Dächern nagte der blühende Totenkranz aus Efeu, und noch glühten lebendige Ranunkeln um eingesenkte Kapitäler. – Die Quelle murmelte geschwätzig und ewig, und die Sterne schaueten fest herunter mit unvergänglichen Strahlen auf die stille Walstatt, worüber der Winter der Zeit gegangen, ohne einen Frühling nachzuführen – die feurige Weltseele war aufgeflogen, und der kalte zerstückte Riese lag umher, auseinandergerissen waren die Riesen-Speichen des Schwungrads, das einmal der Strom der Zeiten selber trieb. – Und noch dazu goß der Mond sein Licht wie ätzendes Silberwasser auf die nackten Säulen und wollte das Coliseo und die Tempel und alles auflösen in ihre eignen Schatten! –

Da streckte Albano die Arme in die Lüfte, als könnt' er damit umfassen und zerfließen wie mit Armen eines Stroms, und rief aus: »O ihr großen Schatten, die ihr einst hier strittet und lebtet, ihr blickt herab vom Himmel, aber verachtend, nicht trauernd, denn euer großes Vaterland ist euch nachgestorben! Ach, hätt' ich auf der nichtigen Erde voll alter Ewigkeit, die ihr groß gemacht, nur eine Tat eurer wert getan! Dann wär' es mir süß und erlaubt, mein Herz zu öffnen durch eine Wunde und zu vermischen das irdische Blut mit dem geheiligten Boden und aus der Gräber-Welt wegzueilen zu euch Ewigen und Unvergänglichen! Aber ich bin es nicht wert!« –

Hier kam plötzlich auf der via sacra ein langer, tief in den Mantel gewickelter Mann daher an die Fontäne, warf, ohne umzublicken, den Hut hin und hielt den pechschwarzen, lockigen, fast steilrechten Hinterkopf unter den Wasserstrahl. Aber kaum erblickte er, sich aufwärts kehrend, das Profil des in seine Bilder versunknen Albano: so fuhr er tropfend auf – starrte den Grafen an – staunte – warf die Arme hoch in die Luft – sagte: »Amico?« – Albano sah ihn an. – Der Fremde sagte: »Albano!« – »Mein Dian!« rief Albano; sie nahmen sich heftig und weinten vor Liebe ...

Ernst Theodor Amadeus Hoffmann
Aus der Novelle »Die Fermate«

...Den ganzen Tag saß ich bei den Schwestern, akkompagnierte und schrieb die Stimmen aus den Partituren zum Gebrauch in der Residenz. Lauretta war mein Ideal, alle bösen Launen, die entsetzlich aufbrausende Heftigkeit – die virtuosische Quälerei am Flügel – alles ertrug ich mit Geduld! – Sie, nur sie hatte mir ja die wahre Musik erschlossen. Ich fing an, das Italienische zu studieren und mich in Kanzonetten zu versuchen. Wie schwebte ich im höchsten Himmel, wenn Lauretta meine Komposition sang und sie gar lobte! Oft war es mir, als habe ich das gar nicht gedacht und gesetzt, sondern in Laurettas Gesange strahle erst der Gedanke hervor. An Teresina konnte ich mich nicht recht gewöhnen, sie sang nur selten, schien nicht viel auf mein ganzes Treiben zu geben und zuweilen war es mir sogar, als lache sie mich hinterrücks aus. Endlich kam die Zeit der Abreise heran. Nun erst fühlte ich, was mir Lauretta geworden und die Unmöglichkeit mich von ihr zu trennen. Oft, wenn sie recht *smorfiosa* gewesen, liebkoste sie mich, wiewohl auf ganz unverfängliche Weise, aber mein Blut kochte auf und nur die seltsame Kälte, die sie mir entgegenzusetzen wußte, hielt mich ab, hell auflodernd in toller Liebeswut sie in meine Arme zu fassen. – Ich hatte einen leidlichen Tenor, den ich zwar nie geübt, der sich aber jetzt schnell ausbildete. Häufig sang ich mit Lauretta jene zärtliche italienische *Duettini*, deren Zahl unendlich ist. Eben ein solches Duett sangen wir, die Abreise war nahe – *›senza di te ben mio, vivere non poss'io‹* – Wer vermochte das zu ertragen! – Ich stürzte zu Laurettas Füßen – ich war in Verzweiflung! Sie hob mich auf, ›aber mein Freund! dürfen wir uns denn trennen?‹ – Ich horchte voll Erstaunen hoch auf. Sie schlug mir vor, mit ihr und Teresina nach der Residenz zu gehen, denn aus dem Städtchen heraus müßte ich doch einmal, wenn ich mich der Musik ganz widmen wolle. Denke dir einen, der in den schwärzesten bodenlosen Abgrund stürzt, er verzweifelt am Leben, aber in dem Augenblick, wo er den Schlag, der ihn zerschmettert, zu empfinden glaubt, sitzt er in einer herrlichen hellen Rosenlaube und hundert bunte Lichterchen umhüpfen ihn und rufen: ›Liebster, bis dato leben Sie noch!‹ – So war mir jetzt zumute. Mit nach der Residenz! das stand fest in meiner Seele! – Nicht ermüden will ich dich damit, wie ich es anfing dem Onkel zu beweisen, daß ich nun durchaus nach der ohnehin nicht sehr entfernten Residenz müßte. Er gab endlich nach, versprach sogar mitzureisen. Welch ein Strich durch die Rechnung! – Meine Absicht mit den Sängerinnen zu reisen, durfte ich ja nicht laut werden lassen. Ein tüchtiger Katarrh, der den Onkel befiel, rettete mich. Mit der Post fuhr ich von dannen, aber nur bis auf die nächste Station, wo ich blieb, um meine Göttin zu erwarten. Ein wohlgespickter Beutel setzte mich in den Stand alles gehörig vorzubereiten. Recht romantisch wollte ich die Damen wie ein beschützender Paladin zu Pferde begleiten; ich wußte mir einen nicht besonders schönen, aber nach der Versicherung des Verkäufers geduldigen Gaul zu verschaffen und ritt zur bestimmten Zeit den Sängerinnen entgegen. Bald kam der kleine zweisitzige Wagen langsam heran. Den Hintersitz hatten die Schwestern eingenommen, auf dem kleinen Rücksitz saß ihr Kammermädchen, die kleine dicke Gianna, eine braune Neapolitanerin. Außerdem war noch der Wagen mit allerlei Kisten, Schachteln und Körben, von denen reisende Damen sich nie trennen, vollgepackt. Von Giannas Schoße bellten mir zwei kleine Möpse entgegen, als ich froh die Erwarteten begrüßte. Alles ging glücklich vonstatten, wir waren schon auf der letzten Station, da hatte mein Pferd den besondern Einfall nach der Heimat zurückkehren zu wollen. Das Bewußtsein, in dergleichen Fällen nicht mit sonderlichem Erfolg Strenge brauchen zu können, riet mir alle nur mögliche sanfte Mittel zu versuchen, aber der starrsinnige Gaul blieb ungerührt bei meinem freundlichen Zureden. Ich wollte vorwärts, er rückwärts, alles, was ich mit Mühe über ihn erhielt, war, daß, statt rückwärts auszureißen, er sich nur im Kreise drehte. Teresina bog sich zum Wagen heraus und lachte sehr, während Lauretta beide Hände vor dem Gesicht, laut aufschrie, als sei ich in größter Lebensgefahr. Das gab mir den Mut der Verzweiflung, ich drückte beide Sporn dem Gaul in die Rippen, lag aber auch in demselben Augenblick unsanft hinabgeschleudert auf dem Boden. Das Pferd blieb ruhig stehen, und schaute mich mit lang vorgerecktem Halse ordentlich verhöhnend an. Ich vermochte nicht aufzustehen, der Kutscher eilte mir zu helfen, Lauretta war herausgesprungen und weinte und schrie, Teresina lachte unaufhörlich. Ich hatte mir den Fuß verstaucht und konnte nicht wieder aufs Pferd. Wie sollte ich fort? Das Pferd wurde an den Wagen gebunden, in den ich hineinkriechen mußte. Denke dir zwei ziemlich robuste Frauenzimmer, eine dicke Magd, zwei Möpse, ein Dutzend Kisten, Schachteln und Körbe und nun noch mich dazu in einen kleinen zweisitzigen Wagen zusammengepackt – denke dir Laurettas Jammern über den unbequemen Sitz – das Heulen der Möpse – das Geschnatter der Neapolitanerin – Teresinas Schmollen – meinen unsäglichen Schmerz am Fuße, und du wirst das Anmutige meiner Lage ganz empfinden. Teresina konnte es, wie sie sagte, nicht länger aushalten. Man hielt, mit einem Satz war sie aus dem Wagen heraus. Sie band mein Pferd los, setzte sich quer über den Sattel und trabte und kurbettierte vor uns her. Gestehen mußte ich, daß sie sich gar herrlich ausnahm. Die ihr in Gang und Stellung eigene Hoheit und Grazie zeigte sich noch mehr auf dem Pferde. Sie ließ sich die Chitarra hinausreichen und, die Zügel um den Arm geschlungen, sang sie stolze spanische Romanzen, volle Akkorde dazu greifend. Ihr helles seidenes Kleid flatterte, im schimmernden Faltenwurf spielend, und wie in den Tönen kosende Luftgeister, nickten und wehten die weißen Federn auf ihrem Hute. Die ganze Erscheinung war hochromantisch, ich konnte kein Auge von Teresina wenden, unerachtet Lauretta sie eine fantastische Närrin schalt, der die Keckheit übel bekommen würde. Es ging aber glücklich, das Pferd hatte allen Starrsinn verloren oder es war ihm die Sängerin lieber als der Paladin, kurz – erst vor den Toren der Residenz, kroch Teresina wieder ins Wagengehäuse hinein.

Sieh mich jetzt in Konzerten und Opern, sieh mich in aller

möglichen Musik schwelgen – sieh mich als fleißigen Correpetitore am Flügel, Arien, Duetten, und was weiß ich sonst einstudieren. Du merkst es dem ganz veränderten Wesen an, daß ein wunderbarer Geist mich durchdringt. Alle kleinstädtische Scheu ist abgeworfen, wie ein Maestro sitze ich am Flügel vor der Partitur, die Szenen meiner Donna dirigierend. – Mein ganzer Sinn – meine Gedanken sind süße Melodie. – Ich schreibe unbekümmert um kontrapunktische Künste, allerlei Kanzonetten und Arien, die Lauretta singt, wiewohl nur im Zimmer. – Warum will sie nie etwas von mir im Konzert singen? – Ich begreife es nicht! – Aber Teresina erscheint mir zuweilen auf stolzem Roß mit der Lyra, wie die Kunst selbst in kühner Romantik – unwillkürlich schreib ich manch hohes ernstes Lied! – Es ist wahr, Lauretta spielt mit den Tönen wie eine launische Feenkönigin. Was darf sie wagen, das ihr nicht glücke? Teresina bringt keine Roulade heraus – ein simpler Vorschlag, ein Mordent höchstens, aber ihr langgehaltener Ton leuchtet durch finstern Nachtgrund und wunderbare Geister werden wach und schauen mit ernsten Augen tief hinein in die Brust. – Ich weiß nicht, wie ich so lange dafür verschlossen sein konnte. –

Das den Schwestern bewilligte Benefiz-Konzert war herangekommen, Lauretta sang mit mir eine lange Szene von Anfossi. Ich saß wie gewöhnlich am Flügel. Die letzte Fermate trat ein. Lauretta bot alle ihre Kunst auf, Nachtigalltöne wirbelten auf und ab – aushaltende Noten – dann bunte krause Rouladen, ein ganzes Solfeggio! In der Tat schien mir das Ding diesmal beinahe zu lang, ich fühlte einen leisen Hauch; Teresina stand hinter mir. In demselben Augenblick holte Lauretta aus, zum anschwellenden Harmonika-Triller, mit ihm wollte sie in das *a tempo* hinein. Der Satan regierte mich, nieder schlug ich mit beiden Händen den Akkord, das Orchester folgte, geschehen war es um Laurettas Triller, um den höchsten Moment, der alles in Staunen setzen sollte. Lauretta, mit wütenden Blicken mich durchbohrend, riß die Partie zusammen, warf sie mir an den Kopf, daß die Stücke um mich her flogen und rannte wie rasend durch das Orchester in das Nebengemach. Sowie das *Tutti* geschlossen, eilte ich nach. Sie weinte, sie tobte. ›Mir aus den Augen Frevler‹, schrie sie mir entgegen – ›Teufel, der hämisch mich um alles gebracht – um meinen Ruhm, um meine Ehre – ach um meinen Trillo – Mir aus den Augen verruchter Sohn der Hölle!‹ – Sie fuhr auf mich los, ich entsprang durch die Türe. Während des Konzerts, das eben jemand vortrug, gelang es endlich Teresinen und dem Kapellmeister die Wütende so weit zu besänftigen, daß sie wieder vorzutreten sich entschloß; ich durfte aber nicht mehr an den Flügel. Im letzten Duett, das die Schwestern sangen, brachte Lauretta noch wirklich den anschwellenden Harmonikatriller an, wurde über die Maßen beklatscht und geriet in die beste Stimmung. Ich konnte indessen die üble Behandlung, die ich in Gegenwart so vieler fremder Personen von Lauretta erduldet, nicht verwinden, und war fest entschlossen, den andern Morgen nach meiner Vaterstadt zurückzureisen. Eben packte ich meine Sachen zusammen als Teresina in mein Stübchen trat. Mein Beginnen gewahrend rief sie voll Erstaunen: ›Du willst uns verlassen?‹ Ich erklärte, daß, nachdem ich solche Schmach von Lauretta erduldet, ich länger in ihrer Gesellschaft nicht bleiben könne. ›Also die tolle Aufführung einer Närrin‹, sprach Teresina, ›die sie schon herzlich bereut, treibt dich fort? Kannst du denn aber besser leben in deiner Kunst als bei uns? Nur auf dich kommt es ja an, durch dein Betragen Lauretta von ähnlichem Beginnen abzuhalten. Du bist zu nachgiebig, zu süß, zu sanft. Überhaupt schlägst du Laurettas Kunst zu hoch an. Sie hat keine üble Stimme und viel Umfang, das ist wahr, aber alle diese sonderbaren wirblichten Schnörkel, die ungemessenen Läufe, diese ewigen Triller, was sind sie anders, als blendende Kunststückchen, die so bewundert werden, wie die waghalsigen Sprünge des Seiltänzers? Kann denn so etwas tief in uns eindringen und das Herz rühren? Den Harmonika-Triller, den du verdorben, kann ich nun gar nicht leiden, es wird mir ängstlich und weh dabei. Und dann dies Hoch-hinauf-Klettern in die Region der drei Striche, ist das nicht ein erzwungenes Übersteigen der natürlichen Stimme, die doch nur allein wahrhaft rührend bleibt? Ich lobe mir die Mittel- und die tiefen Töne. Ein in das Herz dringender Laut, ein wahrhaftes *Portamento di voce* geht mir über alles. Keine unnütze Verzierung, ein fest und stark gehaltener Ton – ein bestimmter Ausdruck, der Seele und Gemüt erfaßt, das ist der wahre Gesang und so singe ich. Magst du Lauretta nicht mehr leiden, so denke an Teresina, die dich so gern hat, weil du nach deiner eigentlichen Art und Weise eben mein Maestro und Compositore werden wirst. – Nimm mir's nicht übel! Alle deine zierlichen Kanzonetten und Arien sind gar nichts wert gegen das einzige.‹ – Teresina sang mit ihrer sonoren vollen Stimme einen einfachen kirchenmäßigen Kanzone, den ich vor wenigen Tagen gesetzt. Nie hatte ich geahnt, daß das so klingen könnte. Die Töne drangen mit wunderbarer Gewalt in mich hinein, die Tränen standen mir in den Augen vor Lust und Entzücken, ich ergriff Teresinas Hand, ich drückte sie tausendmal an den Mund, ich schwur, mich niemals von ihr zu trennen. – Lauretta sah mein Verhältnis mit Teresina mit neidischem verbissenen Ärger an, indessen sie bedurfte meiner, denn trotz ihrer Kunst war sie nicht imstande, Neues ohne Hülfe einzustudieren, sie las schlecht und war auch nicht taktfest. Teresina las alles vom Blatt, und daneben war ihr Taktgefühl ohnegleichen. Nie ließ Lauretta ihren Eigensinn und ihre Heftigkeit mehr aus als beim Akkompagnieren. Nie war ihr die Begleitung recht – sie behandelte das als ein notwendiges Übel – man sollte den Flügel gar nicht hören, immer *pianissimo* – immer nachgeben und nachgeben – jeder Takt anders, so wie es in ihrem Kopfe sich nun gerade gestaltet hatte im Moment. Jetzt setzte ich mich ihr mit festem Sinn entgegen, ich bekämpfte ihre Unarten, ich bewies ihr, daß ohne Energie keine Begleitung denkbar sei, daß Tragen des Gesanges sich merklich unterscheide von taktloser Zerflossenheit. Teresina unterstützte mich treulich. Ich komponierte nur Kirchensachen und gab alle Soli der tiefen Stimme. Auch Teresina hofmeisterte mich nicht wenig, ich ließ es mir gefallen, denn sie hatte mehr Kenntnis und (so glaubte ich) mehr Sinn für deutschen Ernst als Lauretta.

Wir durchzogen das südliche Deutschland. In einer kleinen Stadt trafen wir auf einen italienischen Tenor, der von Mailand nach Berlin wollte. Meine Damen waren entzückt über den Landsmann; er trennte sich nicht von ihnen, vorzüglich hielt er sich an Teresina, und zu meinem nicht geringen Ärger spielte ich eine ziemlich untergeordnete Rolle. Einst wollte ich mit einer Partitur unter dem Arm gerade ins Zimmer treten, als ich drinnen ein lebhaftes Gespräch zwischen meinen Damen und dem Tenor vernahm. Mein Name wurde genannt – ich stutzte, ich horchte. Das Italienische verstand ich jetzt so gut, daß mir kein Wort entging. Lauretta erzählte eben den tragischen Vorfall im Konzert, wie ich ihr durch unzeitiges Niederschlagen den Triller abgeschnitten. ›*Asino tedesco*‹, rief der Tenor – es war mir zumute als müßte ich hinein, und den luftigen Theaterhelden zum Fenster hinauswerfen – ich hielt an mich. Lauretta sprach weiter, daß sie mich gleich fortjagen wollen, indessen sei sie durch mein flehentliches Bitten bewogen worden, mich noch ferner um sich zu dulden aus Mitleid, da ich bei ihr den Gesang studieren wollen. Teresina bestätigte dies zu meinem nicht geringen Erstaunen. ›Es ist ein gutes Kind‹, fügte sie hinzu, ›jetzt ist er in mich verliebt, und setzt alles für den Alt. Einiges Talent ist in ihm, aber er muß sich aus dem Steifen und Ungelenken herausarbeiten, das den Deutschen eigen. Ich hoffe mir aus ihm einen Compositore zu bilden, der mir, da wenig für den Alt geschrieben wird, einige tüchtige Sachen setzt, nachher lasse ich ihn laufen. Er ist mit seinem Liebeln und Schmachten sehr langweilig, auch quält er mich zu sehr mit seinen leidigen Kompositionen die zur Zeit ganz erbärmlich sind.‹ ›Wenigstens bin ich ihn jetzt los‹, fiel Lauretta ein, ›was hat mich der Mensch verfolgt mit seinen Arien und Duetten, weißt du wohl noch Teresina?‹ – Nun fing Lauretta ein Duett an, das ich komponiert, und das sie sonst hoch gerühmt hatte. Teresina nahm die zweite Stimme auf und beide parodierten in Stimme und Vortrag mich auf das grausamste. Der Tenor lachte, daß es im Zimmer schallte, ein Eisstrom goß sich durch meine Glieder – mein Entschluß war gefaßt unwiderruflich. Leise schlich ich mich fort von der Tür in mein Zimmer zurück, dessen Fenster in die Seitenstraße gingen. Gegenüber war die Post gelegen, eben fuhr der Bamberger Postwagen vor, der gepackt werden sollte. Die Passagiere standen schon vor dem Torwege, doch hatte ich noch eine Stunde Zeit. Schnell raffte ich meine Sachen zusammen, bezahlte großmütig die ganze Rechnung im Gasthofe und eilte nach der Post. Als ich durch die breite Straße fuhr, sah ich meine Damen, die mit dem Tenor noch am Fenster standen, und sich auf den Schall des Posthorns herausbückten. Ich drückte mich zurück in den Hintergrund und dachte recht mit Lust an die tötende Wirkung des gallbittern Billetts, das ich für sie im Gasthofe zurückgelassen hatte.« –

Mit vieler Behaglichkeit schlürfte Theodor die Neige des glühenden Eleatiko aus, die ihm Eduard eingeschenkt. »Der Teresina«, sprach dieser, indem er eine neue Flasche öffnete und geschickt den oben schwimmenden Öltropfen wegschüttete, »der Teresina hätte ich solche Falschheit und Tücke nicht zugetraut. Das anmutige Bild, wie sie zu Pferde, das in zierlichen Kurbetten dahertanzt, spanische Romanzen singt, kommt mir nicht aus den Gedanken.« »Das war ihr Kulminationspunkt«, fiel Theodor ein. »Noch erinnere ich mich des seltsamen Eindrucks, den die Szene auf mich machte. Ich vergaß meine Schmerzen; Teresina kam mir in der Tat wie ein höheres Wesen vor. Daß solche Momente tief ins Leben greifen und urplötzlich manches eine Form gewinnt, die die Zeit nicht verdüstert, ist nur zu wahr. Ist mir jemals eine kecke Romanze gelungen, so trat gewiß in dem Augenblick des Schaffens Teresinas Bild recht klar und farbicht aus meinem Innern hervor.«

»Doch«, sprach Eduard, »laß uns auch die kunstreiche Lauretta nicht vergessen, und gleich, allen Groll beiseite gesetzt, auf das Wohl beider Schwestern anstoßen.« – Es geschah! – »Ach«, sprach Theodor: »wie wehen doch aus diesem Wein die holden Düfte Italiens mich an – wie glüht mir doch frisches Leben durch Nerven und Adern! – Ach warum mußte ich doch das herrliche Land so schnell wieder verlassen!« »Aber«, fiel Eduard ein: »noch fand ich in allem was du erzähltest keinen Zusammenhang mit dem himmlischen Bilde und so, glaube ich, hast du noch mehr von den Schwestern zu sagen. Wohl merke ich, daß die Damen auf dem Bilde keine anderen sind als eben Lauretta und Teresina selbst.« »So ist es in der Tat«, erwiderte Theodor: »und meine sehnsüchtigen Stoßseufzer nach dem herrlichen Lande leiten sehr gut das ein, was ich noch zu erzählen habe. Kurz vorher, als ich vor zwei Jahren Rom verlassen wollte, machte ich zu Pferde einen kleinen Abstecher. Vor einer Lokanda stand ein recht freundliches Mädchen und es fiel mir ein, wie behaglich es sein müsse, mir von dem niedlichen

Kinde einen Trunk edlen Weins reichen zu lassen. Ich hielt vor der Haustüre in dem von glühenden Streiflichtern durchglänzten Laubgange. Mir schallten aus der Ferne Gesang und Chitarratöne entgegen. – Ich horchte hoch auf, denn die beiden weiblichen Stimmen wirkten ganz sonderbar auf mich, seltsam gingen dunkle Erinnerungen in mir auf, die sich nicht gestalten wollten. Ich stieg vom Pferde und näherte mich langsam und auf jeden Ton lauschend der Weinlaube, aus der die Musik zu ertönen schien. Die zweite Stimme hatte geschwiegen. Die erste sang allein eine Kanzonetta. Je näher ich kam, desto mehr verlor sich das Bekannte, das mich erst so angeregt hatte. Die Sängerin war in einer bunten krausen Fermate begriffen. Das wirbelte auf und ab – auf und ab – endlich hielt sie einen langen Ton – aber nun brach eine weibliche Stimme plötzlich in tolles Zanken aus – Verwünschungen, Flüche, Schimpfreden! – Ein Mann protestiert, ein anderer lacht. – Eine zweite weibliche Stimme mischt sich in den Streit. Immer toller und toller braust der Zank mit aller italienischen *Rabbia!* – Endlich stehe ich dicht vor der Laube – ein Abbate stürzt heraus und rennt mich beinahe über den Haufen – er sieht sich nach mir um, ich erkenne meinen guten Signor Ludovico, meinen musikalischen Neuigkeitsträger aus Rom! – ›Was um des Himmels willen‹, rufe ich – ›Ah Signor Maestro! – Signor Maestro‹, schreit er: ›retten Sie mich – schützen Sie mich vor dieser Wütenden – vor diesem Krokodil – diesem Tiger – dieser Hyäne – diesem Teufel von Mädchen. – Es ist wahr – es ist wahr – ich gab den Takt zu Anfossis Kanzonetta, und schlug zu unrechter Zeit mitten in der Fermate nieder – ich schnitt ihr den Trillo ab – aber warum sah ich ihr in die Augen, der satanischen Göttin! – Hole der Teufel alle Fermaten – alle Fermaten!‹ – In ganz besonderer Bewegung trat ich mit dem Abbate rasch in die Weinlaube und erkannte auf den ersten Blick die Schwestern, Lauretta und Teresina. Noch schrie und tobte Lauretta, noch sprach Teresina heftig in sie hinein – der Wirt, die nackten Arme übereinandergeschlagen, schaute lachend zu, während ein Mädchen den Tisch mit neuen Flaschen besetzte. Sowie mich die Sängerinnen erblickten stürzten sie über mich her. ›Ah Signor Teodoro!‹ und überhäuften mich mit Liebkosungen. Aller Streit war vergessen. ›Seht hier‹, sprach Lauretta zum Abbate: ›seht hier einen Compositore graziös wie ein Italiener, stark wie ein Deutscher!‹ – Beide Schwestern, sich mit Heftigkeit ins Wort fallend, erzählten nun von den glücklichen Tagen unsers Beisammenseins, von meinen tiefen musikalischen Kenntnissen schon als Jüngling – von unsern Übungen – von der Vortrefflichkeit meiner Kompositionen – nie hätten sie etwas anderes singen mögen, als was ich gesetzt – Teresina verkündigte mir endlich, daß sie von einem Impresario zum nächsten Karneval als erste tragische Sängerin engagiert worden, sie wolle aber erklären, daß sie nur unter der Bedingung singen werde, wenn mir wenigstens die Komposition einer tragischen Oper übertragen würde. – Das Ernste Tragische sei doch nun einmal mein Fach usw. Lauretta meinte dagegen: Schade sei es, wenn ich nicht meinem Hange zum Zierlichen, Anmutigen, kurz zur *Opera buffa* nachgeben wollte. Für diese sei sie als erste Sängerin engagiert, und daß niemand anders als ich die Oper, in der sie zu singen hätte, komponieren solle, verstehe sich von selbst. Du kannst denken mit welchen besonderen Gefühlen ich zwischen beiden stand. Übrigens siehst du, daß die Gesellschaft zu der ich trat, eben diejenige ist, welche Hummel malte und zwar in dem Moment, als der Abbate eben im Begriff ist, in Laurettas Fermate hineinzuschlagen.« »Aber dachten sie denn«, sprach Eduard: »gar nicht an dein Scheiden, an das gallbittre Billett?« »Auch nicht mit einem Worte«, erwiderte Theodor, »und ich ebensowenig, denn längst war aller Groll aus meiner Seele gewichen und mein Abenteuer mit den Schwestern mir spaßhaft geworden. Das einzige was ich mir erlaubte, war, dem Abbate zu erzählen, wie vor mehreren Jahren mir auch in einer Anfossischen Arie ein ganz gleicher Unfall begegnet, wie heute ihm. Ich drängte mein ganzes Beisammensein mit den Schwestern in die tragikomische Szene hinein, und ließ kräftige Seitenhiebe austeilend die Schwestern das Übergewicht fühlen, das die an mancher Lebens- und Kunsterfahrung reichen Jahre mir über sie gegeben hatten. ›Und gut war es doch‹, schloß ich, ›daß ich hineinschlug in die Fermate, denn das Ding war angelegt auf ewige Zeiten und ich glaube, ließ ich die Sängerin gewähren, so säß ich noch am Flügel.‹ ›Doch! Signor‹, erwiderte der Abbate: ›welcher Maestro darf sich anmaßen der Primadonna Gesetze zu geben, und dann war Ihr Vergehen viel größer als das meinige, im Konzertsaal, und hier in der Laube – eigentlich war ich nur Maestro in der Idee, niemand durfte was darauf geben – und hätte mich dieser himmlischen Augen süßer Feuerblick nicht betört, so wär ich nicht ein Esel gewesen.‹ Des Abbate letzte Worte waren heilbringend, denn Lauretta, deren Augen während der Abbate sprach, wieder zornig zu funkeln anfingen, wurde dadurch ganz besänftigt.

Wir blieben den Abend über beisammen. Vierzehn Jahre, so lange war es her als ich mich von den Schwestern trennte, ändern viel. Lauretta hatte ziemlich gealtert, indessen war sie noch jetzt nicht ohne Reiz. Teresina hatte sich besser erhalten und ihr schöner Wuchs nicht verloren. Beide gingen ziemlich bunt gekleidet, und ihr ganzer Anstand war wie sonst, also vierzehn Jahre jünger als sie selbst. Teresina sang auf meine Bitte einige der ernsten Lieder, die mich sonst tief ergriffen hatten, aber es war mir als hätten sie anders in meinem Innern widergeklungen und so war auch aus Laurettas Gesang, hatte ihre Stimme auch weder an Stärke und Höhe zu merklich verloren, ganz von dem verschieden, der als der ihrige in meinem Innern lebte. Schon dieses Aufdringen der Vergleichung einer innern Idee mit der nicht eben erfreulichen Wirklichkeit, mußte mich noch mehr verstimmen, als es das Betragen der Schwestern gegen mich, ihre erheuchelte Ekstase, ihre unzarte Bewunderung, die doch sich wie gnädige Protektion gestaltete, schon vorher getan hatte. – Der drollige Abbate, der mit aller nur erdenklichen Süßigkeit den Amoroso von beiden Schwestern machte, der gute Wein reichlich genossen, gaben mir endlich meinen Humor wieder, so daß der Abend recht froh in heller Gemütlichkeit verging. Auf das eifrigste luden mich die Schwestern zu sich ein, um gleich mit ihnen das Nötige über die Partien zu verabreden, die ich für sie setzen sollte. – Ich verließ Rom ohne sie weiter aufzusuchen.« –

»Und doch«, sprach Eduard: »hast du ihnen das Erwachen deines innern Gesanges zu verdanken.« »Allerdings«, erwiderte Theodor: »und eine Menge guter Melodien dazu, aber eben deshalb hätte ich sie nie wiedersehen sollen. Jeder Komponist erinnert sich wohl eines mächtigen Eindrucks, den die Zeit nicht vernichtet. Der im Ton lebende Geist sprach und das war das Schöpfungswort, welches urplötzlich den ihm verwandten im Innern ruhenden Geist weckte; mächtig strahlte er hervor und konnte nie mehr untergehen. Gewiß ist es, daß, so angeregt, alle Melodien, die aus dem Innern hervorgehen, uns nur der Sängerin zu gehören scheinen, die den ersten Funken in uns warf. Wir hören sie und schreiben es nur auf, was sie gesungen. Es ist aber das Erbteil von uns Schwachen, daß wir, an der Erdscholle klebend, so gern das Überirdische hinabziehen wollen in die irdische ärmliche Beengtheit. So wird die Sängerin unsere Geliebte – wohl gar unsere Frau! – Der Zauber ist vernichtet und die innere Melodie, sonst Herrliches verkündend, wird zur Klage über eine zerbrochene Suppenschüssel oder einen Tintenfleck in neuer Wäsche. – Glücklich ist der Komponist zu preisen, der niemals mehr im irdischen Leben *die* wiederschaut, die mit geheimnisvoller Kraft seine innere Musik zu entzünden wußte. Mag der Jüngling sich heftig bewegen in Liebesqual und Verzweiflung, wenn die holde Zauberin von ihm geschieden, ihre Gestalt wird ein himmelherrlicher Ton und der lebt fort in ewiger Jugendfülle und Schönheit und aus ihm werden die Melodien geboren, die nur sie und wieder sie sind. Was ist sie denn nun aber anders als das höchste Ideal, das aus dem Innern heraus sich in der äußern fremden Gestalt spiegelte.«

»Sonderbar aber ziemlich plausibel«, sagte Eduard, als die Freunde Arm in Arm aus dem Taronischen Laden hinausschritten ins Freie...

Franz Grillparzer

Kennst du das Land?

Gelobt sei Gott! die Stund ist da!
Den Wanderstab in die Hand!
Zu dir hin gehts, Italia,
Du hochgelobtes Land!

Der Pilger zieht mit Hut und Stab
Zum heiligen Grabe weit,
So zieh auch ich zu *deinem* Grab,
Du heilge, entschlafene Zeit!

Und wie der Pilger auf seiner Brust
Reliquien trägt nach Haus,
So trag auch ich *in* meiner Brust
Mir heilige Reste heraus.

Die letzten Tropfen vom Wunderborn,
Der einst so reichlich quoll,
Ein Fünkchen von deinem Götterzorn,
Du göttlicher Apoll,

Den Abdruck, Weltgebieter Zeus,
Von deiner Majestät,
Vom Dichterbaum ein Lorbeerreis,
Der Maros Grab umweht.

Dein Bild, so sehr und unbefleckt,
Du Hohe von Medici,
Die, wenn sie den Schauern die Schätze bedeckt,
Für sich nicht errötet, für sie.

Ja, knieen will ich, Vergangenheit,
Vor deinen Gebilden aus Stein,
Der nackt die ernste Schönheit beut,
Verachtend des Reizes Schein,

Ihn lassend der frömmelnden Enkelwelt,
Die, von Gleisnersinn erfüllt,
Die Lüsternheit zu ergänzen quält,
Was der schlaue Bildner verhüllt;

Und lernen will ich auf deinen Laut,
Was der Mensch bewirkt und erschafft,
Wenn er dem Gott im Busen vertraut,
Und der selbstgegebenen Kraft.

Dann kehr ich heim mit stolzem Sinn
Und schaff in gesättigter Ruh,
Was jung soll sein, wie ich es bin,
Und alt soll werden, wie du.

Kolosseum

Was stehst du da, du stolzer Bau,
Und siehst mich traurig an,
Aus deinen Brauen altergrau,
Was hat man dir getan?

Sag an, was dir wohl fehlen mag,
Und sei es noch so viel,
Liegt das Gebrechen erst am Tag,
So setzt man wohl ein Ziel.

Doch ja! an deinen Wänden hier,
Hat Raubsucht dich gepackt,
Bis an die festen Rippen schier
Steht deine Seite nackt:

Allein die Rippen halten noch
Und schließen ihren Ring
Und trotz dem Räuber stehst du doch,
Indes er selbst verging. –

Auch deines Schmuckes, deiner Zier
Wardst frevelnd du beraubt,
Und kahl und dürftig stehst du hier,
Mit unbedecktem Haupt:

Ein andrer seufz ob solchem Druck,
Dir sei die Klage fern,
Die Größe ist des Großen Schmuck,
Nur Kleines putzt sich gern. –

Dies Zeichen hier am Vorderteil –
Was bebst und schütterst du?
Das Zeichen ists von Ruh und Heil,
Wie nähm dirs Heil und Ruh?

Wiß, alles Irdische ist schwach,
Und alle Kraft ist hohl,
Hilft nicht das Überirdische nach,
So steht sichs nimmer wohl.

Allein du meinst, dir sei nicht bang,
Du würdest selber sehn,
Du seist gestanden Säkuln lang
Und würdest ferner stehn?

Nun wohl, so wirf es denn hindann
Und trotze bis zum Tod,
Wer von sich selber stehen kann,
Hat keiner Stütze not.

(Rom am 14 April 1819)

Am Morgen nach einem Sturm

Im Molo di Gaeta

Hast einmal wieder gestürmt?
Wildes, tobendes Element,
Wider Erd und Himmel
Feindlich kämpfend angerennt?
Töricht! Fruchtlos!
Sieh! Die Erde steht unbewegt
Und der Himmel wölbt sich, heiter glänzend,
Lächelnd über sie und dich.
Du aber bist trüb und düster
Und warst doch schön wie sie.

Feinde nicht die Erde an,
Weil sie fest und grünend,
Beneide nicht den Himmel,
Weil er blau und hell:
Bist du minder fest als jene,
Bist du heller doch, als sie;
Bist du minder hell als dieser,
Bist du fester doch, als er,
Und beide – willst du ruhig quellen –
Spiegeln sich vereint in deinen Wellen.
Drum gib auf nur die Beschwerde,
Sei erst ruhig und dann schau,
Ob du grün nicht wie die Erde,
Wie der Himmel blau.

Zwischen Gaeta und Kapua

Schöner und schöner
Schmückt sich der Plan,
Schmeichelnde Winde
Wehen mich an;

Fort aus der Prosa
Lasten und Müh,
Flieg ich zum Lande
Der Poesie;

Goldner die Sonne,
Blauer die Luft,
Grüner die Grüne,
Würzger der Duft.

Dort an dem Maishalm,
Schwellend von Saft,
Sträubt sich der Aloe
Störrische Kraft.

Ölbaum, Cypresse,
Blond du, du braun,
Nickt ihr wie zierliche,
Grüßende Fraun?

Was glänzt im Laube,
Funkelnd wie Gold?
Ha, Pomeranze,
Birgst du dich hold!

Apfel der Schönheit,
Paris Natur
Gab dich Neapolis
Reizender Flur.

Ehrlicher Weinstock,
Nützest nicht bloß?
Schlingst hier zum Kranze den
Grünenden Schoß.

Überall Schönheit,
Überall Glanz,
Was bei uns schreitet
Schwebt hier im Tanz.

Trotzger Poseidon,
Wärest du dies,
Der drunten scherzt und
Murmelt so süß?

Und dies halb Wiese, halb
Äther zu schaun,
Es wär des Meeres
Furchtbares Graun?

Hier will ich wohnen!
Göttliche du,
Bringst du, Parthenope,
Wellen zur Ruh?

Nun, so versuch es,
Eden der Lust,
Ebne die Wogen
Auch dieser Brust!

Nach der Rückkehr aus Italien

So hab ich dich gesehn, genossen,
Du Land, wo Myrt und Lorbeer weht,
Des Schönen Heimat und des Großen,
Wo Lebenskeim aus Gräbern sprossen,
Des Träumers Traum verwirklicht steht.

Joseph Freiherr von Eichendorff

Aus der Novelle »Das Marmorbild«

...Die früheste Morgendämmerung fand ihn schon zu Pferde vor den Toren der Stadt. Das unermüdliche Zureden seines getreuen Dieners hatte ihn endlich zu dem Entschlusse bewogen, diese Gegend gänzlich zu verlassen. Langsam und in sich gekehrt zog er nun die schöne Straße, die von Lucca in das Land hinausführte, zwischen den dunkelnden Bäumen, in denen die Vögel noch schliefen, dahin. Da gesellten sich, nicht gar fern von der Stadt, noch drei andere Reiter zu ihm. Nicht ohne heimlichen Schauer erkannte er in dem einen den Sänger Fortunato. Der andere war Fräulein Biancas Oheim, in dessen Landhause er an jenem verhängnisvollen Abende getanzt. Er wurde von einem Knaben begleitet, der stillschweigend und ohne viel aufzublicken, neben ihm herritt. Alle drei hatten sich vorgenommen, miteinander das schöne Italien zu durchschweifen, und luden Florio freundlich ein, mit ihnen zu reisen. Er aber verneigte sich schweigend, weder einwilligend, noch verneinend, und nahm fortwährend an allen ihren Gesprächen nur geringen Anteil.

Die Morgenröte erhob sich indes immer höher und kühler über der wunderschönen Landschaft vor ihnen. Da sagte der heitre Pietro zu Fortunato: »Seht nur, wie seltsam das Zwielicht über dem Gestein der alten Ruine auf dem Berge dort spielt! Wie oft bin ich, schon als Knabe, mit Erstaunen, Neugier und heimlicher Scheu dort herumgeklettert! Ihr seid so vieler Sagen kundig, könnt Ihr uns nicht Auskunft geben von demUrsprung und Verfall dieses Schlosses, von dem so wunderliche Gerüchte im Lande gehen?« – Florio warf einen Blick nach dem Berge. In einer großen Einsamkeit lag da altes verfallenes Gemäuer umher, schöne, halb in die Erde versunkene Säulen und künstlich gehauene Steine, alles von einer üppig blühenden Wildnis grünverschlungener Ranken, Hecken und hohen Unkrauts überdeckt. Ein Weiher befand sich daneben, über dem sich ein zum Teil zertrümmertes Marmorbild erhob, hell vom Morgen angeglüht. Es war offenbar dieselbe Gegend, dieselbe Stelle, wo er den schönen Garten und die Dame gesehen hatte. – Er schauerte innerlichst zusammen bei dem Anblicke. – Fortunato aber sagte: »Ich weiß ein altes Lied darauf, wenn ihr damit fürliebnehmen wollt.« – Und hiermit sang er, ohne sich lange zu besinnen, mit seiner klaren fröhlichen Stimme in die heitere Morgenluft hinaus:

»Von kühnen Wunderbildern
Ein großer Trümmerhauf,
In reizendem Verwildern
Ein blühnder Garten drauf.

Versunknes Reich zu Füßen,
Vom Himmel fern und nah,
Aus andrem Reich ein Grüßen –
Das ist Italia!

Wenn Frühlingslüfte wehen
Hold überm grünen Plan,
Ein leises Auferstehen
Hebt in den Tälern an.

Da will sich's unten rühren
Im stillen Göttergrab,
Der Mensch kann's schauernd spüren
Tief in die Brust hinab.

Verwirrend in den Bäumen
Gehn Stimmen hin und her,
Ein sehnsuchtsvolles Träumen
Weht übers blaue Meer.

Und unterm duft'gen Schleier,
Sooft der Lenz erwacht,
Webt in geheimer Feier
Die alte Zaubermacht.

Frau Venus hört das Locken,
Der Vögel heitern Chor,
Und richtet froh erschrocken
Aus Blumen sich empor.

Sie sucht die alten Stellen,
Das luft'ge Säulenhaus,
Schaut lächelnd in die Wellen
Der Frühlingsluft hinaus.

Doch öd sind nun die Stellen,
Stumm liegt ihr Säulenhaus,
Gras wächst da auf den Schwellen,
Der Wind zieht ein und aus.

Wo sind nun die Gespielen?
Diana schläft im Wald,
Neptunus ruht im kühlen
Meerschloß, das einsam hallt.

Zuweilen nur Sirenen
Noch tauchen aus dem Grund,
Und tun in irren Tönen
Die tiefe Wehmut kund. –

Sie selbst muß sinnend stehen
So bleich im Frühlingsschein,
Die Augen untergehen,
Der schöne Leib wird Stein. –

Denn über Land und Wogen
Erscheint, so still und mild,
Hoch auf dem Regenbogen
Ein andres Frauenbild.

Ein Kindlein in den Armen
Die Wunderbare hält,
Und himmlisches Erbarmen
Durchdringt die ganze Welt.

Da in den lichten Räumen
Erwacht das Menschenkind,
Und schüttelt böses Träumen
Von seinem Haupt geschwind.

Und, wie die Lerche singend,
Aus schwülen Zaubers Kluft
Erhebt die Seele ringend
Sich in die Morgenluft.«

Alle waren still geworden über dem Liede. – »Jene Ruine«, sagte endlich Pietro, »wäre also ein ehemaliger Tempel der Venus, wenn ich Euch sonst recht verstanden?« – »Allerdings«, erwiderte Fortunato, »soviel man an der Anordnung des Ganzen und den noch übriggebliebenen Verzierungen abnehmen kann. Auch sagt man, der Geist der schönen Heidengöttin habe keine Ruhe gefunden. Aus der erschrecklichen Stille des Grabes heißt sie das Andenken an die irdische Lust jeden Frühling immer wieder in die grüne Einsamkeit ihres verfallenen Hauses heraufsteigen und durch teuflisches Blendwerk die alte Verführung üben an jungen sorglosen Gemütern, die dann vom Leben abgeschieden, und doch auch nicht aufgenommen in den Frieden der Toten, zwischen wilder Lust und schrecklicher Reue, an Leib und Seele verloren, umherirren, und in der entsetzlichsten Täuschung sich selber verzehren. Gar häufig will man auf demselben Platze Anfechtungen von Gespenstern verspürt haben, wo sich bald eine wunderschöne Dame, bald mehrere ansehnliche Kavaliers sehen lassen und die Vorübergehenden in einen dem Auge vorgestellten erdichteten Garten und Palast führen.« – »Seid Ihr jemals droben gewesen?« fragte hier Florio rasch, aus seinen Gedanken erwachend. – »Erst vorgestern abends«, entgegnete Fortunato. – »Und habt Ihr nichts Erschreckliches gesehen?« – »Nichts«, sagte der Sänger, »als den stillen Weiher und die weißen rätselhaften Steine im Mondlicht umher und den weiten unendlichen Sternenhimmel darüber. Ich sang ein altes frommes Lied, eines von jenen ursprünglichen Liedern, die, wie Erinnerungen und Nachklänge aus einer andern heimatlichen Welt, durch das Paradiesgärtlein unsrer Kindheit ziehen und ein rechtes Wahrzeichen sind, an dem sich alle Poetische später in dem älter gewordenen Leben immer wiedererkennen. Glaubt mir, ein redlicher Dichter kann viel wagen, denn die Kunst, die ohne Stolz und Frevel, bespricht und bändigt die wilden Erdengeister, die aus der Tiefe nach uns langen.«

Alle schwiegen, die Sonne ging soeben auf vor ihnen und warf ihre funkelnden Lichter über die Erde. Da schüttelte Florio sich an allen Gliedern, sprengte rasch eine Strecke den andern voraus, und sang mit heller Stimme:

»Hier bin ich, Herr! Gegrüßt das Licht,
Das durch die stille Schwüle
Der müden Brust gewaltig bricht,
Mit seiner strengen Kühle.

Nun bin ich frei! ich taumle noch
Und kann mich noch nicht fassen
O Vater, du erkennst mich doch,
Und wirst nicht von mir lassen!«

Es kommt nach allen heftigen Gemütsbewegungen, die unser ganzes Wesen durchschüttern, eine stillklare Heiterkeit über die Seele, gleich wie die Felder nach einem Gewitter frischer grünen und aufatmen. So fühlte sich auch Florio nun innerlichst erquickt, er blickte wieder recht mutig um sich und erwartete beruhigt die Gefährten, die langsam im Grünen nachgezogen kamen.

Der zierliche Knabe, welcher Pietro begleitete, hatte unterdes auch, wie Blumen vor den ersten Morgenstrahlen, das Köpfchen erhoben. – Da erkannte Florio mit Erstaunen Fräulein Bianca. Er erschrak, wie sie so bleich aussah gegen jenen Abend, da er sie zum erstenmal unter den Zelten im reizenden Mutwillen gesehen. Die Arme war mitten in ihren sorglosen Kinderspielen von der Gewalt der ersten Liebe überrascht worden. Und als dann der heißgeliebte Florio, den dunkeln Mächten folgend, so fremd wurde und sich immer weiter von ihr entfernte, bis sie ihn endlich ganz verloren geben mußte, da versank sie in eine tiefe Schwermut, deren Geheimnis sie niemand anzuvertrauen wagte. Der kluge Pietro wußte es aber wohl und hatte beschlossen, seine Nichte weit fortzuführen und sie in fremden Gegenden und in einem andern Himmelsstrich, wo nicht zu heilen, doch zu zerstreuen und zu erhalten. Um ungehinderter reisen zu können, und zugleich alles Vergangene gleichsam von sich abzustreifen, hatte sie Knabentracht anlegen müssen.

Mit Wohlgefallen ruhten Florios Blicke auf der lieblichen Gestalt. Eine seltsame Verblendung hatte bisher seine Augen wie mit einem Zaubernebel umfangen. Nun erstaunte er ordentlich, wie schön sie war! Er sprach vielerlei gerührt und mit tiefer Innigkeit zu ihr. Da ritt sie, ganz überrascht von dem unverhofften Glück, und in freudiger Demut, als verdiene sie solche Gnade nicht, mit niedergeschlagenen Augen schweigend neben ihm her. Nur manchmal blickte sie unter den langen schwarzen Augenwimpern nach ihm hinauf, die ganze klare Seele lag in dem Blick, als wollte sie bittend sagen: »Täusche mich nicht wieder!«

Sie waren unterdes auf einer luftigen Höhe angelangt, hinter ihnen versank die Stadt Lucca mit ihren dunkeln Türmen in dem schimmernden Duft. Da sagte Florio, zu Bianca gewendet: »Ich bin wie neu geboren, es ist mir, als würde noch alles gut werden, seit ich Euch wiedergefunden. Ich möchte niemals wieder scheiden, wenn Ihr es vergönnt.« –

Bianca blickte ihn, statt aller Antwort selber wie fragend, mit ungewisser, noch halb zurückgehaltener Freude an und sah recht wie ein heiteres Engelsbild auf dem tiefblauen Grunde des Morgenhimmels aus. Der Morgen schien ihnen, in langen goldenen Strahlen über die Fläche schießend, gerade entgegen. Die Bäume standen hell angeglüht, unzählige

Lerchen sangen schwirrend in der klaren Luft. Und so zogen die Glücklichen fröhlich durch die überglänzten Auen in das blühende Mailand hinunter.

August von Platen
Aus dem Sonettzyklus »Venedig«

1

Mein Auge ließ das hohe Meer zurücke,
Als aus der Flut Palladios Tempel stiegen,
An deren Staffeln sich die Wellen schmiegen,
Die uns getragen ohne Falsch und Tücke.

Wir landen an, wir danken es dem Glücke,
Und die Lagune scheint zurück zu fliegen,
Der Dogen alte Säulengänge liegen
Vor uns gigantisch mit der Seufzerbrücke.

Venedigs Löwen, sonst Venedigs Wonne,
Mit ehrnen Flügeln sehen wir ihn ragen
Auf seiner kolossalischen Kolonne.

Ich steig' an's Land, nicht ohne Furcht und Zagen,
Da glänzt der Markusplatz im Licht der Sonne:
Soll ich ihn wirklich zu betreten wagen?

2

Dieß Labyrinth von Brücken und von Gassen,
Die tausendfach sich ineinander schlingen,
Wie wird hindurchzugehn mir je gelingen?
Wie werd' ich je dies große Rätsel fassen?

Ersteigend erst des Markusturms Terrassen,
Vermag ich vorwärts mit dem Blick zu dringen,
Und aus den Wundern, welche mich umringen,
Entsteht ein Bild, es teilen sich die Massen.

Ich grüße dort den Ozean, den blauen,
Und hier die Alpen, die im weiten Bogen
Auf die Laguneninseln niederschauen.

Und sieh! da kam ein mut'ges Volk gezogen,
Paläste sich und Tempel sich zu bauen
Auf Eichenpfähle mitten in die Wogen.

3

Wie lieblich ist's, wenn sich der Tag verkühlet,
Hinaus zu sehn, wo Schiff und Gondel schweben,
Wenn die Lagune, ruhig, spiegeleben,
In sich verfließt, Venedig sanft umspühlet!

In's Innre wieder dann gezogen fühlet
Das Auge sich, wo nach den Wolken streben
Palast und Kirche, wo ein lautes Leben
Auf allen Stufen des Rialto wühlet.

Ein frohes Völkchen lieber Müßiggänger,
Es schwärmt umher, es läßt durch nichts sich stören,
Und stört auch niemals einen Grillenfänger.

Des Abends sammelt sich's zu ganzen Chören,
Denn auf dem Markusplatze will's den Sänger
Und den Erzähler auf der Riva hören.

4

Venedig liegt nur noch im Land der Träume
Und wirft nur Schatten her aus alten Tagen,
Es liegt der Leu der Republik erschlagen,
Und öde feiern seines Kerkers Räume.

Die ehrnen Hengste, die durch salz'ge Schäume
Dahergeschleppt, auf jener Kirche ragen,
Nicht mehr dieselben sind sie, ach! sie tragen
Des korsikan'schen Überwinders Zäume.

Wo ist das Volk von Königen geblieben,
Das diese Marmorhäuser durfte bauen,
Die nun verfallen und gemach zerstieben?

Nur selten finden auf des Enkels Brauen
Der Ahnen große Züge sich geschrieben,
An Dogengräbern in den Stein gehauen.

Die Fischer auf Capri

Hast du Capri gesehn und des felsenumgürteten Eilands
Schroffes Gestad als Pilger besucht, dann weißt du, wie selten
Dorten ein Landungsplatz für nahende Schiffe zu spähn ist:
Nur zwei Stellen erscheinen bequem. Manch mächtiges
Fahrzeug
Mag der geräumige Hafen empfahn, der gegen Neapels
Lieblichen Golf hindeutet und gegen Salerns Meerbusen.
Aber die andere Stelle – sie nennen den kleineren Strand
sie –
Kehrt sich gegen das ödere Meer, in die wogende Wildnis,
Wo kein Ufer du siehst, als das, auf welchem du selbst stehst.
Nur ein geringeres Boot mag hier anlanden, es liegen
Felsige Trümmer umher, und es braust die beständige
Brandung.
Auf dem erhöhteren Felsen erscheint ein zerfallenes Vorwerk,
Mit Schießscharten versehn; sei's, daß hier immer ein
Wachtturm
Ragte, den offenen Strand vor Algiers Flagge zu hüten,
Die von dem Eiland oft Jungfrauen und Jünglinge wegstahl;
Sei's, daß gegen den Stolz Englands und erfahrene Seekunst
Erst in der jüngeren Zeit es erbaut der Napoleonide,
Dem Parthenope sonst ausspannte die Pferde des Wagens,
Ihn dann aber verjagte, verriet, ja tötete, seit er
An's treulose Gestad durch schmeichelnde Briefe gelockt
ward.
Steigst du herab in den sandigen Kies, so gewahrst du ein
Felsstück
Niedrig und platt in die Wogen hinaus Trotz bieten der
Brandung;

Dort anlehnt sich mit rundlichem Dach die bescheidene Wohnung
Dürftiger Fischer, es ist die entlegenste Hütte der Insel,
Bloß durch riesige Steine geschützt vor stürmischem Andrang,
Der oft über den Sand wegspült und die Schwelle benetzt ihr.
Kaum hegt, irgend umher, einfachere Menschen die Erde;
Ja kaum hegt sie sie noch, es ernährt sie die schäumende Woge.
Nicht die Gefilde der Insel bewohnt dies arme Geschlecht, nie
Pflückt es des Ölbaums Frucht, nie schlummert es unter dem Palmbaum:
Nur die verwilderte Myrte noch blüht und der wuchernde Kaktus
Aus unwirtlichem Stein, nur wenige Blumen und Meergras;
Eher verwandt ist hier dem gewaltigen Schaumelemente
Als der beackerten Scholle der Mensch und dem üppigen Saatfeld.
Gleiches Geschäft erbt stets von dem heutigen Tage der nächste:
Immer das Netz auswerfen, es einziehn; wieder es trocknen
Über dem sonnigen Kies, dann wieder es werfen und einziehn.
Hier hat frühe der Knabe versucht in der Welle zu plätschern,
Frühe das Steuer zu drehen gelernt und die Ruder zu schlagen,
Hat als Kind mutwillig gestreichelt den rollenden Delphin,
Der, durch Töne gelockt, an die Barke heran sich wälzte.
Mög' euch Segen verleihen ein Gott, samt jeglichem Tagwerk,
Friedliche Menschen, so nah der Natur und dem Spiegel des Weltalls!
Möge, da größeren Wunsch euch nie die Begierde gelispelt,
Möge der Thunfisch oft, euch Beute zu sein, und der Schwertfisch
Hier anschwimmen! Es liebt sie der Esser im reichen Neapel.

Glückliche Fischer! wie auch Kriegsstürme verwandelt den Erdkreis,
Freie zu Sklaven gestempelt und Reiche zu Dürftigen, ihr nur
Saht hier Spanier, saht hier Briten und Gallier herrschen,
Ruhig und fern dem Getöse der Welt, an den Grenzen der Menschheit,

Zwischen dem schroffen Geklüft und des Meers
    anschwellender Salzflut.
Lebet! Es lebten wie ihr des Geschlechts urälteste Väter,
Seit dies Eiland einst vom Sitz der Sirene sich losriß,
Oder die Tochter Augusts hier süße Verbrechen beweinte.

(Oktober 1827)

Bilder Neapels

Fremdling, komm in das große Neapel, und sieh's, und stirb!
Schlürfe Liebe, geneuß des beweglichen Augenblicks
Reichsten Traum, des Gemütes vereitelten Wunsch vergiß,
Und was Quälendes sonst in das Leben ein Dämon wob:
Ja, hier lerne genießen, und dann, o Beglückter, stirb! –
Im Halbzirkel umher, an dem lachenden Golf entlang,
Unabsehlich benetzt von dem laulichen Wogenschwall,
Liegt von Schiffen und hohen Gebäuden ein weiter Kreis;
Wo sich zwischen die Felsengeklüfte des Bacchus Laub
Drängt, und stolz sich erhebt in die Winde der Palmenschaft. –
Stattlich ziehn von den Hügeln herab sich die Wohnungen
Nach dem Ufer, und flach, wie ein Garten, erscheint das Dach:
Dort nun magst du die See von der Höh' und den Berg besehn,
Der sein aschiges Haupt in den eigenen Dampf verbirgt,
Dort auch Rosen und Reben erziehn und der Aloe
Starken Wuchs, und genießen die Kühle des Morgenwinds. –
Fünf Kastelle beschirmen und bändigen keck die Stadt:
Dort Sanct Elmo, wie droht's von dem grünenden Berg herab!
Jenes andere, rings von Gewässer umplätschert, einst
War's der Garten Lukulls, des entthronten Augustulus
Schönes Inselasyl, in die Welle hinausgestreckt. –
Wo du gehst, es ergießen in Strömen die Menschen sich:
Willst zum Strande du folgen vielleicht und die Fischer sehn,
Wie mit nerviger Kraft an das Ufer sie ziehn das Netz,
Singend, fröhlichen Muts, in beglückender Dürftigkeit?
Und schon lauert der bettelnde Mönch an dem Ufersand,
Heischt sein Teil von dem Fang, und die Milderen reichen's ihm.
Ihre Weiber indes, in beständiger Plauderlust,

Sitzen unter den Türen, die Spindel zur Hand, umher.
Sieh, da zeigt sich ein heiteres Paar, und es zieht im Nu
Kastagnetten hervor und beginnt die bacchantische
Tarantella, den üppigen Tanz, und es bildet sich
Um die beiden ein Kreis von Beschauenden flugs umher;
Mädchen kommen sogleich und erregen das Tamburin,
Dem einfacheren Ohr der Zufriedenen ist's Musik:
Zierlich wendet die Schöne sich nun, und der blühende
Jüngling auch. Wie er springt! wie er leicht und behend sich dreht,
Stampfend, Feuer im Blick! Und er wirft ihr die Rose zu.
Anmut aber verläßt den Begehrenden nie, sie zähmt
Sein wollüstiges Auge mit reizender Allgewalt:
Wohl dem Volke, dem glücklichen, dem die Natur verliehn
Angeborenes Maß, dem entfesselten Norden fremd! –
Durch's Gewühle mit Müh', ein Ermattender, drängst du dich
Andre Gassen hindurch; der Verkäufer und Käufer Lärm
Ringsum. Horch, wie sie preisen die Ware mit lautem Ruf!
Käuflich alles, die Sache, der Mensch, und die Seele selbst.
Aus Karossen und sonstigem Pferdegespann, wie schrei'n
Wagenlenker um dich, und der dürftige Knabe, der
Auf die Kutsche sogleich, dir ein Diener zu sein, sich stellt.
Sieh, hier zügelt das Kabriolett ein beleibter Mönch,
Und sein Eselchen geißelt ein anderer wohlgemut.
Kuppler lispeln indes, und es winselt ein Bettler dir
Manches Ave, verschämt das Gesicht mit dem Tuch bedeckt.
Dort steht müßiges Volk um den hölzernen Pulcinell,
Der vom Marionettengebälke possierlich glotzt;
Hier Wahrsager mit ihrer gesprenkelten Schlangenbrut. –
Alles tummelt im Freien sich hier: der geschäftige
Garkoch siedet, er fürchtet den seltenen Regen nicht;
Ihn umgibt ein Matrosengeschwader, die heiße Kost
Schlingend gieriges Muts. An die Ecke der Straße dort
Setzt ihr Tischchen mit Kupfermoneten die Wechslerin,
Hier den Stuhl der gewandte Barbier, und er schabt, nachdem
Erst entgegen dem sonnigen Strahl er ein Tuch gespannt.
Dort im Schatten die Tische des fertigen Schreibervolks,
Stets bereit zu Bericht und Suppliken und Liebesbrief:

Ob ein Knabe diktiere der fernen Ersehnten sein
Seufzen, oder ein leidendes Weib den verwiesenen
Gatten tröste, verbannt nach entlegener Insel, ihn,
Der sein freies Gemüt in dem untersten Kerker quält
Hoffnungslos, und den Lohn, der erhabenen Tugend Lohn
Erntet. – Aber entferne die schattende Wolke, Schmerz! –
Auch zum Molo bewegt sich die Menge, wo hingestreckt
Sonnt die nackenden Glieder der bräunliche Lazzaron.
Capri siehst du von fern in dem ruhigen Wellenspiel;
Schiffe kommen und gehn, es erklettern den höchsten Mast
Flugs Matrosen, es ladet die Barke dich ein zur Fahrt.
Den Erzähler indessen umwimmelt es, Jung und Alt,
Stehend, sitzend, zur Erde gelagert und über's Knie
Beide Hände gefaltet, in horchender Wißbegier:
Roland singt er, er singt das gefabelte Schwert Rinalds;
Oft durch Glossen erklärt er die schwierigen Stanzen, oft
Unterbrechen die Hörer mit mutigem Ruf den Mann.
Aufersteh' o Homer! Wenn im Norden vielleicht man dich
Kalt wegwiese von Türe zu Tür', o so fändst du hier
Ein halbgriechisches Volk und ein griechisches Firmament! –
Mancher Dichter vielleicht, in der Öde des Nords erzeugt,
Schleicht hier unter dem Himmel des Glücks, und dem Heimatland
Stimmt er süßen Gesang und gediegenen Redeton,
Den es heute vermag zu genießen und morgen noch,
Der zunimmt an Geschmack mit den Jahren, wie deutscher Wein:
Freiheit singt er und männliche Würde der feigen Zeit,
Schmach dem Heuchler und Fluch dem Bedrücker und Jedem, der
Knechtschaft prediget, welche des Menschengeschlechts Verderb.
Ach, nicht wähnt er den Neid zu besiegen und weilt entfernt,
Taub den Feinden und hoffend, es werde die spätre Welt
Spreu von Weizen zu scheiden verstehn. – Wie erhaben sinkt
Schon die Sonne! Du ruhst in der Barke, wie süß gewiegt!
Weit im Zirkel umher, an dem busigen Rand des Golfs,
Zünden Lichter und Flämmchen sich an in Unzähligkeit,

Und mit Fackeln befahren die Fischer das goldne Meer.
O balsamische Nächte Neapels! Erläßlich scheint's,
Wenn auf kurze Minuten das schwelgende Herz um euch
Selbst Sankt Peter vergißt und das göttliche Pantheon,
Monte Mario selbst, und o Villa Pamfili, dich,
Deiner Brunnen und Lorberumschattungen kühlsten Sitz! –
Doch der Morgen erscheint, und der Gipfel des Tags nach ihm:
Traust du schon dem Gelispel der Welle dich an? Wohin?
Führt ein Wind die Orangengerüche Sorrents heran?
Ja, schon schimmert von fern an dem Strande, mit Tassos Haus,
Jene felsige Stadt, die berauschende, voll von Duft.

(September – Oktober 1827)

Heinrich Heine
Aus »Reise von München nach Genua«

... Während die Sonne immer schöner und herrlicher aus dem Himmel hervorblühte, und Berg und Burgen mit Goldschleyern umkleidete, wurde es auch in meinem Herzen immer heißer und leuchtender, ich hatte wieder die ganze Brust voll Blumen, und diese sproßten hervor und wuchsen mir gewaltig über den Kopf, und durch die eignen Herzblumen hindurch lächelte wieder himmlisch die schöne Spinnerin. Befangen in solchen Träumen, selbst ein Traum, kam ich nach Italien, und da ich während der Reise schon ziemlich vergessen hatte, daß ich dorthin reiste, so erschrak ich fast, als mich all die großen italienischen Augen plötzlich ansahen, und das buntverwirrte italienische Leben mir leibhaftig, heiß und summend, entgegenströmte.

Es geschah dieses aber in der Stadt Trient, wo ich an einem schönen Sonntag des Nachmittags ankam, zur Zeit, wo die Hitze sich legt und die Italiener aufstehen und in den Straßen auf- und ab spatzieren. Diese Stadt liegt alt und gebrochen in einem weiten Kreise von blühend grünen Bergen, die, wie ewig junge Götter, auf das morsche Menschenwerk herabsehen. Gebrochen und morsch liegt daneben auch die hohe Burg, die einst die Stadt beherrschte, ein abentheuerlicher Bau aus abentheuerlicher Zeit, mit Spitzen, Vorsprüngen, Zinnen und mit einem breitrunden Thurm, worin nur noch Eulen und östreichische Invaliden hausen. Auch die Stadt selbst ist abentheuerlich gebaut, und wundersam wird einem zu Sinn beym ersten Anblick dieser uralthertümlichen Häuser mit ihren verblichenen Freskos, mit ihren zerbröckelten Heiligenbildern, mit ihren Thürmchen, Erkern, Gitterfensterchen, und jenen hervorstehenden Giebeln, die estradenartig auf grauen alterschwachen Pfeilern ruhen, welche selbst einer Stütze bedürften. Solcher Anblick wäre allzu wehmüthig, wenn nicht die Natur diese abgestorbenen Steine mit neuem Leben erfrischte, wenn nicht süße Weinreben jene gebrechlichen Pfeiler, wie die Jugend das Alter, innig und zärtlich umrankten, und wenn nicht noch süßere Mädchengesichter aus jenen trüben Bogenfenstern hervorguckten, und über den deutschen Fremdling lächelten, der, wie ein schlafwandelnder Träumer, durch die blühenden Ruinen einherschwankt.

Ich war wirklich wie im Traum, wie in einem Traume, wo man sich auf irgend etwas besinnen will, was man ebenfalls einmal geträumt hat. Ich betrachtete abwechselnd die Häuser und die Menschen, und ich meinte fast, diese Häuser hätte ich einst in ihren besseren Tagen gesehen, als ihre hübschen Malereyen noch farbig glänzten, als die goldenen Zierrathen an den Fensterfriesen noch nicht so geschwärzt waren, und als die marmorne Madonna, die das Kind auf dem Arme trägt, noch ihren wunderschönen Kopf aufhatte, den jetzt die bilderstürmende Zeit so pöbelhaft abgebrochen. Auch die Gesichter der alten Frauen schienen mir so bekannt, es kam mir vor, als wären sie herausgeschnitten aus jenen altitalienischen Gemälden, die ich einst als Knabe in der Düsseldorfer Gallerie gesehen habe. Ebenfalls die alten Männer schienen mir so längst vergessen wohlbekannt, und sie schauten mich an mit ernsten Augen, wie aus der Tiefe eines Jahrtausends. Sogar die kecken jungen Mädchen hatten so etwas jahrtausendlich Verstorbenes und doch wieder blühend Aufgelebtes, daß mich fast ein Grauen anwandelte, ein süßes Grauen, wie ich es einst gefühlt, als ich in der einsamen Mitternacht meine Lippen preßte auf die Lippen Marias, einer wunderschönen Frau, die damals gar keinen Fehler hatte, außer daß sie todt war. Dann aber mußt' ich wieder über mich selbst lächeln, und es wollte mich bedünken, als sey die ganze Stadt nichts anderes als eine hübsche Novelle, die ich einst einmal gelesen, ja, die ich selbst gedichtet, und ich sey jetzt in mein eigenes Gedicht hineingezaubert worden, und erschräke vor den Gebilden meiner eigenen Schöpfung. Vielleicht auch, dacht ich, ist das Ganze wirklich nur ein Traum, und ich hätte herzlich gern einen Thaler für eine einzige Ohrfeige gegeben, bloß um dadurch zu erfahren, ob ich wachte oder schlief.

Wenig fehlte, und ich hätte diesen Artikel noch wohlfeiler

eingehandelt, als ich an der Ecke des Marktes über die dicke Obstfrau hinstolperte. Sie begnügte sich aber damit, mir einige wirkliche Feigen an die Ohren zu werfen, und ich gewann dadurch die Ueberzeugung, daß ich mich in der wirklichsten Wirklichkeit befand, mitten auf dem Marktplatz von Trient, neben dem großen Brunnen, aus dessen kupfernen Tritonen und Delphinen die silberklaren Wasser gar lieblich ermunternd emporsprangen. Links stand ein alter Pallazzo, dessen Wände mit buntallegorischen Figuren bemalt waren, und auf dessen Terrasse einige grau östreichische Soldaten zum Heldenthume abgerichtet wurden. Rechts stand ein gothisch-lombardisch kaprizioses Häuslein, in dessen Innerm eine süße, flatterhafte Mädchenstimme so keck und lustig trillerte, daß die verwitterten Mauern vor Vergnügen oder Baufälligkeit zitterten, während oben aus dem Spitzfenster eine schwarze, labyrinthisch gekräuselte, komödiantenhafte Frisur herausguckte, worunter ein scharfgezeichnetes, dünnes Gesicht hervortrat, das nur auf der linken Wange geschminkt war, und daher aussah wie ein Pfannkuchen, der erst auf einer Seite gebacken ist. Vor mir aber, in der Mitte, stand der uralte Dom, nicht groß, nicht düster, sondern wie ein heiterer Greis, recht bejahrt, zutraulich und einladend.

Als ich den grünseidenen Vorhang, der den Eingang des Doms bedeckte, zurückschob und eintrat in das Gotteshaus, wurde mir Leib und Herz angenehm erfrischt von der lieblichen Luft, die dort wehte, und von dem besänftigend magischen Lichte, das durch die buntbemalten Fenster auf die betende Versammlung herabfloß. Es waren meistens Frauenzimmer, in lange Reihen hingestreckt auf den niedrigen Betbänken. Sie beteten bloß mit leiser Lippenbewegung, und fächerten sich dabey beständig mit großen grünen Fächern, so daß man nichts hörte als ein unaufhörlich heimliches Wispern, und nichts sah als Fächerschlag und wehende Schleyer. Der knarrende Tritt meiner Stiefel störte manche schöne Andacht, und große katholische Augen sahen mich an, halb neugierig, halb liebwillig, und mochten mir wohl rathen, mich ebenfalls hinzustrecken und Seelensieste zu halten.

Wahrlich, ein solcher Dom mit seinem gedämpften Lichte und

seiner wehenden Kühle ist ein angenehmer Aufenthalt, wenn draußen greller Sonnenschein und drückende Hitze. Davon hat man gar keinen Begriff in unserem protestantischen Norddeutschland, wo die Kirchen nicht so komfortabel gebaut sind, und das Licht so frech durch die unbemalten Vernunftscheiben hineinschießt, und selbst die kühlen Predigten vor der Hitze nicht genug schützen. Man mag sagen was man will, der Katholizismus ist eine gute Sommerreligion. Es läßt sich gut liegen auf den Bänken dieser alten Dome, man genießt dort die kühle Andacht, ein heiliges Dolce far niente, man betet und träumt und sündigt in Gedanken, die Madonnen nicken so verzeihend aus ihren Nischen, weiblich gesinnt verzeihen sie sogar, wenn man ihre eignen holden Züge in die sündigen Gedanken verflochten hat, und zum Ueberfluß steht noch in jeder Ecke ein brauner Nothstuhl des Gewissens, wo man sich seiner Sünden entledigen kann.

In einem solchen Stuhle saß ein junger Mönch mit ernster Miene; das Gesicht der Dame, die ihm ihre Sünden beichtete, war mir aber theils durch ihren weißen Schleyer, theils durch das Seitenbrett des Beichtstuhls verborgen. Doch kam außerhalb desselben eine Hand zum Vorschein, die mich gleichsam festhielt. Ich konnte nicht aufhören diese Hand zu betrachten; das bläuliche Geäder und der vornehme Glanz der weißen Finger war mir so befremdlich wohlbekannt, und alle Traumgewalt meiner Seele kam in Bewegung, um ein Gesicht zu bilden, das zu dieser Hand gehören konnte. Es war eine schöne Hand, und nicht wie man sie bey jungen Mädchen findet, die halb Lamm, halb Rose, nur gedankenlose, vegetabil animalische Hände haben, sie hatte vielmehr so etwas Geistiges, so etwas geschichtlich Reitzendes, wie die Hände von schönen Menschen, die sehr gebildet sind oder viel gelitten haben. Diese Hand hatte dabey auch so etwas rührend Unschuldiges, daß es schien, als ob sie nicht mitzubeichten brauche, und auch nicht hören wolle was ihre Eigenthümerin beichtete, und gleichsam draußen warte, bis diese fertig sey. Das dauerte aber lange; die Dame mußte viele Sünden zu erzählen haben. Ich konnte nicht länger warten, meine Seele drückte einen unsichtbaren Abschiedskuß auf die schöne Hand, diese zuckte in demselben Momente, und zwar so eigenthümlich, wie die Hand der todten Maria zu zukken pflegte, wenn ich sie berührte. Um Gotteswillen, dacht ich, was thut die todte Maria in Trient? – und ich eilte aus dem Dome.

Als ich wieder über den Marktplatz ging, grüßte mich an der Ecke die bereits erwähnte Obstfrau, recht freundlich und recht zutraulich, als wären wir alte Bekannte. Gleichviel, dacht ich, wie man eine Bekanntschaft macht, wenn man nur mit einander bekannt wird. Ein Paar an die Ohren geworfene Feigen sind zwar nicht immer die beste Introdukzion; aber ich und die Obstfrau sahen uns jetzt doch so freundlich an, als hätten wir uns wechselseitig die besten Empfehlungsschreiben überreicht. Die Frau hatte auch keineswegs ein übles Aussehn. Sie war freylich schon etwas in jenem Alter, wo die Zeit unsere Dienstjahre mit fatalen Chevrons auf die Stirne anzeichnet, jedoch dafür war sie auch desto korpulenter, und was sie an Jugend eingebüßt, das hatte sie an Gewicht gewonnen. Dazu trug ihr Gesicht noch immer die Spuren großer Schönheit, und wie auf alten Töpfen stand darauf geschrieben: »lieben und geliebt zu werden, ist das größte Glück auf Erden.« Was ihr aber den köstlichsten Reiz verlieh, das war die Frisur, die gekräuselten Locken, kreideweiß gepudert, mit Pommade reichlich gedüngt, und idyllisch mit weißen Glockenblumen durchschlungen. Ich betrachtete diese Frau mit derselben Aufmerksamkeit, wie irgend ein Antiquar seine ausgegrabenen Marmortorsos betrachtet, ich konnte an jener lebenden Menschenruine noch viel mehr studieren, ich konnte die Spuren aller Civilisazionen Italiens an ihr nachweisen, der etruskischen, römischen, gothischen, lombardischen, bis herab auf die gepudert moderne, und recht interessant war mir das civilisirte Wesen dieser Frau im Contrast mit Gewerb und leidenschaftlicher Gewöhnung. Nicht minder interessant waren mir die Gegenstände ihres Gewerbes, die frischen Mandeln, die ich noch nie in ihrer ursprünglich grünen Schaale gesehn, und die duftig frischen Feigen, die hochaufgeschüttet lagen, wie bey uns die Birnen. Auch die großen Körbe mit frischen Zitronen und Orangen ergötzten mich; und wunderlieblicher Anblick! in einem leeren

Korbe daneben lag ein bildschöner Knabe, der ein kleines Glöckchen in den Händen hielt, und während jetzt die große Domglocke läutete, zwischen jedem Schlag derselben mit seinem kleinen Glöckchen klingelte, und dabey so weltvergessen selig in den blauen Himmel hineinlächelte, daß mir selbst wieder die drolligste Kinderlaune im Gemüthe aufstieg, und ich mich, wie ein Kind, vor die lachenden Körbe hinstellte und naschte und mit der Obstfrau diskurirte.

Wegen meines gebrochenen Italienischsprechens hielt sie mich im Anfang für einen Engländer; aber ich gestand ihr, daß ich nur ein Deutscher sey. Sie machte sogleich viele geographische, ökonomische, hortologische, klimatische Fragen über Deutschland, und wunderte sich, als ich ihr ebenfalls gestand, daß bey uns keine Zitronen wachsen, daß wir die wenigen Zitronen, die wir aus Italien bekommen, sehr pressen müssen, wenn wir Punsch machen, und daß wir dann aus Verzweiflung desto mehr Rum zugießen. Ach liebe Frau! sagte ich ihr, in unserem Lande ist es sehr frostig und feucht, unser Sommer ist nur ein grünangestrichener Winter, sogar die Sonne muß bey uns eine Jacke von Flanell tragen, wenn sie sich nicht erkälten will; bey diesem gelben Flanellsonnenschein können unsere Früchte nimmermehr gedeihen, sie sehen verdrießlich und grün aus, und unter uns gesagt, das einzige reife Obst, das wir haben, sind gebratene Aepfel. Was die Feigen betrifft, so müssen wir sie ebenfalls, wie die Zitronen und Orangen, aus fremden Ländern beziehen, und durch das lange Reisen werden sie dumm und mehlig; nur die schlechteste Sorte können wir frisch aus der ersten Hand bekommen, und diese ist so bitter, daß, wer sie umsonst bekommt, noch obendrein eine Realinjurienklage anstellt. Von den Mandeln haben wir bloß die geschwollenen. Kurz, uns fehlt alles edle Obst, und wir haben nichts als Stachelbeeren, Birnen, Haselnüsse, Zwetschen und dergleichen Pöbel.

Ich freute mich wirklich, schon gleich bey meiner Ankunft in Italien eine gute Bekanntschaft gemacht zu haben, und hätten mich nicht wichtige Gefühle nach Süden gezogen, so wäre ich vor der Hand in Trient geblieben, bey der guten Obstfrau, bey den guten Feigen und Mandeln, bey dem kleinen Glöckner, und soll ich die Wahrheit sagen, bey den schönen Mädchen, die rudelweise vorbeyströmten. Ich weiß nicht, ob andere Reisende hier das Beywort »schön« billigen werden; mir aber gefielen die Trienterinnen ganz ausnehmend gut. Es war just die Sorte, die ich liebe: – und ich liebe diese blassen, elegischen Gesichter, wo die großen, schwarzen Augen so liebeskrank herausstrahlen; ich liebe auch den dunklen Teint jener stolzen Hälse, die schon Phöbos geliebt und braun geküßt hat; ich liebe sogar jene überreife Nacken, worin purpurne Pünktchen, als hätten lüsterne Vögel daran gepickt; vor allem aber liebe ich jenen genialen Gang, jene stumme Musik des Leibes, jene Glieder, die sich in den süßesten Rhythmen bewegen, üppig, schmiegsam, göttlich liederlich, sterbefaul, dann wieder ätherisch erhaben, und immer hochpoetisch. Ich liebe dergleichen, wie ich die Poesie selbst liebe, und diese melodisch bewegten Gestalten, dieses wunderbare Menschenkonzert, das an mir vorüberrauschte, fand sein Echo in meinem Herzen, und weckte darin die verwandten Töne.

Es war jetzt nicht mehr die Zaubermacht der ersten Ueberraschung, die Mährchenhaftigkeit der wildfremden Erscheinung, es war schon der ruhige Geist, der, wie ein wahrer Kritiker ein Gedicht liest, jene Frauenbilder mit entzückt besonnenem Auge betrachtete. Und bey solcher Betrachtung entdeckt man viel, viel Trübes, den Reichthum der Vergangenheit, die Armuth der Gegenwart und den zurückgebliebenen Stolz. Gern möchten die Töchter Trients sich noch schmücken wie zu den Zeiten des Conziliums, wo die Stadt blühte in Sammt und Seide; aber das Conzilium hat wenig ausgerichtet, der Sammt ist abgeschabt, die Seide zerfetzt, und den armen Kindern blieb nichts als kümmerlicher Flitterstaat, den sie in der Woche ängstlich schonen, und womit sie sich nur noch des Sonntags putzen. Manche aber entbehren auch dieser Reste eines verschollenen Luxus, und müssen sich mit allerley ordinairen und wohlfeilen Fabrikaten unsers Zeitalters behelfen. Da giebt es nun gar rührende Contraste zwischen Leib und Kleid; der feingeschnittene Mund scheint fürstlich gebieten zu dürfen, und wird höhnisch überschattet von einem armseligen Basthut mit zerknitterten Papierblumen, der stolzeste Busen wogt in einer

Krause von plump falschen Garnspitzen, und die geistreichsten Hüften umschließt der dümmste Kattun. Wehmuth, dein Name ist Kattun, und zwar braungestreifter Kattun! Denn ach! nie hat mich etwas wehmüthiger gestimmt, als der Anblick einer Trienterinn, die an Gestalt und Gesichtsfarbe einer marmornen Göttin glich, und auf diesem antik edlen Leib ein Kleid von braungestreiftem Kattun trug, so daß es aussah, als sey die steinerne Niobe plötzlich lustig geworden, und habe sich maskirt in unsere moderne Kleintracht, und schreite bettelstolz und grandios unbeholfen durch die Straßen Trients...

Aus dem Novellenfragment »Florentinische Nächte«

... »Sie gehen jetzt oft in die Oper, und ich glaube, Max, Sie gehen dorthin, mehr um zu sehen als um zu hören.«

»Sie irren sich nicht, Maria, ich gehe wirklich in die Oper, um die Gesichter der schönen Italienerinnen zu betrachten. Freilich, sie sind schon außerhalb dem Theater schön genug, und ein Geschichtsforscher konnte an der Idealität ihrer Züge sehr leicht den Einfluß der bildenden Künste auf die Leiblichkeit des italienischen Volkes nachweisen. Die Natur hat hier den Künstlern das Kapital zurückgenommen, das sie ihnen einst geliehen, und siehe! es hat sich aufs entzückendste verzinst. Die Natur, welche einst den Künstlern ihre Modelle lieferte, sie kopiert heute ihrerseits die Meisterwerke, die dadurch entstanden. Der Sinn für das Schöne hat das ganze Volk durchdrungen, und wie einst das Fleisch auf den Geist, so wirkt jetzt der Geist auf das Fleisch. Und nicht fruchtlos ist die Andacht vor jenen schönen Madonnen, den lieblichen Altarbildern, die sich dem Gemüte des Bräutigams einprägen, während die Braut einen schönen Heiligen im brünstigen Sinne trägt. Durch solche Wahlverwandtschaft ist hier ein Menschengeschlecht entstanden, das noch schöner ist als der holde Boden, worauf es blüht, und der sonnige Himmel, der es, wie ein goldner Rahmen, umstrahlt. Die Männer interessieren mich nie viel, wenn sie nicht entweder gemalt oder gemeißelt sind, und Ihnen, Maria, überlasse ich allen möglichen Enthusiasmus in betreff jener schönen, geschmeidigen Italiener, die so wildschwarze Backenbärte und so kühnedle Nasen und so sanftkluge Augen haben. Man sagt, die Lombarden seien die schönsten Männer. Ich habe nie darüber Untersuchungen angestellt, nur über die Lombardinnen habe ich ernsthaft nachgedacht, und diese, das habe ich wohl gemerkt, sind wirklich so schön, wie der Ruhm meldet. Aber auch schon im Mittelalter müssen sie ziemlich schön gewesen sein. Sagt man doch von Franz I., daß das Gerücht von der Schönheit der Mailänderinnen ein heimlicher Antrieb gewesen, der ihn zu seinem italienischen Feldzuge bewogen habe; der ritterliche König war gewiß neugierig, ob seine geistlichen Mühmchen, die Sippschaft seines Taufpaten, so hübsch seien, wie er rühmen hörte... Armer Schelm! zu Pavia mußte er für diese Neugier sehr teuer büßen!

Aber wie schön sind sie erst, diese Italienerinnen, wenn die Musik ihre Gesichter beleuchtet. Ich sage beleuchtet, denn die Wirkung der Musik, die ich in der Oper auf den Gesichtern der schönen Frauen bemerke, gleicht ganz jenen Licht- und Schatteneffekten, die uns in Erstaunen setzen, wenn wir Statuen in der Nacht bei Fackelschein betrachten. Diese Marmorbilder offenbaren uns dann, mit erschreckender Wahrheit, ihren innewohnenden Geist und ihre schauerlichen stummen Geheimnisse. In derselben Weise gibt sich uns auch das ganze Leben der schönen Italienerinnen kund, wenn wir sie in der Oper sehen; die wechselnden Melodien wecken alsdann in ihrer Seele eine Reihe von Gefühlen, Erinnerungen, Wünschen und Ärgernissen, die sich alle augenblicklich in den Bewegungen ihrer Züge, in ihrem Erröten, in ihrem Erbleichen und gar in ihren Augen aussprechen. Wer zu lesen versteht, kann alsdann auf ihren schönen Gesichtern sehr viel süße und interessante Dinge lesen, Geschichten, die so merkwürdig wie die Novellen des Boccaccio, Gefühle, die so zart wie die Sonette des Petrarcha, Launen, die so abenteuerlich wie die Ottaverime des Ariosto, manchmal auch furchtbare Verräterei und erhabene Bosheit, die so poetisch wie die Hölle des großen Dante. Da ist es der Mühe wert, hinaufzuschauen nach den Logen. Wenn nur die Männer unterdessen ihre Begeisterung nicht mit so fürchterlichem Lärm aussprächen! Dieses allzu tolle Geräusch in einem italienischen Theater wird mir manchmal lästig. Aber die Musik ist die Seele dieser Menschen, ihr Leben, ihre Nationalsache. In anderen Ländern gibt es gewiß Musiker, die den größten italienischen Renommeen gleichstehen, aber es gibt dort kein musikalisches Volk. Die Musik wird hier in Italien nicht durch Individuen repräsentiert, sondern sie offenbart sich in der ganzen Bevölkerung, die Musik ist Volk geworden. Bei uns im Norden ist es ganz anders; da ist die Musik nur Mensch geworden und heißt Mozart oder Meyerbeer; und obendrein, wenn man das Beste, was solche nordische Musiker uns bieten, genau untersucht, so findet sich darin italienischer Sonnenschein und Orangenduft, und viel eher als unserem Deutschland gehören sie dem schönen Italien, der Heimat der Musik. Ja, Italien wird immer die Heimat der Musik sein, wenn auch seine großen Maestri frühe ins Grab steigen oder verstummen, wenn auch Bellini stirbt und Rossini schweigt.«...

Friedrich Nietzsche
Aus »Ecce Homo«

…– Ich sage noch ein Wort für die ausgesuchtesten Ohren: was ich eigentlich von der Musik will. Daß sie heiter und tief ist, wie ein Nachmittag im Oktober. Daß sie eigen, ausgelassen, zärtlich, ein kleines süßes Weib von Niedertracht und Anmut ist […]

Ich werde nie zulassen, daß ein Deutscher wissen *könne*, was Musik ist. Was man deutsche Musiker nennt, die größten voran, sind *Ausländer*, Slaven, Kroaten, Italiener, Niederländer – oder Juden: im andern Falle Deutsche der starken Rasse, *ausgestorbene* Deutsche, wie Heinrich Schütz, Bach und Händel. Ich selbst bin immer noch Pole genug, um gegen Chopin den Rest der Musik hinzugeben; ich nehme, aus drei Gründen, Wagners Siegfried-Idyll aus, vielleicht auch einiges von Liszt, der die vornehmen Orchester-Akzente vor allen Musikern voraushat; zuletzt noch alles, was jenseits der Alpen gewachsen ist – *diesseits*… Ich würde Rossini nicht zu missen wissen, noch weniger *meinen* Süden in der Musik, die Musik meines Venediger *maëstro Pietro Gasti*. Und wenn ich jenseits der Alpen sage, sage ich eigentlich nur Venedig. Wenn ich ein andres Wort für Musik suche, so finde ich immer nur das Wort Venedig. Ich weiß keinen Unterschied zwischen Tränen und Musik zu machen – ich weiß das Glück, den *Süden* nicht ohne Schauder von Furchtsamkeit zu denken.

An der Brücke stand
jüngst ich in brauner Nacht.
Fernher kam Gesang;
goldener Tropfen quolls
über die zitternde Fläche weg.

Gondeln, Lichter, Musik –
trunken schwamms in die Dämmrung hinaus...
Meine Seele, ein Saitenspiel,
sang sich, unsichtbar berührt,
heimlich ein Gondellied dazu,
zitternd vor bunter Seligkeit.
– Hörte jemand ihr zu?

Paul Heyse

Lied von Sorrent

Zur Melodie: Sto cresenno no bello cardillo

Wie die Tage so golden verfliegen,
Wie die Nacht sich so selig verträumt,
Wo am Felsen mit Wogen und Wiegen
Die gelandete Welle verschäumt,
Wo sich Blumen und Früchte gesellen,
Daß das Herz dir in Staunen entbrennt –
O du schimmernde Blüte der Wellen,
Sei gegrüßt, du mein schönes Sorrent!

Und die Nacht, wenn so süß Luisella
Ihre lachenden Lieder uns singt
Und der Wirbel der Luft, Tarantella,
Wie ein Flämmchen im Sturme sie schwingt.
An der Bucht sich die Gärten erhellen
Unterm leuchtenden Nachtfirmament –
O du schimmernde Blüte der Wellen,
Sei gegrüßt, du mein schönes Sorrent!

Hier entrinnst du der Sorgen Getriebe,
Und es trägt dich auf Händen die Lust,
Und sogar das Gedächtnis der Liebe,
Hier beschleicht es gelinder die Brust.
Und du tauchst in die heilenden Quellen,
In des heiligen Meers Element –
O du schimmernde Blüte der Wellen,
Sei gegrüßt, du mein schönes Sorrent!

Auch der tobenden Stürme Getümmel,
Hier belebt es nur Blüten zuhauf,
Und es lösen die Wetter am Himmel
In ein fruchtbar Geriesel sich auf.
Wenn die Früchte, die herbstlichen, schwellen,
Ach, wie weit, ach, wie bin ich getrennt!
Dann ade, o du Blüte der Wellen,
Dann ade, du mein schönes Sorrent!

Aus der Erzählung »Vendetta«

...Da öffnete sich die Tür hinter ihr, die ins Innere des Hauses führte. Ein grauhaariger Diener in einer alten Livree trat leise ein, hustete, als die Herrin sein Kommen überhörte, und sagte dann laut: »*Scusi, Signora Contessa* –«

»Was gibt's, Momo?« fragte die Herrin, im Spiel fortfahrend.

»Ich möchte nur melden – der Battista ist draußen, Battista Brusco, fragt, ob die Padrona ihn empfangen wolle.«

Das Spiel verstummte noch nicht.

»Laß ihn kommen, Momo. Er wird mich unterhalten und von draußen erzählen.«

Der Diener verschwand. Gleich darauf öffnete er wieder die Tür und ließ den Besucher eintreten, der mit einer unbeholfenen Verbeugung nahe an der Schwelle stehen blieb, seinen verschossenen braunen Filzhut in den Fäusten drehend.

Er trug einen alten, sauber gebürsteten Anzug, in dem er die Reise von der Schweiz heraus gemacht hatte, eine graue Jacke und verschlissene braune Sammethosen, die in weiten Falten die Schenkel umschlossen, dazu graue wollene Strümpfe und verschnürte Schuhe. Aus dem weißen Hemde hob sich der starke braune Hals, auf dem ein ebenfalls sonnverbrannter dikker Kopf saß mit festen, nicht unsympathischen Zügen, die nur durch das verwilderte schwarze Haupthaar und den dunklen Bart, der fast bis zu den Augen reichte, dem stämmigen Menschen einen unheimlichen Ausdruck verliehen.

Von den verbissenen Lippen kam kein verständlicher Laut, nur ein dumpfes Knurren wie von einem bösen Hunde.

Die Gräfin ließ die Hände von den Tasten sinken, stand auf und wandte sich zu dem Eingetretenen um.

»Guten Tag, Battista!« sagte sie, ihm freundlich zunickend. »Das ist schön, daß Ihr wieder nach Hause gekommen seid. Orsola wird sich freuen, Euch wieder zu haben, und die Kinder, denen der Babbo gewiß Spielzeug aus der Schweiz mitgebracht hat. Ich freue mich immer, wenn ich ihnen im Dorf begegne. Die Rosa werdet Ihr gewachsen finden, es ist gut, daß sie so brav und verständig ist mit ihren acht Jahren und ihre kleinen Schwestern behüten kann, wenn die Mama über Tag auf Arbeit ist. Und was Ihr an dieser Frau habt, werdet Ihr selbst am besten wissen. Auch in meinem Hause loben sie alle, wenn sie heraufkommt, so oft es einmal viel Arbeit gibt, etwa bei der Wäsche zu helfen oder wenn wir viel Gäste haben. Und dabei ist sie noch so hübsch und blüht wie eine Rose.«

Sie schwieg und wunderte sich, daß er noch immer stumm blieb. Es arbeitete etwas in ihm, das seine stämmige Brust schwerfällig atmen machte. Dann, mit einem kurzen rauhen Lachen, das höhnisch klang, während seine buschigen Brauen sich noch dichter zusammenzogen, brach es aus ihm hervor: »Wie eine Rose? Haha! Nur daß ein Wurm in der Rose steckt!«

Die Herrin sah ihn verständnislos an. »Was meint Ihr, Battista?«

Der Mann schien antworten zu wollen, hielt dann wieder inne und warf einen scheuen Blick nach der Tür zurück. Dann, ein paar Schritte der Gräfin nähertretend: »Kann uns hier niemand hören?« raunte er.

»Niemand, Battista. Sagt um Gottes willen, was ist geschehen? Was ist mit der Orsola? Hat man ihr Schändliches nachgeredet? Wenn Ihr nicht die schwersten Beweise habt –«

Wieder das dumpfe, höhnische Lachen.

»Beweise? So schwer wie das Kind im Leibe einer Frau, das sie vor drei Monaten empfangen hat!«

»Battista!« rief die Gräfin, heftig erschreckend. »Nein, es ist unmöglich!«

»So wahr ist's, wie ich hier vor Euch stehe, Frau Gräfin! Jawohl, auch ich glaubte erst, ich hätt's geträumt, was sie mir halbtot vor Angst und Jammer beichtete, das arme Weib, als ich heute früh nach Hause kam und trete in meine Tür und die

Kinder stürzen auf mich zu und hängen sich mir an den Hals: Bist du wieder da, Babbo, und gehst nicht wieder fort? – Sie aber, mein Weib, nachdem ich einen langen Sommer mich gesehnt hatte, das sonst, wenn ich heimkam, mir an den Hals flog und mich schier erdrückte vor Freude – am Herd kauerte sie und schluchzte laut auf und regte sich nicht, und wie ich zu ihr trete und hebe sie auf, fällt sie mir aus den Armen wie ein totes Bündel und wird erst wieder lebendig, als ich sie aufs Bett getragen habe und mit einem Kuß aufwecke – da aber wendet sie ihr Gesicht von mir ab und stöhnt:› Laß mich! Ich bin deiner nicht mehr wert – siehst du denn nicht –?‹

Da sah ich freilich.«

Ein Krampf schüttelte, da er dies sagte, seine starke Brust, er ballte die Hände, und seine Knie wankten, so daß er sich suchend umblickte und auf den nächsten Sessel sank. Da blieb er liegen, die Fäuste vor die Augen gedrückt. Daß die Gräfin mitten im Zimmer stand, schien er vergessen zu haben.

»Es ist furchtbar!« hörte er sie plötzlich flüstern. »Armer Battista! Unseliges Weib!«

Mit einem Ruck fuhr er vom Sessel hoch, strich sich das wirre Haar von der Stirn und trat hochaufgerichtet vor die entsetzt zurückfahrende Frau.

»Und es ist noch jemand unglücklich!« schrie er, plötzlich alle Vorsicht vergessend, »und das seid Ihr! Ein Schurke hat drei Unschuldige ins Verderben gebracht.«

»Um Gott, Battista – nein, nein, das nicht! Nur das nicht –!« brach es von den Lippen der Frau, die ihn entgeistert anstarrte. »Nein – nimmermehr –«

Mitten in seiner Wut schien ihn ein Mitleiden mit der schönen zarten Dame zu befallen, die tötlich erblaßt und wankend vor ihm stand. »Verzeiht, gnädige Gräfin«, sagte er dumpf, »daß ich so herausgeplatzt bin. Ich bin ein schlechter Bauer und habe keine Manieren. Aber früher oder später – erfahren habt Ihr's doch müssen, und Ihr – Ihr seid's nicht einmal, die's am Schwersten trifft – hohe Herrschaften haben immer was voraus vor uns niederem Volk, und so geht der ärgste Sünder auch mit der leichtesten Buße aus, während das arme Weib –

Denn Ihr müßt wissen, Frau Gräfin, sie ist so unschuldig

daran wie ein Lamm, das der Wolf überfällt. Sie hatte hier oben gearbeitet, den ganzen Tag, und wollte abends nach Hause, mit ihren Kleinen die Polenta essen. Und ging durch den Garten, wo noch alles in Blüte stand – es war Juni, und sie liebt die Blumen, und in unserm armen Gärtchen unten blühen nicht viel. Und von den Rosen brach sie nur eine und steckte sie an ihren Gürtel. Und kam dann ans Ende, wo die Orangenbäume um das Kasino stehen und die Respole und Feigen und in dem Rebgang die Trauben, die aber waren noch weit zurück. Und wie sie all den Segen Gottes sieht, kann sie's nicht lassen, ein paar Feigen zu pflücken und für jede ihrer drei Kleinen eine Orange, und sie tut sie in ihre Schürze und will durch die hintere Tür in der Mauer hinaus. Und wer tritt plötzlich hinter der großen Zeder hervor und ihr in den Weg, daß sie zu Tode erschrickt? Kein Anderer als der gnädige Herr und macht eine sehr finstere Miene, als das arme Weib zitternd vor ihm steht und nicht die Augen aufzuschlagen wagt. ›Orsola!‹ herrscht er sie an, ›Was treibst du hier? Hast du Früchte stehlen wollen?‹ Und sie – kein Wort bringt sie vor – ›ich wollt'‹, erzählte sie mir, ›die Erde hätt' sich aufgetan und mich verschlungen!‹ – und steht und rührt sich nicht, läßt aber die Früchte aus ihrer Schürze fallen und hebt die Hände bittend zu dem Herrn auf, daß er ihr verzeihen möchte – mein Gott, eine solche Schuld, drei Orangen aus all dem Segen! Der Herr aber habe den Kopf geschüttelt und nur gesagt: ›Nichts da! Du bist und bleibst eine Diebin, Orsola, und wenn ich dich anzeige, kommst du ins Gefängnis. Aber deine Kinder dauern mich, und darum will ich ein Auge zudrücken. Doch ganz ohne Buße kommst du mir nicht davon. Sie soll nicht schwer sein und kein Mensch davon erfahren. Aber worin sie besteht, kann ich dir im Freien nicht sagen. Du mußt mit mir ins Kasino hinein – sträube dich nicht, Närrin –‹

Und damit packte er sie am Arm, der Unmensch, und soviel sie fleht und weint und wehklagt – er kennt kein Erbarmen, schleppt sie, die wehrlose, ins Kasino und – oh, alle Martern der Hölle über sein Haupt! In den tiefsten Abgrund mit diesem ewig Verdammten! Erst aber –«

Er hob beide geballte Fäuste gen Himmel und rannte mit wildem Stöhnen durch den Saal, in dessen Mitte die bleiche Frau sich mühsam aufrecht gehalten hatte. Jetzt aber versagte ihren Knien die Kraft, und sie brach lautlos zusammen.

Im Augenblick war er bei ihr, hob sie auf und trug sie wie ein Kind nach dem Sofa, wo er sie niederließ. »Verzeihung!« stammelte er kaum hörbar zwischen den Zähnen. »Ich konnt's nicht ändern, Ihr habt's erfahren müssen, so leid Ihr mir tut. Aber Ihr werdet begreifen – so gering und niedrig Unsereins ist gegen einen hochgeborenen Grafen – so lang' ein Gott der Gerechtigkeit im Himmel wohnt, kann eine solche Schandtat nicht ungerächt bleiben, und wenn auch andere Unschuldige darunter leiden müssen.«

Sie richtete sich jäh in die Höhe. Das Wort »Rache« schien auf einen Schlag sie aus der Betäubung aufgeweckt zu haben.

»Ihr wollt Euch rächen, Battista?« hauchte sie. »An – meinem Mann? O Battista, bedenkt – Ihr macht ihn und Euch unglücklich – und ich Ärmste, wie soll ich – nein, nein! Es kann – es darf nicht sein. Hier –«, und sie streifte einen Ring vom Finger, in dem ein großer Brillant gefaßt war zwischen zwei Rubinen, » – nehmt das – der Ring ist über dreitausend Lire wert – ist es noch zu wenig, macht selbst den Preis, nur schont sein Leben! Um der Barmherzigkeit Gottes willen – nehmt!«

»Nimmermehr!« brauste er auf, mit der Hand die ihre abwehrend. »Meine geschändete Ehre, mein Lebensglück kann kein Gold der Welt mir abkaufen. Aber seid ruhig, Gräfin! Ich will Eurem Gemahl nicht ans Leben. Was hätt' ich davon? Wenn ich ihn erwürgt hätte oder mit einem Messerstich vor mich hingestreckt, wär' es auch um mich geschehen. Ich müßte in die Macchia fliehen und als Bandit wie ein gescheuchtes Wild ein elendes Leben führen, er aber schliefe ruhig in seinem Marmorsarg, und sein edles Weib trüge Trauer um ihn. Wo wäre da die gerechte Vergeltung? Indessen hungerte mein armes Weib mit ihren Kreaturen und müßte zu ihnen auch noch den gräflichen Bastard aufziehen. O nein, Kontessa, schwerer muß er gezüchtigt werden, an einem Punkt getroffen, wo auch ein Teufel eine menschliche Wunde fühlt – an seiner Ehre, so wie er die meine geschändet hat. Nur dann kann der Bauer sich gegenüber dem adligen Herrn als ein Ebenbürtiger fühlen und den Kopf abends ruhig auf das Kissen legen, ohne daß Höllenträume seinen Schlaf verscheuchen.«

Sie blickte ihn verständnislos an. Plötzlich fuhr sie in die Höhe.

»Battista!« hauchte sie. »Nein, nein – Ihr könnt nicht meinen –«

Er sah düster vor ihr nieder, und eine kurze Minute war Totenstille zwischen ihnen.

»Verzeiht, Madonna«, sagte er dann, »ich habe Euch meinen Preis genannt und kann nicht darum mit mir markten lassen. Es ist kein unbilliger Preis, denk' ich. Drei gestohlene Orangen gegen den für immer vernichteten Seelenfrieden eines armen Weibes und ihres Mannes – ein ehrlicher Handel, sollt' ich meinen. Und niemand soll je davon erfahren. Ihr findet Euch heut abend im Garten ein, im Kasino, um zehn Uhr, ich erwarte Euch, und die Buße, die Ihr zahlt, muß Euch leichter werden, als die unfreiwillige des armen Weibes, da Ihr das Leben eines großen Verbrechers damit erkaufen sollt.«

Er sah gespannt in das totenblasse Gesicht der unglücklichen jungen Frau, die mit geschlossenen Augen vor ihm saß. Zwei schwere Tränen quollen unter den blonden Lidern hervor und glitten über die zarten Wangen. Der Mund blieb fest geschlossen.

Auf einmal durchfuhr es den rauhen Mann, der auf Antwort, auch nur ein schwaches Nicken des blonden Hauptes wartete. Er wandte den Kopf nach der Tür, durch die er eingetreten war, und horchte einen Augenblick. Dann mit erstickter Stimme: »Er kommt! Ich will ihn nicht treffen. Ich möchte alles vergessen und mich auf ihn stürzen, ihm mit Fäusten die Kehle zuschnüren. Addio – vergeßt nicht – um Zehn –«

Mit einem Sprung, wie eine wilde Katze, hatte er die Schwelle der Gartentür erreicht und war über die Terrasse verschwunden.

Die Schritte draußen im Korridor näherten sich, man hörte eine sonore Männerstimme die bekannte Melodie ›*La donna è mobile*‹ trällern, dann wurde die Tür rasch aufgerissen, und der junge Graf trat ein.

Er war das Bild eines schönen, stattlichen jungen Mannes aus vornehmem Hause, mit einem Gesicht, das übermütig und selbstgefällig in die Welt sah, all seiner Vorzüge bewußt, die Geburt und Natur ihm mitgegeben hatten, dabei mit einem Zuge von Gutmütigkeit, der alle Untergebenen an ihn fesselte. Beim Eintritt in den Gartensaal brach er das Singen ab und ließ die munteren schwarzen Augen umherschweifen.

»Wo steckst du denn, Teresina?« rief er lachend. »Dauert die Siesta heute so lang? Verzeih, daß ich sie störe. Aber ich habe ein Billett von Kusin Luigi bekommen, das ich dir doch zeigen muß. Er erzählt von der gestrigen Eröffnung der Stagione im Theater, der alte, sehr abgesungene Rigoletto, aber eine prachtvolle Vorstellung, die Corradini als Gilda vom ersten Rang, der Herzog und Rigoletto selbst weit über Erwarten, kurz, wir sollten kommen, gleich heute, er habe niemand anders in seine Loge geladen. Ich dächte, wir ließen anspannen und führen in die Stadt, äßen erst dort mit Gigi und – aber was hast du, Kind? Du bist so blaß, ich glaube gar, du hast geweint –«

Er beugte sich zu ihr hinab, die auf dem Ruhebett sich halb aufgerichtet hatte und mit großer Mühe sich zu fassen suchte.

»Es ist nichts, Carlo«, flüsterte sie. »Nur meine Migräne, heute besonders stark – der Scirocco – sei ganz ruhig, es geht vorüber – nur ein langer Schlaf und mein Veronal, also fahre du allein und – viel Vergnügen! Wenn du wiederkommst –«

Er fuhr ihr leicht über das Haar und die nasse Wange. »Es ist vielleicht doch schlimmer als sonst, und irgendeine Krankheit im Anzug«, sagte er, als sie bei seiner Berührung zusammenschauerte. »Ich möchte doch lieber –«

»Nein, nein!« rief sie heftig, »du darfst nicht hier bleiben – du könntest mir nicht helfen, und es wäre mir unerträglich, zu denken, du bringst mir ein unnützes Opfer. Ich beschwöre dich –«

»Seltsam!« versetzte er. »Du bist so aufgeregt – am Ende hast du Fieber. Aber du hast recht, dein altes Mittel, der Schlaf, ist wohltätiger als die Nähe des teuren Gemahls. Freilich werde ich bei Gigi übernachten müssen. Doch mit dem Frühesten reite ich zurück und lasse dich bis dahin in der Obhut deiner treuen Pia; die will ich dir gleich schicken, daß sie dich zu Bett bringt. *Felicissima notte, anima mia! Addio!«*

Er neigte sich zu ihr hinab, die wieder auf das Kissen zurückgesunken war, küßte sie zärtlich auf beide Augen und verließ mit behutsamen Schritten das Zimmer.

Wenige Minuten waren vergangen, da öffnete sich von neuem die Tür, und eine schlanke Frauengestalt in einfachem Kleide trat hastig ein.

Das Gesicht war unscheinbar, nur in den schöngeschnittenen Augen lag ein stiller warmer Glanz und in dem blassen Munde ein Ausdruck von charaktervollem Ernst, der auch einen flüchtigen Beobachter anziehen mußte. Obwohl diese Pia von gleichem Alter war wie die Gräfin, erschien sie doch um zehn Jahre älter. Ihre Mutter, eine Bäuerin aus dem Dorf unten, die an demselben Tage dies Kind geboren hatte wie die alte Gräfin in der Stadt ihre Teresa, war als Amme in ihren Dienst getreten, hatte sich aber von ihrer Kleinen nicht trennen wollen und auch vollauf Nahrung für zwei gehabt. So waren die beiden kleinen Geschöpfe miteinander aufgewachsen, hatten wenigstens während der sommerlichen Villeggiatur auf dem Lande miteinander gespielt und dort auch den ersten Unterricht vom Pfarrer zusammen erhalten.

Mit achtzehn Jahren war dann Pia die Frau eines kleinen Beamten in der Stadt geworden, der sie dort im gräflichen Hause kennen gelernt, da die Contessina sich von ihrer Milchschwester nicht hatte trennen wollen und sie als eine Art Zofe oder Gesellschafterin zu sich genommen hatte. Das junge Eheglück war von kurzer Dauer gewesen. Ein Kind, das sie zur Welt brachte, starb nach einigen Monaten, der Mann ein Jahr darauf. Die Vereinsamte verfiel in tiefe Schwermut, die nur langsam sich ein wenig erhellte, als Gräfin Teresa, die sich inzwischen mit ihrem Carlo vermählt hatte, sie wieder in ihr Haus holte und ihr als einer Art Haushälterin Beschäftigung gab, im Grunde aber sie nur wie eine Freundin hielt.

Von dieser Stellung hatte die junge Witwe äußerlich nur den bescheidensten Gebrauch gemacht, so sehr sie in ihrem Herzen die ihr vergönnte schwesterliche Freundschaft erwiderte. Sie bestand darauf, in ihrer Kleidung auch ferner als Untergebene zu erscheinen, redete die Gräfin in Gegenwart anderer immer mit Sie an, obwohl sie unter vier Augen sich wie in der Kinderzeit des Du bediente, und versah sowohl auf dem Lande wie in der Stadt ihren Dienst als Haushälterin aufs Gewissenhafteste.

Wie sie nun in den Saal trat und ihre Gräfin regungslos wie eine Tote, doch mit weit aufgerissenen Augen auf dem Ruhebett ausgestreckt sah, erschrak sie heftig. Mit einem leisen Schrei stürzte sie zu ihr hin, warf sich neben dem Lager auf die Knie und faßte ihre Hände. »Liebe, liebste Schwester!« rief sie, »was ist dir geschehen? Komm zu dir! Ich sterbe vor Angst, dich so zu sehen – sage nur ein Wort – hast du Schmerzen? Soll ich nach dem Arzt schicken? Heilige Madonna, wach auf und schüttle diese Starrheit ab! Erkennst du mich nicht? Hast du deine Pia nicht mehr lieb?«

Es schien, als ob diese letzte Frage den Bann, der über der unglücklichen Frau lag, gelöst hätte. Langsam richtete sie sich auf, blickte im Zimmer umher und sagte leise: »Ist er wirklich fort? Ist die Tür geschlossen? O Pia, dies ist mein letzter Tag! Vor Abend muß ich gestorben sein!«

»Teresa«, rief die Getreue, »meine Geliebteste, was sprichst du für entsetzliche Worte! Du träumst oder du hast Fieber. Besinne dich, wer du bist, daß du geliebt wirst von so vielen, die verzweifeln müßten, wenn dir ein Leids geschähe! Was ist denn vorgefallen, das dein klares Bewußtsein getrübt hat? Dein Mann ging von dir und schickte mich her, ohne nur anzudeuten, daß eine Gefahr für dein Leben –«

»Mein Mann!« fiel sie ihr ins Wort. »O, der – nie, nie soll er es wissen, was er über mich gebracht hat! Eher soll der Tod mir die Lippen versiegeln. Nur du, meine einzige Freundin, sollst es erfahren – denn nur von dir kann mir Rat und Hilfe kommen!«

Sie zog sie auf das Ruhebett herauf, drückte sie dicht an sich und flüsterte ihr ins Ohr in abgebrochenen Sätzen, was sie erlebt hatte. Ihr Herz pochte heftig, und die Hände, die kalt und feucht in denen der Freundin lagen, umfaßten ihre Finger, wie wenn dies der einzige Halt wäre, an den sie sich noch anklammern könnte.

»Nun weißt du's«, hauchte sie endlich, »das Entsetzliche, das kein Dämon aus der Hölle furchtbarer zu entsinnen vermöchte. Und du begreifst nun auch, daß ich eher tausend Tode stürbe, als um *diesen* Preis das Leben Carlo's zu erkaufen. Dieser Mensch – so erbarmungslos er auf seiner Rache besteht – ich kann nicht glauben, daß er sich nicht damit begnügen sollte, die Frau in den Tod getrieben zu haben, sondern dann doch noch nach dem Blut ihres Gatten dürstete. So wird Carlos Leben von ihm verschont werden. Wie aber soll ich's anfangen, aus der Welt zu gehen, ohne Verdacht zu erwecken? Wenn ich mir eine Nadel ins Herz bohren könnte – nein, nein, ich träfe es am Ende nicht sicher – Morphium, wie verschaff' ich mir's bis zum Abend? – o, ein stiller, sanfter Herzschlag, der auch Carlo natürlich erschiene, da er mich so elend sah, eh er wegging – meine einzige Freundin, rate mir, hilf mir –«

Sie umschlang, wie plötzlich von allen Kräften verlassen, die neben ihr Sitzende, die in tiefster Erschütterung die furchtbare Eröffnung hingenommen hatte. Als sie jetzt die Freundin in einem lauten Weinkrampf sich an ihre Schulter klammern fühlte, hob sie den Kopf mit einer entschlossenen Gebärde, streichelte sanft die nasse Wange und das aufgelöste Haar und sagte: »Liebste, fasse dich und höre mich ruhig an! Kein Wort mehr vom Sterbenmüssen! – Wenn du deinen Mann nur damit retten könntest, wäre das Mittel so grausam wie die Rache, mit der Jener sein Leben bedroht, denn dein Carlo könnte nie wieder glücklich werden. Nein, meine Geliebteste, es gibt noch einen Ausweg. Um Zehn, sagtest du? Nun wohl, so finster es dann auch sein wird – den Weg zum Kasino werde ich zu finden wissen.«

»Nimmermehr!« rief die Gräfin, die Arme vom Hals der Freundin lösend. »Nein, es kann, es darf nicht sein! Ich würde mir's nie vergeben können – nie vergelten – ein so ungeheures Opfer –«

»Wenn hier von Vergeltung die Rede sein soll«, fiel die andere ihr ins Wort, »so bin ich es, die zu vergelten hat, unermeßliche Liebe und Güte, die ich durch ein ganzes Leben in diesem Hause empfangen habe. In der furchtbaren Zeit, als ich den Tod an das Bettchen meines Nino herantreten sah, du aber wachtest die Nächte mit mir – da gelobte ich mir, daß mein ganzes Leben hinfort dir gehören solle. Nun kann ich die Schuld ein wenig abtragen. Erwäg es ruhig, meine Teresa! Was ist so übermenschlich an diesem Opfer, das ich dir bringen will? Ich bin eine Frau, die vom Leben nichts mehr zu hoffen, die ihre liebsten Menschen verloren hat. Keinem Dritten bin ich Rechenschaft schuldig, keine Pflicht verletz' ich, wenn ich meine Ehre opfere, um meine teuerste Freundin zu retten. Und der Ausweg selbst – wo ist eine Gefahr dabei? Wie kann der Tausch verraten werden? Wir sind von gleicher Größe und Gestalt, wenn ich meinen Kopf mit einem dichten Schleier umwinde und die Lippen fest verschlossen halte und gehe in diesem deinem hellen Kleide – die Nacht ist mondlos, der Scirocco jagt auch wohl ein Wetter herauf – und wenn dieser Mensch die Augen einer Eule hätte, er würde den Trug nicht durchschauen. Am Morgen aber, wenn die Sonne aufginge, fände sie kein Wölkchen an deinem Himmel, bis auf –«

Sie vollendete den Satz nicht. Es fiel ihr plötzlich ein, daß nach dem, was geschehen, die junge Frau ihren Gemahl nicht mit denselben Augen wie sonst begrüßen könnte. »Komm!« sagte sie und stand auf. »Ich will kein Wort des Widerspruches hören. Ich bringe dir deine Tropfen, daß du dich von dieser Erschütterung erholst, und dann besprechen wir das übrige und beten zur Mutter Gottes, daß sie uns beistehe.«

Die Nacht war hereingebrochen, eine schwüle, mondlose Nacht. Am westlichen Himmel stand eine schwarze Bretterwand, aus der es hin und wieder aufleuchtete. Doch wollte das stumme Gewölk sich nicht entladen. Kein Laut eines Nachtvogels drang aus den Wipfeln des Olivenhains herüber, nur das Schwirren der Grillen von den Wiesen unten im Dorf. Das Kasino am Ende des Gartens lag in tiefer Dunkelheit.

Da wurde die Tür des Häuschens sacht von innen aufgestoßen, und ein Mann trat auf die Schwelle. Hinter ihm tastete sich eine schlanke Frauengestalt ins Freie, die ein Kleid von heller Farbe trug, den Kopf, mit einem schwarzen Schleier dicht umhüllt, tief auf die Brust gesenkt hatte, und den Arm, der sich ihr zur Stütze bot, zurückweisend, hastig über die zwei Holzstufen hinuntertrat. Der Mann aber war sofort neben ihr.

»Warum flieht Ihr mich, Frau Gräfin?« raunte er. »Ich bin nicht Euer Feind, obwohl ich Euch habe berauben müssen. Daß ich's mußte, war nicht meine Schuld, und nun seid Ihr für immer frei von mir und werdet mich nie wiedersehen. Nur eines noch muß ich von Euch erbitten. Kommt!« – und er ergriff ihren Arm – »setzt Euch noch einen Augenblick dort auf das Bänkchen am Hause – Ihr seid erschöpft und haltet Euch kaum aufrecht – es ist nichts Schweres, was Ihr mir gewähren sollt –«

Er hatte sie, obwohl sie widerstrebte, zu dem Häuschen zurückgeführt und sanft gezwungen, auf der Bank niederzusitzen. Er selbst blieb vor ihr stehen. Dann sagte er dumpf: »Was geschehen ist, soll ab und tot sein. Aber Tote stehen zuweilen aus ihren Gräbern auf und erscheinen den Lebenden, sie zu quälen. Wenn ich mein Weib ansehe und mir einfällt, welch furchtbarer Frevel an ihr verübt worden ist – ich stehe nicht dafür, daß nicht Wut und Ingrimm mich rasend machen und ich doch noch denke, daß ich mich rächen sollte. Dann muß ich etwas haben, was mich erinnert: ich habe meine Rache ja schon genommen, und der Verbrecher ist gezüchtigt. Dazu sollt Ihr mir verhelfen, Gräfin!«

Sie hob den Kopf nur ein wenig und hauchte mit erloschener Stimme: »Ich?«

»Ja, Ihr! Ihr müßt mir eine Locke von Eurem Haar geben, die tue ich hinten in das Gehäuse meiner Uhr, und immer, wenn ich sie betrachte, weiß ich, daß ich den schönen Kopf, von dem sie geschnitten worden, zwischen meinen groben Händen gehalten und an meine Brust gedrückt habe. Dann werde ich ruhig werden und leichter tragen, was über mich gekommen ist. Willigt Ihr also ein, so –«

Die Frau, die lautlos dagesessen, richtete sich rasch in die Höhe.

»Ich werde Euren Wunsch erfüllen«, flüsterte sie kaum vernehmbar. »Morgen schick' ich Euch das Verlangte. Jetzt – haltet mich nicht länger –«

Sie wollte an ihm vorbei. Er aber hielt sie zurück und drängte sie wieder auf die Bank.

»Nicht morgen, Frau Gräfin! In dieser Nacht, in dieser Stunde. Seht, ich hatt' es schon vorher bedacht, und da ich keine Schere in meinem Hause fand, hab' ich mein Messer geschliffen, bis es so scharf war, daß ich ein Haar in der Luft damit durchschneiden konnte. Kommt nun und haltet einen Augenblick still. Löst eine Strähne aus Eurer Frisur, die legen wir auf das Fenstergesims, und in einem raschen Schnitt – nur einen kleinen Streifen – nein, weigert Euch nicht, sonst tu' ich's – mit Gewalt!«

Er griff nach ihrem Kopf, den sie mit beiden Händen ihm zu entziehen suchte, beständig stöhnend: »Laßt mich – ich schwöre Euch, morgen – nicht jetzt – Ihr tötet mich – oh, mein Gott!«

Sie fühlte, daß ihr die Kraft versagte, in stummem Ringen hatte er ihr die Hände vom Kopf gerissen, im nächsten Augenblick fiel der Schleier von ihrer Stirn, und er sah, da eine schwache Helle aus der Wolkenwand vorbrach, in das vom furchtbaren Schrecken entgeisterte Gesicht der ärmsten Frau, über das das schwarze Haar herabfiel.

»*Maledetta!*« schrie er außer sich. »Ihr – Ihr seid's – nicht die edle blonde Dame, die für die Schuld ihres Mannes büßen wollte? Ha, Tod und Verdammnis! So bin ich betrogen um meine Rache – zum Frevel und Schimpf noch den Hohn – und soll davongehen und meine Wut ohnmächtig in mich hineinfressen? *Corpo della Madonna*, ich verdiente, daß man mir ins Gesicht spiee, wenn ich diese neue Schandtat ungerächt in Demut hinnähme – aber nein! Für blutigen Hohn einen blutigen Lohn – und da – da –!«

Im Nu hatte er das Messer gezückt, den Arm, der sich zitternd zur Abwehr erhob, zurückgestoßen und sinnlos vor Wut die scharfe Klinge in die Brust der Unglücklichen gestoßen, die mit einem schwachen Wehlaut von der Bank glitt und leblos zusammenbrach.

Kaum war's geschehen, so fiel der Rausch, der ihm das Bewußtsein umnebelt, von ihm, und er starrte mit Entsetzen auf die Stelle am Boden, wo der Körper seines unschuldigen Opfers lag. Das Messer weit fortschleudernd, bückte er sich zu der noch zuckenden Gestalt hinab und legte seine zitternde Hand an das Herz, das kaum noch einen schwachen letzten Schlag tat. Dann richtete er sich auf, sah mit weit aufgerissenen Augen umher und schlug, die Faust ballend, dreimal gegen die eigene Stirn. Ein irres Lachen drang aus seinen Lippen, er nickte wild mit dem Kopfe und brachte hastige Worte hervor, wie in plötzlich ausbrechendem Wahnsinn. Auf einmal aber spähte er in den Garten hinein und gewahrte eine helle Gestalt, die sich dem Kasino zu nähern schien. Da raffte er sich zusammen, hob den Hut vom Boden, der ihm während des Ringens entfallen war, und ihn tief in die Stirne drückend, als ob Verfolger ihm auf der Spur wären, verließ er in großen Sätzen durch das Pförtchen hinten in der Mauer den Ort seiner Missetat.

Die Gestalt, die ihn verscheucht hatte, näherte sich rasch – die Gräfin, die in den Garten gekommen, da sie's vor fieberhafter Aufregung im Hause nicht duldete. Von fern hatte sie den Schmerzenston gehört, der der Freundin, als der tödliche Stoß in ihre Brust drang, entfahren war. Doch obwohl sie so heftig erschrak, daß ihre Knie einzusinken drohten, besann sie sich keinen Augenblick, zu der Stelle hinzueilen, von wo der Angstruf erschollen war. Mit einem gellenden Hilferuf fiel sie selbst, sobald sie die Hingesunkene erblickte, neben ihr nieder, versuchte, sie in ihren Armen emporzuheben, und flüsterte ihr mit den zärtlichsten Namen zu, ihre Teresa sei bei ihr, sie dürfe nicht von ihr gehen, sie würde ihr nachsterben, von der Schwere ihres Gewissens ins Grab gezogen.

Mühsam schlug die Sterbende die Augen noch einmal auf. »Sei nicht traurig, Geliebteste!« hauchte sie. »Wie könnte ich einen süßeren Tod finden – als für dich! Der Feind – er hat sich – für die Täuschung – rächen wollen – nun aber wird er nie wieder – sich hier blicken lassen, und du – oh, meine Teresina, meine liebste – Schwester – denke zuweilen an deine arme – glückliche –«

Ein Blutstrom brach ihr aus der Brust, sie fiel starr zurück und war verschieden....

Ricarda Huch

Die Geschichte eines Originals

Aus der Erzählung »Patatini«

Auf einer Reise begegnete ich einem noch jungen Manne, dessen Kopf mich an einen Italiener, insbesondere Florentiner oder Venetianer der Renaissanceperiode erinnerte, wie wir sie uns nach der Auffassung der neueren Kulturforscher vorzustellen gewohnt sind. Eine Mischung von Feinheit, Klugheit, List und Naivität lag in dem Gesicht, dazu ein Zug von Grausamkeit, unschuldig knabenhafter, die sich damit vergnügt, einem Maikäfer ein paar Beine auszureißen. Da wir miteinander bekannt wurden, teilte ich ihm meine Wahrnehmung mit; er begriff mich zwar nicht ganz, wie denn wohl jedes Volk sich und seine Vergangenheit anders sieht und auffaßt als der Fremde, aber doch dies, daß ich in ihm einen originellen Typus gefunden zu haben glaubte. Im Anschluß daran erzählte er mir, daß sich in vielen alten und kleinen italienischen Städten noch weit mehr Eigenart erhalten hätte als in den größeren, und da er lebhaft, mitteilsam und vielleicht auch erfinderisch war, führte er mir allerlei Beispiele an, verweilte aber ganz besonders bei der Schilderung seines eigenen Vaters, dessen Urwüchsigkeit, Derbheit, ja Roheit bei großer Herzensgüte ihm, dem zarteren und nervöseren, einen überwältigenden Eindruck hinterlassen zu haben schien. Was er mir von dem Vater und einem Freunde desselben, einem alten katholischen Geistlichen, mitteilte, will ich hier, soweit es mir erinnerlich ist, mit meinen eigenen Worten wiedererzählen.

Wenn ein Mensch stirbt, ist die Trauer der Zurückbleibenden oft um so pathetischer und tränenreicher, je weniger Gutes sie dem Lebenden nachgesagt oder angetan haben. Auch mein Vater gehörte zu den derben, unüberlegten Augenblicksmenschen, die im alltäglichen Leben gegen ihre Umgebung rücksichtslos sind, den großen Momenten dagegen wie Hochzeit, Abschied, Versöhnung, Tod sich mit überschwenglicher, selbst unbegründeter Weichheit hingeben; nur bei dem Tode Patatinis betrug er sich durchaus anders. Allerdings hatte sich diese Freundschaft immer auf wunderbare Weise geäußert. Ich weiß eigentlich nicht einmal, warum ich mit Patatini den Begriff verband, daß er der älteste, beste und unzertrennlichste Freund unseres Hauses war, wenn nicht vielleicht, weil ich empfand, daß meine Mutter ihn gern sah; meinen Vater hörte ich nur mit einer ordentlich wollüstigen Beredsamkeit seine schlechten Eigenschaften aufzählen und verspotten. Zwar konnte es mir nicht entgehen, daß mein Vater immer vergnügt wurde, wenn Patatini kam, mochte er auch vorher in der vergrämtesten Stimmung eines mit Sorgen kämpfenden Kaufmannes gewesen sein.

Mir machte ihn in meiner frühesten Kindheit das zu einer bedeutenden und anziehenden Persönlichkeit, daß eine große, sackartige Tasche seines Priesterrocks, die eigens zu diesem Zwecke mit einem weißen waschbaren Einsatz versehen war, stets mit allerlei Süßigkeiten angefüllt war, aus der er von Zeit zu Zeit mit seinen großen, weißen, sehr gepflegten Händen ein Bonbon herauszog und mit Anstand und Genuß aufsog. Daß er mich nicht selten mitessen hieß, war wohl in Wirklichkeit nicht so großmütig, wie es meinem kindlichen Urteil erschien, denn geizig war Patatini. Nur seine Reinlichkeit war noch größer, ja sie artete zuweilen in zimperliche Peinlichkeit aus, besonders vom Standpunkt meines Vaters, der immer mit Kopf und Händen viel zu leidenschaftlich beschäftigt war, um die Gegenstände, die er brauchte, lange auf ihre Sauberkeit zu prüfen. Er legte Patatini seine Reinlichkeit bald als Geiz bald als Üppigkeit aus und machte ihm alles in Bausch und Bogen zum Vorwurf.

»Ich hasse dieses Umherschnüffeln nach Staub und Dreck«, sagte mein Vater entrüstet, wenn Patatini mit einem karierten Tuche, das er für solche Fälle bei sich trug, die Bänke und Stühle abwischte, bevor wir uns setzten. Besonders, daß er keine von der Erde aufgelesene Frucht aß, ohne sie sorgfältig abzuputzen, brachte meines Vaters Zorn in Wallung. »Spionieren Sie auch hier, unter Gottes Himmel, in Gottes Garten, ob alles blank gescheuert ist?« rief er. »Möchten Sie nicht lieber jede Kirsche mit Seife waschen, eh' Sie sie in Ihren kostbaren Mund stecken? – Möchten Sie nicht lieber auch die Pflaumenkerne ausspucken und die Hühnerknochen?«, welche mein Vater teils ganz, teils zerkaut und zerbissen hinunterzuschlucken pflegte.

Derartige kleine Kämpfe gab es namentlich einmal während eines mehrtägigen Ausfluges ins Gebirge, wo mein Vater unter dem Vorwande, daß es billiger sei, und Patatini ja so gerne Ersparnisse mache, selbst die Küche führte. Er kochte jeden Tag ein Stück Fleisch in einer Art Suppe von Reis und Kartoffeln, alles zusammen in einem Topfe, von dem er nicht zuließ, daß er aufgewaschen würde. »Wozu?« sagte er, »ich bin kein Freund von überflüssiger Arbeit. Es gibt ja so viel Nützliches zu tun. In den Topf kommt nichts als gute, nahrhafte Früchte und gesundes Fleisch; es ist nicht einzusehen, warum man ihn mit Mühe putzen sollte, da er doch morgen schon in ebenderselben Art wieder verunreinigt wird, wenn Sie es denn so nennen wollen.« »Aber Sie waschen den Reis und die Kartoffeln ja nicht einmal vorher«, jammerte Patatini. »Nein, wahrhaftig nicht«, sagte mein Vater, »ein solcher Narr bin ich nicht. Soll ich das Beste davon mit Wasser abspülen? Auch bleibt der gröbere Schmutz sowieso vermöge seiner Schwere auf dem Boden des Topfes liegen.« Patatini versuchte mich zu bestechen, daß ich die Reinigung heimlich ausführe, doch wagte ich es den scharfen Drohungen meines Vaters zuwider nicht zu unternehmen. »Seien Sie zufrieden«, sagte er, »daß Sie jeden Mittag einen reinen Teller bekommen. Meinen Sie, die Heiligen Antonius, Pachomius und Bonifazius hätten in solchem Überfluß geschwelgt? Glauben Sie mir, Sie sind noch weit davon entfernt, eine heilige Person zu sein, wenn Sie auch im Priesterrock einherstolzieren.« Ich werde nie vergessen, unter welchen sichtbaren inneren Konflikten Patatini sein Essen einnahm, aber schließlich doch jedesmal in die übermütige Gesprächigkeit meines Vaters einstimmte.

Für mich, seit mein Verständnis einigermaßen erwacht war, war es ein Vergnügen, ihm zuzuhören, denn – bei Gott! – darin hatte mein Vater unrecht, daß er ihn dumm nannte. Weil er dumm wie eine Kartoffel sei, hatte er ihm den Beinamen Patatini gegeben, unter welchem er allgemein bekannt war. Man sprach von Don Vincenzo Patatini, ohne dabei an den Ursprung und die Bedeutung des Namens zu denken. Eigentlich meinte mein Vater auch nichts anderes damit als eine gewisse Zerstreutheit oder einen Mangel an Aufmerksamkeit, der die Ursache war, daß er den kürzeren zog, wenn mein Vater ihm einen Schabernack spielte. Mein Vater behauptete, er wäre immer so in Gedanken darüber, entweder wie er sich bereichern oder wie er das dumme, leichtgläubige Volk hinters Licht führen könnte; deshalb sähe er nicht, was vor seiner Nase wäre. »Die Pfaffen«, sagte er, »belügen und betrügen uns, wo sie können. Es ist verdienstlich, ihnen einen Possen zu spielen, deren ganzes Leben eine Posse ist, die sie uns vorgaukeln.« Meistens suchte er Patatinis Geiz zu treffen, der ihm mit seiner Verschwendernatur noch ungeheuerlicher erschien, als er in Wirklichkeit war. Ich erinnere mich eines Hauptstreiches, der vollführt wurde, als ich noch ein Knabe war. Doch machte die ganze weitläufige Veranstaltung und der Umstand, daß der Geneckte eine so stolze, weißhaarige und noch dazu geistliche Person war, die in majestätischen schwarzen Gewändern von Tuch oder Seide einherging, einen so starken Eindruck auf mich, daß ich alle Einzelheiten behalten hätte, auch wenn mein Vater in späteren Jahren nicht so oft darauf zurückgekommen wäre.

Eines Tages kam nämlich Don Vincenzo in großer Betrübnis zu uns und erzählte, es sei ihm bei einem Gastmahle, das der Bischof veranstaltet habe und wo es hoch hergegangen sei, durch Übergießen mit Champagner ein neues Gewand verdorben, das ihn 200 Franken gekostet hätte. Mein Vater verbarg seine Schadenfreude nicht, fragte aber doch, nachdem er sich einigermaßen ausgelacht hatte, ob die Flecken wirklich nicht auszuwaschen wären, er könne das noch keineswegs glauben. Doch sagte Patatini, das Kleid sei staubig gewesen und es sei, soviel man ihm versichert hätte, nichts zu machen. Mein Vater erging sich des breiteren über das schwelgerische Leben der Geistlichkeit; aber dessenungeachtet, sagte er, wolle er aus

Freundschaft Trost und Hilfe schaffen. Die Frau des Glöckners an Patatinis Kirche mache sich einen Nebenverdienst mit Reinigen und Ausbessern von Kleidern, wisse allerlei Mittel und sei geschickt, habe ihm auch schon manches besorgt, gut und preiswert. »Wären Sie nicht so eitel, hochmütig und faul, wie denn alle Pfaffen sind«, sagte mein Vater, »und bekümmerten Sie sich um die Armen Ihres Sprengels, anstatt mit Ihren Geldkisten Götzendienst zu treiben, würden Sie davon so gut Bescheid wissen wie ich. Es ist kein Wunder, wenn sich das von seinem Hirten verratene Volk allen Verirrungen und Ausschreitungen der Anarchie in die Arme wirft.« In Wahrheit war Don Vincenzo nichts peinlicher, als mit dem Plebs, wie er sich ausdrückte, in Berührung zu kommen. Nicht nur kostete es ihn eine namenlose Überwindung, die schmutzigen, übelriechenden Häuser der Vorstädte zu betreten; er wußte mit einfachen Leuten, namentlich mit Frauen, nichts anzufangen und ich glaube, es war noch weniger sein Geiz als diese Unbeholfenheit schuld, daß er mit Wohltaten kargte. Indessen, sagte mein Vater zum Schlusse, wolle er aus übertriebener Freundschaft Patatinis Schwächen und Lastern, die er verabscheue, frönen und die Sache mit dem Kleide selbst erledigen, um ihm den Gang zu den Glöcknersleuten zu ersparen. Denn einem Dienstboten könne man so etwas nun einmal nicht anvertrauen.

Kaum hatte mein Vater das prächtige schwarzseidene Gewand im Hause, als er die Frau kommen ließ und es ihr einhändigte, indem er sagte: Patatini mache es ihr und ihrem Manne, da es ein wenig fleckig geworden sei, zum Geschenk; sie könne sich vielleicht sogar noch einen Staatsrock daraus machen. Als sich die Frau vor Freude und Dankbarkeit nicht zu fassen wußte, schärfte mein Vater ihr ein, diesen Dank ja dem Geber gegenüber nicht laut werden zu lassen, denn er tue das Gute um Gottes willen und Dank annehmen zu müssen, bereite seiner Demut Beschämung und Schmerz. Bald nachdem die Frau sich entfernt hatte, kam ihr Mann, der Glöckner; ein Mann, der allerlei gelesen hatte und es gern in etwas ruhmrediger Weise wieder von sich gab, weswegen mein Vater es liebte, sich in Gespräche mit ihm einzulassen. Der Glöckner betonte mit Vorliebe, daß er ein Freigeist sei und weder an Gott noch an den

Teufel glaube. Sein stärkstes Argument gegen Gott und die Kirche war die Unzulänglichkeit der höheren Geistlichen, von deren Schlemmerei und Nichtsnutzigkeit er viele abschrekkende Beispiele anzuführen wußte. »Ich esse keine Kapaunen und trinke keinen Schaumwein«, pflegte er zu sagen, »aber ich tue meinen Dienst in der Kirche, obschon ich glaube, es wäre besser, wenn dieser ganze Firlefanz niemals erfunden worden wäre.« Durch seine Frau von Patatinis Großmut unterrichtet, kam er in großer Unruhe, um sich mit meinem Vater über diesen Fall auszusprechen. »Ich hatte Don Vincenzo in der Tat nicht für einen Wohltäter gehalten«, sagte er traurig. »Wie oft habe ich Übles von ihm wie von andern gesagt, und so könnte es leicht sein, daß ich mich über alle getäuscht habe.« »Diese Handlung ist wirklich eines frommen Christen würdig«, sagte mein Vater, »und du siehst, es ist nicht so leicht, mit Gott und der Religion fertig zu werden.« Auch dem Glöckner empfahl er dringend, Patatini gegenüber Schweigen zu beobachten.

Nach einigen Tagen kam aber der Mann sehr aufgeregt wieder. Als er nämlich mit seiner Frau beschlossen hatte, das priesterliche Kleid zu verkaufen und eine Summe von 80 Franken dafür eingehandelt hatte, ließ sich seine Dankbarkeit kaum noch bezähmen und drückte um so mehr auf ihn, als die Reue über die vormaligen Lästerungen damit verschmolz. Dazu kam, daß er die Gabe der Wohlredenheit zu besitzen glaubte und Patatini beinahe täglich in der Kirche oder irgendwo in den Gebäulichkeiten der Pfarrei begegnete. Kurz, er trat ihm eines Tages in den Weg, um seinen Dank anzubringen. »Wenn Gott uns Regen und Sonnenschein gibt, je nachdem wir es bedürfen«, hatte er seine Rede angefangen, »tut er es auch nicht um unseres Dankes willen. Aber wenn nun das Opfergewölk unserer Gebete zu ihm aufsteigt, sammelt er es gnädig und erfreut in seinem Herzen. Der Dank, mein gnädiger Herr, befreit die Herzen der armen Empfänger von dem erniedrigenden Gefühl, immer Schuldner bleiben zu müssen.« – »Don Vincenzo«, sagte der Glöckner, der meinem Vater alles dieses berichtete, »gab sich das Ansehen, nicht zu wissen, wo ich hinaus wollte. Aber eben die Verlegenheit, die sich hinter der unwirschen Art, mit der er mich fragte, ob ich verrückt wäre, verbarg, bewies mir deutlich, daß er mich verstanden hatte. Ich fuhr also ruhig fort: Als mir Signor Antonio Ihr herrliches schwarzes Gewand, das einige Flecken nur wenig entstellten, in Ihrem Namen zum Geschenke machte, fügte er hinzu, daß Sie in Ihrer erhabenen Demut unseren Dank nicht nur nicht forderten, sondern sogar ablehnten, – was ich aber nicht vollends herausbrachte, denn Don Vincenzo wurde bleich vor innerer Gemütsbewegung, seine Hände ballten sich und er glich überhaupt, um es kurz zu sagen, einem Menschen, der im Begriff ist, von entsetzlichen Krämpfen heimgesucht zu werden. Ich fürchtete, wenn ich noch weiter fortführe, er möchte einen ernstlichen Schaden nehmen, und begnügte mich deshalb damit, mehrmals seine Hand und sein Kleid, obwohl er sich heftig wehrte, zu küssen und Gottes Segen auf ihn herabzuwünschen.«

»Er ist eine außerordentliche Person«, sagte mein Vater, der die ganze Zeit nur mit Mühe das Lachen hatte unterdrücken können.

»Eine biblische Person!« rief der Glöckner begeistert, »nichts mehr und nichts weniger. Denn, obgleich anzunehmen ist, daß er sich mit seinen Almosen und guten Werken von der Wirkung größerer oder kleinerer Übeltaten loskaufen will und den Dank dafür verabscheut, weil er weiß, daß die Quelle nicht rein ist, so ist doch solche Selbsterkenntnis und Demut etwas Seltenes und Paradiesisches und flößt ebensoviel Ehrfurcht ein wie vollkommene Makellosigkeit.«

Mein Vater pflichtete dem Glöckner in allem bei und sagte, wie dem auch sei, werde eine mit Bescheidenheit an den Tag gelegte Dankbarkeit Patatini doch wohltun, und es gäbe ja Mittel genug, sich auch ohne Worte verständlich zu machen.

Infolgedessen konnte Patatini von nun an nicht mehr über die Straße gehen, ohne daß die Frau oder eines von den neun Kindern des Glöckners auf ihn zu oder ihm nachgelaufen kam, sein Kleid küßte, um seinen Segen bat und Gott mir lauter Stimme verpflichtete, das Haupt dieses edlen Greises Tag und Nacht zu beschirmen. Für Patatini, der seine Quälgeister am liebsten erdrosselt hätte, konnte keine Marter grausamer sein, und es war kein Wunder, daß er meinem Vater grollte. Insofern hatte mein Vater sich freilich verrechnet, als es Schelten und

Toben, kurz irgendwelches Spektakel nicht gab. Nichts geschah als dies: Bald nachdem der Glöckner uns verlassen hatte, riß Don Vincenzo die Tür des kleinen Arbeitszimmers auf, wo mein Vater am Schreibtisch saß und sich nun erwartungsvoll umdrehte, spuckte mitten ins Zimmer und ging mit großen Schritten, so schweigend, wie er gekommen war, von dannen. Mein Vater kam sofort ins Wohnzimmer gelaufen, lachte unbändig und machte uns unzählige Male vor, wie Patatini ins Zimmer gekommen war und was für ein Gesicht er gemacht hatte, Haltung und Gebärde; alles aufs genaueste, ja zum Schrecken meiner Mutter machte er auch das Spucken jedesmal wirklich, nicht nur andeutend nach. Als aber Tag für Tag hinging, ohne daß Patatini sich blicken ließ und er auch in seiner Wohnung für meinen Vater nicht zu sprechen war, wurde dieser mißmutig, und ich glaube, er vermißte den Hausfreund nicht weniger, als ich es tat.

Füllte er doch unser bürgerliches Zimmer mit dem großen Schatten der Vergangenheit: Aus seinem Gespräch lernte ich die feinen üppigen Griechen und die ehernen Römer und die dummen, schwärmerischen Barbaren des Nordens kennen, alles was Großes über unser Vaterland dahingegangen war. Immer sind mir die Helden so mächtig in der Phantasie geblieben, wie sie mir in seinen sparsamen aber wuchtigen Worten entstanden, während er mit seinen etwas matten Augen, seinen langsamen Bewegungen und dem großen Antlitz wie ein blinder Sänger in seinem Stuhle saß. Wie prächtig legte sich der weiße Kranz dicker, büscheliger Haare über seine starke Stirn! Wie zierlich und behaglich sah es aus, wenn er mit zwei Fingerspitzen Schnupftabak aus einer altertümlichen silbernen Dose nahm, langsam in die Nase schob und dann sorgsam mit beiden Händen an seinem bauschigen Kleide herunterklopfte, damit kein Stäubchen darin hängen bliebe. Weniger interessierte es mich, wenn er über die Zukunft unseres Landes sprach, in bezug auf welche er ein hoffnungslos zürnender Prophet war. Mein Vater pflegte ihm unweigerlich zu widersprechen, um nachher in seiner Abwesenheit alles zu wiederholen und zu bekräftigen, was er gesagt hatte....

Aus dem Roman »Das Leben des Grafen Federigo Confalonieri«

Wenn der junge Graf Federigo Confalonieri durch die Straßen Mailands ging, die eng, hoch und steil wie Felsschluchten waren, so glich er einem eingeschlossenen Pferde oder Hirsch, der mit entrüsteter Ungeduld die labyrinthischen Gänge seines Gefängnisses entlang schreitet und den Ausgang ins Freie sucht. Während er bei allen Vergnügungen, die die gute Gesellschaft pflegte, beim Fechten, Tanzen und Reiten, bei Rennen und Jagden, durch seine Gewandtheit und seinen Geschmack die Blicke auf sich zog, eilten seine Augen, deren schwarzblauer Glanz sie unvergleichlich machte, über die Umgebung hinweg, als ob sie nichts als ein Hindernis wäre, das ihn einengte.

Es war an einem Abend des ausgehenden Winters, als ihm dies Gefühl der Unruhe und des Ungenügens deutlicher und schmerzhafter als je zum Bewußtsein kam, nämlich auf einem Balle, den er ohne seine Frau besuchte, die ihrer ersten Entbindung entgegensah. Er fand die Gesellschaft, die sich im Palaste des alten Grafen Litta versammelte, in besonderer Erregung, weil Eugen Beauharnais, der Vizekönig von Italien, sein Erscheinen zugesagt hatte, worauf man um so mehr gespannt war, als seine junge Gemahlin ihn begleiten sollte, eine bayrische Prinzessin, von deren Schönheit, Liebenswürdigkeit und Tugend gesprochen wurde und die erst kürzlich in die Residenz eingezogen war. Federigo, dessen Familie Österreich anhing und der in der Abneigung gegen Napoleon aufgewachsen war, nahm die frohbewegte Stimmung mit Unwillen wahr; in jeder Gruppe, der er sich näherte, wurde von den hohen Eigenschaften des fürstlichen Paares gesprochen, und auch diejenigen, die über den neugebackenen König und Ehemann witzelten, verrieten, daß sie durch seine bevorstehende Gegenwart erregt waren.

Als Eugen, seine Frau am Arme, eintrat, hörte man zunächst nichts als das Kleiderrauschen der herabsinkenden Damen, bis die lebhafte Anrede des Prinzen den Herrn und die Herrin des Hauses, die Nächststehenden und allmählich die ganze Gesellschaft ermunterte. Federigo stand neben der Gräfin Frecavalli, einer Freundin seiner Frau, in einer Fensternische, von wo aus sie bequem zusehen konnten, ohne selbst beachtet zu werden. »Hübsch, aber plebejisch«, sagte sie mit Verachtung; »er sieht aus wie ein Unterleutnant, der etwa auch mit einem netten Kammermädchen zufrieden ist. Unsere Landsleute indessen scheinen mit Begeisterung die Untertanen dieses Karnevalkönigs zu spielen.« Dies sagte sie mit Bezug auf die Herren und Damen, die sich drängten, dem prinzlichen Paare vorgestellt zu werden. Die allgemeine Beflissenheit benutzte Federigo, um unbemerkt den Saal und das Haus zu verlassen; seine Laune war so geworden, daß es ihm unmöglich schien, in die gesellige Fröhlichkeit einzustimmen. Er machte sich eilig Weg durch die neugierigen Menschen, die noch immer am Tore des Palastes standen, bog in eine stillere Nebenstraße ein und überließ sich seiner Stimmung und seinen Gedanken.

Das Bild der hochmütigen Aristokraten, seiner Landsleute und Standesgenossen, wie sie dem jungen Franzosen huldigten, den die Willkür Napoleons ihnen als Fürsten aufgedrängt hatte, haftete, Zorn und Ekel erregend, in seinem Geiste. Er dachte, daß Napoleon kein Land mit solcher Nichtachtung behandelt hätte wie Italien, und indem er sich sagte, daß sie es durch ihr Betragen verdienten, empörte sich doch sein Gefühl dagegen, als gegen eine Vergewaltigung und Verhöhnung des edelsten unter allen Kulturvölkern. Mehr als je empfand er es mit Genugtuung, nicht zu diesen Menschen zu gehören, die ohne Würde und Größe nur auf den flachen Genuß des Augenblicks bedacht waren; zugleich aber bedrängte ihn die Frage, wodurch er sich denn anders als eben durch diese Verachtung von ihnen unterschiede. Daß sie ihn nicht für ihresgleichen hielten, ließen ihn die älteren Leute durch Abneigung, Tadel oder Spott merken, viele von den jüngeren dadurch, daß sie ihn anstaunten und ihm in Kleidung und Gewohnheiten nachzueifern suchten, sei es auch nur, um sich hervorzutun. Man hielt ihn für klug, scharfblickend und hochstrebend, seine Altersgenossen, junge Männer, Frauen und Mädchen hörten zu, wenn er sprach, wie wenn sein Urteil mehr als das anderer gälte; aber in diesem Augenblick schätzte er sie gerade deswegen gering. Er hatte nichts geleistet, nicht mehr gelernt als jeder junge Edelmann von Mailand: Reiten, Fechten, ein wenig Französisch und ein wenig Geschichte. Vielleicht gehörte eine gebietende Haltung und eine stolze Anmut zu seiner Person, die ihn vor anderen auszeichnete; aber auch wenn er alle anderen in der Ausbildung des Körpers übertroffen hätte, war er doch nicht so einfältig, bloßen Fertigkeiten höheren Wert beizulegen. Es hatte Männer in Mailand gegeben und gab noch solche, die Anspruch auf Ehrfurcht und Ruhm hatten: Beccaria, der die Rechtswissenschaft in eine neue Bahn gelenkt hatte, Verri, dessen Charakter ein Vorbild war, Monti, dessen Kunst auch die Verächter seiner Gesinnungslosigkeit bewundern mußten, und andere; wie er nun bedachte, daß ein unbestimmtes Selbstgefühl ihn von jeher über diese hinausgedrängt hatte, und dann, was er bisher geleistet hatte, mit ihren Taten verglich, ergriff ihn ein solches Schamgefühl, daß er für sich errötete.

Er ging schnell vorwärts, vom Ungestüm seiner Gedanken und Entschlüsse getrieben; denn indem er das schärfste Urteil über sich fällte, entschied er zugleich, daß es für die Zukunft aufgehoben sein sollte. Kenntnisse wollte er sich zuerst erwerben, damit er sich nicht länger durch die Lächerlichkeit entwürdigte, Meinungen und Einrichtungen zu verachten, ohne seinen Tadel begründen und vernünftige Vorschläge machen zu können. Wenn andere ihn darin nachahmten, daß er die herrschenden Gesinnungen und Verhältnisse angriff, so wollte er, daß sie zugleich ein Muster des Besseren in ihm finden könnten. Der Druck, der ihn während des ganzen Abends belastet hatte, wich dem Schwunge seiner belebten Willenskraft, die sich auf ein außerordentliches Ziel richtete; seine schlanke Gestalt richtete sich freier auf, und er durcheilte mehrere Straßen mit fliegenden Schritten, ohne darauf zu achten, wohin sie führten. Er beschloß ohne Zögern, morgen etwa, seine Lebensweise zu verändern und, anstatt die Zeit mit sinnlosen Vergnügungen und Zeremonieen zu verlieren, seinen Geist durch gründliches Studium, namentlich der Staats- und Naturwissenschaften, der Geschichte und der Sprachen, zu bilden und zu erweitern. Plötzlich veranlaßte ihn das Gefühl, sich an einem unbekannten Orte zu befinden, daß er stehen blieb und sich umsah: er fand heraus, daß er sich nicht weit von der Porta Comasina befand, in einer Gegend, wo hauptsächlich kleine Handwerker wohnten und die er selten besuchte.

Wie er stand und überlegte, welchen Weg er einschlagen müßte, um am schnellsten nach Hause zu kommen, denn er befand sich an einem Kreuzungspunkte, sah er tief im Hintergrunde einer langen dunklen Gasse etwas Unkenntliches sich langsam bewegen. Er bedachte schnell, daß er allein in dieser verlassenen Gegend war und keine Waffe bei sich hatte; doch blieb er mit etwas unruhiger klopfendem Herzen stehen, um das Verhüllte herankommen zu lassen. Ein schwaches Räderrollen und der klarer werdende Umriß überzeugten ihn, daß es ein Wagen war, der vielleicht einen Toten oder einen Kranken beförderte. Als er nahe genug bei ihm war, rief er dem Kutscher zu: »Fährst du einen Kranken? Hat es einen Unfall gegeben?« worauf der Wagenschlag sich öffnete und der Kopf eines Herrn zum Vorschein kam, der fragte, was es gebe. Mit Verwunderung erkannte Federigo den Grafen Melzi d'Eril, den ehemaligen Präsidenten der zisalpinischen Republik, den Napoleon zum Herzoge von Lodi gemacht hatte und der jetzt noch, obwohl ohne Amt, eine beratende und oft entscheidende Stimme in den Staatsgeschäften hatte. Auf Federigos Entschuldigung, er habe sich überzeugen wollen, ob der Wagen etwas Gespenstisches, etwas Verbrecherisches oder Hilfsbedürftiges verberge, lächelte Melzi und erklärte, daß er wegen eines Anfalls heftiger Gichtschmerzen seinem Kutscher befohlen habe, Schritt zu fahren; gleichzeitig forderte er ihn auf, einzusteigen und mitzufahren, wenn anders er nach Hause wolle, da die Schmerzen jetzt fast vorüber wären und er die Pferde wieder traben lassen könne. Als Federigo neben ihm saß, fügte er hinzu, daß er in einer sehr wichtigen Angelegenheit von seinem Landgut in die Stadt komme, nämlich um den Vizekönig von einer Entschließung abzuhalten, die er für unheilvoll halte. Er spreche davon, sagte er, weil Federigo in dem Rufe stehe, nicht nur gut reden, sondern auch klug schweigen zu können. »Da Ihr auf die eine meiner bescheidenen Gaben rechnet«, sagte Federigo, »gestattet Ihr mir vielleicht, von der anderen einen mäßigen Gebrauch zu machen.« Eigentlich sei es nur eine Frage, die er stellen wolle: ob Melzi es für ehrenhaft und ratsam halte, daß ein junger Mann sich und seine Arbeit einem Staate widme, dessen persönlicher Spitze er mit grundsätzlicher Abneigung gegenüberstehe. Melzi betrachtete Federigo mit Wohlwollen und sagte lachend: »Ich sehe, mein Lieber, daß Ihr auch ein wenig auf meine Verschwiegenheit rechnet.« Ernsthafter verbreitete er sich dann darüber, daß nach seiner Meinung jeder junge Mailänder, der durch Herkunft und Begabung eine Anwartschaft darauf habe, in den Staatsdienst eintreten solle. Er wisse, daß die Familie Confalonieri österreichisch gesinnt sei; ob nun aber Federigo diesen Traditionen folge oder nicht, so sollte er sich keinesfalls dadurch abhalten lassen, seine Arbeitskraft dem Staate zu widmen. Es komme weniger darauf an, wer der Maschine seinen Namen gebe, als von wem und in welchem Sinne sie gelenkt würde. Die französische Herrschaft sei in vieler Hinsicht ein Vorteil für die Lombardei gewesen, das öffentliche Leben habe sich reicher entfaltet; freilich, wenn die einheimischen Tüchtigen sich vom Staatsdienste zurückzögen, so müßte entweder Mißwirtschaft oder Fremdherrschaft entstehen, die außerdem zur Folge hätte, daß der eingeborene Adel, der der Träger der Kultur und insbesondere des Staatswesens sein sollte, infolge der Untätigkeit träge, stumpf, weichlich und untauglich würde.

Da sie inzwischen vor dem Palaste des Herzogs angekommen waren, verabschiedete sich Federigo mit Dank, ohne den Wagen, den jener ihm anbot, weiter zu benutzen. Während er nach Hause ging, überdachte er Melzis Worte, die ihn durchaus nicht befriedigten. Wie konnte er sagen, daß es auf die Person des Herrschers nicht ankomme, wenn der Herrscher Napoleon war; denn Eugen Beauharnais war nur sein Geschöpf! Die in Mailand regierten und verwalteten, waren nur Vollzieher von Napoleons souveränem Willen; man war nicht in England. Je aufrichtiger er Melzi als einen hervorragenden Staatsmann von unanfechtbarer Redlichkeit bewundert hatte, desto mehr mißfielen ihm die eben ausgesprochenen Grundsätze, auf die sich der Troß der gesinnungslosen Sklaven berufen konnte, die nach der Gunst des jeweils Mächtigsten haschen. Nicht die flüchtigste Neigung war in ihm, dem erhaltenen Rate gemäß zu handeln; vielmehr war sein Entschluß befestigt, keinerlei Amt, das Hof oder Regierung ihm anböte, anzunehmen, sondern sich zunächst ganz auf die Ausbildung seines Geistes zu beschränken.

Dessen ungeachtet gelang es Eugen Beauharnais, ihn mit dem Hofe zu verknüpfen, indem seine Frau Hofdame der Vizekönigin wurde, was Federigo auf den Wunsch der Familie Casati, der Teresa angehörte, zuließ. Teresa war zwar gewöhnt, sich dem Willen ihres Mannes zu fügen, der nicht selten von dem der Ihrigen abwich, freute sich aber der getroffenen Übereinkunft diesmal besonders, weil sowohl die wahrhaft liebenswerte Prinzessin wie der warmherzige, ritterliche Beauharnais ihr sympathisch waren. Ihre kindlich edle Erscheinung und ihr treuherzig schlichtes Wesen, das sie von den anderen Damen durchaus unterschied, machte bald Eindruck auf den Vizekönig, und seine Huldigungen wurden bemerkt, wie auch, daß Teresa sie gelassen annahm; denn da sie nicht gefallsüchtig war, dachte sie weder daran, die Männer zu reizen, noch sie gelegentlich zurückzustoßen, sondern freute sich arglos der Neigung, die sie erweckte. Federigo, der das Erscheinen seiner Frau bei Hofe immer ungern gesehen hatte, bekämpfte mühsam seinen Unwillen; wie nun aber der Vizekönig ihm das Amt eines Groß-Stallmeisters anbot und dadurch einer beleidigenden Verkennung seiner Persönlichkeit und seiner Talente oder einer Gedankenlosigkeit Ausdruck gab, die ebensosehr der Zurechtweisung bedurfte, lehnte er nicht nur für seine Person ab, sondern ließ auch Teresa ihr Amt bei der Prinzessin niederlegen. Daß der kleine französische Edelmann, der Sohn einer Frau von zweifelhaftem Rufe, durch nichts als soldatische Tüchtigkeit und die galante und leichte Liebenswürdigkeit der französischen Offiziere ausgezeichnet, ihn zu seinem Stallmeister hatte machen wollen, fühlte er so sehr als Kränkung, daß er es bedauerte, sie nicht im Zweikampfe rächen zu können. Es verschärfte seinen Haß, daß die sonst immer nachgiebige Teresa zwar seinem Willen gehorchte, aber im Bewußtsein ihrer Schuldlosigkeit und der Harmlosigkeit von Eugens Leichtsinn sein Verhalten ihr gegenüber in Schutz nahm und Federigos Eifersucht um so bestimmter zurückwies, als kein Liebesübermaß auf seiner Seite sie entschuldigen konnte. Eine Zeit lang war er geneigt, ihr nicht nur Mangel an weiblicher Würde, sondern auch an italienischer Gesinnung vorzuwerfen, eine Unbilligkeit, die ihre sich gleichbleibende Treue und Festigkeit allmählich stillschweigend widerlegte.

Mit dreißig Jahren war Federigo das Haupt einer Partei geworden, die sich die Italienische nannte, weil sie anstatt französischer oder österreichischer Herrschaft einen nationalen Staat als Ziel setzte, oder auch die Liberale, weil sie die alte, absolutistische Regierungsform durch eine Verfassung in moderner Art ersetzen wollte. Unerwartet schnell stellten die stürzenden Ereignisse sie vor die Notwendigkeit zu handeln, als Napoleon fiel. Die Möglichkeit, selbständig zu werden, war für Mailand jetzt durch raschen Anschluß an Eugen Beauharnais gegeben, der, an der Spitze eines geschulten Heeres stehend, Österreich abhalten und sich zu einem italienischen Könige machen konnte. Allein die Unabhängigkeitspartei konnte von diesem Franzosen und Geschöpf Napoleons den Begriff der Fremdherrschaft nicht trennen und richtete die ganze Kampfkraft gegen ihn, wodurch es den österreichisch Gesinnten leicht wurde, ihre Pläne durchzusetzen. Der wilde Flügelschlag dieser Zeit war für Federigo wechselweise belebend und entkräftend; er genoß in vollen Zügen, daß er handeln und vorwärtseilen konnte, aber das Bewußtsein nagte an ihm, daß teils Mangel an geeigneten Mitteln, teils die Gedankenlosigkeit und Selbstsucht seiner Anhänger wie seiner Gegner ihn verhindern würde, das erwünschte Ziel zu erreichen. Die größere Hälfte der Aristokratie mochte sich nicht schnell genug in Österreichs Arme werfen, das durch fast hundertjährige, heilsame Herrschaft sich heimisch in Mailand gemacht hatte, und mit derselben Ausschließlichkeit sahen die Franzosenfreunde die Rettung durch den Beauharnais verbürgt; es schien ihm, als ob keiner von allen, auch die von seiner Partei nicht, das Schicksal Italiens im ganzen und seine Zukunft bedachte. Zuweilen war es ihm, als ob er allein sehend und wissend zwischen lauter Tieren sei, die ein unverstandener Instinkt zu einer an sich bedeutungslosen oder vielleicht unheilvollen Stelle risse, ein zugleich kläglicher und brutaler Anblick. In dem Gefühl, alleinstehend mit einer schweren Verantwortung belastet zu sein, dachte er an den Grafen Melzi als den einzigen, dessen Ansehen so groß und allgemein war, daß er vielleicht die Vereinigung aller zu gemeinsamem Handeln erzwingen konnte.

Es war ein Frühlingsmorgen, als er sich entschloß, den Kanzler aufzusuchen und ihn zu bitten, in die Verwirrung der öffentlichen Angelegenheiten rettend einzugreifen. Melzi empfing ihn auf einem Diwan liegend, da ihn die Gicht seit einiger Zeit des Gebrauchs der Beine beraubte; sein Gesicht war schmäler und weißer geworden, die feine gebogene Nase schärfer und die Lippen, um die ein höfliches Lächeln schwebte, dünn und blaß. Seine dunklen Augen, die in früherer Zeit wohl einen Ausdruck jesuitischer List und Verborgenheit annehmen konnten, waren tiefer zurückgesunken und erschienen größer und ernster. Er äußerte Freude, Federigo zu sehen, an dessen Entwicklung er immer Anteil genommen habe und der einen Veilchengeruch von Ahnung und Hoffnung mit in sein Krankenzimmer bringe. Indessen zu dem, was Federigo nun vortrug, schüttelte er den Kopf. »Versucht nicht«, sagte er, »mich noch einmal in die Kämpfe des öffentlichen Lebens zu ziehen, die ich kaum aus der Ferne zu betrachten tauge. Ich habe jahrelang mit aller Kraft der einen Welt gedient, in der wir Sterbliche uns bewegen; nun wird es mir Zeit, mich in die unsichtbare einzuleben, der wir auch angehören. Wohl habe ich dem Kaiser nahe genug gestanden, um durch die Wendung seines Geschikkes erschüttert zu werden; denkt indessen nicht, daß diese Anhänglichkeit mich etwa bewöge, mit dem sinkenden Sterne den Schauplatz zu verlassen. Aber wen läßt dies Ende nicht an das Ende aller menschlichen Dinge denken! Von dem Anblick der zahllosen geringeren Geschöpfe, die sich, von einem mächtigeren lange niedergehalten, nun tausendfüßig regen und täglich anmaßender ihr Teil von der frei gewordenen Beute heischen, wendet mein Auge sich überdrüssig ab; geschweige denn, daß ich auf diesem Markte mitfeilschen möchte. Wir überschätzen die Wichtigkeit unserer irdischen Verhältnisse. Wie gleichgültig ist es, wessen Gier es davonträgt, was der oder jener besitzt, wem dies oder das angehört! Was ein jeder ist und tut, davon hängt das Wohl der Einzelnen und des Ganzen ab. In einem Staat von Ehrenmännern, die das Rechte tun, kann auch ein Schelm ohne Schaden regieren.«

Federigo hatte kaum mit der Achtung zuhören können, die das Alter und die Würde des Kanzlers erforderte. »Verzeiht mir«, entgegnete er lebhaft, »wenn ich Euch in die dünne Region solcher Anschauungen nicht folgen mag. Wie kann ein jeder das Rechte anders tun, als indem er die Pflichten seines Berufes erfüllt? Und habt Ihr nicht selbst gesagt, daß unser Beruf es ist, dem Staate zu dienen? Ich weiß nicht, welche Formen das Dasein im Reiche Gottes annehmen wird; wir müssen die Triebkräfte anerkennen und nützen, die uns irdische Menschen bewegen. Auf den Höhen Eurer Weisheit verkümmert der Wuchs der Taten; die aber sind das Skelett der Menschheit, und ihr Edelstes ist daran gebunden und darin ausgedrückt, bis wir erlöste Geister sind.«

Melzi, der aufmerksam und lächelnd zugehört hatte, sagte einlenkend, er freue sich, einen jungen Landsmann eine so kräftige Lebensauffassung äußern zu hören. Er habe sein Fernbleiben von den Welthändeln erklären, nicht ihn dazu überreden wollen. Wenn er seinen Rat wünsche, sei es der, nicht mehr erstreben zu wollen, als was vernünftigerweise erreichbar sei. Wenn Mailand jetzt zu Beauharnais halte, sei es möglich, daß dieser das lombardo-venezianische Königreich erhalte und eine einheimische Dynastie begründe; er habe dahin zielende Ratschläge bereits seit Wochen gegeben, allein die Mailänder Parteien hörten nicht auf, sich untereinander zu bekriegen, und Prinz Eugen sei zu zartfühlend oder zu kleinmütig, um die zum Zweck notwendigen Entschlüsse zu fassen.

Federigo warf mit einer unmutigen und verächtlichen Bewegung den Kopf zurück und sagte: »Wenn er es vorzieht, sich zu fügen, warum sollten wir den Fremden festhalten?« Der Kanzler kniff die Augen zusammen und betrachtete seinen Gast nachdenklich. »Gehorsam ist die höchste Weisheit, die der Mensch erlernen kann«, sagte er bedächtig und fuhr dann in einem sachlicheren Tone fort: »Ihr liebt den Vizekönig nicht und, wenn ich recht berichtet bin, die Erzherzoge ebensowenig. Welcher klügere Plan ist es denn, mit dem Ihr meinen ausstechen wollt? Sollen wir dem General Pino die eiserne Krone anbieten?« Es war nämlich unter den unbedingten Italienern daran gedacht worden, diesen tüchtigen Anführer, der den russischen Feldzug rühmlich mitgemacht hatte, an Eugens Stelle zu setzen. Federigo machte eine hastig ablehnende Handbewegung, indem er sagte: »Wir haben genug von der Soldatenherrschaft!« und auf Melzis fragenden Blick setzte er vorsichtig zögernd hinzu: »Es gibt Millionen Italiener, und die Hälfte von ihnen sehnen sich nach einem freien und unabhängigen Vaterlande. Wenn sie alle ihre lokalen Eitelkeiten und Beschränktheiten diesem Ideal zuliebe ein wenig zurückstellten, wenn sie ihre Wünsche zu einem festen, dauerhaften Willen verdichteten, sollten wir zu diesem italienischen Volke nicht einen italienischen Fürsten finden können?«...

Heinrich Mann
Aus dem Roman »Die kleine Stadt«

Der Advokat Belotti trat schwänzelnd an den Tisch vor dem Café »Zum Fortschritt«, wischte mit dem Taschentuch um seinen kurzen Hals und sagte erstickt: »Die Post hat wieder Verspätung.«

»Jawohl«, machten Apotheker und Gemeindesekretär; und da nichts Tatsächliches mehr zu sagen blieb, schwiegen sie. Der Reisende warf hin: »Ihr wird doch nichts zugestoßen sein?«

Die andern stießen unwillig den Atem aus. Der Leutnant der Carabinieri legte mit Nachsicht, weil es sich um einen Fremden handelte, die große Sicherheit der Straßen dar. Zwei seiner Leute begleiteten stets zu Pferde die Post, und nur einmal hatten sie einzugreifen gehabt. Damals wollte ein Bauer seinen Platz nicht bezahlen und zog gegen den Kutscher das Messer.

»Solche Leute haben wenig Erziehung«, erklärte der Leutnant.

»Ein langweiliges Handwerk, das eure«, rief der Apotheker Acquistapace mit seiner braven Stimme.

»Betrunkene aus dem Graben ziehen und eine entlaufene Kuh zurückscheuchen. Als wir dabei waren, ging's anders zu. Wie, Gevatter Achille?«

Der Wirt rief von drinnen:»Zugegen.«

Er stampfte heraus, stützte die Last seines Bauches auf eine Stuhllehne und wartete mit offenem Munde, worin die Zunge umherrollte.

»Wie, mein Alter?« und der Apotheker klopfte ihn auf den Bauch, »vor unseren Füßen ist manche Granate geplatzt. In Bezzecca war's, als gleich bei uns beiden der General Garibaldi selber stand. Die Granate platzt, wir springen zurück, versteht sich, der General aber rührt sich nicht, er sieht in den Dampf, als ob er sinnt. ›Keine Furcht, Freunde‹, sagt er zu uns, und, Achille, wir hatten keine mehr.«

»Das ist die reine Wahrheit«, sagte der Wirt; und mit Wucht: »Der General war ein Löwe.«

»Er war ein Löwe«, wiederholte der andere Alte, fuhr mit der Hand durch seinen riesenhaften Schnauzbart und sah alle von oben an. Plötzlich machte er sich klein und tat eine Gebärde, als streichelte er ein Kind.

»Aber auch ein Engel war er: ja, unwissend in manchem, wie ein Engel. Manches geschah, wie, Gevatter? was er nie erfahren hat. Alle wußten, daß jener Nino ein Weib war, nur der General nicht.«

Der Advokat Belotti fragte: »War er eigentlich ein schönes Weib, jener Nino?«

Der Apotheker zischte leise. »Solche Frauen gibt es nicht mehr! Und als ihr Geliebter gefallen war, da kam's heraus, daß sie eine war. Aber sie verließ uns darum nicht. Hatte sie nun ihn nicht mehr, um dessentwillen sie mitgezogen war, hatte sie doch uns alle. Und uns alle hat sie geliebt!«

Seine braunen Hundeaugen jubelten in der Erinnerung. Der Wirt lachte lautlos, daß sein Bauch den Stuhl umherwarf. Sein Sohn, der schöne Alfò, war herzugetreten, der junge Savezzo mit frisch gebrannten Locken vom Barbier her über den Platz gekommen; – und alle, alle hatten, wie der Alte endete, ein neidisches Gesicht.

Gleich darauf erinnerten sie sich, daß die Geschichte sehr alt war und daß sie alle, sogar der Reisende, sie kannten, wie sie die Hühnerlucia kannten. Ihre Stunde war da: schon klapperten ihre Holzschuhe in der Gasse neben dem Café. Mit ihrem Gegacker, das lauter war als das der Hennen, mit ihrer Nase, die schärfer war als die Hühnerschnäbel, flügelschlagend mit ihren langen Armen, scheuchte sie das Federvieh zum Brunnen und ließ es aus der Pfütze trinken. Die Kinder kreischten um sie her, stießen sie, zupften an ihr und sprangen vor Lust, wenn die Alte in ihren bunten Lappen wie ein großes mageres Huhn kopflos kreuz und quer flatterte. Ringsum gingen Fensterläden auf; an der Ecke schräg vor dem Café drängten über den Arkaden des Rathauses drei Beamte sich in eins der alten Pfeilerfenster; die dicke Mama Paradisi sah aus ihrem Hause herab; dahinten im Corso sogar streckte Rina, die kleine Magd des Tabakhändlers, den Kopf heraus, und dem Advokaten Belotti schien es, daß sie ein neues Halstuch trage. Er überlegte nicht ohne Unruhe, wer ihr nun das wieder geschenkt haben könne. Inzwischen schloß die Kleine ihr Fenster, Mama Paradisi das ihre; die Hühnerlucia und all ihr Lärm waren bis morgen dahin in die Gasse; und der Platz schlief weiter in seiner weißen Sonne, winklig beleckt von den Schatten. Der des Palazzo Torroni, am Eingang des Corso, lief spitz hinüber zum Dom, und vor der buckligen Kirchenfront malten die beiden säulentragenden Löwen ihr schwarzes Abbild aufs Pflaster. Wildgezackt sprang der Schatten des Glockenturmes bis an den Brunnen vor. Neben dem Turm aber wich das Dunkel zurück, tief in den Winkel, worin man das Haus des Kaufmannes Mancafede wußte. Kaum daß die Umrisse seiner Fenster zu erkennen waren; – hinter einem stand aber sicher auch jetzt, wie sie immer dort stand, die Unsichtbare, das Rätsel der Stadt: Evangelina Mancafede, die niemals ausging und dennoch alles wußte, was geschah, es früher als alle wußte. In der Stadt tat jeder, was er tat, unter den Augen der Unsichtbaren. Durch alle Häuser am Platze schien sie, aus ihrem Schattenwinkel hervor, hindurchsehen zu können: nur eins verdeckte ihr der Turm, den Palazzo Torroni. Auch hieß es, daß sie von dort nichts wissen wollte, daß ihr Vater und ihre Magd – denn sonst erblickte niemand sie – den Namen des Baron vor ihr nicht nennen durften, seit er, den sie geliebt hatte, die andere geheiratet hatte. Seitdem ging sie nicht mehr aus! Sie war damals vierundzwanzig gewesen und war jetzt dreiunddreißig.

»Eine schöne Frau«, wisperte der Advokat dem Reisenden ins Ohr. »Vom Stillsitzen soll sie junonische Formen bekommen haben.«

Seine Hände, die diese Formen nachbilden wollten, ließ er rasch wieder sinken, denn zweifellos sah sie ihn. Der Reisende fragte: »Ist sie, seit ich zuletzt hier war, noch immer nicht ausgegangen?«

»Was denken Sie!«

Alle bekamen gekränkte Mienen.

»Sie verspricht es, sooft der Alte es will, dann läßt er ihr schöne Kleider kommen, sogar von Rom her, denn schließlich ist sie das reichste Mädchen hier und hätte hunderttausend Lire mitbekommen, lädt ihre ehemaligen Freundinnen ein, bestellt den Wagen zur Ausfahrt... Die Stunde ist da, der Wagen mit den Freundinnen steht vor dem Hause, Evangelina in ihren schönen Kleidern steigt die Treppe hinab. In der Mitte aber hält sie an, sagt ›Nicht heute, ein anderes Mal‹ und geht zurück in ihr Zimmer.«

Mehrere lugten aus den Augenwinkeln hinüber nach dem geheimnisvollen Hause. Unten, wie in schwarzer Höhle, glomm ein Licht, und vor seinem Laden ging der Kaufmann hin und her: langsam immer hin und her. Die Gäste des Cafés »Zum Fortschritt« konnten ihm zusehen und bei seiner Bewegung fühlen, daß die Zeit vergehe.

Der Apotheker erhob sich, denn ein Kunde war bei ihm eingetreten: der Junge des Gastwirtes Malandrini. Was konnte bei Malandrini vorgefallen sein? Gewiß handelte es sich um die Frau, die der Tabakhändler erst gestern mit dem Baron Torroni in ziemlich verdächtiger Unterhaltung gesehen hatte. Wer weiß, was sie jetzt aus der Apotheke brauchte.

»Nun –?« und alle Blicke sogen an dem alten Acquistapace, der, sein hölzernes Bein schwingend, zurückkam.

»Die Schwiegermutter hat Sodbrennen.«

Alle Köpfe senkten sich.

»Wenig Bewegung ist hier am Ort«, sagte der Leutnant der Carabinieri zu dem Reisenden und nickte hinüber, wo sich der Kaufmann Mancafede hin und her bewegte. Der Reisende wollte höflich den Ort entschuldigen, aber der Advokat Belotti sagte erstickt: »Was kann man tun, wenn diese verdammte Post eine Stunde Verspätung hat! Sonst sähe hier vielleicht alles anders aus. Denn schließlich – sagen wir nur die Wahrheit! – können doch jeden Tag die größten Dinge geschehen. Die Stadt steht vor Ereignissen, die –«

»– nicht eintreten«, schloß der Gemeindesekretär und lehnte sich zurück, um seine Taille zu zeigen.

»Wer sagt Ihnen das?« Der Advokat fuchtelte, bevor er sprechen konnte. »Bin nicht etwa ich der Vorsitzende des Komitees, und muß ich nicht als erster wissen, ob etwas geschieht, ob etwas, sage ich, geschehen kann?«

»Bevor die Post da ist?«

»Die Post! Die Post, mein Herr, war schon öfter da. Die Post hat zum Beispiel mir: verstehen Sie wohl, mein Herr, mir, dem Vorsitzenden des Komitees, einen Brief Ihrer Exzellenz der Frau Fürstin Cipolla gebracht, mit der gütigen Erlaubnis der Frau Fürstin, das Schloßtheater zu benutzen für die Vorstellungen der Truppe, die wir, das Komitee, hieher zu verschreiben gedächten. Und das war bereits kein geringer Erfolg, wenn Sie bedenken –«

Der Advokat wendete sich zum Reisenden; einen seiner mürben Finger, die ihn älter machten als sein Gesicht, reckte er hinter sich, wo die Treppengasse zum Kastell hinaufbog.

»– daß das Theater seit fünfzig, seien wir genau, seit achtundvierzig und dreiviertel Jahren unbenutzt steht, nämlich seit der Vermählung des armen Fürsten –«

»War die Vorstellung gut, Advokat?« fragte beißend der Gemeindesekretär. »Sie haben doch schon damals den Impresario gemacht? Denn wann waren Sie untätig? Gewiß nicht einmal in den Windeln.«

Und der Advokat, mit verächtlichem Achselzucken: »– des armen Fürsten, um den Ihre Exzellenz noch trauert. Darum darf ich auch die Bewilligung unseres Gesuchs mir ganz persönlich zuschreiben und dem Umstande, daß ich der Sachwalter der Frau Fürstin bin.«

»Aber der Kapellmeister?« fragte sein Gegner. »Sollte nicht auch er einiges Verdienst haben? Alfò, sage unserm Freunde, ob du und die andern alle in der ›Armen Tonietta‹ eure Instrumente spielen könntet, wenn nicht unser Maestro Dorlenghi wäre!«

»Wer leugnet seine Tüchtigkeit? Übrigens zahlt die Gemeinde ihm hundert Lire monatlich und die Kirche fünfzig. Aber scheint es den Herren nicht, daß wir auf die Künstler, die er uns verschaffen wollte, recht lange warten müssen?«

»Ich wette, daß sie heute in der Post sitzen werden!« rief der Apotheker. Der Advokat bezweifelte es.

»Vielleicht werde ich als Vorsitzender des Komitees mich noch selbst nach ihnen umsehen müssen. Wer weiß, wohin ich fahren werde: bis nach Rom vielleicht.«

»Aber, Advokat«, sagte der Gemeindesekretär, »was verstehen Sie vom Theater?«

»Ich? Sie vergessen, Herr Camuzzi, daß ich in einer Stadt wie Perugia studiert habe. Dort hatten wir oft genug eine Truppe von Komödianten, und wir Studenten verkehrten mit ihnen, kann ich den Herren sagen, nicht anders, als ich mit Ihnen verkehre. Die Choristinnen: ah! ich sage nur dies Wort, die Choristinnen... Natürlich hatte auch die Primadonna den ihren, aber man mußte reich sein, sehr reich, ich erinnere mich, ein Herr aus der Stadt gab ihr dreihundert Lire im Monat. Begreifen Sie das? Dreihundert Lire für eine Frau!«

Da der Advokat in lauter achtungsvolle Gesichter sah, blühte er auf. Er öffnete seinen schwarzen Rock, obwohl keine Weste darunter war. Die Arme in der Luft gerundet, mit rauhen gelben Manschetten, die bis über die Korallenknöpfe herausfielen, und mit einer Flüsterstimme, aus der manchmal ein heiteres Bellen brach: »Aber so ist die große Welt: man muß sie kennen. Die Herren Künstler sind die Großartigsten von allen. Man hat keinen Begriff von dem Leben, das diese Schauspieler und Literaten führen. Jede Nacht Champagner, schöne Weiber, soviel sie mögen, und nie vor zwölf aus dem Bett.«

»Als ich in Forli stand«, sagte der Leutnant der Carabinieri, »zeigte man mir einen Maler, der zwei Fiaschi trinken konnte. Freilich war er ein Deutscher.«

»Wozu auch«, schloß der Advokat, »da sie spielend mehr Geld verdienen, als sie brauchen, und keine Sorgen haben. Für uns Bürger ist's anders eingerichtet auf der Welt. Aber es ist nicht übel, daß es auch Menschen gibt, die ein so leichtes Leben haben, nach Herzenslust über die Stränge schlagen dürfen und immer guter Laune sind. Haben wir erst einige der Art hier bei uns, wird es lustig werden.«

»Das kann nicht schaden!« rief der Apotheker. Gleich darauf hielt er sich den Mund zu und schielte nach seinem Hause hinauf. Man lächelte. Er entschuldigte sich.

»Immer sind Leute in der Nähe, die es mit den Priestern halten.«

Der Advokat behauptete: »Wenn wir uns die Komödianten nicht zu unserem Vergnügen kommen ließen, sollten wir es tun, um die Priester zu ärgern.«

Der Gemeindesekretär hob die Schultern, der Wirt aber sagte dröhnend: »Sind wir denn noch immer unter dem Papst?«

Man schrie: »Bravo, Achille!« und dahinten sah man aus der Kathedrale über den Corso und in den Palazzo Torroni eine schwarze Gestalt huschen. Der Apotheker seufzte.

»Armer Baron! Auch ihn halten sie mittels der Frau. Da kann man sich dann nicht rühren, ohne daß es weh tut. Glaubt mir, ihr Jungen, nehmt nie eine Frau, die es mit den Priestern hat!«

Der Advokat stellte die Hand an den Mund.

»Und dennoch ist Don Taddeo betrogen, und der Baron hat mir heimlich, Sie verstehen: unter einem Decknamen, seinen Beitrag geschickt für das Theater.«

Funkelnd betrachtete er seine Wirkung, legte sich den Finger auf die Lippen und machte eine Pause. Dann: »Der Beitrag ist sogar bedeutend genug, daß wir den des alten Nardini verschmerzen können.«

»Eine schöne Familie, die Nardini«, – und der Apotheker stieß den Stock aufs Pflaster.

»Ihre Mitbürger halten sie ihres Verkehrs nicht für würdig, nie wollten sie dem Klub beitreten, und die Enkelin stecken sie ins Kloster!«

»Noch ist sie nicht darin«, sagte der junge Savezzo, mit plumper Eleganz an das Haus gelehnt. »Und als ich im Klub meinen Vortrag über die Freundschaft hielt, hat sie ihre Magd hingeschickt und sich darüber berichten lassen.«

»Ah, Totò möchte sie draußen behalten.«

Unter den spöttischen Blicken begann das linke Auge des jungen Menschen auf seine pockennarbige Nase zu schielen.

Der schöne Alfò, des Wirtes Sohn, sagte: »Ist sie schön, die Alba!«

Dann sah er unbeirrt und eitel umher.

»Ihr beide werdet keinen Erfolg haben«, – und der Gemeindesekretär lachte auf. »Hat doch nicht einmal der Severino Salvatori sie bekommen, obwohl er mit einem Korbwagen umherfährt. Vielleicht, wenn ihr keine Mitgift verlangt. Denn der Alte will sie billig los sein. Er ist noch geiziger als fromm.«

»Auch fromm ist er«, versicherte Savezzo. »Und wohltätig. Der alte Brabrà lebt ganz vom Nardini, seit dreißig Jahren bald. Jeden Sonntag nach der Messe wird dort unten in Villascura den Armen das Mehl ausgeteilt. Alba selbst tut es.«

»Alba selbst«, wiederholte Alfò.

»Aber als ich ihm die Liste brachte«, sagte der Advokat mit steilem Finger, »wissen Sie wohl, was der Nardini mir geantwortet hat?«

Alle wußten es, ließen sich aber gern zum zehntenmal dadurch aufbringen.

»Er hat mir geantwortet: wenn er dafür zahlen solle, daß die Komödianten fortbleiben, dann wolle er zahlen.«

Der Apotheker schlug auf den Tisch; das Schweigen der andern war stürmisch. Da sagte der schöne Alfò, und das einfältigste Lächeln legte seine weißen Zähne frei: »Dennoch will ich Alba heiraten.«

Niemand würdigte ihn einer Entgegnung.

»Auch seinen Wasserfall«, erinnerte sich der Gevatter Achille, »hat er der Stadt ein wenig teuer verpachtet.«

»Unsere Schuld«, – und der Gemeindesekretär hob die Schultern; »ich war gegen die Elektrizitätsanlage und bin es noch. Aber man hört nicht auf mich«, sagte er mit einem Blick auf den Advokaten, der die Arme in die Luft warf.

»Wollen wir, ja oder nein, den Fortschritt?« schrie der keuchend.

»Und wem verdanken wir ihn«, antwortete der junge Savezzo, »als einzig dem Advokaten?«

»Ist es einer Stadt wie der unsrigen würdig«, fragte der Advokat weiter, »die öffentlichen Plätze mit Petroleum zu erleuchten? Und wie sollen wir vor den Fremden dastehen, die uns besuchen werden, wenn unsere Theatersaison begonnen hat?«

»Versteht sich«, machten die andern; nur der Sekretär schüttelte die zusammengelegten Hände.

»Da haben wir's. Weil wir eine Theatersaison haben, müssen wir elektrisches Licht anlegen, und weil wir wie Venedig oder Turin das Verfassungsfest feiern, mußten wir in einem Feuerwerk fünftausend Lire abbrennen. So zieht eine Tat des Größenwahns die andere nach sich, und das Ende, das ich voraussehe, ist der Bankrott. Ah, ihr Herren, unsern Bürgermeister, den würdigen Herrn Augusto Salvatori, der das Haus nicht mehr verläßt, trifft keine Schuld: sie trifft nur einen!«

Und er stieß mit dem Finger nach dem Advokaten, der sich auf dem Stuhl umherwarf.

»Wollen wir, ja oder nein, den Fortschritt?«

Da rundete der Leutnant die Hand am Ohr: »Mir scheint, ich höre sie knarren.«

Sogleich bekamen alle lauschende Mienen. Savezzo und Alfò stürzten an die Hausecke und spähten die Gasse hinab. Plötzlich schrien sie durch die gerundeten Hände: »He! Masetti! Langsamer!«

Und unter wütendem Peitschenknallen hörte man die Post drunten auf der Landstraße vorbeirasseln. Indes sie den Bogen zum Tor machte, wurden Masettis phantastische Verspätungen aufgezählt; er habe keine Eile, zu seiner Frau zu kommen; – und nun er auf den Platz bog, begannen alle zu pfeifen. Die beiden Carabinieri ließen sich von ihren Pferden herab und hoben die Dreimaster, um sich die Köpfe zu trocknen. Die Diligenza fuhr mit Krachen beim Postamt vor: da zeigte sich, daß sie ganz gefüllt war. Drinnen saßen acht Personen, und eine kletterte soeben vom Bock: ein gedrungener Mann mit einem Cäsarenprofil, den der Handlungsreisende fast für einen Berufsgenossen gehalten hätte. Nur hatte er blaurasierte Wangen und Bewegungen von unbekannter Spannkraft und Form.

Kaum daß die Pferde stillstanden, stürzten über die Füße der andern hinweg zwei Nonnen aus dem Wagen und eilten, so daß die Kreuze der Rosenkränze von ihren Hüften aufflogen, nach dem Treppenweg zum Kloster. Dann stieg ein schöner bleicher junger Mensch heraus, der unbeteiligt umhersah.

»Nello!« rief eine Frauenstimme. »Hilf mir heraus!«

»Laß lieber mich«, sagte ein hagerer Alter, weiß angezogen

und rascher als ein Jüngling; – und er streckte eine faltige Hand aus, worauf ein großer Brillant blitzte.

Der Advokat bemerkte:

»Aber das sind sie! Das sind die Komödianten. Ich als Vorsitzender des Komitees muß sie begrüßen.«

Er erhob sich und schwänzelte über den Platz. Die andern folgten im Abstand. ...

Georg Heym

Römische Nacht

Im Garten lagen wir. Um die Zisterne
Grasten die Mäuler. Und Gesang erscholl
Zum Klang der Mandolinen süß und voll.
Ein Lichtstumpf stand im Fenster der Taberne.

Pans leisem Echo gleich in waldger Ferne
Ein Lautenspiel. Und wenn die Gläser klangen
Der Mandolinen Saiten zitternd schwangen.
Am Himmel glänzten groß Italiens Sterne.

Ein Klang von Schellen weckte auf die Nacht.
Ein alter Priester kam mit seinen Knaben.
Das Sakrament ward in ein Haus gebracht.

Indes die andern ihm die Ehre gaben,
Sah ich des schwarzen Kolosseums Pracht
Im Tor der Ulmen einsam und erhaben.

Marengo

Schwarzblau der Alpen, und der kahlen Flur,
Die Südsturm drohn. Mit Wolken tief verhangen
Ist grau das Feld. Ein ungeheures Bangen
Beengt den Tag. Den Atem der Natur

Stopft eine Faust. Hinab die Lombardei
Ist Totenstille. Und kein Gras, kein Baum.
Das Röhricht regt kein Wind im leeren Raum.
Kein Vogel streift in niedrer Luft vorbei.

Fern sieht man Wagen, wo sich langsam neigt
Ein Brückenpaar. Man hört den dumpfen Fall
Am Wasser fort. Und wieder droht und schweigt

Verhängnis dieses Tags. Ein weißer Ball,
Die erste der Granaten. Und es steigt
Der Sturm herauf des zweiten Prairial.

Rom

Sie hängen, die Leiber, und bersten an ihren [Pfählen],
Schwarz wie Stroh. In ungeheuren Spiralen
Steigt der Wirbel der Schreie vom Roste der Qualmen,
[Aus dem Meere der Flammen, darin ihre Köpfe] schwelen

Rot wie Kohlen. Die mageren Hände darren,
[Verbrannt von] Glut. Und [durch die] geborstenen Arme
Stechen die Knochen, wie schwarze, verkohlte Sparren.
Ihr Bauch birst. [Das Blut] kocht schwarz in dem Darme.

[Entsetzlicher Rauch, Hitze und Flammen versengen
Den Sand der Arena. Eine riesige Wolke
Steigt auf in den Himmel, wo oben die Geier hängen,
Klein, schwarz. Doch die Reihen, die voll von dem Volke,

Voll von Tausenden, weiß, wie ein Winterberg
Vom Schnee der Togen, sie zittern in wildem Gestampf
Rasender Gier, wenn durch das brennende Werg
Sie die Leiber erschaun, durch den beißenden Dampf.

Unter dem Sonnensegel, das weit sich spannt,
Zittert purpurn die Luft, von den Schreien beladen.
Gier nach Fleisch schreit, und es gellt der Diskant
Sterbender weiß durch den Raum und die rötlichen Schwaden.

Die Schreie ziehn auf, wie goldener Vögel Schar,
In den Äther hinauf, seine weiten Gerüste.
Arme langen nach Schenkeln, Arm, blondem Haar,
Nackten Knien, Schultern. Der Jungfrauen Brüste]

Klammert der Schweiß einer Hand. Die Wollust beschäumt
Wie mit Milch ihr Gesicht. Raserein
Zittern darauf. Und ein Phallus bäumt
Hoch, ein Turm, in den Himmel hinauf aus den Schrein.

Ein Haufe von Weibern stürzt wie ein weißer Bach
Die Gänge herab, herunter, gejagt vom Orkan
Der Begier, hoch von dem Sonnendach
Die Treppen hinaus, in die endlose Bahn.

Männer von Männern, Weiber von Weibern gejagt.
Und ein Berg von Fleisch wächst unten im Sand.
Der Haufe der Leiber, der weiß in die Höhe ragt,
Flackert auf, ein riesiger Fackelbrand.

Ihre Augen brennen wie Schwefel, wie purpurner Kardamom,
Wie Zinnober rot. Und der Hunger reißt ihre Zähne
Eine Handbreit heraus. In den Berg, in den weißen Strom
Schlagen sie tief sie ein. Sie verankern die Zähne

Einem Bein, einem Hals, einer zitternden Brust.
Syrer, Juden, Neger mit breitem Genick,
Gallische Schmiede, die Arme berußt
Auf der Brüste Weiß, wie Steinsäulen dick.

Manche waten herauf, wie Wanderer über das Meer.
Und sie tanzen im Rausch. Sie machen die Arme breit
Und sie stürzen hinab. Das Fleisch wogt über sie hin,
Sie versinken wie Götter ins Meer der Unendlichkeit.

Göttlicher Wahnsinn. Unendliche Raserei.
Fleisch. Fleisch. Man sinkt in die Leiber ein.
Man versinkt. Man erstickt. Süßer Tod, süßer Schrei,
'Ιὼ Βάκχε. Und wie himmlischer Wein

Überschwemmt sie der Rausch, wie ein ewiges Meer,
Ein urewiges Meer. Hoch in die leeren Reihn
Schleudert die Leiber der Sturm, wie die Brandung schwer
Flackernd verebbt hoch über der Riffe Stein.

Wie die Lenden des Meers, weiß in der Nacht,
So brennt die Arena weiß von der Leiber Schaum.
Und der Rausch steigt auf in unendlicher Pracht,
Meer, Musik, Tag und Glanz, in den ewigen Raum.

Und der Caesar steht auf. Um die Schultern schlägt
Er den Mantel, der schwarz wie der Nacht Geleucht,
Wie ein Gott, der sein riesiges Haupt bewegt
Gegen den Himmel, der ›grau‹ von Stürmen feucht.

Und es wächst wie ein Turm seine Majestät,
Ewigkeit Roms beschattet der Schläfen Firn.
Und er schweigt wie die Nacht. Ave Caesar. Er geht.
Doch es donnert das Diadem seiner Stirn.

Aber die Schreie fliegen noch weit, von dem Lichte bekrönt.
Azurene Vögel, wo an die Nacht der Paktol
Tobt der Ewigen Stadt, der Nacht, die wie Stürme dröhnt
Mit dem erzenen Schild hoch über dem Capitol.

Rainer Maria Rilke

Venedig

I

Fremdes Rufen. Und wir wählen
eine Gondel, schwarz und schlank:
Leises Gleiten an den Pfählen
einer Marmorstadt entlang.

Still. Die Schiffer nur erzählen
sich. Die Ruder rauschen sacht,
und aus Kirchen und Kanälen
winkt uns eine fremde Nacht.

Und der schwarze Pfad wird leiser,
fernes Ave weht die Luft, –
traun: Ich bin ein toter Kaiser,
und sie lenken mich zur Gruft.

II

Immer ist mir, daß die leisen
Gondeln durch Kanäle reisen
irgend jemand zum Empfang.
Doch das Warten dauert lang,
und das Volk ist arm und krank,
und die Kinder sind wie Waisen.

Lange harren die Paläste
auf die Herren, auf die Gäste,
und das Volk will Kronen sehn.
Auf dem Markusplatze stehn
möcht ich oft und irgendwen
fragen nach dem fernen Feste.

III

Mein Ruder sang:

Poppé, fahr zu!
Ein Volk von Sklaven
drängt sich im Hafen
um nüchterne Feste.
Und die Paläste
können nicht schlafen.
Poppé, fahr zu!

Eisige Ruh
in Marmorgliedern
mit matten Lidern
erschauern die Plätze.
Im Gassennetze
betteln die Niedern.
Poppé, fahr zu!

Sag mir, weißt du
noch von den Toten,
die hier geboten
in köstlichen Kronen?
Wo sie jetzt wohnen,
die Purpurroten?
– – – – – – – –
Poppé, fahr zu!

IV

Ave weht von den Türmen her.
Immer noch hörst du die Kirchen erzählen;
doch die Paläste an stillen Kanälen
verraten nichts mehr.

Und vorbei an der Traumesruh
ihrer schlafenden Stirnen schwanken
leise Gondeln wie schwarze Gedanken
dem Abend zu.

Römische Fontäne

Borghese

Zwei Becken, eins das andre übersteigend
aus einem alten runden Marmorrand,
und aus dem oberen Wasser leis sich neigend
zum Wasser, welches unten wartend stand,

dem leise redenden entgegenschweigend
und heimlich, gleichsam in der hohlen Hand,
ihm Himmel hinter Grün und Dunkel zeigend
wie einen unbekannten Gegenstand;

sich selber ruhig in der schönen Schale
verbreitend ohne Heimweh, Kreis aus Kreis,
nur manchmal träumerisch und tropfenweis

sich niederlassend an den Moosbehängen
zum letzten Spiegel, der sein Becken leis
von unten lächeln macht mit Übergängen.

Römische Campagna

Aus der vollgestellten Stadt, die lieber
schliefe, träumend von den hohen Thermen,
geht der grade Gräberweg ins Fieber;
und die Fenster in den letzten Fermen

sehn ihm nach mit einem bösen Blick.
Und er hat sie immer im Genick,
wenn er hingeht, rechts und links zerstörend,
bis er draußen atemlos beschwörend

seine Leere zu den Himmeln hebt,
hastig um sich schauend, ob ihn keine
Fenster treffen. Während er den weiten

Aquädukten zuwinkt herzuschreiten,
geben ihm die Himmel für die seine
ihre Leere, die ihn überlebt.

Spätherbst in Venedig

Nun treibt die Stadt schon nicht mehr wie ein Köder,
der alle aufgetauchten Tage fängt.
Die gläsernen Paläste klingen spröder
an deinen Blick. Und aus den Gärten hängt

der Sommer wie ein Haufen Marionetten
kopfüber, müde, umgebracht.
Aber vom Grund aus alten Waldskeletten
steigt Willen auf: als sollte über Nacht

der General des Meeres die Galeeren
verdoppeln in dem wachen Arsenal,
um schon die nächste Morgenluft zu teeren

mit einer Flotte, welche ruderschlagend
sich drängt und jäh, mit allen Flaggen tagend,
den großen Wind hat, strahlend und fatal.

Georg Trakl

In Venedig

Stille in nächtigem Zimmer.
Silbern flackert der Leuchter
Vor dem singenden Odem
Des Einsamen;
Zaubrisches Rosengewölk.

Schwärzlicher Fliegenschwarm
Verdunkelt den steinernen Raum
Und es starrt von der Qual
Des goldenen Tags das Haupt
Des Heimatlosen.

Reglos nachtet das Meer.
Stern und schwärzliche Fahrt
Entschwand am Kanal.
Kind, dein kränkliches Lächeln
Folgte mir leise im Schlaf.

Hermann Hesse

Ravenna

I

Ich bin auch in Ravenna gewesen.
Ist eine kleine tote Stadt,
Die Kirchen und viel Ruinen hat,
Man kann davon in den Büchern lesen.

Du gehst hindurch und schaust dich um,
Die Straßen sind so trüb und naß
Und sind so tausendjährig stumm
Und überall wächst Moos und Gras.

Das ist wie alte Lieder sind –
Man hört sie an und keiner lacht
Und jeder lauscht und jeder sinnt
Hernach daran bis in die Nacht.

II

Die Frauen von Ravenna tragen
Mit tiefem Blick und zarter Geste
In sich ein Wissen von den Tagen
Der alten Stadt und ihrer Feste.

Die Frauen von Ravenna weinen
Wie stille Kinder: tief und leise.
Und wenn sie lachen, will es scheinen
Zu trübem Text die helle Weise.

Die Frauen von Ravenna beten
Wie Kinder: sanft und voll Genügen.
Sie können Liebesworte reden
Und selbst nicht wissen, daß sie lügen.

Die Frauen von Ravenna küssen
Seltsam und tief und hingegeben.
Und ihnen allen ist vom Leben
Nichts kund, als daß wir sterben müssen.

Über die Alpen

Das ist ein Wandern, wenn der Schnee
Der Alpenberge kühl erglänzt,
Indes der erste blaue See
Italiens schon die Sicht begrenzt!

Durch Höhenwind und herbe Luft
Weht eine süße Ahnung her
Von violettem Ferneduft
Und südlich übersonntem Meer.

Und weiter sehnt das Auge sich
Zum hellen Florentiner Dom
Und träumt nach jedem Hügelstrich
Aufsteigend das beglänzte Rom.

Schon formt die Lippe unbewußt
Der fremden schönen Sprache Laut,
Indes ein Meer verklärter Lust
Dir schauernd warm entgegenblaut.

Die Zypressen von San Clemente

Wir biegen flammend schlanke Wipfel im Wind,
Wir schauen Gärten, welche voll Frauen sind
Und voll Spiel und Gelächter. Wir schauen Gärten,
Wo Menschen geboren und wieder begraben werden.

Wir sehen Tempel, welche vor vielen Jahren
Voll von Göttern und voll von Betenden waren.
Aber die Götter sind tot und die Tempel sind leer
Und im Grase liegen gebrochene Säulen umher.

Wir sehen Täler und sehen silberne Weiten,
Wo Menschen sich freuen, müde werden und leiden,
Wo Reiter reiten und Priester Gebete sagen,
Wo Geschlechter und Brüder einander zu Grabe tragen.

Aber des Nachts, wenn die großen Stürme kommen,
Werden wir traurig und bücken uns todbeklommen,
Stemmen die Wurzeln angstvoll und warten leise,
Ob der Tod uns erreiche, oder vorüberreise.

Hafen von Livorno

Nach einem Bild, das ich vor Jahren sah,
Verläßt mich eine milde Sehnsucht nie.
Es ist mir oft in Träumen fern und nah
Wie eines Jugendwanderliedes
Vergeßne traumbekannte Melodie.

Die Sonne sank und war voll müder Glut,
Der fernen Inselberge Linie schwand
In Duft und Himmel. Und die schwere Flut
Des Meeres schlug in wunderlichen Takten
An meines dunklen Fischerbootes Rand.

Ein gelbes Dreiecksegel flammte schwer
Am Molo auf. Ein sattes Leuchten glitt
Mit jäher Schönheit übers goldne Meer
Und nahm die letzten roten Strahlen
Ins violette Reich des Abends mit.

Chioggia

Wetterbraune, dichtgedrängte Fassaden,
Marienbilder in verborgenen Nischen,
Wasserspiegel und träge Gondeln dazwischen
Und breite Barken mit braunen Fischern beladen.
Überall aber, auf jeder bröckelnden Mauer,
In allen Gassen, auf Treppen und in Kanälen
Liegt eingeschlummert eine verzweifelte Trauer
Und will von vergangenen Zeiten erzählen.
Leise geh ich und mit verborgenem Schrecken
Über die Fliesen – ängstlich, ich möchte sie wecken.
Wenn sie erwachte! Ich könnte nimmer entrinnen!
Eilend schreit ich vorbei und suche den Hafen,
Suche das Meer und ein reisendes Schiff zu gewinnen.
Hinter mir zögern traurig die Gassen und schlafen.

Barcarole

Spiegellichter flackern hin und wieder,
Meine Barke wiegt sich breit und schwer
Über der Lagune auf und nieder,
Laut am Lido singt und schreit das Meer.
Meine Segel sind entschlafen
In der warmen Mittagsglut,
Meine Wünsche sind im Hafen
Und mein Ruder ruht.

Starkes, wunderliches Leben!
Meine Stirn hast du versengt,
Stürme hast du mir gegeben
Und mich aus der Bahn gedrängt.
Trotzig hast du mich im Sturm gefunden,
Spottend sah ich dir ins Angesicht;
Doch dem Zauber deiner Feierstunden,
Deiner Koselieder widersteh ich nicht.

Träumend hängt mein Blick am Himmelsbogen,
Wo ein Wolkenflug sich seewärts schwingt,
Träumend lausch ich auf den Chor der Wogen,
Der mir Frieden in die Seele singt.
Meine Segel sind entschlafen
In der warmen Mittagsglut,
Meine Wünsche sind im Hafen
Und mein Ruder ruht.

Venedig

In mildem Takt ein leiser Tropfenfall,
Ein klirrend schwaches Tönen im Kanal,
Sonst nichts – sonst keiner Gondel rascher Kiel,
Kein Schritt, kein Wort, kein nächtlich Lautenspiel,
Kein Ruf, kein fernster Laut, kein Vogelschrei!
Mir ist in meinem kühlen Bett, ich sei
Fern, märchenfern an einer Insel Strand
Allein und abgetrennt von jedem Land,
Das Menschen trägt und Menschenlaute kennt.
Und Dunkelheit! Nicht Stern, nicht Mondlicht trennt
Der Dächer Umriß in der schwarzen Welt,
Die vor den Fenstern stumme Wache hält.
Wo bin ich doch? Vielleicht in einem Wald,
Wo jedes Blattes Fall im Moos verhallt.
Vielleicht gebannt in einem Märchenschloß,
Wo ehmals Leben, Licht und Jugend sproß
Und nun um Schläfer ohne Lust noch Leid
Hinflutet Dunkel – Sage – Ewigkeit.
Vielleicht in eines Grabes engem Schacht,
Umhegt von Einsamkeit – Vergessen – Nacht.
Aus jener Welt, die ich vordem gekannt,
Wie kam ich doch in dieses stumme Land,
Das so geheimnisvoll und nachtbeschwert
Sich dehnt und jedes kleinsten Tons entbehrt?
Ich weiß nichts mehr davon. Allein ich weiß:
Nicht lang, so wird ein schmales Pförtlein gehn
Und eine schöne Frau verschämt und heiß
Im regenschweren Mantel bei mir stehn
Und wird mich küssen... Mit verschlafnem Ton
Knarrt eine Tür. Prinzessin, kommst du schon?

Ankunft in Cremona

Der Regen singt, die Ebene liegt voll Nacht,
In hohen Bäumen rauscht es naß und kühl,
Zart tropfen Glockentöne vom Gestühl
Und schlafen ein, vom Regen leis verlacht.

Durch frohe Gassen bei Laternenschein
Zieh ich gelassen in die fremde Stadt,
Gewölbe dunkeln, Fenster schimmern matt,
Friedvolle Bürger sitzen still beim Wein.

Ein Bogengang hallt auf von meinem Tritt,
Und eine Treppe leitet mich gemach
In ein Gewölb', an Säulen hin, und schwach
Läuft überm feuchten Stein mein Schatten mit.

Weit öffnet nun die Halle ihren Schacht,
Erschrocken halt ich: riesig Bau an Bau
Ragt Dom, Turm und Palast, darüber blau
Und schweigsam brütet ungeheure Nacht.

Und kaum erschaut, ist alles wie bekannt
Und klingt beseligt dem erstaunten Blick
Wohllaut und rein entgegen wie Musik,
Hell wie ein Lied aus Paradiesesland.

Erträumt von Menschen einer andern Zeit
Steht Dom, Turm und Palast voll Majestät
Und spricht zu mir, und aus den Säulen weht
Und aus den Bogen lächelt Ewigkeit.

Hugo von Hofmannsthal

Die wunderbare Freundin

Aus dem Romanfragment »Andreas oder die Vereinigten«

Es hat in unsrer Mitte Zauberer
Und Zauberinnen, aber niemand weiß sie.
Ariost

»Das geht gut«, dachte der junge Herr Andreas von Ferschengelder, als der Barkenführer ihm am 17. September 1778 seinen Koffer auf die Steintreppe gestellt hatte und wieder abstieß, »das wird gut, läßt mich der stehen, mir nichts dir nichts, einen Wagen gibts nicht in Venedig, das weiß ich, ein Träger, wie käme da einer her, es ist ein öder Winkel, wo sich die Füchse gute Nacht sagen. Als ließe man einen um sechs Uhr früh auf der Rossauerlände oder unter den Weißgärbern aus der Fahrpost aussteigen, der sich in Wien nicht auskennt. Ich kann die Sprache, was ist das weiter, deswegen machen sie doch aus mir was sie wollen! Wie redt man denn wildfremde Leute an, die in ihren Häusern schlafen – klopf ich an, und sag: Herr Nachbar?« Er wußte, er würde es nicht tun, – indem kamen Schritte näher, scharf und deutlich in der Morgenstille auf dem steinernen Erdboden; es dauerte lange, bis sie näher kamen, da trat aus einem Gäßchen ein Maskierter hervor, wickelte sich fester in seinen Mantel, nahm ihn mit beiden Händen zusammen und wollte quer über den Platz gehen. Andreas tat einen Schritt vor und grüßte, die Maske lüftete den Hut und zugleich die Halblarve, die innen am Hut befestigt war. Es war ein Mann, der vertrauenswürdig aussah, und nach seinen Bewegungen und Manieren gehörte er zu den besten Ständen. Andreas wollte sich beeilen, es dünkte ihn unartig, einen Herrn, der nach Hause ging, zu dieser Stunde lang aufzuhalten, er sagte schnell, daß er ein Fremder sei, eben vom festen Land herübergekommen, aus

Wien über Villach und Görz. Sogleich erschien ihm überflüssig, daß er dies erwähnt hatte, er wurde verlegen und verwirrte sich im Italienischreden.

Der Fremde trat mit einer sehr verbindlichen Bewegung näher und sagte, daß er ganz zu seinen Diensten sei. Von dieser Gebärde war vorne der Mantel aufgegangen, und Andreas sah, daß der höfliche Herr unter dem Mantel im bloßen Hemde war, darüber nur Schuhe ohne Schnallen und herabhängende Kniestrümpfe, die die halbe Wade bloß ließen. Schnell bat er den Herrn, doch ja bei der kalten Morgenluft sich nicht aufzuhalten und seinen Weg nach Hause fortzusetzen, er werde schon jemanden finden, der ihn nach einem Logierhaus weise oder zu einem Wohnungsvermieter. Der Maskierte schlug den Mantel fester um die Hüften und versicherte, er habe durchaus keine Eile. Andreas war tödlich verlegen im Gedanken, daß der andere nun wisse, er habe sein sonderbares Negligé gesehen; durch die alberne Bemerkung von der kalten Morgenluft und vor Verlegenheit wurde ihm ganz heiß, so daß er unwillkürlich auch seinerseits den Reisemantel vorne auseinanderschlug, indessen der Venezianer aufs höflichste vorbrachte, daß es ihn besonders freue, einem Untertan der Kaiserin und Königin Maria Theresia einen Dienst zu erweisen, um so mehr, als er schon mit mehreren Österreichern sehr befreundet gewesen sei, so mit dem Baron Reischach, Obersten der kaiserlichen Panduren, und mit dem Grafen Esterhazy. Diese wohlbekannten Namen, von dem Fremden hier so vertraulich ausgesprochen, flößten Andreas großes Zutrauen ein. Freilich kannte er selber so große Herren nur vom Namenhören und höchstens vom Sehen, denn er gehörte zum kleinen oder Bagatelladel.

Als der Maskierte versicherte, er habe, was der fremde Kavalier brauche, und das ganz in der Nähe, so war es Andreas ganz unmöglich, etwas Ablehnendes vorzubringen. Auf die beiläufig schon im Gehen gestellte Frage, in welchem Teil der Stadt sie hier seien, erhielt er die Antwort, zu *Sankt Samuel.* Und die Familie, zu der er geführt werde, sei eine gräflich patrizische und habe zufällig das Zimmer der ältesten Tochter zu vergeben, die seit einiger Zeit außer Hause wohne. Indem waren sie auch schon in einer sehr engen Gasse vor einem sehr hohen Hause angelangt, das wohl ein vornehmes, aber recht verfallenes Ansehen hatte und dessen Fenster anstatt mit Glasscheiben alle mit Brettern verschlagen waren. Der Maskierte klopfte ans Tor und rief mehrere Namen, hoch oben sah eine Alte herunter, fragte nach dem Begehren, und die beiden parlamentierten sehr schnell. Der Graf selbst wäre schon ausgegangen, sagte der Maskierte zu Andreas, er gehe immer so früh aus, um das Nötige für die Küche zu besorgen. Aber die Gräfin sei zu Hause; so werde man wegen des Zimmers unterhandeln und auch gleich Leute nach dem zurückgelassenen Gepäck schicken können.

Der Riegel am Tor öffnete sich, sie kamen in einen engen Hof, der voll Wäsche hing, und stiegen eine offene und steile Steintreppe empor, deren Stufen ausgetreten waren wie Schüsseln. Das Haus gefiel Andreas nicht, und daß der Herr Graf so früh ausgegangen war, um das Nötige für die Küche zu besorgen, verwunderte ihn, aber daß es der Freund der Herren von Reischach und Esterhazy war, der ihn einführte, machte einen hellen Schein über alles und ließ keine Traurigkeit aufkommen.

Oben stieß die Treppe an ein ziemlich großes Zimmer, in dem an einem Ende der Herd stand, an dem anderen ein Alkoven abgeteilt war. An dem einzigen Fenster saß ein junges halberwachsenes Mädel auf einem niedrigen Stuhl, und eine nicht mehr junge, aber noch ganz hübsche Frau war bemüht, aus dem schönen Haar des Kindes einen höchst künstlichen Chignon aufzutürmen. Als Andreas und sein Führer das Zimmer betraten und die Hüte abnahmen, stob das Kind laut aufschreiend davon ins Nebenzimmer und ließ Andreas ein mageres Gesicht mit dunklen reizend gezeichneten Augenbrauen gewahren, indessen der Maskierte sich an die Frau Gräfin wandte, die er als Cousine anredete, und ihr seinen jungen Freund und Schützling vorstellte.

Es gab ein kurzes Gespräch, die Dame nannte einen Preis für das Zimmer, den Andreas ohne weiteres zugestand. Er hätte um alles gern gewußt, ob es ein Zimmer nach der Gasse hin sei, oder ein Hofzimmer, denn in einem solchen seine Zeit in Venedig zu verbringen hätte ihm traurig geschienen, auch ob er hier in der inneren Stadt sei oder in der Vorstadt. Aber er fand nicht den Augenblick für seine Frage, denn das Gespräch zwischen den beiden anderen ging immer weiter, und das verschwundene junge Geschöpf wippte mit der Tür und rief energisch von innen heraus, da müßte sofort der Zorzi aus dem Bett herausgebracht werden, denn er liege oben und habe seinen Magenkrampf. Darauf hieß es, die Herren sollten nur hinaufgehen; den unnützen Menschen aus dem Zimmer zu entfernen, das würden schon die Buben besorgen. Er werde auf der Stelle ausziehen und das Gepäck des Ankömmlings dafür hinaufgeschafft werden. Sie bat entschuldigt zu sein, wenn sie den Herrn nicht selbst hinaufbegleite, sondern dies dem Cousin überlasse, denn sie habe alle Hände voll zu tun, weil sie die Zustina zurichten müsse, um mit ihr die Besuche wegen der Lotterie zu machen. Es müßten heute sämtliche Protektoren der Liste nach im Laufe des Vor- und Nachmittags besucht werden.

Andreas hätte nun wieder gerne gewußt, was es mit diesen Protektoren und der Lotterie auf sich habe, doch da sein Mentor die Sache mit lebhaftem und beifälligem Nicken als bekannt hinzunehmen schien, fand er keine schickliche Gelegenheit zu einer Frage, und man stieg hinter den zwei halbwüchsigen Jungen, die Zwillinge sein mußten, die steile Holztreppe hinauf nach Fräulein Ninas Zimmer.

Vor der Tür machten die Knaben halt, und als ein mattes Stöhnen herausdrang, sahen sie einander mit den flinken Eichhörnchenaugen an und schienen sehr befriedigt. Auf dem Bett, dessen Vorhänge zurückgeschlagen waren, lag ein bleicher junger Mensch. Ein Holztisch an der Wand und ein Stuhl waren mit schmutzigen Pinseln und Farbtöpfchen besetzt, eine Palette hing an der Wand. Gegenüber hing ein klarer sehr hübscher Spiegel, sonst war der Raum leer, aber licht und freundlich. »Ist dir besser?« sagten die Knaben. – »Besser«, stöhnte der Liegende. – »So kann man den Stein weggeben?« – »Ja, ihr könnt ihn weggeben.« – »Wenn einer Magenkrampf hat, muß man ihm den Stein auf den Magen legen, dann wird er gesund«, meldete der eine der beiden Knaben, indes der zunächst Dabeistehende den Stein, den abzuheben kaum ihre angespannten vereinten Kräfte hinreichten, von dem Kranken wälzte.

Andreas war es greulich, daß man einen leidenden Menschen so um seinetwillen aus dem Bette warf. Er trat ans Fenster und schlug den halbangelehnten Laden vollends zurück: unten war Wasser, und kleine besonnte Wellen schlugen an die bunten Stufen eines recht großen Gebäudes gerade gegenüber, und an einer Mauer tanzte ein Netz von Lichtkringeln. Er beugte sich hinaus, da war noch ein Haus, dann noch eins, dann mündete die Gasse in eine große breite Wasserstraße, auf der die volle Sonne lag. An dem Eckhaus sprang ein Balkon vor, mit einem Oleanderbaum darauf, dessen Zweige der Wind bewegte, auf der anderen Seite hingen Tücher und Teppiche aus luftigen Fenstern. Über dem großen Wasser drüben stand ein Palast mit schönen Steinfiguren in Nischen.

Er trat ins Zimmer zurück, da war der im Domino verschwunden, der junge Mensch stand und beaufsichtigte die Buben, die von dem einzigen Tisch und Stuhl des Zimmers eifrig Farbentöpfchen und Bündel schmutziger Pinsel wegräumten. Er war blaß und ein wenig verwahrlost, aber wohlgestaltet; in seinem Gesicht nichts Häßliches als eine schiefe Unterlippe nach einer Seite herabgezogen, das gab ihm einen hämischen Ausdruck. – »Haben Sie bemerkt«, wandte er sich an Andreas, »daß er unter dem Domino nichts anhat als sein Hemd? Auch die Schnallen an den Schuhen weggeschnitten. So geht es ihm alle Monat einmal. Nun, Sie verstehen wohl, was wirds sein? Er ist ein verzweifelter Spieler. Was sonst? Sie hätten ihn gestern sehen sollen. Er hatte einen gestickten Rock, eine Weste mit Blumen, zwei Uhren mit Berloquen daran, eine Dose, Ringe an jedem Finger, hübsche silberne Schuhschnallen. So ein Kujon!« Und er lachte, aber sein Lachen war nicht hübsch. – »Sie werden ein bequemes Zimmer haben. Wenn Sie sonst noch etwas brauchen, ich bin stets zu Ihrer Verfügung. Ich kann Ihnen ein Kaffeehaus zeigen, hier nahebei, wo man Sie anständig bedienen wird, wenn ich Sie einführe. Sie können dort Ihre Briefe schreiben, Ihre Bekannten hinbestellen und alles abmachen, außer dem, was man lieber hinter geschlossenen Türen abmacht.« – Hier lachte er wieder, und die beiden Buben fanden den Witz vortrefflich und lachten laut, dabei strengten sie alle Kräfte an, um den schweren Stein aus dem Zimmer zu schleppen; ihre Gesichter sahen der Schwester unten ähnlich.

»Wenn Sie eine Kommission haben, die einen vertrauenswürdigen Menschen erfordert«, fuhr der Maler fort, »so wird es mir eine Ehre sein, wenn Sie mir sie übergeben. Wenn ich nicht zur Hand bin, so nehmen Sie nur einen Furlaner, das sind die einzig verläßlichen Dienstmänner. Sie finden ihrer am Rialto und an jedem größeren Platz und werden sie an der bäurischen Tracht erkennen. Es sind zuverlässige Leute und verschwiegen, merken sich Namen und erkennen auch eine Maske, an ihrem Gang und an den Schuhschnallen. Wenn Sie von da drüben etwas brauchen, so sagen Sie es mir, ich bin Maler des Hauses und habe freien Zutritt zu allen Räumen.«

Andreas verstand, daß er von dem grauen Gebäude gegenüber sprach, das ihm zu groß für ein Bürgerhaus, zu dürftig für einen Palast erschienen war und vor dessen Tor bunte Steinstufen ins Wasser führten. »Ich spreche vom Theater zu Sankt Samuel, dem Haus hier gegenüber. Ich dachte, Sie wüßten das längst. Wir sind alle da drüben beschäftigt. Ich, wie gesagt, bin Dekorationsmaler und Feuerwerker, Ihre Hausfrau ist Logenschließerin, der Alte ist Lichtputzer.« – »Welcher?« – »Der Graf Prampero, bei dem Sie wohnen, wer sonst? Zuerst war die Tochter Schauspielerin, die hat sie alle hineingebracht – nicht diese, die Sie gesehen haben – die Ältere, Nina. Diese ist der Mühe wert, und ich werde Sie heute nachmittag zu ihr führen. Die Kleine tritt im nächsten Karneval auf. Die Buben machen dringende Wege. – Jetzt will ich mich aber nach Ihrem Gepäck umsehen.«

Andreas blieb allein, schlug die Fensterläden zurück und hakte sie ein. Von dem einen war der Haken zerbrochen, er nahm sich vor, ihn sogleich richten zu lassen. Dann räumte er was noch von Farbtöpfen und Büchsen herumstand vor die Tür und reinigte mit einem Lappen Leinwand, der unter dem Bett lag, seinen Tisch von den Farbenflecken, bis die polierte Fläche sauber glänzte; dann trug er den bunten Lappen hinaus, suchte ein Eck, ihn zu verstecken, und fand dort einen Reisbesen, mit dem er sein Zimmer kehrte. Als dies geschehen war, rückte er den hübschen kleinen Spiegel lotrecht, streifte die Bettvorhänge zurück und setzte sich auf den einzigen Stuhl am Fußende des Bettes, das Gesicht dem Fenster zugewandt. Die freundlich bewegte Luft kam herein, berührte sein junges Gesicht mit leisem Geruch von Algen und Meeresfrische. [...] Als er zu seinen Hausleuten herunterkam, fand er das Mädchen Zustina in eifrigem Handel mit einem kleinen Mann in mittleren Jahren, dessen Gesicht durch eine fast halbmondförmig gekrümmte Nase ein verwegenes und besonderes Aussehen erhielt, und der in einem baumwollenen Schnupftuch etwas in der Hand trug, wovon das Zimmer mit Fischgeruch erfüllt war. »Nein, es geht wirklich nicht, was Sie sich von den Leuten aufschwätzen lassen«, hörte er sie sagen. »Wenn es ein anderer Tag wäre, würde ich es vor der Mutter verantworten. Aber heute müssen Sie mir wieder herunter. Und vergessen Sie dann auch den Tapezierer nicht. Verhandeln Sie es mit ihm Punkt für Punkt, genau so wie ich gesagt habe. Tapezierer sind verschlagene Leute und ohne Gewissen, aber ein Mann, der sich auszudrücken versteht, wie Sie sind, muß jedem gewachsen sein. Die Ziehung ist genau eine Woche nach Mariä Geburt, also muß am Abend vorher alles geliefert sein. Fehlt das geringste, so wird ihm ein halber Silberdukaten abgezogen. Genau wie einen Fronleichnamsaltar will ichs haben, vorne eine Draperie mit Girlanden, und in die Mitte zwischen frischen Blumenarrangements kommt die Urne, aus der die Lose gezogen werden. Für die Aufstellung darf er nichts separat rechnen. Er hats ins Haus zu liefern, beim Zurichten und Dekorieren muß Zorzi helfen. Jetzt gehen Sie und richten es so aus, daß man Sie beglückwünschen muß, und lassen Sie mir Ihr Ausgabenbuch da, ich werde es durchsehen.«

Der Alte entfernte sich, als Andreas eintrat. »Da sind Sie ja«, sagte Zustina. »Ihr Gepäck liegt schon unten. Zorzi wird Leute holen, die es heraufschaffen. Dann wird er Ihnen ein gutes Kaffeehaus zeigen und Sie, wenn Sie wollen, zu meiner Schwester begleiten, die sich sehr freuen wird, Ihre Bekanntschaft zu machen. – Zu solchen Diensten ist er gut«, setzte sie hinzu, »im übrigen ist es durchaus nicht nötig, daß Sie gleich Ihren Vertrauten aus ihm machen. Das ist übrigens Ihre Sache, es gibt allerlei Menschen auf der Welt, und jeder muß sehen, wie er sich durchfindet. Ich sage, man muß die Welt nehmen wie sie ist.« Sie lief zum Herd, sah in der Röhre nach, begoß den Braten; ein paar Kleidungsstücke, die der Mutter und dem Bruder zu gehören schienen, verschwanden in einem großen Schrank. Sie jagte die Katze vom Speisebrett und besorgte einen Vogel, der im Fenster hing. »Eines wollte ich Ihnen auch sagen«, fuhr sie fort und blieb einen Augenblick vor Andreas stehen, »ich weiß nicht, ob Sie eine größere Summe Geldes bei sich haben oder einen Brief an einen Herrn Bankier. Wenn es das erstere ist, so geben Sie es einem Geschäftsfreund oder wen immer Sie hier in der Stadt kennen zum Aufheben. Nicht als ob es unehrliche Leute im Hause gäbe, aber ich will keine Verantwortung haben. Ich habe genug zu tun, das Haus in Ordnung zu halten, meine zwei Brüder zu unterrichten und für meinen Vater zu sorgen; denn meine Mutter ist meist auswärts beschäftigt. Auch können Sie denken, daß mir die Vorbereitung für die Lotterie Mühe und Denken genug kostet. Wie leicht beleidigt man... – Sie müssen entschuldigen, daß es uns nicht möglich ist, Ihnen ein Los anzubieten, obwohl Sie bei uns wohnen, aber Sie sind ein Fremder, und in einem solchen Punkt sind unsere Protektoren sehr genau. Der zweite Preis ist auch sehr anständig, es ist eine goldene emaillierte Dose; ich werde sie Ihnen zeigen, sobald der Juwelier sie abliefert.«

Sie rechnete unterweilen stehend das kleine Ausgabenbuch nach und bediente sich dazu eines winzigen Bleistifts, den sie in irgendeiner Locke ihres Toupets verborgen gehabt hatte; denn sie war frisiert wie zu einem Ball mit einem hohen Toupet und trug Tuchpantoffel, einen Taffetrock mit Silberspitzen, oben aber eine karierte Hausjacke, die ihr viel zu weit war und den reizenden schlanken, aber gar nicht kindlichen Hals völlig zeigte. Ihre Augen gingen unter halblauten Rufen, mit denen sie ihre Rede unterbrach, bald auf Andreas, bald auf den Herd, bald auf die Katze. Auf einmal schoß ihr etwas durch den Kopf, sie flog ans Fenster, bog sich weit hinaus und rief durchdringend hinunter: »Graf Gasparo! Graf Gasparo! Hören Sie mich noch! Ich möchte Ihnen noch etwas sagen.«

»Hier bin ich«, sagte der Herr mit der Hakennase und den Fischen und trat unvermutet durch die Tür ins Zimmer. »Was schreist du nach mir durchs Fenster? – hier stehe ich«, und er wandte sich zu Andreas: »ich habe soeben unten erst vernommen, daß Sie der ansehnliche junge Fremde sind, den ich die Ehre habe, als meinen Gast zu begrüßen. Ich wünsche Ihnen und uns, es möge Ihnen unter unserem bescheidenen Dache wohlergehen. Sie bewohnen die Zimmer meiner Tochter Nina. Sie kennen sie noch nicht, und so können Sie den Beweis der Hochschätzung und des Vertrauens noch nicht ermessen, den wir Ihnen geben, indem wir dieses Appartement zu Ihrer Verfügung stellen. Das Zimmer eines solchen Menschen ist wie das Kleid eines Heiligen, an dem Kräfte haften. Was immer Sie in dieser Stadt erleben werden – und Sie sind hergekommen, um Erlebnisse und Erfahrungen zu sammeln –, in diesen Wänden wird die Ruhe des Gemüts und das Gleichgewicht der Seele Ihnen zurückkehren. Die Luft selber in diesen Zimmern atmet, wie soll ich sagen, eine unüberwindliche Tugend. Lieber zu sterben als diese Tugend zu opfern, war der eherne Vorsatz meines Kindes. Ich, mein Herr«, er berührte Andreas mit seiner Hand, die weiß und außerordentlich wohlgeformt, nur zu klein für einen Mann und dadurch unerfreulich war, »war weder imstande, meine Tochter in einer solchen Gesinnung zu bestärken, noch sie dafür zu belohnen. Ich bin eine gescheiterte Existenz, herabgestürzt in Stürmen von der Höhe meiner Familie.« Er trat zurück und ließ die Hand mit einer unnachahmlichen Gebärde sinken. Mit einer Verbeugung verließ er das Zimmer.

Zustinas Gesicht strahlte vor Bewunderung über die Rede des Grafen. Wirklich war die Art, wie er die wenigen Sätze vorgebracht hatte, ein Meisterwerk von Anstand und Abstufung: Würde mischte sich in ihr mit Menschlichkeit, Ernst und Erfahrung war durch Zutrauen gemildert. Der Ältere sprach zum Jüngeren, der Hausherr zu seinem Gast, der vom Leben geprüfte Greis väterlich zum ungeprüften Jüngling und ein venezianischer Edelmann zum Edelmann: – das alles war darin. »Was sagen Sie dazu, wie mein Vater sich ausdrückt?« fragte sie. Über dem aufrichtigen und kindlichen Vergnügen, das sie empfand, schien sie vergessen zu haben, daß sie den Vater um irgendeiner Sache willen zurückgerufen hatte. »So findet er in jeder Lage«, rief sie mit leuchtenden Augen, »das richtige Wort. Er hat viel Unglück gehabt und viele Feinde, aber seine großen Talente kann ihm niemand abstreiten.« War sie früher quecksilbern und eifrig gewesen, aber dabei trocken, so war sie nun erst ganz belebt von innen heraus, ihre Augen leuchteten, und ihr Mund bewegte sich mit einem unbeschreiblichen, kindhaften Eifer. Etwas in ihr ließ an ein Eichhörnchen denken, doch war sie eine resolute brave kleine Frau. [...]

»Es ist Zeit«, rief Zorzi, »wenn Sie wünschen, die schöne Nina heute kennenzulernen. Sie wird auf sein und, wenn wir Glück haben, noch keinen Besuch bei sich haben. Später fährt sie aus, oder sie hat ihre Freunde zu Tisch. – Nun«, fragte er im Gehen, »haben Sie die Bekanntschaft des Ritters gemacht und ihm seinen Brief zurückgegeben? Denken Sie, der Narr schreibt täglich zwei und drei solche Briefe von zehn Seiten an ein und dieselbe Person, und dabei sieht er sie fast jeden Tag und ist trotz allem, glaub ich, nicht einmal ihr Liebhaber. Denn sie ist eine Halbnärrin und liegt entweder krank im Bett oder auf ihren Knien in irgendeiner Kirche. Sie hat weder einen Mann noch einen Verwandten. Der Ritter ist der einzige Mensch, der zu ihr kommt, und da sie nicht unter Leute geht, hat er nicht einmal den Spaß, für ihren Kavalier zu gelten. Dabei versteckt er aber die Geschichte vor jedermann, als ginge es um ein junges Mädchen oder eine Nonne.« – »Wie kommen Sie dazu, die Geheimnisse aller Leute zu wissen«, fragte Andreas verwundert. – »Ach, man erfährt allerlei«, gab der andere zurück, mit dem gleichen Lachen, das Andreas schon so mißfallen hatte, » – aber hier ist das Haus. Wir gehen einfach hinauf, oder warten Sie lieber eine Minute, ich springe hinauf und sehe, wie es steht und ob man Sie vorlassen will.«

Es verging nun eine Spanne Zeit, deren Dauer Andreas nicht hätte mit Sicherheit bestimmen können. Vielleicht blieb der Maler nur so lange aus, als es natürlicherweise bedurfte, um die Treppen hinaufzusteigen, sich selber anmelden zu lassen und einen Besuch anzukündigen, vielleicht hatte man ihn oben warten lassen, und es verfloß eine viel längere Zeit.

Andreas entfernte sich ein paar Schritte von dem Haus, durch dessen Tür Zorzi verschwunden war, und ging bis ans Ende der ziemlich engen Gasse. Sie endete in einem Schwibbogen, unter diesem aber führte seltsamerweise eine Steinbrücke über einen Kanal auf einen kleinen eiförmigen Platz hinüber, auf dem eine kleine Kirche stand. Andreas ging wieder zurück und war ärgerlich, daß er nun schon nach wenigen Minuten unter den ziemlich einfachen und gleichartigen Häusern das richtige nicht wiedererkennen konnte. Die Tür des einen, dunkelgrün, mit einem bronzenen Türklopfer in Gestalt eines Delphins, schien ihm die zu sein, durch welche Zorzi verschwunden war, doch war die Tür geschlossen und Andreas meinte jenen noch vor sich zu sehen, wie er durch eine offene Tür in einen Hausflur trat. Immerhin war keine Gefahr, daß sie einander verfehlten, wenn Andreas nochmals bis an die Brücke vorging und den kleinen Platz mit der Kirche in Augenschein nahm. Gasse und Platz waren völlig menschenleer, man mußte einen Schritt hören, geschweige einen Ruf oder wiederholte Rufe, wenn Zorzi ihn suchte. So überschritt er die Brücke; unter ihr hing auf dem dunklen Wasser eine kleine Barke angebunden, nirgends war ein Mensch zu sehen oder zu hören: der ganze kleine Platz hatte etwas Verlorenes und Verlassenes.

Die Kirche war aus Backsteinen, niedrig und alt; vorn gegen den Platz zu hatte sie einen Aufgang, der wenig zu ihr paßte: breite Stufen trugen eine Kolonnade aus weißem Marmor, einen antiken Giebel mit einer Inschrift. An den lateinischen Worten waren einzelne der vergoldeten Buchstaben groß. Andreas versuchte, sich daraus eine Jahreszahl zusammenzusetzen.

Als er die Augen wieder senkte, stand in beträchtlicher Entfernung von ihm, seitlich neben der Kirche, eine Frau, die ihn ansah. Er konnte sich nicht recht erklären, wo sie hergekommen war; aus einer Seitentür der Kirche konnte sie nicht wohl hervorgetreten sein, denn sie stand so, als wollte sie vielmehr auf die Kirche zu und wäre unschlüssig oder wie erschrocken über Andreas' Gegenwart stehengeblieben. Tritte eines den Platz Überschreitenden oder Herankommenden hatte er nicht gehört. Und er fand sich nachdenkend, ob sie zu ihrer anständigen einfachen Tracht Hausschuhe trug, die ihre Schritte lautlos gemacht hatten, und er verwunderte sich selbst, daß ihn dieser Gedanke beschäftigte. Denn es war doch nichts weiter als eine anscheinend junge Frau aus den bescheidenen Ständen, mit dem schwarzen Tuch über Kopf und Schultern, aus deren ziemlich blassem, aber wie es schien recht hübschem Gesicht zwei dunkle Augen allerdings mit sonderbarer, wenn die Entfernung nicht trog, ängstlicher Spannung unverwandt auf den Fremden gerichtet waren – mit der gleichen Spannung, das fühlte er, ob er sich nun das Ansehen gab, die Kapitelle der korinthischen Säulen zu betrachten, oder ob er den Blick erwiderte. Immerhin war kein Grund, hier zu verharren, und schon setzte er den Fuß auf die unterste Steintreppe und war nun aus dem Gesichtsfeld der Stehenden verschwunden.

Aber als er den schweren Vorhang hebend in die Kirche eintrat, so war die Frau zu gleicher Zeit durch eine Seitentür eingetreten und ging auf einen Betstuhl zu, der vorn gegen den Altar zu stand. Nun kam von ihr für Andreas der bestimmte Eindruck, es handle sich um eine durch Krankheit sei es am Leibe, sei es an der Seele bedrückte Frauensperson, welche hier im Gebete Linderung ihrer Leiden suche.

Er wünschte jetzt nichts anderes, als die Kirche so leise als möglich wieder zu verlassen, denn es schien ihm, die Frau sehe sich manchmal ängstlich nach ihm um, als nach einem ungewünschten Zeugen ihrer schmerzvollen Einsamkeit. Nun war in der Kirche, verglichen mit dem Platz, auf dem der grelle Sonnenschein lag, Halbdunkel; auch hing in der kühlen eingeschlossenen Luft noch ein wenig Weihrauchduft, und Andreas hielt seinen Blick, da er um alles nicht beobachten, sondern nur den Raum verlassen wollte, sicher nicht völlig scharf, nicht spähend auf die Betende gerichtet – aber abgesehen davon, das ist sicher, er hätte geschworen, sie habe sich nun mit gerungenen, flehentlich erhobenen Händen nicht gegen den Altar, sondern nirgend anders als gegen ihn hin gewandt, ja sich auf ihn zuzubewegen gestrebt, mit einer Hemmung aber, als wäre ihr Körper von den Hüften hinab mit schweren Ketten umwunden. Zugleich glaubte er ein Stöhnen, wenn auch leise, doch außer jeder Sinnestäuschung, deutlich gehört zu haben. Im nächsten Augenblick freilich mußte er wenn nicht die Gebärde, so doch jeden Bezug auf seine Person als Einbildung ansehen. Denn die Fremde war nun wieder in dem Betstuhl zusammengesunken und blieb völlig still.

Er tat lautlos die wenigen Schritte, die ihn vom Ausgang trennten, und bestrebte sich, den Vorhang so wenig zu heben, daß kein Strahl vom grellen Licht hineindringend die heilige Dämmerung, in welcher er die Bekümmerte zurückließ, verstörte. Dabei ging sein Blick unwillkürlich noch zum Betstuhl zurück, und was er nun wahrnahm, erstaunte ihn freilich so, daß er in den Falten des Vorhangs selber, und atemlos, stehenblieb: – dort saß jetzt, genau an der gleichen Stelle, eine andere Person, saß nicht mehr, sondern war im Betstuhl aufgestanden, kehrte dem Altar den Rücken und spähte auf Andreas hinüber, duckte sich nach vorn und sah sich dann wieder verstohlen nach ihm um. In ihrem Anzug unterschied sich diese Person nicht allzusehr von der früheren, welche sich mit einer fast unbegreiflichen Schnelle und Lautlosigkeit entfernt haben mußte. Auch die Neue trug sich in den gleichen bescheidenen dunklen Farben – so hatte Andreas auf dem Wege die kleinen Bürgersfrauen und Mädchen in einer anständigen Gleichförmigkeit sich kleiden sehen –, aber diese hier hatte kein Kopftuch. Ihr schwarzes Haar hing in Locken zu seiten des Gesichtes, und ihr Gehaben war von der Art, daß es nicht möglich war, sie mit dem gedrückten und bekümmerten Wesen zu verwechseln, dessen Platz sie plötzlich und geräuschlos eingenommen hatte. Es war etwas Freches und fast Kindisches in der Art, wie sie sich mehrmals unwillig umblickte und dann geduckt über die Schulter die Wirkung ihres zornigen Umblickens ausspähte. Sie konnte ebenso im Sinn haben, einen Neugierigen fortzuscheuchen als einen Gleichgültigen neugierig zu machen, ja als sich Andreas nun wirklich wegwandte, um zu gehen, so war ihm, sie habe hinter seinem Rücken her mit offenen Armen ihm zugewinkt.

Er stand auf dem Platz, ein wenig geblendet, da kam jemand hinter ihm aus der Kirche herausgetreten und streifte mit schnellen Schritten so dicht an ihm vorbei, daß er den Luftzug fühlte. Er sah die eine Seite eines jungen blassen Gesichtes, das sich jäh von ihm abkehrte, die Locken flogen dabei, daß sie fast seine Wangen streiften, in dem Gesicht zuckte es wie von verhaltenem Lachen. Der rasche, fast laufende Gang, dies dichte Vorüberstreifen und jähe Abwenden, alles war viel zu gewaltsam, um nicht absichtlich zu sein, aber schien viel mehr der Übermut eines Kindes als die Frechheit einer erwachsenen Person. Dennoch war es die Gestalt einer solchen, ja so seltsam die kecke Freiheit des Körpers, als sie nun die schlanken Beine werfend, daß die Röcke flogen, vor Andreas auf die Brücke zusprang, daß Andreas einen Augenblick dachte, er habe mit einem verkleideten jungen Mann zu tun, der mit ihm, als einem augenscheinlich Fremden, seinen Übermut treibe. Doch sagte ihm dann weiter ein Etwas über allem Zweifel, daß er ein Mädchen oder eine Frau in dem Wesen vor sich habe, das nun auf der kleinen Brücke selber standhielt, wie um ihn zu erwarten. In dem Gesicht, das ihm hübsch genug schien, glaubte er einen frechen Zug zu sehen, das ganze Betragen schien ihm völlig dirnenhaft, und doch war etwas dabei, das ihn mehr anzog als abstieß. Er wollte der jungen Person nicht auf der schmalen Brücke begegnen, einen andern Weg zurück in das Gäßchen hatte er nicht. So drehte er sich jäh um und stieg in die Kirche zurück und dachte damit dem Frauenzimmer ein entschiedenes Zeichen der Abwehr gegeben zu haben und sie los zu sein. Sonderbar genug war es ihm, daß er nun in der stillen Kirche die andere Person nicht wieder vorfand. Er ging ganz vorn bis an den Altar, warf einen Blick in die kleinen Kapellen links und rechts, sah hinter die Pfeiler – nirgends eine Spur: es war, als hätte der Steinboden sich geöffnet und die Bekümmerte eingesogen, an ihrer Stelle aber jenes andere sonderbare Geschöpf hervorgelassen.

Als Andreas wieder auf den Platz heraustrat, sah er zu seiner Erleichterung, daß die Brücke frei war. Er ging in das Gäßchen zurück und fragte sich, ob er nicht doch indessen Zorzis Heraustreten versäumt habe und dieser ihn nicht etwa in der Richtung, aus welcher sie gekommen waren, suchen gegangen sei. Ein reinliches Haus neben dem mit dem messingnen Türklopfer schien ihm nun das richtige, weil hier die Tür offen stand. Er trat ein, wollte an irgendeiner Tür im Erdgeschoß klopfen und nach Fräulein Nina fragen, dann selbst hinaufgehen und sich nach dem Verbleib des Malers erkundigen. Dieses alles tat er um so rascher, als ihm gewesen war, als habe, etwa vom zweiten Haus nach Überschreiten der Brücke an, sich ein leichter

Schritt und die Bewegung eines Kleides wieder an seine Fersen geheftet. Vom Hausflur führte die Treppe nach oben, doch ließ Andreas diese noch unbetreten und trat in den Hof, nach der Wohnung des Hausmeisters oder sonst eines lebenden Wesens zu suchen. Der Hof war klein, zwischen Mauern und in eine ziemliche Höhe ganz mit Weinlaub überrankt: die schönsten reifen Trauben von einer dunkelrötlichen Sorte hingen herein, starke Holzpfeiler stützten das lebendige Dach, an einen derselben war ein Nagel geschlagen, an welchem ein Vogelbauer hing. An einer Stelle war in dem Rebendach eine Lücke, groß genug, um ein Kind durchklettern zu lassen. Von hier aus fiel der Abglanz des strahlenden Droben in den Raum, und die schöne Form der Weinblätter zeichnete sich scharf auf dem Ziegelboden ab. Der nicht große Raum, halb Saal, halb Garten, war erfüllt von lauer Wärme und Traubenduft und tiefer Stille, daß man das ruhelose Hüpfen des Vogels hörte, der unbekümmert um Andreas' Hinzutreten von einer Sprosse zur andern sprang.

Plötzlich fuhr der zutrauliche Vogel in jähem Schreck gegen eine Seite seines Käfigs, die Tragbalken des Rebendachs wankten, die Öffnung hatte sich jäh verfinstert, und es blickte in Manneshöhe über Andreas' Kopf ein menschliches Gesicht herein. Schwarze Augen, an denen das Weiße blitzend hervortrat, starrten von oben in seinen erschrockenen Blick, ein Mund, halboffen vor Anstrengung, Erregung, – dunkle Locken drangen zu einer Seite zwischen den Trauben herab. Das ganze blasse Gesicht drückte eine wilde Gespanntheit aus und eine augenblickliche, fast kindisch unverhohlene Befriedigung. Der Körper lag irgendwie über dem leichten Lattendach, vielleicht hingen die Füße an einem Haken der Mauer, die Fingerspitzen an dem Ende eines der Pfeiler. Nun veränderte sich der Ausdruck des Gesichtes in einer rätselhaften Weise: mit einer unendlichen Teilnahme, ja Liebe ruhten die Augen auf Andreas. Die eine Hand drang durch das Blattwerk, als wollte sie seinen Kopf erreichen, sein Haar streicheln. Die vier Finger waren an der Spitze blutig, die Hand erreichte Andreas nicht, ein Blutstropfen fiel auf seine Stirn, das Gesicht droben erblaßte, »ich falle«, rief der Mund, ... die unsäglichste Anstrengung hatte nur diesen einen Augenblick erkauft. Das blasse Gesicht riß sich weg, der leichte Körper schnellte sich nach oben, glitt dann über die Mauer zurück – wie er jenseits den Boden erreichte, konnte Andreas nicht mehr hören, er lief schon nach vorne, der Rätselhaften den Weg abzuschneiden. Das Haus zur Rechten mußte es sein, entweder sie kam dort heraus, oder sie verbarg sich in dem Hof, in welchen sie hinabgesprungen war. Er stand vor der Haustür, es war die mit dem Delphin, sie war verschlossen und gab seinem Druck nicht nach.

Schon hob er den Türklopfer, da glaubte er drinnen Schritte zu hören, die sich näherten; sein Herz pochte, man hätte es durch die Tür hören müssen. Ihm war zumute wie kaum je im Leben, zum erstenmal bezog sich ein Unerklärliches aus jeder Ordnung heraustretend auf ihn, er fühlte, er werde sich nie über dieses Geheimnis beruhigen können, er sah das Mädchen die kahlen Mauern emporklimmen, mit den Spitzen der Finger sich in den Fugen emporreißen, um zu ihm zu gelangen, er sah sie mit blutigen Händen, in einen Winkel des Hofes gedrückt, vor ihm fliehen wollen, er ihr nach... weiter reichten seine Gedanken nicht, ein schneller Schritt, der auf die Tür zuging, raubte ihm fast die Besinnung. Die Tür ging auf, es war Zorzi, der vor ihm stand.

»Sagen Sie mir um alles in der Welt, wen habe ich gesehen«, rief ihm Andreas entgegen und lief, ehe Zorzi antworten, ehe er fragen konnte, an ihm vorüber ans Ende des Flurs. – »Wohin wollen Sie?« fragte ihn Zorzi. – »In den Hof – lassen Sie mich.« – »Das Haus hat keinen Hof; hier stößt ihm eine Feuermauer entgegen, dahinter fließt der Kanal, daran grenzt der Garten des Redemptoristenklosters.« – Andreas begriff nichts. Die Lokalität verwirrte sich ihm, er erzählte und sah, daß er nichts erzählen konnte, daß er das Entscheidende von dem, was er erlebt hatte, nicht zu erzählen verstand. – »Wer immer diese Person ist«, sagte Zorzi, »seien Sie sicher, wenn sie sich noch einmal in diesem Stadtviertel blicken läßt, ich kriege heraus, wer sie ist, sie entgeht mir nicht, ob es nun ein verkleideter Mann ist oder eine öffentliche Person, die sich einen Spaß gemacht hat.«

Wie gut wußte Andreas, daß weder das eine noch das andere

der Wahrheit nahekam. Er konnte sich nichts erklären, und doch wies er im Innersten jede Erklärung zurück. Wie gerne wäre er noch einmal in die Kirche zurückgeeilt: seine geheimnisvolle Feindin und Freundin vielleicht nicht, die unbändige seltsame, die an Mauern emporkletterte, sich von oben herab auf ihre Beute warf, – ihre Gefährtin mußte zu finden sein. Denn jetzt schien es ihm unmöglich, daß die beiden Wesen, von denen eines an der Stelle des anderen aufgetaucht war, wie das Glas mit rotem und mit gelbem Wein aus der Hand des Taschenspielers, daß sie nichts voneinander wissen sollten. Er war sich selber unbegreiflich, daß er an diesen Zusammenhang nicht früher gedacht hatte. Ihm war, er habe die Kirche leichtsinnig durchsucht, er hätte eine Spur finden müssen, eine Mauerspalte, eine Falltür – wie gern wäre er wieder dahin zurückgekehrt, wäre er allein gewesen. Der Drang, suchen und finden zu müssen, hätte ihn jetzt und dann ein drittes und viertes Mal zurückgetrieben; war es ihm nicht oft so gegangen: ein verlegter Brief, ein Schlüssel, von dem wir wissen, wir haben ihn..., aber Zorzi ließ ihn nicht aus: »Lassen Sie jetzt Ihr kletterndes Mannweib – in Venedig werden Ihnen noch ganz andere Dinge begegnen –, und kommen Sie schnell zu Nina, sie erwartet Sie. Was da oben wieder passiert ist, läßt sich gar nicht sagen. Der Herzog von Camposagrado, ihr Protektor, hat in einem Anfall von Wut und Eifersucht einen seltenen Singvogel, den ihr der jüdische Verehrer Herr dalle Torre tags zuvor geschickt hatte, lebendig in den Mund gesteckt und den Kopf abgebissen. Den ungarischen Hauptmann hat er, auf den er Ninas wegen einen Verdacht hatte, halb totprügeln lassen, und zwar, wie es scheint, aus Versehen einen Unrichtigen, so daß jetzt die Sbirren hinter ihm her sind und bei ihr alles durchsucht haben. Kurz, es geht alles drunter und drüber, das ist gerade der richtige Augenblick, wo bei ihr immer ein Ankömmling sein Glück macht.«

Andreas hörte alles nur mit halbem Ohr. Die Treppe war eng und dunkel, bei jeder Wendung glaubte, hoffte er die Unbekannte irgendwo hervortreten zu sehen, noch oben vor Ninas Tür erwartete er, sie würde vorüberhuschen. Jetzt erschien es ihm über jeden Zweifel sicher, daß zwischen beiden Gebärden ein geheimnisvoller Bezug geherrscht hatte: auch der flehentlich wie beschwörend gehobene Arm der Bekümmerten ihm ebenso wie der Wink der Jungen gegolten hatte. Die Spannung, die Ungeduld, dieses unbegreifliche Wesen zu entziffern, war kaum erträglich; nur eines beruhigte ihn: sie hatte, um einen Augenblick mit ihm allein zu sein, auf eine unbegreifliche Weise den Weg gefunden, eine hohe Mauer, unter der vielleicht das Wasser dahinfloß, hatte sie nicht abgehalten, das zu machen, was außer einer Katze jedem Geschöpf versagt schien, und aus ihren Fingern das Blut fließen zu lassen war ihr nicht zu viel gewesen. Sie würde ihn an jedem Ort und zu jeder Stunde wieder zu finden wissen...

Klabund
Katharina

»Du wirst närrisch«, sagte Lapa, »du darfst nicht mehr allein in einer Kammer schlafen, sonst flennst und betest du die ganze Nacht, statt nach rechtschaffen erfüllter Tagesarbeit und einem kurzen, Gott wohlgefälligen Gebet – Gott liebt die langen Gebete nicht, sie schmecken ihm wie übermäßig verdünnter Wein – den traumlosen Schlaf der guten Menschen zu schlafen. Ich werde eine Magd entlassen, damit du im Hause zu tun bekommst und keine Zeit hast, deinen Schrullen nachzujagen, in feuchte Grotten zu kriechen, die dich nichts angehen, und Berge zu sehen, wo keine sind.«

Katharina neigte das Haupt.

Ein Lächeln wiegte sich auf ihren schmalen Schultern.

Lapa schrie böse: »Jakob Benincasa, das Schwein, dein Vater, ist wieder einmal besoffen nach Hause gekommen. Er hat unser Bett beschmutzt und die ganze Stube verunreinigt. Ich habe in der Küche auf einem Stuhl schlafen müssen. Du wirst das Zimmer sogleich in Ordnung bringen. Carlotta, die Magd, kann sofort gehen.«

Katharina erhob das Haupt. Sie sah, wie ihre Mutter sich entfaltete: eine goldene Blüte, und sah die heilige Maria als Biene summend dem Kelch entschweben.

Wenn ich meiner Mutter diene, diene ich der Muttergottes, dachte sie. Mein Vater sei Christus, meine Brüder gleichen den Aposteln und Bonaventura, meine Schwester, entflieht im Mönchsgewand dem väterlichen Hause, sich selig so zur Euphrosyne wandelnd. Ich aber, ihre Zwillingsschwester, weihe meine Dienste unter dem Namen Smaragdus dem Kloster meines elterlichen Hauses, und erst, wenn ich gestorben bin, wird man begreifen und erfahren, daß ich ein Weib war...

Als Jakob Benincasa in das Schlafzimmer trat, wo Katharina mit Feudel und Eimer beschäftigt war, die Spuren seiner Trunkenheit emsig zu entfernen, schien es ihm, als ob eine weiße Taube sich von ihrem Scheitel erhebe und leise schwingend durch das geöffnete Fenster verwehe.

Er eilte sogleich in das Wirtshaus »Zum fröhlichen Federigo« zurück und lud die dort versammelte Gesellschaft zu einem kräftigen Trunk auf seine Kosten ein. »Will sich deine Tochter Katharina nun endlich vermählen«, lachte der bucklige Schuster Ciseri, »oder welche Freude treibt dir den Zapfen aus dem Spundloch?«

»Ich weiß«, wisperte der lange Steinmetz Bosco, »seine Frau bekommt in neun Monaten das dreizehnte Kind. Eben hat er es ihr und sie es ihm mitgeteilt. Da weiß seine Seligkeit keine Grenzen...«

»Ich glaube«, am Fasse dröhnte der Hammer des Wirtes, »er hat ein gutes Geschäft gemacht. Die hohen Damen von Siena haben ihm Auftrag gegeben, ihre ergrauten, vom Liebesaussatz zerfressenen Haare blond zu färben oder ihnen, wo sie überhaupt keine Haare mehr haben, den Schädel am Schopf schwarz anzustreichen. Wenn er nur von jeder Dame einen Taler erhält, so macht das sicherlich ein kleines Vermögen.«

»Komödie«, wieherte Jakob Benincasa. »Euch sind die Sinne irre. Ihr tappert, Maulesel gleich, gesenkten Kopfes durchs Gebirge. Freßt biedere Kräuter, die um eure Hufe wachsen. Seht ihr den Wasserfall am Felsensturz? Die leise Gemse braun im Horizont? Den Geier Blitz? Die blaue Blume Schnee? Der Menschen Dörfermoos?«

»Junge«, der Maler Simon Martini warf seine Worte wie Farbenklexe in den grauen Raum, »du dichtest wie Petrarca. Mußt es drucken lassen.«

»Meine Tochter Katharina ist eine Heilige«, Jakob Benincasa brüllte. Er stieß mit seinen Ellenbogen rings am niedern Gewölbe. »Deshalb wollen wir uns alle heute betrinken. Denn ich, Jakob Benincasa, bin der Vater dieser Heiligen. Und wenn sie heilig ist, so steckt der Same der Heiligkeit wohl auch in mir. Denn von Lapa kann sie die Heiligkeit nicht haben. Lapa ist eine bösartige Hündin.« Der Maler, der bucklige Schuster und der lange Steinmetz klatschten in die Hände. Der Hammer des Wirtes dröhnte den letzten Schlag. Jetzt flog der Zapfen aus dem Spundloch.

»Wenn deine Tochter Katharina eine Heilige ist«, sagte der kleine Goldschmied Ambra, »dann mußt du ihr bei mir einen Heiligenschein machen lassen. Ganz aus Gold.«

»Hat sie schon Wundmale an den Händen und Füßen?« fragte Pedamonte, welcher mit Edelsteinen handelte. »Du mußt ihr Rubinen in die Wunden setzen lassen.«

»Wenn sie sich geißeln will, wie es alle rechten Heiligen tun, so bedarf sie einer dauerhaften Geißel oder einer Peitsche mit Nägeln. Ich halte mich der heiligen Kundschaft bestens empfohlen«, dienerte der Waffenschmied Marchetti.

Der Maler Simon Martini zeichnete Katharinens Bild mit Kreide auf den Tisch.

»Sie ist so schön, wie wenige Frauen in Siena sind«, sagte er leise.

Jakob Benincasa bebte.

Der Dichter Petrarca trat an Martini heran, legte die Hand auf seine Schulter und beugte sich zart vor, die Zeichnung zu betrachten.

Seine Stirn leuchtete wie eine ewige Lampe, und seine Lippen bewegten sich wie zwei Schmetterlingsflügel.

Franz Werfel

Aus »Verdi. Roman der Oper.«

... Verdi liebte es nicht, im Restaurant zu speisen. Schon mit dreißig Jahren war er in seinem Vaterland so berühmt, daß er sich nirgends zeigen konnte, ohne erkannt zu werden. Schrecklich wars ihm, zur Lüge gezwungen zu sein. Und lügen hieß es, wenn man mit unnatürlicher Miene dasaß, wie juckende Wunden die Magie vieler Blicke im Rücken. Er haßte alle körperliche Berührung. Und Angesehenwerden war körperliche Berührung.

Einmal in Parma auf dem großen Platz hatte ihn die Menge agnosziert. Schon fingen einige Leute an, Evviva zu rufen. Er floh entsetzt vor der Kundgebung in ein Haus und hielt sich fast eine Stunde lang im letzten Stockwerk versteckt, bis er sicher sein konnte, ungeschoren davonzukommen.

Auch heute, da er den Senator erwartete, hatte er wie immer in seinem Zimmer decken lassen. Bedienung durch den Kellner ließ er nicht zu. Sein eigener Diener war mitgekommen. Dieser Diener war ein netter mittelmäßiger Beppo, nicht jener berühmte Luigi, der vom Kutschbock der Reggianer Droschke gestiegen war, um seinem geliebten Melodienhelden zu folgen. Neben dem Senator war Luigi gewiß der trefflichste Verdi-Philologe. Aus dem schwersten Mitternachts-, ja aus dem Todesschlaf geweckt, hätte er jede Cantilene seines Maestro in der richtigen Tonart zu singen vermocht. Und nicht nur die populären Weisen *»Quando la sera placida«*, *»Eri tu, che macchiavi«*, *»Ai nostri monti ritorneremo«*, sondern auch irgend ein kleines Rezitativ aus Due Foscari, Giovanna d'Arco, Macbeth.

In den zwei Tagen, die seit dem Erlebnis von Marios Gesang verflossen waren, hatte der Maestro wieder mit unablässiger

Energie den Kampf gegen Lear aufgenommen. Ein zusammenhängendes Stück war sogar geschrieben worden, aber er sah es nicht an aus Furcht vor Enttäuschung und jenem schrecklichen Widerwillen, den jetzt die eigene Musik in ihm erzeugte.

Die kurze Tröstung, die des Krüppels Improvisation ihm gebracht, jener plötzliche Glaube an die alte ewige italische Melodie war wieder verflogen. Hingegen irritierte der roteingebundene Klavierauszug im versperrten Kasten unaufhörlich die Nerven. Er hatte schon daran gedacht, wenn nicht die Teufelsgabe selbst, so doch den Schlüssel, der sie gefangen hielt, in die winterlich dunkle Lagune zu werfen.

Dabei war jene Stimme nicht zu beruhigen, die vor dem Palazzo Vendramin ihm scharf und kalt befohlen hatte: »Besuche den Deutschen!« Immer, wenn sie sich erhob, schüttelte den Stolzen schmerzhaft Empörung. Neuerdings war ihm eine Geschichte eingefallen, die er irgendwo einmal gelesen hatte.

Rossini, bei seiner Anwesenheit in Wien, hatte Beethoven verehrungsvoll seine Aufwartung gemacht. Dieser Besuch war von dem deutschen Meister in Gleichgültigkeit oder aus bewußter Brüskierung nicht erwidert worden. Mit Rossini, dem ihm so wenig Ähnlichen, der ihm selber niemals wohlgewollt hatte, identifizierte sich Verdi nun, sowie er Wagner mit Beethoven identifizierte. Wie haßte er diesen Beethoven für seine ganz unhumane Präpotenz, Grobheit und Überhebung. Seine Nation, seine Ehre fühlte er durch diese überlieferte Ungezogenheit verletzt. War die langversunkene Begebenheit nicht ein Sinnbild für das Heutige? – Und er sollte Wagner besuchen? Was für die Jugend und indolente Wesensart Rossinis erträglich war, *er* würde ein Refus nicht verwinden.

So trieb die Krisis ihrem Höhepunkt zu. Wie jeder Kranke fühlte der Maestro vielleicht das erstemal im Leben, daß in seiner Natur Todessucht und Lebenstrieb sich die Schlacht lieferten und er auf keiner Seite Feldherr war.

Der Senator kam, umarmte und küßte Verdi. Der Maestro mußte einen leichten unmotivierten Ärger verbeißen: »Dieser Ärger wird die Vorzeichnung unseres heutigen Zusammenseins werden«, dachte er sofort. Nach Tisch, als die beiden die Havanna, diesmal aus des Maestros Kistchen probierten, und der beglückend-ausgleichende Rauch die Luft durchblaute, machte der Senator Anstalten, das Gespräch auf ein ihm herzensnahes Thema zu bringen: »Verdi! Du weißt beiläufig, wie es mit mir steht.«

»Nun?«

»Ich bin passé. Ich lebe nicht mehr mit der Zeit.«

»Das meint man so. Und früh geht die Sonne auf, oder wie Shakespeare sagt: Der Regen regnet jeglichen Tag.«

»Nicht um mich geht es. Hörst du? Ich habe mich so ziemlich abgefunden. Es ist merkwürdig. Sei nicht böse, es mag eine unerwünschte Zudringlichkeit sein. Aber ich habe meine Sache auf dich gestellt. In meinen Träumen bist du mein Rächer.«

»Du bist ein klassischer Philologe. Ich habe es bei meinem Lehrer Seletti kaum zu den unregelmäßigen Verben gebracht. Habe also ein wenig Nachsicht mit meiner Fassungskraft!«

»Freund! Auch bei dir ist nicht alles so wie ich es mir wünsche, wie ich es brauche!«

Der Maestro warf einen sehr unzugänglich-feindlichen Blick auf den Senator. Er mochte es nicht, daß jemand sich psychologisch mit ihm beschäftige. Aber er hatte sich geirrt. Dies am wenigsten war des Freundes Absicht: »Verdi! Ich fühle, daß es nicht mehr so ist wie früher, daß du nicht mehr nur ein paar offene und grobe, sondern sehr viele heimliche und hämische Feinde hast. Es liegt etwas Unfaßbares in der Luft gegen dich, etwas geradezu Beleidigendes, eben weil es so unausgesprochen ist.«

»Ah! Das spürst du nun auch? Mich beschäftigt die Sache schon über ein Jahrzehnt. Mit der Aida und früher schon hat es begonnen. Vor Jahren habe ich bei der Probe in der Scala auch nicht ein Glas Wasser serviert bekommen. Aber es ist weniger Feindschaft als eine gedämpfte Mißachtung.«

»Und selbst hier in Italien hat sich diese Frechheit eingeschlichen. Oh, diese Undankbaren, diese Hunde! Daß die Jugend von dir abfällt, das liegt vielleicht in der Natur. Daß aber der Syndikus und Stadtrat von Bologna diesen Wagner zum Ehrenbürger gemacht haben, das ist ungeheuerlich, Giuseppe, ungeheuerlich! Man müßte sich expatriieren lassen.«

Der Maestro lachte ein wenig boshaft: »Und was, wenn sie Recht hätten?«

»Recht hätten?! Recht hätten?! Verdi! Die Stunde ist da. Die größte Stunde deines Lebens. Du mußt herrlich beweisen, wer du bist, in den Staub donnern mußt du diese Schöngeister. Ich habe mir alles überlegt. Wenn wir beide auch fast gleichaltrig sind, du bist doch viel jünger, du hast die Kraft, Kraft zu zwanzig Werken. Mit einer neuen ungeahnten Tat mußt du sie erschrecken, lähmen, beschämen! Unsere göttliche Welt mußt du wieder herstellen. Das ist deine schreckliche Schuldigkeit!«

Die fleischigen Wangen des Senators zitterten. Verdi blieb ganz kalt bei seiner Antwort: »Erstens, mein Lieber, schafft kein Künstler eine gute Sache, wenn er es darauf anlegt, zu erschrecken, zu lähmen, zu beschämen. Die geringste Eitelkeit, das kleinste Zurseiteschielen ist ein Verwesungswurm im Körper des Werkes. Und zweitens! Soviel kann auch ich noch Latein: ›*Tempora mutantur*‹ und leider nicht immer ›*nos mutamur in illis*‹. Höchstwahrscheinlich hat diese allgemeine Haltung gegen mich einen guten Grund. Wir beide, Freund, werden stehen geblieben sein, ohne es mit der ganzen Schwere selbst zu empfinden. Und darum, törichterweise, leisten wir Widerstand gegen ein Naturgesetz, gegen den sehr praktischen Brauch, daß ein rostiges Werkzeug fortgeworfen wird.«

»Das glaubst du nie und nimmer, was du hier sagst, Verdi! Du wärst kein Künstler sonst, kein Krieger, sondern ein Feigling. Nein, nein! Wehre dich nicht! Du mußt schreiben! Du weißt es ja selbst am besten.«

»Soll ich schreiben, um ihnen Recht zu geben, um deutlich zu beweisen, daß ich nicht mehr bin, der ich war, oder vielleicht niemals gewesen. Es gibt im Leben Korrekturen nach rückwärts, und das sind die schrecklichsten!«

»Das sagt der Autor des Rigoletto?«

»Glaubst du noch immer an Wert und Beständigkeit in Kunstdingen? Hat dich die Sammlung deines Hausherrn Gritti nicht eines Bessern belehrt? Jeder hat seinen Tag, merk dirs, nur *einen* Tag, ob dieser nun früher oder später tagt!«

»Nun, du hast schon mehrere Tage gehabt, Verdi! Schaff dir einen neuen!«

Der Maestro sagte eine Weile nichts, dann mit leise gleichgültigem Ton: »Und was, wenn ich an einer neuen Oper arbeite?«

Der Senator sprang auf und begann durchs Zimmer zu laufen: »Er schreibt! Ich hab es gewußt, daß die Umarbeitung Ausrede war! Er schreibt.«

»So bestimmt will ichs nicht sagen. Auch fängt es an, mir mit den Jahren immer peinlicher zu werden, daß man aus solch einem Ding von Papier, wie es eine Partitur ist, soviel Aufhebens macht.«

»Du schreibst! O, ich bin glücklich, Verdi! Jetzt wirst du es diesem Barbaren und all seinen Schwächlingen beweisen, wer du bist! Vertrau mir! Ich schweige auf der Folter. Ist es die Maria Delorme, von der du mir einst erzählt hast? Ah, wenn du nicht willst, so sage mir nichts!«

Verdi stand plötzlich auf: »Höre, ich will dir sogar zwei Stücke dieser Oper zeigen. Es interessiert mich sehr, wie sie auf dich wirken werden. Bitte, sag mir aber dein Urteil erst nach dem zweiten Stück!«

Der Maestro nahm aus der Notenmappe des Lear zwei geheftete Teile, von denen man merkte, daß sie schon vollendet waren. Das erste: Der Monolog des Schurken Edmund aus dem ersten Akt, eine mit allen Finessen modernen Ausdrucks komponierte Musik, von der er wohl einiges hielt und die ihm dennoch in diesen Tagen manches Unbehagen verursacht hatte. Das zweite: Das Duett zwischen Lear und Cordelia, eine Nummer, die er haßte, weil sie ihm aufgewärmter Rigolettostil zu sein schien.

Er legte die Blätter auf das Klavierpult.

Dann setzte er sich hin und begann mit jener dramatischen Bewegung in Gesang und Vortrag, die alle Sänger, mit denen er korrepetierte, hinriß, den Monolog Edmunds zu rezitieren und zu begleiten. Der Senator, von der Kraft der Wiedergabe benommen, wußte mit der Musik dieser Arie doch nichts anzufangen. Es kam ihm vor, als ob Verdi, von seinem Weg abweichend, sich bemühe, der Melodie zu entgehen und an ihre Stelle dissonierende Harmonien, fremde Modulationen und verletzende Intervallsprünge zu setzen.

Als das Stück beendet war, sah der Maestro seinen Gast nicht an und begann mit der zweiten Nummer.

Sogleich hob ein namenloses Wohlgefühl den Senator von seinem Sitz, lustig wie immer seit Nabucco begann sein Blut unterm Rhythmus des Vergötterten zu tanzen, leicht wurde sein Körper und der Atem verkrampfte sich wonnevoll wie ein Muskel.

Melodie auf Melodie schenkte die schöne leise Stimme des Maestro aus. Lieblich umschlangen sich, reizend wandelten die süßen Wendungen. Zum Schluß gerieten sie ins Laufen, und eine der stürzenden Presto-Kabaletten Verdis nahm wie ein Wildbach die keuchende Verzückung des Freundes mit sich.

Der Senator schrie fassungslos auf: »Ewig, Verdi, ewig! Das Höchste, was du je gemacht hast! Sieg, Sieg!!«

Der Maestro klappte ruhig das Klavier zu.

»Und wie hat dir das erste Stück gefallen?«

In der Tiefe des Bewußtseins fühlte der Senator, daß ihm eine Falle gelegt wurde. Einen Augenblick lang hätte er sich retten können. Aber er war zu ehrlich: »Das erste Stück? O, alles, was du machst, ist groß. Doch, vielleicht verstehe ichs noch nicht. Es ist schwer. Verzeih, es ist nicht ganz italienisch. – Aber das Duett, mein Verdi, das Duett ist von Gott!«

Der Maestro stand steif und fremd da. Haar und Bart, Wahrzeichen ergrauter Güte, waren schwarz geworden, das blaue Auge auch, alle Züge versperrten sich. Man konnte jetzt wohl verstehen, daß dieser Mann sein Besitztum nur durch eine Zugbrücke mit der Welt verbunden hielt. Sehr beleidigend und so, daß sein »Du« wie Unnatur klang, sagte er: »Das erste Stück, der Monolog ist sehr gut, sogar ausgezeichnet. Das Duett ist eine Lächerlichkeit, eine Stümperei, ältester Publikumsfang. Jetzt weiß ich wenigstens, daß du so viel verstehst, wie das Publikum vor dreißig Jahren verstanden hat. – Und *du* willst, daß ich ein neues Werk schreibe? Wenn ich es täte, würdest du mir am allerwenigsten folgen. Habe ich nichts als Feinde von links, so bist du nun mein Feind von rechts!«

Diese unsinnige häßliche krankhafte Beschimpfung kam aus dem Munde des Maestro, ohne daß er sie hätte zurückhalten können. Betäubt, faßte er nicht, was er tat. Der Senator schaute ihn stier hundert Sekunden und reglos an. Dann begann sein Kinn zu zittern, besorgniserregend schwoll violett der dicke Hals, er tastete mit erledigten Händen nach seinem Hut. Dann sah er wiederum, schwer atmend, sehr lange den Maestro an: »Damit ich nicht dein Feind sein muß, gehe ich, Verdi!«

Er konnte mit schwer gewordener Stimme nichts anderes mehr sagen und ging, ohne vorher seinen Überrock anzuziehen.

Der Maestro sah ihm noch immer steif nach. Tiefe Scham und tieferes Leid wuchsen, wollten das Zwerchfell zerreißen:

Welcher Teufel hatte das getan? Er? Diesen treuesten selbstlosesten Menschen sinnlos verwundet?! Weil er von einem gequälten Musikstück nicht begeistert schien, das ihm selbst nicht im geringsten genügte? Welche Verzerrung!! Wohin ging es? Jetzt hatte er auch diese Seele verloren! Seine Zähne knirschten zusammen. Er hätte schreien mögen vor Weh!

Lange noch blieb er starr, wie ein Mensch, der sich peinlich vergangen hat, und in den Boden versinken möchte. Dann begann er gehetzt um das Zimmer zu kreisen. Als er nahe an ihm vorbei kam, schlug er mit ganzer Faust gegen den Kasten, in dem der Auszug des Tristan wartete...

Venezianische Melancholien

1 *Der Volksplatz von Santa Margarita*

Als der Jugend letztes Sonnenblinken
Schmilzt der Tag. Die Bogenlampe schwirrt.
Auf dem Glockenturme, himmeltrinkend,
Tanzt die Heilige, des Platzes Hirt.

Mit der großen Trommel Kanonade
Bricht die Banda jetzt in »Tosca« aus.
Dort der Rummelort drischt eine Schwade
Orgelschwalls hinein und Hutschensaus.

Ach, wie schön wär es, die Welt zu lieben
Und die Menschen, bis ins Blut erwärmt.
Doch der Männer Züge sind gerieben
Und von flegelhaftem Mut durchlärmt.

Heisre Mädchen kreischen. Immer dichter
Ziehn sie grell an greller Häuserwand.
Aber selbst die reizendsten Gesichter
Sind entehrt und halb herabgebrannt.

Grimmig schiebt der Kellner mir die Tasse
Auf den Tisch. Er hat mich gar nicht gern.
Und ich leide tief an seinem Hasse,
Der im Rücken mich verletzt, von fern.

Tosca stirbt. Die Karusselle schäumen.
Menschenstrahlen pumpt ein Kino flott.
Ölgestank! In sterndurchwogten Räumen
Tanzt die Heilige schwarz und starr vor Gott.

Viel zu morsch, mich auf vom Platz zu raffen,
Stütze ich den Kopf in meine Hand,
Ohne Wunsch. Mein tränenloses Gaffen
Ist voll Todes bis zum Rand.

2 *Fondamenta Labia*

Wie gelbe abgetropfte Kirchenkerzen,
Die sich im Wachse werfen und sich schwärzen,
Sind die gekrausten alten Fraun.
Sie hexen hin, die schlauen schwarzen Flämmchen,
Ihr Bauch ist riesig, doch ihr Hals ein Stämmchen,
Ein Wurzelstock, so krummgeschraubt und braun.
Ich sah das nie.

Und nichts als Krüppel! Kranke atmen schwer.
Der Buckel dort tritt feldherrnhaft einher.
Ein Hinkender trägt hüpfend seine Laute
Behutsam unterm Arm verstaut.
Und doch, als ob der Laute vor ihm graute,
Gibt sie bei jedem Auffall Laut.
Ich hörte das nie.

Im Ghetto vecchio gar ist es noch schlimmer.
Aus einem Laden lacht gleichgültiges Gewimmer,
Ein Anzug an der Stange schachert stumm.
Die Einen tragen hier den Kopf verbunden,
Die Andern aber zeigen offne Wunden,
Ein Krückenbankert humpelt um.
Hier war ich nie.

Die Bettelvölker, die im Tor versteckten,
Sie dringen schon wie langsame Insekten
Mit ihren runden Fühleraugen vor.
Und will man sie mit schwacher Hand verjagen,
So machen sie ein Fliegen-Flügelschlagen
Und setzen schwärzlich summend sich ins Ohr.
Sie weichen nie.

Am Himmel, an dem nächtlich schon vergrellten,
Hängt Spiegelung von wohlbestelltern Welten,
Hängt prunkvoll der Piazza Abendbrand.
Ich aber kann mich von dem Ort nicht lösen,
Im Winkel kleb ich, im verfemten, bösen,
Als wär er mir im fernsten Blut verwandt,
Ich weiß nicht wie.

3 *Gassengang*

Wie Gespenster aus den andern Zonen,
Wie Verstorbene schweben hausentlang,
Heb ich an, den Plätzen beizuwohnen,
Und ich schwanke mit im Gassengang.

Hab ich hier gelebt? Wer kann das wissen?
Leb ich noch? Mein Schritt gibt fernen Ton.
Doch ich fühl mich aus mir selbst gerissen . . .
Längst begrub mich meine Mutter schon.

Nur ein Toter kann so lau erstaunen.
Wunder alles! Nichts hat einen Grund!
Alle Wesen sind vertrackte Launen.
Und ich frag mich: Ist ein Hund ein Hund?

Aus der Bar dringt Aquavit und Mynthe.
Eine Stimme schnurrt am Schanktisch hohl.
Brauch ich Schnaps im Gang der Labyrinthe?
Nein! Der Tod ist stärkrer Alkohol.

Tausend Füße auf dem Pflaster-Felle
Trommeln Märsche, die nur Gott versteht.
Doch mich freut's, daß ich die Leute prelle,
Daß ein Totenschritt mit ihnen weht.

Und wie mich die Blicke frech umhecheln,
Höhnisch äffend den zerzausten Herrn,
Grüße ich mit abgeschiednem Lächeln
Mein verwirktes Sein und scheide gern.

Gertrud von Le Fort

Aus dem Roman »Der römische Brunnen« (Teil I von: »Das Schweißtuch der Veronika«)

...Es war jetzt bereits August, ein Monat, den wir sonst stets am Meer oder im Hochgebirge zu verbringen pflegten. Alle Welt war längst aus dem brütend heißen Rom geflohen, und die Ärzte lagen uns beständig in den Ohren, meine Großmutter müsse das Klima wechseln. Aber sie selbst wollte Rom nicht verlassen. Während wir alle noch hofften, war es, als wisse sie bereits, daß ihre Tage gezählt seien, und wolle keinen einzigen mehr fern von der Stadt ihrer Liebe zubringen, oder auch, als fürchte sie, an einem anderen Ort vom Tod überfallen zu werden, denn sie wollte in Rom sterben.

Ich muß nun das unendlich wehmütige Scheiden dieser über alles Geliebten erzählen.

Sie erhob sich nach dem ersten schweren Anfall, den ihr Herz erlitten hatte, noch einmal mit dem trügerischen Schein einer Gesundung, welche vor allem mich blendete. Denn meine Tante Edel und Jeanette hatten mir aus Mitleid und großer Furcht vor meinem Schmerz zunächst noch die erschütternde Diagnose des Arztes verheimlicht. Aber auch meine Großmutter selbst wollte nicht, daß ich sie schon früher, als unbedingt nötig sei, erführe, und dieser ihr Wunsch war sicherlich der geheimste und stärkste Grund meiner Blindheit; ich kann mir diese heute nur dadurch erklären, daß meine Liebe ihr damals sogar in den unbewußten Tiefen meines Wesens gehorchte, dort, wo sich sonst immer so ahnungsvoll und oft wider meinen Willen klar die Wirklichkeiten meiner Umwelt spiegelten.

Wir waren jetzt beständig zusammen. Sie wollte mit diesem letzten Aufflackern ihrer Lebenskraft noch einmal zu allen Stätten Roms pilgern, an denen ihre besondere Liebe hing, und das hieß fast so viel als: sie wollte von jedem Stein der Ewigen Stadt Abschied nehmen. Es war nun fast wieder, wie es gewesen war, ehe Enzio kam – und doch wie anders! Damals war sie meine Führerin gewesen, und nicht nur geistig: wie oft hatte sie meinen Arm liebreich unter den ihren gezogen, wenn ich ihr, hingenommen von der Größe dessen, was sie mir zeigte, »entglitt«! Heute mußte ich sie stützen; ihr Schritt war um ebensoviel schwerer, als sie selbst leichter geworden war, und umsonst schob sie es der Hitze zu, wenn wir selbst in den kühlen Gängen der Museen so langsam vorwärtskamen. Kleine rührende Zeichen verrieten beständig die Schwäche, die sie zu verbergen suchte.

So weiß ich noch, wie sehr es mich bestürzte, als wir abends zum Pincio fuhren und das Auto nicht, wie gewöhnlich, an der Treppe von Trinità dei Monti hielt. Denn meine Großmutter liebte es, diese unvergleichliche Treppe zu ersteigen; es gewährte ihr ein Hochgefühl, welches fast einem inneren Aufschwung gleichkam. Ich bin noch heute der Meinung, sie war der einzige Mensch unserer Tage, der römische Treppen emporzusteigen wußte. Heute ließ sie zum ersten Male an einer solchen vorüberfahren. Dann freilich, nachdem sie auf dem Pincio den Sonnenuntergang getrunken hatte (oh, diese letzten Sonnenuntergänge an ihrer Seite, unvergeßlich eingestrahlt in meine Seele!), verlangte sie, die schöne Treppe an meinem Arm hinabzusteigen – es war das Symbol für alles, was wir damals unternahmen! Die Ärzte haben später ihr Bleiben in dem sommerlichen Rom und besonders auch diese Unternehmungen als Grund ihres beschleunigten Todes bezeichnet, und sicherlich war auch das wieder noch in einem anderen viel tieferen Sinne richtig, als die Ärzte wissen konnten. Meiner Großmutter kam es damals nicht mehr auf eine kurze Verlängerung ihres Lebens an, denn was sie zuinnerst in Rom festhielt, war ja nicht allein ihre unbeschreibliche Liebe zu dieser ihrer geistigen Heimat, sondern auch die Bedürftigkeit ihrer sinkenden Kraft. Sie rang damals gleicherweise mit dem Schatten ihres Lebens wie mit denen ihrer Todesgewißheit, und in diesen letzten Kämpfen ihrer Seele fand sie keine andere Möglichkeit der Hilfe, als die Ewige Stadt anzurufen, welche das große Pathos ihres Lebens gewesen war und von der sie hoffen durfte, sie werde nun auch das ihres Todes sein.

In dieser Zeit verwob sich für mich ihr geliebtes Bild mit dem Bildnis Roms zu einer unauflösbaren Einheit, denn es geschah nun auch an ihr nach der Wahrheit jenes Wortes, daß alles dem gleich wird, was es zutiefst liebt. Allmählich trat immer mehr der strenge und stolze Heroismus in ihrer Seele zutage, in welchem sie den Geist jener alten Römerwelt zu erkennen glaubte, deren Köpfe wir im Kapitolinischen Museum bewunderten, und dieser Geist war es, den sie nun auch mir einzuflößen suchte. Denn nicht nur ihre eigene Not bestimmte sie damals, sondern so schwer sie auch mit sich selbst zu ringen hatte, so vergaß sie doch keinen Augenblick den unausdenkbar großen Schmerz, der mir bevorstand. Dazu kam die ganze Undurchdringlichkeit, in die meine Zukunft ohnehin gehüllt war, wenn sie sterben würde. Zwar hatte sie schon gleich nach Empfang der Todesnachricht meines Vaters in längerem Depeschenwechsel mit dem betreffenden Konsulat festgestellt, daß nach Aussage der Patres eine Art letzter Verfügung durch den Verstorbenen getroffen worden sei; wir hatten aber diese wie die ganze übrige Hinterlassenschaft, die man uns angekündigt, noch immer nicht erhalten. Meine Großmutter sah sich daher nicht nur der völligen Ungewißheit, sondern auch der Unmöglichkeit gegenüber, selbst irgendwelche Schritte einzuleiten, die sie über meine Zukunft beruhigt hätten, denn sie mußte ja fürchten, mit solchen die etwaigen Bestimmungen meines Vaters zu durchkreuzen. Da es nicht feststand, ob ihr eigener Brief, in dem sie ihm den Zustand meiner Tante Edel geschildert hatte, noch in die Hände des Lebenden gelangt war, so lag es durchaus nahe, daß mein Vater, in Anerkennung der Wünsche meiner verstorbenen Mutter, seiner einstigen Braut die Vormundschaft übertragen hatte, ein Gedanke, welcher meiner Großmutter nahezu unerträglich dünkte. Sie war zu klarblickend, um sich durch die äußerliche Besserung im Zustand ihrer Tochter täuschen zu lassen, ja, sie sah meine Tante Edelgart geradezu als eine Art Tote an, deren Erstarrung sie mein junges Leben überantworten sollte. Und doch mußte sie darauf gefaßt sein, daß gerade dieses geschehen würde, was sie immer so dringend hatte vermeiden wollen. Sie, die lebenslang geherrscht und alle Dinge ihrem Willen und ihrer Einsicht unterworfen hatte, sie mußte nun mit gebundenen Händen hilflos dem Tode entgegenschreiten, ohne noch dasjenige ordnen zu dürfen, was ihr am meisten am Herzen lag. Das einzige, worin ihre qualvolle Lage sie nicht beschränkte, war das Bemühen, meine eigene Kraft nach Möglichkeit zu stärken, um sie gegen alles etwa Kommende zu wappnen.

Damals wurde Rom für mich das Testament und Vermächtnis meiner teuren Großmutter. Es war, als schriebe sie ihre Liebe noch einmal in jede Straße und auf jeden Platz ein, legte sie feierlich wie einen Lorbeerkranz vor jeder Säule, jeder Statue nieder, damit ich dereinst, wenn sie nicht mehr sein würde, an diesen erhabenen Gegenständen ihrer Verehrung Trost und Stärke finden möchte. Ja, es war, als verbrenne sie geradezu ihre letzte Geisteskraft, um mich noch einmal auf alles hinzuweisen, was ihr verpflichtend und groß galt. Aber wie schwer sollte ihr diese ihre letzte Liebesabsicht noch werden!

Wir wuchsen damals zu einer Innigkeit zusammen, die viel tiefer war als jede frühere. Die eigentliche Weichheit der dem Tode Verfallenen, meine eigene Fürsorge und erhöhte Zärtlichkeit für die Schwache und Leidende, das Bewußtsein, ihr jetzt den einzigen und liebsten Menschen zu bedeuten – und vielleicht sogar doch die unbewußte Ahnung dessen, was man mir noch verbarg: – das alles gab unserem Verkehr von beiden Seiten eine Zartheit ohnegleichen. Alles, was wir sprachen und schwiegen, war wie eine leise Berührung im Allertiefsten und ließ Möglichkeiten des Wissens und der Mitteilung zu, die es sonst nicht gab.

Ich litt damals beständig an meinem Abschied von Enzio. Zuweilen fühlte ich die Entfernung von ihm, wie im letzten Augenblick unseres Scheidens, als Liebe, zumeist aber als schmerzliche Wunde in meinem Herzen, als Dürre in meinem Blut, als Leere in meinem Leben, und manchmal auch als grübelndes Rätsel in meinem Geist, welches scheu an die Geheimnisse aller menschlichen Gefühle und Zustände streifte. Meine Großmutter und ich sprachen von alledem nie; sie vermied mit absoluter Strenge, sowohl Enzios Namen wie den seiner

Mutter auszusprechen, und doch stieg das liebevolle Wissen dessen, was mich bedrückte, immer wieder in ihren Worten herauf, so als höbe sie den Schleier von etwas, das gleicherweise tief verschleiert blieb. Und ich – wie oft hätte ich ihr in solchen Augenblicken die Hand küssen mögen, aber ebensooft unterließ ich es aus Ehrfurcht vor ihrem eigenen Schicksal.

Meine Großmutter nämlich unternahm damals den unaussprechlich rührenden Versuch, mir Einblick in ihre eigenen Kämpfe und Siege zu gewähren (ach, jene von ihr sonst niemals als solche anerkannten!), nur um dadurch den Balsam zu gewinnen, der mir in meiner Sehnsucht nach dem jungen Freunde helfen konnte. Ich erinnere mich noch, wie sie einmal auf der Rückfahrt vom Pincio das Auto bei der Fontana Trevi halten ließ. Die kleine, enge Piazza, menschenbelebt und abendlich umdämmert, erschien fast wie das dunkle Gemach eines nächtlich vor Anker liegenden Schiffes, an dessen Bug die jauchzenden Gewässer schäumen. Sie ließ sich von mir behutsamen Fußes die Stufen zu ihnen hinabführen; der kühle, sprühende Rausch, der so übermütig zwischen dem Steingetrümmer hervorschoß, tat unseren Stirnen wohl, auf denen noch der Druck des verschwülten Tages lag.

Plötzlich fragte mich meine Großmutter, ob ich eigentlich schon aus der Fontana Trevi getrunken habe; ich wisse doch, wer dieses Wasser koste, könne Rom nie vergessen und müsse immer wieder hierher zurückkehren.

Es durchzuckte mich flüchtig, ob sie vielleicht doch noch den Ärzten folgen und sich für einige Zeit von Rom trennen wolle. Aber dann begriff ich, daß ja nur ich trinken sollte. Ein wenig beklommen fragte ich, ob sie denn glaube, daß ich Rom verlassen werde, oder, wenn es geschähe, daß ich es vergessen könne, und ob sie denn nicht selbst meine Fontana Trevi sei? Sie erwiderte leichthin, denn sie wollte mich nicht merken lassen, daß sie etwas Schweres meinte: auf jeden Fall möge ich nun einmal trinken.

Als wir dann wieder im Auto saßen, begann sie über Rom zu sprechen: man solle sich in gewissen Zeiten des Lebens erinnern, daß es eine Ewige Stadt gebe. Es sei auch für den Nichtchristen etwas Friedebringendes und fast Gnadenhaftes um sie.

Wie diese Stadt einst die Nationen aus aller Welt gesammelt und ihnen ein gemeinsames, höheres Vaterland gegeben habe, so löse sie den Einzelnen aus den allzu engen Verhaftungen seiner selbst und erhebe ihn in ein größeres Sein. Im Angesicht Roms verschwinde das eigene Schicksal, aber nicht als Untergang, wie einige meinten (sie vermied auch hier, den Namen Enzios zu nennen), sondern Rom sei eine große Heimat der Form, und alles, was überhaupt die Fähigkeit habe, gestaltet zu werden, das werde hier auch zur unverlierbaren Gestalt. – ...

Thomas Mann

Aus der Erzählung »Mario und der Zauberer. Ein tragisches Reiseerlebnis«

...Zu diesem Zeitpunkt also zeigte Cipolla sich an. Cavaliere Cipolla, wie er auf den Plakaten genannt war, die eines Tages überall, auch im Speisesaal der Pensione Eleonora, sich angeschlagen fanden, – ein fahrender Virtuose, ein Unterhaltungskünstler, Forzatore, Illusionista und Prestidigitatore (so bezeichnete er sich), welcher dem hochansehnlichen Publikum von Torre di Venere mit einigen außerordentlichen Phänomenen geheimnisvoller und verblüffender Art aufzuwarten beabsichtigte. Ein Zauberkünstler! Die Ankündigung genügte, unseren Kleinen den Kopf zu verdrehen. Sie hatten noch nie einer solchen Darbietung beigewohnt, diese Ferienreise sollte ihnen die unbekannte Aufregung bescheren. Von Stund an lagen sie uns in den Ohren, für den Abend des Taschenspielers Eintrittskarten zu nehmen, und obgleich uns die späte Anfangsstunde der Veranstaltung, neun Uhr, von vornherein Bedenken machte, gaben wir in der Erwägung nach, daß wir ja nach einiger Kenntnisnahme von Cipolla's wahrscheinlich bescheidenen Künsten nach Hause gehen, daß auch die Kinder am folgenden Morgen ausschlafen könnten, und erstanden von Signora Angiolieri selbst, die eine Anzahl von Vorzugsplätzen für ihre Gäste in Kommission hatte, unsere vier Karten. Sie konnte für solide Leistungen des Mannes nicht gutsagen, und wir versahen uns solcher kaum; aber ein gewisses Zerstreuungsbedürfnis empfanden wir selbst, und die dringende Neugier der Kinder bewährte eine Art von Ansteckungskraft.

Das Lokal, in dem der Cavaliere sich vorstellen sollte, war ein Saalbau, der während der Hochsaison zu wöchentlich wechselnden Cinema-Vorführungen gedient hatte. Wir waren nie dort gewesen. Man gelangte dahin, indem man, vorbei am »Palazzo«, einem übrigens verkäuflichen, kastellartigen Gemäuer aus herrschaftlichen Zeiten, die Hauptstraße des Ortes verfolgte, an der auch die Apotheke, der Coiffeur, die gebräuchlichsten Einkaufsläden zu finden waren, und die gleichsam vom Feudalen über das Bürgerliche ins Volkstümliche führte; denn sie lief zwischen ärmlichen Fischerwohnungen aus, vor deren Türen alte Weiber Netze flickten, und hier, schon im Populären, lag die »Sala«, nichts Besseres eigentlich als eine allerdings geräumige Bretterbude, deren torähnlicher Eingang zu beiden Seiten mit buntfarbigen und übereinandergeklebten Plakaten geschmückt war. Einige Zeit nach dem Diner also, am angesetzten Tage, pilgerten wir im Dunklen dorthin, die Kinder in festlichem Kleidchen und Anzug, beglückt von so viel Ausnahme. Es war schwül wie seit Tagen, es wetterleuchtete manchmal und regnete etwas. Wir gingen unter Schirmen. Es war eine Viertelstunde Weges.

Im Durchgange kontrolliert, hatten wir unsere Plätze selbst aufzusuchen. Sie fanden sich in der dritten Bank links, und indem wir uns niederließen, mußten wir bemerken, daß man die ohnedies bedenkliche Anfangsstunde auch noch lax behandelte: nur sehr allmählich begann ein Publikum, das es darauf ankommen zu lassen schien, zu spät zu kommen, das Parterre zu besetzen, auf welches, da keine Logen vorhanden waren, der Zuschauerraum sich beschränkte. Diese Säumigkeit machte uns etwas besorgt. Den Kindern färbte schon jetzt eine mit Erwartung hektisch gemischte Müdigkeit die Wangen. Einzig die Stehplätze in den Seitengängen und im Hintergrunde waren bei unserer Ankunft schon komplett. Es stand da, halbnackte Arme auf gestreifter Trikotbrust verschränkt, allerlei autochthone Männlichkeit von Torre di Venere, Fischervolk, unternehmend blickende junge Burschen; und wenn wir mit der Anwesenheit dieser eingesessenen Volkstümlichkeit, die solchen Veranstaltungen erst Farbe und Humor verleiht, sehr einverstanden waren, so zeigten die Kinder sich entzückt davon. Denn sie hatten Freunde unter diesen Leuten, Bekanntschaften, die sie auf nachmittäglichen Spaziergängen am entfernteren Strande gemacht. Oft, um die Stunde, wenn die Sonne, müde ihrer gewaltigen Arbeit, ins Meer sank und den vordringenden Schaum der Brandung rötlich vergoldete, waren wir heimkehrend auf bloßbeinige Fischergruppen gestoßen, die in Reihen stemmend und ziehend, unter gedehnten Rufen ihre Netze eingeholt, ihren meist dürftigen Fang an Frutti di mare in triefende Körbe geklaubt hatten; und die Kleinen hatten ihnen zugesehen, ihre italienischen Brocken an den Mann gebracht, beim Strickziehen geholfen, Kameradschaft geschlossen. Jetzt tauschten sie Grüße mit der Sphäre der Stehplätze, da war Guiscardo, da war Antonio, sie kannten die Namen, riefen sie winkend mit halber Stimme hinüber und bekamen ein Kopfnicken, ein Lachen sehr gesunder Zähne zur Antwort. Sieh doch, da ist sogar Mario vom »Esquisito«, Mario, der uns die Schokolade bringt! Auch er will den Zauberer sehen, und er muß früh gekommen sein, er steht fast vorn, aber er bemerkt uns nicht, er gibt nicht acht, das ist so seine Art, obgleich er ein Kellnerbursche ist. Dafür winken wir dem Manne zu, der am Strande die Paddelboote vermietet, und der auch da steht, ganz hinten.

Es wurde neun ein Viertel, es wurde beinahe halb zehn Uhr. Sie begreifen unsere Nervosität. Wann würden die Kinder ins Bett kommen? Es war ein Fehler gewesen, sie herzuführen, denn ihnen zuzumuten, den Genuß abzubrechen, kaum daß er recht begonnen, würde sehr hart sein. Mit der Zeit hatte das Parkett sich gut gefüllt; ganz Torre war da, so konnte man sagen, die Gäste des Grand Hôtel, die Gäste der Villa Eleonora und anderer Pensionen, bekannte Gesichter vom Strande. Man hörte Englisch und Deutsch. Man hörte das Französisch, das etwa Rumänen mit Italienern sprechen. Mme. Angiolieri selbst saß zwei Reihen hinter uns an der Seite ihres stillen und glatzköpfigen Gatten, der mit zwei mittleren Fingern seiner Rechten seinen Schnurrbart strich. Alle waren spät gekommen, aber niemand zu spät; Cipolla ließ auf sich warten.

Er ließ auf sich warten, das ist wohl der richtige Ausdruck. Er erhöhte die Spannung durch die Verzögerung seines Auftretens. Auch hatte man Sinn für diese Manier, aber nicht ohne Grenzen. Gegen halb zehn Uhr begann das Publikum zu applaudieren, – eine liebenswürdige Form, rechtmäßige Ungeduld zu äußern, da sie zugleich Beifallslust zum Ausdruck bringt. Für die Kleinen gehörte es schon zum Vergnügen, sich daran zu beteiligen. Alle Kinder lieben es, Beifall zu klatschen. Aus der populären Sphäre rief es energisch: »Pronti!« und »Cominciamo!« Und siehe, wie es zu gehen pflegt: Auf einmal war der Beginn, welche Hindernisse ihm nun solange entgegengestanden haben mochten, leicht zu ermöglichen. Ein Gongschlag ertönte, der von den Stehplätzen mit mehrstimmigem Ah! beantwortet wurde, und die Gardine ging auseinander. Sie enthüllte ein Podium, das nach seiner Ausstattung eher einer Schulstube als dem Wirkungsfeld eines Taschenspielers glich, und zwar namentlich dank der schwarzen Wandtafel, die auf einer Staffelei links im Vordergrunde stand. Sonst waren noch ein gewöhnlicher gelber Kleiderständer, ein paar landesübliche Strohstühle und, weiter im Hintergrunde, ein Rundtischchen zu sehen, auf dem eine Wasserflasche mit Glas und, auf besonderem Tablett, ein Flakon voll hellgelber Flüssigkeit nebst Likörgläschen standen. Man hatte noch zwei Sekunden Zeit, diese Utensilien ins Auge zu fassen. Dann, ohne daß das Haus sich verdunkelt hätte, hielt Cavaliere Cipolla seinen Auftritt.

Er kam in jenem Geschwindschritt herein, in dem Erbötigkeit gegen das Publikum sich ausdrückt und der die Täuschung erweckt, als habe der Ankommende in diesem Tempo schon eine weite Strecke zurückgelegt, um vor das Angesicht der Menge zu gelangen, während er doch eben noch in der Kulisse stand. Der Anzug Cipolla's unterstützte die Fiktion des Von-außenher-Eintreffens. Ein Mann schwer bestimmbaren Alters, aber keineswegs mehr jung, mit scharfem, zerrüttetem Gesicht, stechenden Augen, faltig verschlossenen Munde, kleinem, schwarz gewichstem Schnurrbärtchen und einer sogenannten Fliege in der Vertiefung zwischen Unterlippe und Kinn, war er in eine Art von komplizierter Abendstraßeneleganz gekleidet. Er trug einen weiten schwarzen und ärmellosen Radmantel mit Samtkragen und atlasgefütterter Pelerine, den er mit den weiß behandschuhten Händen bei behinderter Lage der Arme vorn zusammenhielt, einen weißen Schal um den Hals und einen geschweiften, schief in die Stirne gerückten Zylinderhut. Vielleicht mehr als irgendwo ist in Italien das achtzehnte Jahrhundert noch lebendig und mit ihm der Typus des Scharlatans, des marktschreierischen Possenreißers, der für diese Epoche so charakteristisch war, und dem man nur in Italien noch in ziemlich wohl erhaltenen Beispielen begegnen kann. Cipolla hatte in seinem Gesamthabitus viel von diesem historischen Schlage, und der Eindruck reklamehafter und phantastischer Narretei, die zum Bilde gehört, wurde schon dadurch erweckt, daß die anspruchsvolle Kleidung ihm sonderbar, hier falsch gestrafft und dort in falschen Falten, am Leibe saß oder gleichsam daran aufgehängt war: Irgend etwas war mit seiner Figur nicht in Ordnung, vorn nicht und hinten nicht, – später wurde das deutlicher. Aber ich muß betonen, daß von persönlicher Scherzhaftigkeit oder gar Clownerie in seiner Haltung, seinen Mienen, seinem Benehmen nicht im geringsten die Rede sein konnte; vielmehr sprachen strenge Ernsthaftigkeit, Ablehnung alles Humoristischen, ein gelegentlich übellauniger Stolz, auch jene gewisse Würde und Selbstgefälligkeit des Krüppels daraus, – was freilich nicht hinderte, daß sein Verhalten anfangs an mehreren Stellen des Saales Lachen hervorrief.

Dies Verhalten hatte nichts Dienstfertiges mehr; die Raschheit seiner Auftrittsschritte stellte sich als reine Energieäußerung heraus, an der Unterwürfigkeit keinen Teil gehabt hatte. An der Rampe stehend und sich mit lässigem Zupfen seiner Handschuhe entledigend, wobei er lange und gelbliche Hände entblößte, deren eine ein Siegelring mit hochragendem Lasurstein schmückte, ließ er seine kleinen strengen Augen, mit schlaffen Säcken darunter, musternd durch den Saal schweifen, nicht rasch, sondern indem er hie und da auf einem Gesicht in überlegener Prüfung verweilte – verkniffenen Mundes, ohne ein Wort zu sprechen. Die zusammengerollten Handschuhe warf er mit ebenso erstaunlicher wie beiläufiger Geschicklichkeit über eine bedeutende Entfernung hin genau in das Wasserglas auf dem Rundtischchen und holte dann, immer stumm umherblickend, aus irgendwelcher inneren Tasche ein Päckchen Zigaretten hervor, die billigste Sorte der Regie, wie man am Karton erkannte, zog mit spitzen Fingern eine aus dem Bündel und entzündete sie, ohne hinzusehen, mit einem prompt funktionierenden Benzinfeuerzeug. Den tief eingeatmeten Rauch stieß er, arrogant grimassierend, beide Lippen zurückgezogen, dabei mit einem Fuße leise aufklopfend, als grauen Sprudel zwischen seinen schadhaft abgenutzten, spitzigen Zähnen hervor.

Das Publikum beobachtete ihn so scharf, wie es sich von ihm durchmustert sah. Bei den jungen Leuten auf den Stehplätzen sah man zusammengezogene Brauen und bohrende, nach einer Blöße spähende Blicke, die dieser allzu Sichere sich geben würde. Er gab sich keine. Das Hervorholen und Wiederverwahren des Zigarettenpäckchens und des Feuerzeuges war umständlich dank seiner Kleidung; er raffte dabei den Abendmantel zurück, und man sah, daß ihm über dem linken Unterarm an einer Lederschlinge unpassenderweise eine Reitpeitsche mit klauenartiger silberner Krücke hing. Man bemerkte ferner, daß er keinen Frack, sondern einen Gehrock trug, und da er auch diesen aufhob, erblickte man eine mehrfarbige, halb von der Weste verdeckte Schärpe, die Cipolla um den Leib trug, und die hinter uns sitzende Zuschauer in halblautem Austausch für das Abzeichen des Cavaliere hielten. Ich lasse das dahingestellt, denn ich habe nie gehört, daß mit dem Cavalieretitel ein derartiges Abzeichen verbunden ist. Vielleicht war die Schärpe reiner Humbug, so gut wie das wortlose Dastehen des Gauklers, der immer noch nichts tat, als dem Publikum lässig und wichtig seine Zigarette vorzurauchen.

Man lachte, wie gesagt, und die Heiterkeit wurde fast allgemein, als eine Stimme im Stehparterre laut und trocken »Buona sera!« sagte.

Cipolla horchte hoch auf. »Wer war das?« fragte er gleichsam zugreifend. »Wer hat soeben gesprochen? Nun? Zuerst so keck und nun bange? Paura, eh?« Er sprach mit ziemlich hoher, etwas asthmatischer, aber metallischer Stimme. Er wartete.

»Ich war's«, sagte in die Stille hinein der junge Mann, der sich so herausgefordert und bei der Ehre genommen sah, – ein schöner Bursche gleich neben uns, im Baumwollhemd, die Jacke über eine Schulter gehängt. Er trug sein schwarzes, starres Kraushaar hoch und wild, die Modefrisur des erweckten Vaterlandes, die ihn etwas entstellte und afrikanisch anmutete. »Bè... Das war ich. Es wäre Ihre Sache gewesen, aber ich zeigte Entgegenkommen.«

Die Heiterkeit erneuerte sich. Der Junge war nicht auf den

Mund gefallen. »Ha sciolto lo scilinguagnolo«, äußerte man neben uns. Die populäre Lektion war schließlich am Platze gewesen.

»Ah bravo!« antwortete Cipolla. »Du gefällst mir, Giovanotto. Willst du glauben, daß ich dich längst gesehen habe? Solche Leute, wie du, haben meine besondere Sympathie, ich kann sie brauchen. Offenbar bist du ein ganzer Kerl. Du tust, was du willst. Oder hast du schon einmal nicht getan, was du wolltest? Oder gar getan, was du nicht wolltest? Was nicht du wolltest? Höre, mein Freund, es müßte bequem und lustig sein, nicht immer so den ganzen Kerl spielen und für beides aufkommen zu müssen, das Wollen und das Tun. Arbeitsteilung müßte da einmal eintreten – sistema americano, sa'. Willst du zum Beispiel jetzt dieser gewählten und verehrungswürdigen Gesellschaft hier die Zunge zeigen, und zwar die ganze Zunge bis zur Wurzel?«

»Nein«, sagte der Bursche feindselig. »Das will ich nicht. Es würde von wenig Erziehung zeugen.«

»Es würde von gar nichts zeugen«, erwiderte Cipolla, »denn du *tätest* es ja nur. Deine Erziehung in Ehren, aber meiner Meinung nach wirst du jetzt, ehe ich bis drei zähle, eine Rechtswendung ausführen und der Gesellschaft die Zunge herausstrekken, länger, als du gewußt hattest, daß du sie herausstrecken könntest.«

Er sah ihn an, wobei seine stechenden Augen tiefer in die Höhlen zu sinken schienen. »Uno«, sagte er und ließ seine Reitpeitsche, deren Schlinge er vom Arme hatte gleiten lassen, einmal kurz durch die Luft pfeifen. Der Bursche machte Front gegen das Publikum und streckte die Zunge so angestrengt-überlang heraus, daß man sah, es war das Äußerste, was er an Zungenlänge nur irgend zu bieten hatte. Dann nahm er mit nichtssagendem Gesicht wieder seine frühere Stellung ein.

»Ich war's«, parodierte Cipolla, indem er zwinkernd mit dem Kopf auf den Jungen deutete. »Bè... das war ich.« Damit wandte er sich, das Publikum seinen Eindrücken überlassend, zum Rundtischchen, goß sich aus dem Flakon, das offenbar Kognak enthielt, ein Gläschen ein und kippte es geübt.

Die Kinder lachten von Herzen. Von den gewechselten Worten hatten sie fast nichts verstanden; daß aber zwischen dem kuriosen Mann dort oben und jemandem aus dem Publikum gleich etwas so Drolliges vor sich gegangen war, amüsierte sie höchlichst, und da sie von den Darbietungen eines Abends, wie er verheißen war, keine bestimmte Vorstellung hatten, waren sie bereit, diesen Anfang köstlich zu finden. Was uns betraf, so tauschten wir einen Blick, und ich erinnere mich, daß ich unwillkürlich mit den Lippen leise das Geräusch nachahmte, mit dem Cipolla seine Reitpeitsche hatte durch die Luft fahren lassen. Übrigens war klar, daß die Leute nicht wußten, was sie aus einer so ungereimten Eröffnung einer Taschenspielersoiree machen sollten, und nicht recht begriffen, was den Giovanotto, der doch sozusagen ihre Sache geführt hatte, plötzlich hatte bestimmen können, seine Keckheit gegen sie, das Publikum, zu wenden. Man fand sein Benehmen läppisch, kümmerte sich nicht weiter um ihn und wandte seine Aufmerksamkeit dem Künstler zu, der, vom Stärkungstischchen zurückkehrend, folgendermaßen zu sprechen fortfuhr: »Meine Damen und Herren«, sagte er mit seiner asthmatisch-metallischen Stimme, »Sie sahen mich soeben etwas empfindlich gegen die Belehrung, die dieser hoffnungsvolle junge Linguist« (»questo linguista di belle speranze« – man lachte über das Wortspiel) »mir erteilen zu sollen glaubte. Ich bin ein Mann von einiger Eigenliebe, nehmen Sie das in Kauf! Ich finde keinen Geschmack daran, mir anders als ernsthaften und höflichen Sinnes guten Abend wünschen zu lassen, – es in entgegengesetztem Sinne zu tun, besteht wenig Anlaß. Indem man mir einen guten Abend wünscht, wünscht man sich selber einen, denn das Publikum wird nur in dem Falle einen guten Abend haben, daß ich einen habe, und darum tat dieser Liebling der Mädchen von Torre di Venere« (er hörte nicht auf, gegen den Burschen zu sticheln) »sehr wohl daran, sogleich einen Beweis dafür zu geben, daß ich heute einen habe und also auf seine Wünsche verzichten kann. Ich darf mich rühmen, fast lauter gute Abende zu haben. Ein schlechterer läuft wohl einmal mit unter, doch ist das selten. Mein Beruf ist schwer und meine Gesundheit nicht die robusteste; ich habe einen kleinen Leibesschaden zu beklagen, der mich außerstand gesetzt hat, am Kriege für die Größe des Vaterlandes teilzunehmen. Allein mit den Kräften meiner Seele und meines Geistes meistere ich das Leben, was ja immer nur heißt: sich selbst bemeistern, und schmeichle mir, mit meiner Arbeit die achtungsvolle Anteilnahme der gebildeten Öffentlichkeit erregt zu haben. Die führende Presse hat diese Arbeit zu schätzen gewußt, der Corriere della Sera erwies mir soviel Gerechtigkeit, mich ein Phänomen zu nennen, und in Rom hatte ich die Ehre, den Bruder des Duce unter den Besuchern eines der Abende zu sehen, die ich dort veranstaltete. Kleiner Gewohnheiten, die man mir an so glänzender und erhabener Stelle nachzusehen die Gewogenheit hatte, glaubte ich mich an einem vergleichsweise immerhin weniger bedeutenden Platz wie Torre di Venere« (man lachte auf Kosten des armen kleinen Torre) »nicht eigens entschlagen und nicht dulden zu sollen, daß Personen, die durch die Gunst des weiblichen Geschlechtes etwas verwöhnt scheinen, sie mir verweisen.« Jetzt hatte wieder der Bursche die Zeche zu zahlen, den Cipolla nicht müde wurde in der Rolle des donnaiuolo und ländlichen Hahnes im Korbe vorzuführen, – wobei die zähe Empfindlichkeit und Animosität, mit der er auf ihn zurückkam, in auffälligem Mißverhältnis zu den Äußerungen seines Selbstgefühles und zu den mondänen Erfolgen stand, deren er sich rühmte. Gewiß mußte der Jüngling einfach als Belustigungsthema herhalten, wie Cipolla sich jeden Abend eines herauszugreifen und aufs Korn zu nehmen gewohnt sein mochte. Aber es sprach aus seinen Spitzen doch auch echte Gehässigkeit, über deren menschlichen Sinn ein Blick auf die Körperlichkeit beider belehrt haben würde, auch wenn der Verwachsene nicht beständig auf das ohne weiteres vorausgesetzte Glück des hübschen Jungen bei den Frauen angespielt hätte.

»Damit wir also unsere Unterhaltung beginnen«, setzte er hinzu, »erlauben Sie, daß ich es mir bequemer mache!«

Und er ging zum Kleiderständer, um abzulegen.

»Parla benissimo«, stellte man in unserer Nähe fest. Der Mann hatte noch nichts geleistet, aber sein Sprechen allein ward als Leistung gewürdigt, er hatte damit zu imponieren gewußt. Unter Südländern ist die Sprache ein Ingredienz der Lebensfreude, dem man weit lebhaftere gesellschaftliche Schätzung entgegenbringt, als der Norden sie kennt. Es sind vorbildliche Ehren, in denen das nationale Bindemittel der Muttersprache bei diesen Völkern steht, und etwas heiter Vorbildliches hat die genußreiche Ehrfurcht, mit der man ihre Formen und Lautgesetze betreut. Man spricht mit Vergnügen, man hört mit Vergnügen – und man hört mit Urteil. Denn es gilt als Maßstab für den persönlichen Rang, wie einer spricht; Nachlässigkeit, Stümperei erregen Verachtung, Eleganz und Meisterschaft verschaffen menschliches Ansehen, weshalb auch der kleine Mann, sobald es ihm um seine Wirkung zu tun ist, sich in gewählten Wendungen versucht und sie mit Sorgfalt gestaltet. In dieser Hinsicht also wenigstens hatte Cipolla sichtlich für sich eingenommen, obgleich er keineswegs dem Menschenschlag angehörte, den der Italiener, in eigentümlicher Mischung moralischen und ästhetischen Urteils, als »Simpatico« anspricht.

Nachdem er seinen Seidenhut, seinen Schal und Mantel abgetan, kam er, im Rock sich zurechtrückend, die mit großen Knöpfen verschlossenen Manschetten hervorziehend und an seiner Humbugschärpe ordnend, wieder nach vorn. Er hatte sehr häßliches Haar, das heißt: sein oberer Schädel war fast kahl, und nur eine schmale, schwarz gewichste Scheitelfrisur lief, wie angeklebt, vom Wirbel nach vorn, während das Schläfenhaar, ebenfalls geschwärzt, seitlich zu den Augenwinkeln hingestrichen war –, die Haartracht etwa eines altmodischen Zirkusdirektors, lächerlich, aber durchaus zum ausgefallenen Persönlichkeitsstil passend und mit so viel Selbstsicherheit getragen, daß die öffentliche Empfindlichkeit gegen ihre Komik verhalten und stumm blieb. Der »kleine Leibesschaden«, von dem er vorbeugend gesprochen hatte, war jetzt nur allzu deutlich sichtbar, wenn auch immer noch nicht ganz klar nach seiner Beschaffenheit: die Brust war zu hoch, wie gewohnt in solchen Fällen, aber der Verdruß im Rücken schien nicht an der gewohnten Stelle, zwischen den Schultern, zu sitzen, sondern tiefer, als eine Art Hüft- und Gesäßbuckel, der den Gang zwar nicht behinderte, aber ihn grotesk und bei jedem Schritt sonderbar ausladend gestaltete. Übrigens war der Unzuträglichkeit durch ihre Erwähnung gleichsam die Spitze abgebrochen worden, und zivilisiertes Feingefühl beherrschte angesichts ihrer spürbar den Saal.

»Zu Ihren Diensten!« sagte Cipolla. »Ihr Einverständnis vorausgesetzt, werden wir unser Programm mit einigen arithmetischen Übungen beginnen.«

Arithmetik? Das sah nicht nach Zauberkunststücken aus. Die Vermutung regte sich schon, daß der Mann unter falscher Flagge segelte; nur welches seine richtige war, blieb undeutlich. Die Kinder begannen mir leid zu tun; aber für den Augenblick waren sie einfach glücklich, dabei zu sein.

Das Zahlenspiel, das Cipolla nun anstellte, war ebenso einfach wie durch seine Pointe verblüffend. Er fing damit an, ein Blatt Papier mit einem Reißstift an der oberen rechten Ecke der Tafel zu befestigen und, indem er es hochhob, mit Kreide etwas aufs Holz zu schreiben. Er redete unausgesetzt dabei, besorgt, seine Darbietungen durch immerwährende sprachliche Begleitung und Unterstützung vor Trockenheit zu bewahren, wobei er sich selbst ein zungengewandter und keinen Augenblick um einen plauderhaften Einfall verlegener Conférencier war. Daß er sogleich damit fortfuhr, die Kluft zwischen Podium und Zuschauerraum aufzuheben, die schon durch das sonderbare Geplänkel mit dem Fischerburschen überbrückt worden war; daß er also Vertreter des Publikums auf die Bühne nötigte und seinerseits über die hölzernen Stufen, die dort hinaufführten, herunterkam, um persönliche Berührung mit seinen Gästen zu suchen, gehörte zu seinem Arbeitsstil und gefiel den Kindern sehr. Ich weiß nicht, wieweit die Tatsache, daß er dabei sofort wieder in Häkeleien mit Einzelpersonen geriet, in seinen Absichten und seinem System lag, obgleich er sehr ernst und verdrießlich dabei blieb, – das Publikum, wenigstens in seinen volkstümlichen Elementen, schien jedenfalls der Meinung zu sein, daß dergleichen zur Sache gehöre.

Nachdem er nämlich ausgeschrieben und das Geschriebene unter dem Blatt Papier verheimlicht hatte, drückte er den Wunsch aus, zwei Personen möchten aufs Podium kommen, um beim Ausführen der bevorstehenden Rechnung behilflich zu sein. Das biete keine Schwierigkeiten, auch rechnerisch weniger Begabte seien ohne weiteres geeignet dazu. Wie gewöhnlich meldete sich niemand, und Cipolla hütete sich, den vornehmen Teil seines Publikums zu belästigen. Er hielt sich ans Volk und wandte sich an zwei lümmelstarke Burschen auf Stehplätzen im Hintergrunde des Saales, forderte sie heraus, sprach ihnen Mut zu, fand es tadelnswert, daß sie nur müßig gaffen und der Gesellschaft sich nicht gefällig erweisen wollten, und setzte sie wirklich in Bewegung. Mit plumpen Tritten kamen sie durch den Mittelgang nach vorn, erstiegen die Stufen und stellten sich, linkisch grinsend, unter den Bravi-Rufen ihrer Kameradschaft vor der Tafel auf. Cipolla scherzte noch ein paar Augenblicke mit ihnen, lobte die heroische Festigkeit ihrer Gliedmaßen, die Größe ihrer Hände, die ganz geschaffen seien, der Versammlung den erbetenen Dienst zu leisten, und gab dann dem einen den Kreidegriffel in die Hand mit der Weisung, einfach die Zahlen nachzuschreiben, die ihm würden zugerufen werden. Aber der Mensch erklärte, nicht schreiben zu können. »Non so scrivere«, sagte er mit grober Stimme, und sein Genosse fügte hinzu: »Ich auch nicht.«

Gott weiß, ob sie die Wahrheit sprachen oder sich nur über Cipolla lustig machen wollten. Jedenfalls war dieser weit entfernt, die Heiterkeit zu teilen, die ihr Geständnis erregte. Er war beleidigt und angewidert. Er saß in diesem Augenblick mit übergeschlagenem Bein auf einem Strohstuhl in der Mitte der Bühne und rauchte wieder eine Zigarette aus dem billigen Bündel, die ihm sichtlich desto besser mundete, als er, während die Trottel zum Podium stapften, einen zweiten Kognak zu sich genommen hatte. Wieder ließ er den tief eingezogenen Rauch zwischen den entblößten Zähnen ausströmen und blickte dabei, mit dem Fuße wippend, in strenger Ablehnung, wie ein Mann, der sich vor einer durchaus verächtlichen Erscheinung auf sich selbst und seine Würde zurückzieht, an den beiden fröhlichen Ehrlosen vorbei und auch über das Publikum hinweg ins Leere.

»Skandalös«, sagte er kalt und verbissen. »Geht an eure Plätze! Jedermann kann schreiben in Italien, dessen Größe der Unwissenheit und Finsternis keinen Raum bietet. Es ist ein schlechter Scherz, vor den Ohren dieser internationalen Gesellschaft eine Bezichtigung laut werden zu lassen, mit der ihr nicht nur euch selbst erniedrigt, sondern auch die Regierung und das Land dem Gerede aussetzt. Wenn wirklich Torre di Venere der letzte Winkel des Vaterlandes sein sollte, in den die Unkenntnis der Elementarwissenschaften sich geflüchtet hat, so müßte ich bedauern, einen Ort aufgesucht zu haben, von dem mir allerdings bekannt sein mußte, daß er an Bedeutung hinter Rom in dieser und jener Beziehung zurücksteht...«

Hier wurde er von dem Burschen mit der nubischen Haartracht und der Jacke über der Schulter unterbrochen, dessen Angriffslust, wie man nun sah, nur vorübergehend abgedankt hatte, und der sich erhobenen Hauptes zum Ritter seines Heimatstädtchens aufwarf.

»Genug!« sagte er laut. »Genug der Witze über Torre. Wir alle sind von hier und werden nicht dulden, daß man die Stadt vor den Fremden verhöhnt. Auch diese beiden Leute sind unsere Freunde. Wenn sie keine Gelehrten sind, so sind sie dafür rechtschaffenere Jungen als vielleicht mancher andere im Saal, der mit Rom prahlt, obgleich er es auch nicht gegründet hat.«

Das war ja ausgezeichnet. Der junge Mensch hatte wahrhaftig Haare auf den Zähnen. Man unterhielt sich bei dieser Art von Dramatik, obgleich sie den Eintritt ins eigentliche Programm mehr und mehr verzögerte. Einem Wortwechsel zuzuhören, ist immer fesselnd. Gewisse Menschen belustigt das einfach, und sie genießen aus einer Art von Schadenfreude ihr Nichtbeteiligtsein; andere empfinden Beklommenheit und Erregung, und ich verstehe sie sehr gut, wenn ich auch damals den Eindruck hatte, daß alles gewissermaßen auf Übereinkunft beruhte, und daß sowohl die beiden analphabetischen Dickhäuter wie auch der Giovanotto in der Jacke dem Künstler halb und halb zur Hand gingen, um Theater zu produzieren. Die Kinder lauschten mit vollem Genuß. Sie verstanden nichts, aber die Akzente hielten sie in Atem. Das war also ein Zauberabend, zum mindesten ein italienischer. Sie fanden es ausdrücklich sehr schön.

Cipolla war aufgestanden und mit zwei aus der Hüfte ladenden Schritten an die Rampe gekommen.

»Aber sieh ein bißchen!« sagte er mit grimmiger Herzlichkeit. »Ein alter Bekannter! Ein Jüngling, der das Herz auf der Zunge hat!« (Er sagte »sulla linguaccia«, was belegte Zunge heißt und große Heiterkeit hervorrief.) »Geht, meine Freunde!« wandte er sich an die beiden Tölpel. »Genug von euch, ich habe es jetzt mit diesem Ehrenmann zu tun, con questo torregiano di Venere, diesem Türmer der Venus, der sich zweifellos süßer Danksagungen versieht für seine Wachsamkeit...«

»Ah, non scherziamo! Reden wir ernst!« rief der Bursche. Seine Augen blitzten, und er machte wahrhaftig eine Bewegung, als wollte er die Jacke abwerfen und zur direktesten Auseinandersetzung übergehen.

Cipolla nahm das nicht tragisch. Anders als wir, die einander bedenklich ansahen, hatte der Cavaliere es mit einem Landsmann zu tun, hatte den Boden der Heimat unter den Füßen. Er blieb kalt, zeigte vollkommene Überlegenheit. Eine lächelnde Kopfbewegung seitlich gegen den Kampfhahn, den Blick ins Publikum gerichtet, rief dieses zum mitlächelnden Zeugen einer Rauflust auf, durch die der Gegner nur die Schlichtheit seiner Lebensform enthüllte. Und dann geschah abermals etwas Merkwürdiges, was jene Überlegenheit in ein unheimliches Licht setzte und die kriegerische Reizung, die von der Szene ausging, auf beschämende und unerklärliche Art ins Lächerliche zog.

Cipolla näherte sich dem Burschen noch mehr, wobei er ihm eigentümlich in die Augen sah. Er kam sogar die Stufen, die dort, links von uns, ins Auditorium führten, halbwegs herab, so daß er, etwas erhöht, dicht vor dem Streitbaren stand. Die Reitpeitsche hing an seinem Arm.

»Du bist nicht zu Scherzen aufgelegt, mein Sohn«, sagte er. »Das ist nur zu begreiflich, denn jedermann sieht, daß du nicht wohl bist. Schon deine Zunge, deren Reinheit zu wünschen übrigließ, deutete auf akute Unordnung des gastrischen Systems. Man sollte keine Abendunterhaltung besuchen, wenn man sich fühlt wie du, und du selbst, ich weiß es, hast geschwankt, ob du nicht besser tätest, ins Bett zu gehen und dir einen Leibwickel zu machen. Es war leichtsinnig, heute nachmittag so viel von diesem weißen Wein zu trinken, der schrecklich sauer war. Jetzt hast du die Kolik, daß du dich krümmen möchtest vor

Schmerzen. Tu's nur ungescheut! Es ist eine gewisse Linderung verbunden mit dieser Nachgiebigkeit des Körpers gegen den Krampf der Eingeweide.«

Indem er dies Wort für Wort mit ruhiger Eindringlichkeit und einer Art strenger Teilnahme sprach, schienen seine Augen, in die des jungen Menschen getaucht, über ihren Tränensäcken zugleich welk und brennend zu werden, – es waren sehr sonderbare Augen, und man verstand, daß sein Partner nicht nur aus Mannesstolz die seinen nicht von ihnen lösen mochte. Auch war von solchem Hochmut alsbald in seinem bronzierten Gesicht nichts mehr zu bemerken. Er sah den Cavaliere mit offenem Munde an, und dieser Mund lächelte in seiner Offenheit verstört und kläglich.

»Krümme dich!« wiederholte Cipolla. »Was bleibt dir anderes übrig? Bei solcher Kolik muß man sich krümmen. Du wirst dich doch gegen die natürliche Reflexbewegung nicht sträuben, nur, weil man sie dir empfiehlt.«

Der junge Mann hob langsam die Unterarme, und während er sie anpressend über dem Leibe kreuzte, verbog sich sein Körper, wandte sich seitlich vornüber, tiefer und tiefer, ging bei verstellten Füßen und gegeneinandergekehrten Knien in die Beuge, so daß er endlich, ein Bild verrenkter Pein, beinahe am Boden hockte. So ließ Cipolla ihn einige Sekunden stehen, tat dann mit der Reitpeitsche einen kurzen Hieb durch die Luft und kehrte ausladend zum Rundtischchen zurück, wo er einen Kognak kippte. [...]

Lassen Sie mich zusammenfassen: Dieser selbstbewußte Verwachsene war der stärkste Hypnotiseur, der mir in meinem Leben vorgekommen. Wenn er der Öffentlichkeit über die Natur seiner Vorführungen Sand in die Augen gestreut und sich als Geschicklichkeitskünstler angekündigt hatte, so hatten damit offenbar nur polizeiliche Bestimmungen umgangen werden sollen, die eine gewerbsmäßige Ausübung dieser Kräfte grundsätzlich verpönten. Vielleicht ist die formale Verschleierung in solchen Fällen landesüblich und amtlich geduldet oder halb geduldet. Jedenfalls hatte der Gaukler praktisch aus dem wahren Charakter seiner Wirkungen von Anfang an wenig Hehl gemacht, und die zweite Hälfte seines Programms nun war ganz offen und ausschließlich auf den Spezialversuch, die Demonstration der Willensentziehung und -aufnötigung, gestellt, wenn auch rein rednerisch immer noch die Umschreibung herrschte. In einer langwierigen Serie komischer, aufregender, erstaunlicher Versuche, die um Mitternacht noch in vollem Gange waren, bekam man vom Unscheinbaren bis zum Ungeheuerlichen alles zu sehen, was dies natürlich-unheimliche Feld an Phänomenen zu bieten hat, und den grotesken Einzelheiten folgte ein lachendes, kopfschüttelndes, sich aufs Knie schlagendes, applaudierendes Publikum, das deutlich im Bann einer Persönlichkeit von strenger Selbstsicherheit stand, obgleich es, wie mir wenigstens schien, nicht ohne widerspenstiges Gefühl für das eigentümlich Entehrende war, das für den einzelnen und für alle in Cipolla's Triumphen lag.

Zwei Dinge spielten die Hauptrolle bei diesen Triumphen: das Stärkungsgläschen und die Reitpeitsche mit dem Klauengriff. Das eine mußte immer wieder dazu dienen, seiner Dämonie einzuheizen, da sonst, wie es schien, Erschöpfung gedroht hätte; und das hätte menschlich besorgt stimmen können um den Mann, wenn nicht das andere, dies beleidigende Symbol seiner Herrschaft, gewesen wäre, diese pfeifende Fuchtel, unter die seine Anmaßung uns alle stellte, und deren Mitwirkung weichere Empfindungen als die einer verwunderten und vertrotzten Unterwerfung nicht aufkommen ließ. Vermißte er sie? Beanspruchte er auch noch unser Mitgefühl? Wollte er alles haben? Eine Äußerung von ihm prägte sich mir ein, die auf solche Eifersucht schließen ließ. Er tat sie, als er, auf dem Höhepunkt seiner Experimente, einen jungen Menschen, der sich ihm zur Verfügung gestellt und sich längst als besonders empfängliches Objekt dieser Einflüsse erwiesen, durch Striche und Anhauch vollkommen kataleptisch gemacht hatte, dergestalt, daß er den in Tiefschlaf Gebannten nicht nur mit Nacken und Füßen auf die Lehnen zweier Stühle legen, sondern sich ihm auch auf den Leib setzen konnte, ohne daß der brettstarre Körper nachgab. Der Anblick des Unholds im Salonrock, hockend auf der verholzten Gestalt, war unglaubwürdig und scheußlich, und das Publikum, in der Vorstellung, daß das Opfer dieser wissenschaftlichen Kurzweil leiden müsse, äußerte Erbarmen.

»Poveretto!« »Armer Kerl!« riefen gutmütige Stimmen. »Poveretto!« höhnte Cipolla erbittert. »Das ist falsch adressiert, meine Herrschaften! Sono io, il poveretto! Ich bin es, der das alles duldet.« Man steckte die Lehre ein. Gut, er selbst mochte es sein, der die Kosten der Unterhaltung trug und der vorstellungsweise auch die Leibschmerzen auf sich genommen haben mochte, von denen der Giovanotto die erbärmliche Grimasse lieferte. Aber der Augenschein sprach dagegen, und man ist nicht aufgelegt, Poveretto zu jemandem zu sagen, der für die Entwürdigung der anderen leidet.

Ich habe vorgegriffen und die Reihenfolge ganz beiseite geworfen. Mein Kopf ist noch heute voll von Erinnerungen an des Cavaliere Duldertaten, nur weiß ich nicht mehr Ordnung darin zu halten, und es kommt auf sie auch nicht an. Soviel aber weiß ich, daß die großen und umständlichen, die am meisten Beifall fanden, mir weniger Eindruck machten als gewisse kleine und rasch vorübergehende. Das Phänomen des Jungen als Sitzbank kam mir soeben nur der daran geknüpften Zurechtweisung wegen gleich in den Sinn... Daß aber eine ältere Dame, auf einem Strohstuhl schlafend, von Cipolla in die Illusion gewiegt wurde, sie mache eine Reise nach Indien, und aus der Trance sehr beweglich von ihren Abenteuern zu Wasser und zu Lande kündete, beschäftigte mich viel weniger, und ich fand es weniger toll, als daß, gleich nach der Pause, ein hoch und breit gebauter Herr militärischen Ansehens den Arm nicht mehr heben konnte, nur weil der Bucklige ihm ankündigte, er werde es nicht mehr tun können, und einmal seine Reitpeitsche dazu durch die Luft pfeifen ließ. Ich sehe noch immer das Gesicht dieses schnurrbärtig stattlichen Colonnello vor mir, dies lächelnde Zähnezusammenbeißen im Ringen nach einer eingebüßten Verfügungsfreiheit. Was für ein konfuser Vorgang! Er schien zu wollen und nicht zu können; aber er konnte wohl nur nicht wollen, und es waltete da jene die Freiheit lähmende Verstrickung des Willens in sich selbst, die unser Bändiger vorhin schon dem römischen Herrn höhnisch vorausgesagt hatte.

Noch weniger vergesse ich in ihrer rührenden und geisterhaften Komik die Szene mit Frau Angiolieri, deren ätherische Widerstandslosigkeit gegen seine Macht der Cavaliere gewiß schon bei seiner ersten dreisten Umschau im Saale erspäht hatte. Er zog sie durch pure Behexung buchstäblich von ihrem Stuhl empor, aus ihrer Reihe heraus mit sich fort, und dabei hatte er, um sein Licht besser leuchten zu lassen, Herrn Angiolieri aufgegeben, seine Frau mit Vornamen zu rufen, gleichsam um das Gewicht seines Daseins und seiner Rechte in die Waagschale zu werfen und mit der Stimme des Gatten alles in der Seele der Gefährtin wachzurufen, was ihre Tugend gegen bösen Zauber zu schützen vermochte. Doch wie vergeblich geschah es! Cipolla, in einiger Entfernung von dem Ehepaar, ließ einmal seine Peitsche pfeifen, mit der Wirkung, daß unsere Wirtin heftig zusammenzuckte und ihm ihr Gesicht zuwandte. »Sofronia!« rief Herr Angiolieri schon hier (wir hatten gar nicht gewußt, daß Frau Angiolieri Sofronia mit Vornamen hieß), und mit Recht begann er zu rufen, denn jedermann sah, daß Gefahr im Verzuge war: seiner Gattin Antlitz blieb unverwandt gegen den verfluchten Cavaliere gerichtet. Dieser nun, die Peitsche ans Handgelenk gehängt, begann mit allen seinen zehn langen und gelben Fingern winkende und ziehende Bewegungen gegen sein Opfer zu vollführen und schrittweise rückwärts zu gehen. Da stieg Frau Angiolieri in schimmernder Blässe von ihrem Sitze auf, wandte sich ganz nach der Seite des Beschwörers und fing an, ihm nachzuschweben. Geisterhafter und fataler Anblick! Mondsüchtigen Ausdrucks, die Arme steif, die schönen Hände etwas aus dem Gelenk erhoben und wie mit geschlossenen Füßen schien sie langsam aus ihrer Bank herauszugleiten, dem ziehenden Verführer nach ... »Rufen Sie, mein Herr, rufen Sie doch!« mahnte der Schreckliche. Und Herr Angiolieri rief mit schwacher Stimme: »Sofronia!« Ach, mehrmals rief er es noch, hob sogar, da sein Weib sich mehr und mehr von ihm entfernte, eine hohle Hand zum Munde und winkte mit der andern beim Rufen. Aber ohnmächtig verhallte die arme Stimme der Liebe und Pflicht im Rücken einer Verlorenen, und in mondsüchtigem Gleiten, berückt und taub, schwebte Frau Angiolieri dahin, in den Mittelgang, ihn entlang, gegen den fingernden Buckligen, auf die Ausgangstür zu. Der Eindruck war zwingend und vollkommen, daß sie ihrem Meister, wenn dieser gewollt hätte, so bis ans Ende der Welt gefolgt wäre.

»Accidente!« rief Herr Angiolieri in wirklichem Schrecken und sprang auf, als die Saaltür erreicht war. Aber im selben Augenblick ließ der Cavaliere den Siegeskranz gleichsam fallen und brach ab. »Genug, Signora, ich danke Ihnen«, sagte er und bot der aus Wolken zu sich Kommenden mit komödiantischer Ritterlichkeit den Arm, um sie Herrn Angiolieri wieder zuzuführen. »Mein Herr«, begrüßte er diesen, »hier ist Ihre Gemahlin! Unversehrt, nebst meinen Komplimenten, liefere ich sie in Ihre Hände zurück. Hüten Sie mit allen Kräften Ihrer Männlichkeit einen Schatz, der so ganz der Ihre ist, und befeuern Sie Ihre Wachsamkeit durch die Einsicht, daß es Mächte gibt, die stärker als Vernunft und Tugend und nur ausnahmsweise mit der Hochherzigkeit der Entsagung gepaart sind!«

Der arme Herr Angiolieri, still und kahl! Er sah nicht aus, als ob er sein Glück auch nur gegen minder dämonische Mächte zu schützen gewußt hätte, als diejenigen waren, die hier zum Schrecken auch noch den Hohn fügten. Gravitätisch und gebläht kehrte der Cavaliere aufs Podium zurück unter einem Beifall, dem seine Beredsamkeit doppelte Fülle verliehen hatte. Namentlich durch diesen Sieg, wenn ich mich nicht irre, war seine Autorität auf einen Grad gestiegen, daß er sein Publikum tanzen lassen konnte, – ja, tanzen. Das ist ganz wörtlich zu verstehen, und es brachte eine gewisse Ausartung, ein gewisses spätnächtliches Drunter und Drüber der Gemüter, eine trunkene Auflösung der kritischen Widerstände mit sich, die so lange dem Wirken des unangenehmen Mannes entgegengestanden waren. Freilich hatte er um die Vollendung seiner Herrschaft hart zu kämpfen, und zwar gegen die Aufsässigkeit des jungen römischen Herrn, dessen moralische Versteifung ein dieser Herrschaft gefährliches öffentliches Beispiel abzugeben drohte. Gerade auf die Wichtigkeit des Beispiels aber verstand sich der Cavaliere, und klug genug, den Ort des geringsten Widerstandes zum Angriffspunkt zu wählen, ließ er die Tanzorgie durch jenen schwächlichen und zur Entgeisterung geneigten Jüngling einleiten, den er vorhin schon stocksteif gemacht hatte. Dieser hatte eine Art, sobald ihn der Meister nur mit dem Blicke anfuhr, wie vom Blitz getroffen den Oberkörper zurückzuwerfen und, Hände an der Hosennaht, in einen Zustand von militärischem Somnambulismus zu verfallen, daß seine Erbötigkeit zu jedem Unsinn, den man ihm auferlegen würde, von vornherein in die Augen sprang. Auch schien er in der Hörigkeit sich ganz zu behagen und seine armselige Selbstbestimmung gern los zu sein; denn immer wieder bot er sich als Versuchsobjekt an und setzte sichtlich seine Ehre darein, ein Musterbeispiel prompter Entseelung und Willenlosigkeit zu bieten. Auch jetzt stieg er aufs Podium, und nur eines Luftstreiches der Peitsche bedurfte es, um ihn nach der Weisung des Cavaliere dort oben Step tanzen zu lassen, das heißt in einer Art von wohlgefälliger Ekstase mit geschlossenen Augen und wiegendem Kopf seine dürftigen Glieder nach allen Seiten zu schleudern.

Offenbar war das vergnüglich, und es dauerte nicht lange, bis er Zuzug fand und zwei weitere Personen, ein schlicht und ein gut gekleideter Jüngling, zu seinen beiden Seiten den Step vollführten. Hier nun war es, daß der Herr aus Rom sich meldete und trotzig anfragte, ob der Cavaliere sich anheischig mache, ihn tanzen zu lehren, auch wenn er nicht wolle.

»Auch wenn Sie nicht wollen!« antwortete Cipolla in einem Ton, der mir unvergeßlich ist. Ich habe dies fürchterliche »Anche se non vuole!« noch immer im Ohr. Und dann also begann der Kampf. Cipolla, nachdem er ein Gläschen genommen und sich eine frische Zigarette angezündet, stellte den Römer irgendwo im Mittelgang auf, das Gesicht der Ausgangstür zugewandt, nahm selbst in einiger Entfernung hinter ihm Aufstellung und ließ seine Peitsche pfeifen, indem er befahl: »Balla!« Sein Gegner rührte sich nicht. »Balla!« wiederholte der Cavaliere mit Bestimmtheit und schnippte. Man sah, wie der junge Mann den Hals im Kragen rückte und wie gleichzeitig eine seiner Hände sich aus dem Gelenke hob, eine seiner Fersen sich auswärts kehrte. Bei solchen Anzeichen einer zuckenden Versuchung aber, Anzeichen, die jetzt sich verstärkten, jetzt wieder zur Ruhe gebracht wurden, blieb es lange Zeit. Niemand verkannte, daß hier ein vorgefaßter Entschluß zum entschiedenen Widerstande, eine heroische Hartnäckigkeit zu besiegen waren; dieser Brave wollte die Ehre des Menschengeschlechtes herausshauen, er zuckte, aber er tanzte nicht, und der Versuch zog sich so sehr in die Länge, daß der Cavaliere genötigt war, seine Aufmerksamkeit zu teilen; hier und da wandte er sich nach der Bühne und den dort Zappelnden um und ließ seine Peitsche gegen sie pfeifen, um sie in Zucht zu halten, nicht ohne, seitwärts sprechend, das Publikum darüber zu belehren, daß jene Ausgelassenen nachher keinerlei Ermüdung empfinden würden, so lange sie auch tanzten, denn nicht sie seien es eigentlich, die es täten, sondern er. Dann bohrte er wieder den Blick in den Nacken des Römers, die Willensfeste zu berennen, die sich seiner Herrschaft entgegenstellte.

Man sah sie unter seinen immer wiederholten Hieben und unentwegten Anrufen wanken, diese Feste, – sah es mit einer sachlichen Anteilnahme, die von affekthaften Einschlägen, von Bedauern und grausamer Genugtuung nicht frei war. Verstand ich den Vorgang recht, so unterlag dieser Herr der Negativität seiner Kampfposition. Wahrscheinlich kann man vom Nichtwollen seelisch nicht leben; eine Sache nicht tun wollen, das ist auf die Dauer kein Lebensinhalt; etwas nicht wollen und überhaupt nicht mehr wollen, also das Geforderte dennoch tun, das liegt vielleicht zu benachbart, als daß nicht die Freiheitsidee dazwischen ins Gedränge geraten müßte, und in dieser Richtung bewegten sich denn auch die Zureden, die der Cavaliere zwischen Peitschenhiebe und Befehle einflocht, indem er Einwirkungen, die sein Geheimnis waren, mit verwirrend psychologischen mischte. »Balla!« sagte er. »Wer wird sich so quälen? Nennst du es Freiheit – diese Vergewaltigung deiner selbst? Una ballatina! Es reißt dir ja an allen Gliedern. Wie gut wird es sein, ihnen endlich den Willen zu lassen! Da, du tanzest ja schon! Das ist kein Kampf mehr, das ist bereits das Vergnügen!« – So war es, das Zucken und Zerren im Körper des Widerspenstigen nahm überhand, er hob die Arme, die Knie, auf einmal lösten sich alle seine Gelenke, er warf die Glieder, er tanzte, und so führte der Cavaliere ihn, während die Leute klatschten, aufs Podium, um ihn den anderen Hampelmännern anzureihen. Man sah nun das Gesicht des Unterworfenen, es war dort oben veröffentlicht. Er lächelte breit, mit halb geschlossenen Augen, während er sich »vergnügte«. Es war eine Art von Trost, zu sehen, daß ihm offenbar wohler war jetzt als zur Zeit seines Stolzes...

Man kann sagen, daß sein »Fall« Epoche machte. Mit ihm war das Eis gebrochen, Cipolla's Triumph auf seiner Höhe; der Stab der Kirke, diese pfeifende Ledergerte mit Klauengriff, herrschte unumschränkt. Zu dem Zeitpunkt, den ich im Sinne habe, und der ziemlich weit nach Mitternacht gelegen gewesen sein muß, tanzten auf der kleinen Bühne acht oder zehn Personen, aber auch im Saale selbst gab es allerlei Beweglichkeit, und eine Angelsächsin mit Zwicker und langen Zähnen war, ohne daß der Meister sich auch nur um sie gekümmert hätte, aus ihrer Reihe hervorgekommen, um im Mittelgang eine Tarantella aufzuführen. Cipolla unterdessen saß in lässiger Haltung auf einem Strohstuhl links auf dem Podium, verschlang den Rauch einer Zigarette und ließ ihn durch seine häßlichen Zähne arrogant wieder ausströmen. Fußwippend und zuweilen mit den Schultern lachend, blickte er in die Gelöstheit des Saales und ließ von Zeit zu Zeit, halb rückwärts, die Peitsche gegen einen Zappler pfeifen, der im Vergnügen nachlassen wollte. Die Kinder waren wach um diese Zeit. Ich erwähne sie mit Beschämung. Hier war nicht gut sein, für sie am wenigsten, und daß wir sie immer noch nicht fortgeschafft hatten, kann ich mir nur mit einer gewissen Ansteckung durch die allgemeine Fahrlässigkeit erklären, von der zu dieser Nachtstunde auch wir ergriffen waren. Es war nun schon alles einerlei. Übrigens und gottlob fehlte ihnen der Sinn für das Anrüchige dieser Abendunterhaltung. Ihre Unschuld entzückte sich immer aufs neue an der außerordentlichen Erlaubnis, einem solchen Spektakel, der Soiree des Zauberkünstlers, beizuwohnen. Immer wieder hatten sie viertelstundenweise auf unseren Knien geschlafen und lachten nun mit roten Backen und trunkenen Augen von Herzen über die Sprünge, die der Herr des Abends die Leute machen ließ. Sie hatten es sich so lustig nicht gedacht, sie beteiligten sich mit ungeschickten Händchen freudig an jedem Applaus. Aber vor Lust hüpften sie nach ihrer Art von den Stühlen empor, als Cipolla ihrem Freunde Mario, Mario vom »Esquisito«, winkte, – ihm winkte, recht wie es im Buche steht, indem er die Hand vor die Nase hielt und abwechselnd den Zeigefinger lang aufrichtete und zum Haken krümmte.

Mario gehorchte. Ich sehe ihn noch die Stufen hinauf zum Cavaliere steigen, der dabei immer fortfuhr, in jener grotesk-musterhaften Art mit dem Zeigefinger zu winken. Einen Augenblick hatte der junge Mensch gezögert, auch daran erinnere ich mich genau. Er hatte während des Abends mit verschränkten Armen oder die Hände in den Taschen seiner Jacke im Seitengange an einem Holzpfeiler gelehnt, links von uns, dort, wo auch der Giovanotto mit der kriegerischen Haartracht stand, und war den Darbietungen, soviel wir gesehen hatten, aufmerksam, aber ohne viel Heiterkeit und Gott weiß mit wieviel Verständnis gefolgt. Zu guter Letzt noch zur Mittätigkeit angehalten zu werden, war ihm sichtlich nicht angenehm. Dennoch war es nur zu begreiflich, daß er dem Winken folgte. Das lag schon in seinem Beruf; und außerdem war es wohl eine seelische Unmöglichkeit, daß ein schlichter Bursche wie er dem Zeichen eines so im Erfolg thronenden Mannes, wie Cipolla es zu dieser Stunde war, hätte den Gehorsam verweigern sollen. Gern oder ungern, er löste sich also von seinem Pfeiler, dankte denen, die, vor ihm stehend und sich umschauend, ihm den Weg zum Podium freigaben, und stieg hinauf, ein zweifelndes Lächeln um seine aufgeworfenen Lippen.

Stellen Sie ihn sich vor als einen untersetzt gebauten Jungen von zwanzig Jahren mit kurzgeschorenem Haar, niedriger Stirn und zu schweren Lidern über Augen, deren Farbe ein unbestimmtes Grau mit grünen und gelben Einschlägen war. Das weiß ich genau, denn wir hatten oft mit ihm gesprochen. Das Obergesicht mit der eingedrückten Nase, die einen Sattel von Sommersprossen trug, trat zurück gegen das untere, von den dicken Lippen beherrschte, zwischen denen beim Sprechen die feuchten Zähne sichtbar wurden, und diese Wulstlippen verliehen zusammen mit der Verhülltheit der Augen seiner Physiognomie eine primitive Schwermut, die gerade der Grund gewesen war, weshalb wir von jeher etwas übriggehabt hatten für Mario. Von Brutalität des Ausdrucks konnte keine Rede sein; dem hätte schon die ungewöhnliche Schmalheit und

Feinheit seiner Hände widersprochen, die selbst unter Südländern als nobel auffielen, und von denen man sich gern bedienen ließ.

Wir kannten ihn menschlich, ohne ihn persönlich zu kennen, wenn Sie mir die Unterscheidung erlauben wollen. Wir sahen ihn fast täglich und hatten eine gewisse Teilnahme gefaßt für seine träumerische, leicht in Geistesabwesenheit sich verlierende Art, die er in hastigem Übergang durch eine besondere Dienstfertigkeit korrigierte; sie war ernst, höchstens durch die Kinder zum Lächeln zu bringen, nicht mürrisch, aber unschmeichlerisch, ohne gewollte Liebenswürdigkeit, oder vielmehr: sie verzichtete auf Liebenswürdigkeit, sie machte sich offenbar keine Hoffnung, zu gefallen. Seine Figur wäre uns auf jeden Fall im Gedächtnis geblieben, eine der unscheinbaren Reiseerinnerungen, die man besser behält als manche erheblichere. Von seinen Umständen aber wußten wir nichts weiter, als daß sein Vater ein kleiner Schreiber im Municipio und seine Mutter Wäscherin war.

Die weiße Jacke, in der er servierte, kleidete ihn besser als der verschossene Complet aus dünnem, gestreiftem Stoff, in dem er jetzt da hinaufstieg, keinen Kragen um den Hals, sondern ein geflammtes Seidentuch, über dessen Enden die Jacke geschlossen war. Er trat an den Cavaliere heran, aber dieser hörte nicht auf, seinen Fingerhaken vor der Nase zu bewegen, so daß Mario noch näher treten mußte, neben die Beine des Gewaltigen, unmittelbar an den Stuhlsitz heran, worauf Cipolla ihn mit gespreizten Ellbogen anfaßte und ihm eine Stellung gab, daß wir sein Gesicht sehen konnten. Er musterte ihn lässig, herrscherlich und heiter von oben bis unten.

»Was ist das, ragazzo mio?« sagte er. »So spät machen wir Bekanntschaft? Dennoch kannst du mir glauben, daß ich die deine längst gemacht habe ... Aber ja, ich habe dich längst ins Auge gefaßt und mich deiner vortrefflichen Eigenschaften versichert. Wie konnte ich dich wieder vergessen? So viele Geschäfte, weißt du ... Sag mir doch, wie nennst du dich? Nur den Vornamen will ich wissen.«

»Mario heiße ich«, antwortete der junge Mensch leise.

»Ah, Mario, sehr gut. Doch, der Name kommt vor. Ein verbreiteter Name. Ein antiker Name, einer von denen, die die heroischen Überlieferungen des Vaterlandes wach erhalten. Bravo. Salve!« Und er streckte Arm und flache Hand aus seiner schiefen Schulter zum römischen Gruß schräg aufwärts. Wenn er etwas betrunken war, so konnte das nicht wundernehmen, aber er sprach nach wie vor sehr klar akzentuiert und geläufig, wenn auch um diese Zeit in sein ganzes Gehaben und auch in den Tonfall seiner Worte etwas Sattes und Paschahaftes, etwas von Räkelei und Übermut eingetreten war.

»Also denn, mein Mario«, fuhr er fort, »es ist schön, daß du heute abend gekommen bist und noch dazu ein so schmuckes Halstuch angelegt hast, das dir exzellent zu Gesichte steht und dir bei den Mädchen nicht wenig zustatten kommen wird, den reizenden Mädchen von Torre di Venere...«

Von den Stehplätzen her, ungefähr von dort, wo auch Mario gestanden hatte, ertönte ein Lachen, – es war der Giovanotto mit der Kriegsfrisur, der es ausstieß, er stand dort mit seiner geschulterten Jacke und lachte »Haha!« recht roh und höhnisch.

Mario zuckte, glaube ich, die Achseln. Jedenfalls zuckte er. Vielleicht war es eigentlich ein Zusammenzucken und die Bewegung der Achseln nur eine halb nachträgliche Verkleidung dafür, mit der er bekunden wollte, daß das Halstuch sowohl wie das schöne Geschlecht ihm gleichgültig seien.

Der Cavaliere blickte flüchtig hinunter.

»Um den da kümmern wir uns nicht«, sagte er, »er ist eifersüchtig, wahrscheinlich auf die Erfolge deines Tuches bei den Mädchen, vielleicht auch, weil wir uns hier oben so freundschaftlich unterhalten, du und ich... Wenn er will, erinnere ich ihn an seine Kolik. Das kostet mich gar nichts. Sage ein bißchen, Mario: Du zerstreust dich heute abend... Und am Tage bedienst du also in einem Kurzwarengeschäft?«

»In einem Café«, verbesserte der Junge.

»Vielmehr in einem Café! Da hat der Cipolla einmal danebengehauen. Ein Cameriere bist du, ein Schenke, ein Ganymed, – das lasse ich mir gefallen, noch eine antike Erinnerung, – salvietta!« Und dazu streckte der Cavaliere zum Gaudium des Publikums aufs neue grüßend den Arm aus.

Auch Mario lächelte. »Früher aber«, flocht er dann rechtlicherweise ein, »habe ich einige Zeit in Portoclemente in einem Laden bedient!« Es war in seiner Bemerkung etwas von dem menschlichen Wunsch, einer Wahrsagung nachzuhelfen, ihr Zutreffendes abzugewinnen.

»Also, also! In einem Laden für Kurzwaren!«

»Es gab dort Kämme und Bürsten«, erwiderte Mario ausweichend.

»Sagte ich's nicht, daß du nicht immer ein Ganymed warst, nicht immer mit der Serviette bedient hast? Noch wenn der Cipolla danebenhaut, tut er's auf vertrauenerweckende Weise. Sage, hast du Vertrauen zu mir?«

Unbestimmte Bewegung.

»Eine halbe Antwort«, stellte der Cavaliere fest. »Man gewinnt zweifellos schwer dein Vertrauen. Selbst mir, ich sehe es wohl, gelingt das nicht leicht. Ich bemerke in deinem Gesicht einen Zug von Verschlossenheit, von Traurigkeit, un tratto di malinconia... Sage mir doch«, und er ergriff zuredend Mario's Hand, »hast du Kummer?«

»Nossignore!« antwortete dieser rasch und bestimmt.

»Du hast Kummer«, beharrte der Gaukler, diese Bestimmtheit autoritär überbietend. »Das sollte ich nicht sehen? Mach du dem Cipolla etwas weis! Selbstverständlich sind es die Mädchen, ein Mädchen ist es. Du hast Liebeskummer.«

Mario schüttelte lebhaft den Kopf. Gleichzeitig erklang neben uns wieder das brutale Lachen des Giovanotto. Der Cavaliere horchte hin. Seine Augen gingen irgendwo in der Luft umher, aber er hielt dem Lachen das Ohr hin und ließ dann, wie schon ein- oder zweimal während seiner Unterhaltung mit Mario, die Reitpeitsche halb rückwärts gegen sein Zappelkorps pfeifen, damit keiner im Eifer erlahme. Dabei aber wäre sein Partner ihm fast entschlüpft, denn in plötzlichem Aufzucken wandte dieser sich von ihm ab und den Stufen zu. Er war rot um die Augen. Cipolla hielt ihn gerade noch fest.

»Halt da!« sagte er. »Das wäre. Du willst ausreißen, Ganymed, im besten Augenblick oder dicht vor dem besten? Hier geblieben, ich verspreche dir schöne Dinge. Ich verspreche dir, dich von der Grundlosigkeit deines Kummers zu überzeugen.

Dieses Mädchen, das du kennst und das auch andere kennen, diese – wie heißt sie gleich? Warte! Ich lese den Namen in deinen Augen, er schwebt mir auf der Zunge, und auch du bist, sehe ich, im Begriffe, ihn auszusprechen...«

»Silvestra!« rief der Giovanotto von unten.

Der Cavaliere verzog keine Miene.

»Gibt es nicht vorlaute Leute?« fragte er, ohne hinunterzublicken, vielmehr wie in ungestörter Zwiesprache mit Mario. »Gibt es nicht überaus vorlaute Hähne, die zur Zeit und Unzeit krähen? Da nimmt er uns den Namen von den Lippen, dir und mir, und glaubt wohl noch, der Eitle, ein besonderes Anrecht auf ihn zu besitzen! Lassen wir ihn! Die Silvestra aber, deine Silvestra, ja, sage einmal, das ist ein Mädchen, was?! Ein wahrer Schatz! Das Herz steht einem still, wenn man sie gehen, atmen, lachen sieht, so reizend ist sie. Und ihre runden Arme, wenn sie wäscht und dabei den Kopf in den Nacken wirft und das Haar aus der Stirn schüttelt! Ein Engel des Paradieses!«

Mario starrte ihn mit vorgeschobenem Kopfe an. Er schien seine Lage und das Publikum vergessen zu haben. Die roten Flecken um seine Augen hatten sich vergrößert und wirkten wie aufgemalt. Ich habe das selten gesehen. Seine dicken Lippen standen getrennt.

»Und er macht dir Kummer, dieser Engel«, fuhr Cipolla fort, »oder vielmehr, du machst dir Kummer um ihn... Das ist ein Unterschied, mein Lieber, ein schwerwiegender Unterschied, glaube mir! In der Liebe gibt es Mißverständnisse, – man kann sagen, daß das Mißverständnis nirgends so sehr zu Hause ist wie hier. Du wirst meinen, was versteht der Cipolla von der Liebe, er mit seinem kleinen Leibesschaden? Irrtum, er versteht gar viel davon, er versteht sich auf eine umfassende und eindringliche Weise auf sie, es empfiehlt sich, ihm in ihren Angelegenheiten Gehör zu schenken! Aber lassen wir den Cipolla, lassen wir ihn ganz aus dem Spiel, und denken wir nur an Silvestra, deine reizende Silvestra! Wie? Sie sollte irgendeinem krähenden Hahn vor dir den Vorzug geben, so daß er lachen kann und du weinen mußt? Den Vorzug vor dir, einem so gefühlvollen und sympathischen Burschen? Das ist wenig wahrscheinlich, das ist unmöglich, wir wissen es besser, der Cipolla und sie. Wenn ich mich an ihre Stelle versetze, siehst du, und die Wahl habe zwischen so einem geteerten Lümmel, so einem Salzfisch und Meeresobst – und einem Mario, einem Ritter der Serviette, der sich unter den Herrschaften bewegt, der den Fremden gewandt Erfrischungen reicht und mich liebt mit wahrem, heißem Gefühl, – meiner Treu, so ist die Entscheidung meinem Herzen nicht schwer gemacht, so weiß ich wohl, wem ich es schenken soll, wem ganz allein ich es längst schon errötend geschenkt habe. Es ist Zeit, daß er's sieht und begreift, mein Erwählter! Es ist Zeit, daß du mich siehst und erkennst, Mario, mein Liebster... Sage, wer bin ich?«

Es war greulich, wie der Betrüger sich lieblich machte, die schiefen Schultern kokett verdrehte, die Beutelaugen schmachten ließ und in süßlichem Lächeln seine splittrigen Zähne zeigte. Ach, aber was war während seiner verblendenden Worte aus unserem Mario geworden? Es wird mir schwer, es zu sagen, wie es mir schwer wurde, es zu sehen, denn das war eine Preisgabe des Innigsten, die öffentliche Ausstellung verzagter und wahnhaft beseligter Leidenschaft. Er hielt die Hände vorm Munde gefaltet, seine Schultern hoben und senkten sich in gewaltsamen Atemzügen. Gewiß traute er vor Glück seinen Augen und Ohren nicht und vergaß eben nur das eine dabei, daß er ihnen wirklich nicht trauen durfte. »Silvestra!« hauchte er überwältigt, aus tiefster Brust.

»Küsse mich!« sagte der Bucklige. »Glaube, daß du es darfst! Ich liebe dich. Küsse mich hierher«, und er wies mit der Spitze des Zeigefingers, Hand, Arm und kleinen Finger wegspreizend, an seine Wange, nahe dem Mund. Und Mario neigte sich und küßte ihn.

Es war recht still im Saale geworden. Der Augenblick war grotesk, ungeheuerlich und spannend, – der Augenblick von Mario's Seligkeit. Was hörbar wurde in dieser argen Zeitspanne, in der alle Beziehungen von Glück und Illusion sich dem Gefühle aufdrängten, war, nicht gleich am Anfang, aber sogleich nach der traurigen und skurrilen Vereinigung von Mario's Lippen mit dem abscheulichen Fleisch, das sich seiner Zärtlichkeit unterschob, das Lachen des Giovanotto zu unserer Linken, das sich einzeln aus der Erwartung löste, brutal, schadenfroh und dennoch, ich hätte mich sehr täuschen müssen, nicht ohne einen Unterton und Einschlag von Erbarmen mit so viel verträumtem Nachteil, nicht ganz ohne das Mitklingen jenes Rufes »Poveretto!«, den der Zauberer vorhin für falsch gerichtet erklärt und für sich selbst in Anspruch genommen hatte.

Zugleich aber auch schon, während noch dies Lachen erklang, ließ der oben Geliebkoste unten, neben dem Stuhlbein, die Reitpeitsche pfeifen, und Mario, geweckt, fuhr auf und zurück. Er stand und starrte, hintübergebogenen Leibes, drückte die Hände an seine mißbrauchten Lippen, eine über der anderen, schlug sich dann mit den Knöcheln beider mehrmals gegen die Schläfen, machte kehrt und stürzte, während der Saal applaudierte und Cipolla, die Hände im Schoß gefaltet, mit den Schultern lachte, die Stufen hinunter. Unten, in voller Fahrt, warf er sich mit auseinandergerissenen Beinen herum, schleuderte den Arm empor, und zwei flach schmetternde Detonationen durchschlugen Beifall und Gelächter.

Alsbald trat Lautlosigkeit ein. Selbst die Zappler kamen zur Ruhe und glotzten verblüfft. Cipolla war mit einem Satz vom Stuhle aufgesprungen. Er stand da mit abwehrend seitwärtsgestreckten Armen, als wollte er rufen: »Halt! Still! Alles weg von mir! Was ist das?!«, sackte im nächsten Augenblick mit auf die Brust kugelndem Kopf auf den Sitz zurück und fiel im übernächsten seitlich davon herunter, zu Boden, wo er liegen blieb, reglos, ein durcheinandergeworfenes Bündel Kleider und schiefer Knochen.

Der Tumult war grenzenlos. Damen verbargen in Zuckungen das Gesicht an der Brust ihrer Begleiter. Man rief nach einem Arzt, nach der Polizei. Man stürmte das Podium. Man warf sich im Gedränge auf Mario, um ihn zu entwaffnen, ihm die kleine, stumpfmetallne, kaum pistolenförmige Maschinerie zu entwinden, die ihm in der Hand hing, und deren fast nicht vorhandenen Lauf das Schicksal in so unvorhergesehene und fremde Richtung gelenkt hatte.

Wir nahmen – nun also doch – die Kinder und zogen sie an dem einschreitenden Karabiniere-Paar vorüber gegen den Ausgang. »War das auch das Ende?« wollten sie wissen, um sicherzugehen... »Ja, das war das Ende«, bestätigten wir ihnen.

Ein Ende mit Schrecken, ein höchst fatales Ende. Und ein befreiendes Ende dennoch, – ich konnte und kann nicht umhin, es so zu empfinden!

Reinhold Schneider

Italien

Daß wir uns in dir begegnen,
Treibt uns ewig zu dir hin;
Dein: des Mittags voller Segen,
Unser: Ende und Beginn.

Keimt es früh auch mitternächtig,
Wird es erst in dir Gestalt;
Doch das Blut treibt übermächtig
Heim mit nordischer Gewalt.

Um in Wehmut heimzukehren,
Wenn die Form erschienen ist,
Können wir dich nicht entbehren,
Ob du niemals Heimat bist.

Italienischer Frühling

1. TIVOLI

Wie das Wasser, das befreite,
Stürzt die Seele dir hervor,
Breitet Fächer in die Weite
Und wird drängender im Rohr;
Schmilzt in Wipfeln: Eis und Feuer,
Stürzt sich nieder, schwebt zurück;
Stürzt noch einmal: ungeheuer
Ist ihr Fallen, ist ihr Glück.

Alle Spiele im Versprühen,
All ihr Leben gibt sie hin;
Ist zu eilig, um zu glühen,
Und zu stille, um zu ziehn;
Jauchzt in breitgeschwollnen Flüssen,
Ist noch froher im Verwehn;
Aller Becken Ränder müssen
Wieder sie entstürzen sehn.

2. SIZILIEN

Völker, um sie zu verzehren,
Riefst du dir aus Ost und Norden;
Zwischen deinen blauen Meeren
Ist ihr größter Tag geworden.
Deiner Gipfel gläsern Schweigen,
Blitz und Glanz vom letzten Grat,

Deine Stürze und dein Steigen
Fordern immerfort die Tat.

Größtes Glück der kurzen Tage,
Die uns im Entschwinden lohnen;
Golden überm Sarkophage
Leuchten kaiserliche Kronen;
Auf dem rasch erworbnen Sitze
Liegt des Flüchtigen Gewand;
Zepter werfen ihre Blitze
Nur in todeskühler Hand.

Fels der Früchte, schnellen Reifens,
So Vollender wie Zerstörer,
Mittägliches Ziel des Schweifens
Aller Wandrer und Empörer,
Der die nordischen Geschlechter
Wie ein Flammenscheit verbraucht,
Und am Ende als Verächter
Schweigend in die Stille taucht:

Gib mir eine deiner Stunden,
Zu erhöhen wie zu richten;
Laß mich immerfort gesunden
An den Blitzen, die vernichten!
Jedem Volke, jedem Stamme
Warst du Königsthron und Schrein;
Alle machtest du zur Flamme,
Nimm mein Leben mit hinein!

3. DER BRUNNEN VON MONREALE

Wie es leise träumend fällt,
Sich zu trennen, zu vereinen,
Zwölffach sich verbunden hält
In den immervollen Steinen,
Und entschwindet, um zu kommen,

Nie aus seinem Kreis befreit:
Leben, strömend hingenommen,
Strömend noch in Ewigkeit:

Ach, es regt sich nur im Schlummer,
Wird nicht reicher und nicht leerer;
Uns im niegestillten Kummer
Duften doch die Rosen schwerer;
Immerfort zum letzten Male
Schwinden Glück und Welt ins Grab;
Immerfort mit vollerm Strahle
Stürzen sie auf uns herab.

Assisi

Nicht wie die Berge Toskanas voll Scheu umstehn ihre Fürstin,
Und wagen nicht näher zu treten –
Umbrische Mutter mit deinen Hainen und Fluren,
Freundin und froh vertrauend, trittst du herein in die Stadt,
dein Assisi.

Das macht, daß der Heilige Schwester dich nannte,
Und die Pfade des Lands, auf der Schulter die Nachtigall,
wandelte.
Versöhnt ist alles und schön hier,
Wo nun des Seraphischen Leib ruht am Hange des Hügels.

Nicht seufzt mehr Natur. Erlöst scheint alles,
Oder schuldlos wie ehdem, als der Mensch noch mit Gott und
Tieren geredet.
Und auch die Sonne scheint freudig schöner die Bahn zu laufen
am Himmel,
Wo jenes Gelobt seist Du! noch in den Lüften tönt.

Hans Carossa

Via Appia

Dem Gedächtnis der Editha Curtius

Grauer Wandrer sucht im Grase
Scherbenrest vom Aschenkrug.
Auf der breiten Gräberstraße
Singt und geigt ein Hochzeitszug.

Zwischen Marmor-Angedenken
Toter Gatten, toten Kinds
Kommen sie mit Brautgeschenken;
Lauter junge Menschen sinds.

Und nun sitzen sie bei Tische,
Freuen sich am Festtagsmahl;
Myrtenduft und Meeresfrische
Wehn im offnen Gartensaal.

Trinkend schaun sie grüne Weide,
Die an gelbe Felder stößt,
Wo der Südwind im Getreide
Den verborgnen Mohn entblößt.

Weißen Vogels blaue Schwingen
Schimmern abendhell heran,
Und es haucht aus allen Dingen
Große Mutter, großer Pan.

Reife atmet von Zitronen,
Die wie feste Brüste sind;
Unter Ölbaum-Silberkronen
Wiegt sich dunkles Weingewind.

Aus dem Herzen der Agave
Stieg der zeugerische Stamm,
Und am schwarzen Mutterschafe
Saugt ein silberweißes Lamm.

Gerhart Hauptmann
Aus der Novelle »Mignon«

Was eigentlich ist es gewesen, wodurch ich nach etwa dreißig Jahren wieder auf den Dichter Jean Paul und seinen Roman »Titan« gelenkt wurde? Ich erhoffte mir wohl eine doppelte Wiedergeburt: die meiner selbst und die des Werkes. Zu Rom, als deutscher Jüngling, der die Schönheit so inbrünstig suchte wie Winckelmann, sah ich mit ihr zugleich den Tod dicht an mich herantreten. Die damals in den meisten Städten der Welt wegen der unsanitären Wasserversorgung herrschende Typhusepidemie hatte auch mich aufs Krankenbett geworfen, das beinahe mein Sterbebett geworden wäre. Langsam genesend, hielt ich – ich weiß nicht, durch welchen guten Geist mir auf die Bettdecke gespielt – den »Titan« in meiner Hand.

Die Welt dieses Buches ergriff mich damals tiefer als Goethes »Faust«, und ich fand, man tue ihr Unrecht, wenn man ihr nicht den Rang über diesem Gedichte einräume.

Es wurde gesagt: ich erhoffte mir wohl eine doppelte Wiedergeburt, die des Werkes im Sinne von damals und die meiner selbst, die letztere auch im gleichen Sinn! Denn obwohl die Schwäche infolge der Krankheit mir kaum erlaubte, den Kopf und die Hände auch nur wenig zu erheben, war ich doch mit dem Diesseits und Jenseits auf wunderbare Weise zugleich verbunden: die rätselhafte Harmonie, die ebenso Jugend wie Alter umschloß, habe ich immer wieder gesucht und in der Erinnerung heiliggehalten.

Im »Titan« von Jean Paul werden gleich zu Beginn die Borromeischen Inseln glorifiziert, die aus dem Lago Maggiore auftauchen. Ich hatte ihre beglückende Umwelt erst durch das Buch, später durch einen kurzen Aufenthalt kennengelernt. Nun aber fand ich mich plötzlich entschlossen, sie abermals aufzusuchen, um diesmal gleichsam auszuschöpfen, was sich mir früher zwar in einem köstlichen, aber doch kleinen Becher als Trunk gereicht hatte.

Bei Entschlüssen solcher Art wirkt gewöhnlich auch ein äußerer Anlaß mit. Wir lassen dahingestellt, wie sich ein solcher Zufall mit einer Schicksalsstunde verbindet. Ich hatte seit längerer Zeit die liebenswürdige Einladung des Commendatore Barratini im Ohr, der einer glänzenden Hotelanlage in Stresa vorstand – Isola Bella und Isola Madre gegenüber –, die sich Hôtel des Îles Borromées bezeichnete.

Meine Familie, voran meine Frau, zwar mit den eigensinnigen Bedürfnissen einer Natur meiner Art keineswegs unbekannt, war doch ein wenig verdutzt von der Eile, mit der ich meine ihnen nicht recht verständliche Reise ins Werk setzte. Mir selber war sie vielleicht noch befremdlicher.

Den Tunnel durch das schweizerische Gotthardmassiv habe ich, dem Himmel sei Dank, seit drei Jahrzehnten und länger jährlich mehrere Male auf der eisernen Schiene durchfahren, und wer hätte nicht eine ähnliche Freude gehabt über das Auftauchen in Airolo, nachdem sich der Zug von Göschenen aus ins Dunkel gestürzt hat.

Die Wagenschlange tritt plötzlich verstummend, gleichsam mit geruhsamer Feierlichkeit, aus dem Innern des Berges ans Licht einer neuen Welt, und wenn wir in Göschenen tiefhängende Wolken, Dunkelheit, Nässe und Kälte zurückgelassen hatten, umgab uns hier eine linde Luft, und der südliche Himmel in makelloser Bläue wölbte sich über uns.

Der Drang nach dem Süden, der meine im großen ganzen eigentlich zwecklose Reise mitbestimmt hatte, schien sich auf eine beglückende Weise schon hier zu rechtfertigen. Ein ermüdetes, freudloses Dasein löste sich von der trübseligen nordischen Scholle los, aus einem Tag, der die Nacht nicht recht abschütteln konnte, und erlebte wiederum jenes Wunder, das in seinem Reichtum durch das unzulängliche Medium der Sprache nicht auszudrücken ist.

Es mochte um die Mitte Oktober sein. Während der Zug längs des Flusses Tessin und mit seinen immer hurtig springenden Gewässern langsam, wegen der vielen Tunnel und Kurven, zu Tale rollte, überkam mich wieder der gleiche Rausch, den ich schon oft hier erlebt hatte. Indem man sich der Bewegung freut, will doch der Blick nichts von alledem zurücklassen, womit ihn die südliche Bergnatur in ununterbrochener Fülle beschenkt. Man ist versucht, selbst im Erinnern wenigstens einige der unzähligen Bilder festzuhalten, von himmelansteigenden Klippen, grünen Matten in schwindelerregender Höhe und Steile mit entlegenen zwerghaften menschlichen Anwesen, vornehmlich der allenthalben auf märchenhafte Weise herniederschwebenden, flatternden, springenden, stäubenden, gischtend zerflatternden Wasserstürze, die in ihren silbernen Gestaltungen wie lebende Wesen erscheinen, die Lust haben an einer wilden, ja toll-seligen Existenz.

Wie dem nun auch sei: es bleibe dahingestellt, was alles zu der wunderbaren und heiteren Erneuerung beitragen mag, die einen bei dem plötzlichen und überraschenden Eintritt in das glückhafte Klima jenseits der Alpen überkommt. Ich verhehle mir aber nicht, daß auch hier menschliche Sorgen und Schmerzen durchaus keine unbekannten Dinge sind und daß die ersten glückhaften Atemzüge für die folgenden keine Gewähr geben.

Bei meiner Ankunft in Stresa schien sich zunächst das prunkvolle Weltgetriebe des Riesenhotels meiner Absicht nach innerer Sammlung entschieden zu widersetzen. Der Direktor jedoch, mein Gastfreund, wußte es einzurichten, daß ich ein stilles Quartier erhielt, zwei Räume mit allem Zubehör, darin ich ungestört lesen, schreiben und meinem Denken nachhängen konnte.

Als somit eine Art mönchischer Einsamkeit gewährleistet war und nun der Geist Jean Pauls seine Verjüngungskraft ausströmen sollte, ward ich in diesem Punkte enttäuscht. Zwar erregte der zweite Hirten- und Zirkelbrief im »Jubelsenior« meine Teilnahme, doch zugleich meinen Widerspruch. Er handelt von dramatischen Dichtern, Dramen und Schauspielern. Wenn ich nun aber Zeilen las, die behaupteten, nichts werde »leichter kallös und schwieligt als das mitleidige Gefühl«, so wurde mir klar, daß der übrigens allenthalben »kallöse«, das heißt schwülstige Stil des Dichters augenblicklich weder in die Atmosphäre meiner Seele noch die meiner Umgebung hineinpaßte.

Immerhin wirkte der Jugendzauber der römischen Krankheitswochen, der meine seltsame Unternehmung veranlaßt hatte, fort, indem er die Landschaft auf eine mich fast bestürzende Weise poetisierte.

Aber so wie Jean Paul in einer Beziehung zunächst versagt hatte, versagte anfangs trotzdem der ganze gläubig gesuchte Aufenthalt.

Üble Träume plagten mich!

Oft mit einem angstvoll-wütenden Schrei erwacht, schloß ich dann vor Tagesanbruch die Glastüren zur Veranda auf, stieß die knarrenden Läden zurück und klammerte mich mit den Augen, Erlösung suchend, an den dunkeln Massen der Borromeischen Inseln fest, die sich über die Wasserfläche des Lago Maggiore erhoben. Mitunter war der Eindruck besonders feierlich, wenn etwa der Vollmond, wie der Bernsteinknauf einer dunklen Kuppel, über den weitgedehnten silbrig schillernden Fluten stand und eine Art Höhlenmagie verbreitete.

Solche Eindrücke hatten mitunter die Kraft, einen Überdruß an der menschlichen Existenz und ihrer vielfach tieftragischen Brüchigkeit in reine Ehrfurcht umzuwandeln.

Aber war dies die gesuchte Erneuerung?

Ich fing an, meine Reise als eine Torheit zu beurteilen.

Zwar, seit ich über meine Zukunft nachzudenken begann, zog es mich aus dem Bereich der übervölkerten Welt. Trotzdem war ich seltsamerweise nicht ungesellig. Frau, Kinder, Bedienstete und Besucher aller Art sah mein Haus, und der Zustand war mir nicht peinlich. Zuweilen aber und immer wieder befiel mich, wie jetzt, die Neigung zum Anachoretentum. Dann war mir, als könnte man, ihm verfallen, erst ganz zu sich selbst kommen und damit zu mehr als sich selbst.

Auch dieser Zustand freilich begründet, wie mir vorkommt, eine Art Geselligkeit: sie spielt sich ab in dem Zauberspiegel der Seele. So bevölkert sie scheinbar das Nichts, und sie kann es auch übervölkern.

Einstweilen war dieses bei mir, Gott sei Dank, nicht der Fall.

Ein etwas gedankenloser Zustand kam über mich, der Geist und Körper wahllos teils da-, teils dorthin bewegte und mich eines Abends in meinen Koffer greifen ließ, wo ich irgendein

Buch in die Hand bekam, das sich als Goethes Urfaust entpuppte.

Nicht auszudenken, daß diese reiche, unzerstörbare, universelle Gestalt aus der Seele eines nicht viel über Zwanzigjährigen geboren worden ist.

Der große Schöpfer, gegen sich selber zuweilen seltsam ehrfurchtslos, bezeichnet zwanzig Jahre später sein Werk, das er fortführen will, als Tragelaph, was soviel wie Bockhirsch, ein Monstrum, bedeutet.

Unter den Deutschen, die lesen und schreiben gelernt haben und diesen Künsten einigermaßen huldigen, wird es nur wenige geben, die das Erlebnis des Doktor Faust in einem hochgewölbten gotischen Zimmer und seinen Monolog nicht kennen. Schon durch das gotische Zimmer, das der Dichter fordert, wird der Inhalt des Selbstgesprächs richtig umrahmt und charakterisiert. Die Zeit Fausts ist das ausgehende Mittelalter, sein Denkerhaupt verbindet die Kenntnisse der Fakultäten, etwa einer Sorbonne, mit Alchimie und Astrologie. Nostradamus ist für ihn eine Autorität und beweist diese auch, da es Faust gelingt, mit dessen Formel einen Geist zu zitieren. Von diesem wird der Adept als Übermensch angerufen.

Ich hielt das Faust-Buch in der Hand und dachte im gleichen Augenblick:

Die Geisterwelt ist nicht verschlossen;
Dein Sinn ist zu, dein Herz ist tot!

Der Corso Umberto erstreckt sich in der ganzen Länge von Stresa dicht am Seeufer. Er besteht aus einer breiten Fahrstraße und einer ebenso breiten Promenade in reicher Gartenkultur. An seinem Ende liegt zusammengedrängt die kleine Stadt. Um die Piazza sind Kaufhäuser, Cafés und Speisehäuser gereiht. Ein Laden mit Antiquitäten zog mich an, und ich fand darin allerlei hübsche Sachen. Manche Lokale besuchte ich, weil ich überall gern das Treiben der Menschen beobachte.

Das Wetter war wechselnd, finster und naß oder sonnenhell, womit es wieder für die Trübsal des anderen Zustands auf göttliche Weise entschädigte.

Man lebt hier alsdann ertrunken in einem blendenden Farbenrausch. Himmel und See fließen ineinander. Das Weiß der Alpenkette tritt silbern daraus hervor. Es ist eine Überwirklichkeit – aber von den Quälgeistern meiner Nachtstunden konnte sie mich nicht frei machen.

Ich hatte – mit mir selbst allein – hinreichend Zeit, zu beobachten und nachzudenken. In einem gelegentlichen Gespräch mit Herrn Barratini und dem, was das alltägliche Leben an Wortwechsel verlangt, erschöpfte sich alle Ablenkung.

Natürlich war ich viel unterwegs, durch Betrachtung zur Meditation und durch Meditation zur Betrachtung angeregt; für diese wahrlich bot sich Stoff genug in der wunderbaren Gegend, deren Anziehungskraft Schlösser, Parkanlagen und überall verstreute Landhäuser verrieten. Fast alle Anwesen strömten eine gewisse Schwermut aus. Geistliche und weltliche Fürsten waren ihre Begründer, reiche Kaufherrn und kleine Kaufleute aller Art, die der Wunsch, sich von dem Lärm der Welt zu lösen, aus der Großstadt, wie mich, in die Stille der schönen Natur verlockt hatte, wo sie ein Leben suchten, das vielleicht nirgends zu finden ist.

Die meisten Anwesen standen leer. Steineichen, Buchen, Kastanien und Rüstern ringsherum waren zu Baumgiganten angewachsen. Wo waren wohl die Begründer solcher Herrlichkeiten? Tot oder enttäuscht davongegangen.

Würde ich Stresa wie sie verlassen?

Das Leben eines Menschen, der einsam ist, erweist sich überwiegend als unwirklich. Er weiß, daß er Freunde, nahe und ferne Verwandte hat, aber er nimmt sie nicht sinnlich wahr, sie leben in seiner Einbildung. Und da es so ist, treten die Toten beinahe gleichwertig neben die Lebenden. So bewegte sich eine seltsam gemischte Gesellschaft in mir – will sagen in meinem Vorstellungskreis –, die mich mit jedem Tag mehr über Zeit und Ort erhob.

Der Einsame ist somit besonders fühlbar in zwei getrennte Bereiche gestellt: das Sinnenbereich und das Übersinnliche! Man kommt um den Ausdruck nicht herum.

Hat er diesen Doppelzustand ins Auge gefaßt, so wird es dem Einsamen schwer, sich von den Reizen des Übersinnlichen nicht betören zu lassen, besonders in der Dunkelheit, aber allmählich auch am Tag, wenn die Absonderung von den Menschen länger dauert.

Was mich betrifft, so war ich wenig gefährdet. Gewohnheitsmäßig hatte ich sehr bald meinen Zustand geistig umrissen und objektiviert und wurde sein kühler Beobachter. Auch lenkte ich mich immer wieder durch den Besuch von Läden, volkstümlichen Trattorien, durch improvisierte Gespräche mit Landleuten, Mädchen und Jünglingen, Kindern und Greisen in das gesunde alltägliche Leben ab und ermüdete mich durch Ruderpartien. Und so kam es mir auch gelegen, als Commendatore Barratini mir eines Abends nach dem Dinner in lustiger Weise darlegte, Stresa habe heute eine gewaltige Sensation: auf der Piazza, im Freien, gäbe es eine Produktion berühmter Seiltänzer.

Wenn ich an das Ereignis denke, das ich nach dieser Eröffnung auf der Piazza erlebt habe, so komme ich über ein Etwas nicht hinweg, das sich mir in den nüchternen Gang des Lebens nicht fügt.

Schon als ich, aus Vorsicht in meinen Regenmantel vermummt, auf die Straße trat, fielen die ersten Regentropfen. Aber ich strebte nach dem bezeichneten Schauplatz hin, obgleich ich nicht annahm, daß die Vorstellung wie geplant im Freien stattfinden könne. Es erhob sich Sturm, und Wetterleuchten kündigte ein Gewitter an.

Als ich am Schauplatz der erhofften Vorstellung anlangte, stellte ich zunächst fest, inwieweit der Spaß, den sich Barratini mit mir gemacht hatte, das Erlaubte übertraf. Die angekündigte Artistengesellschaft, die ein Zelt und zum mindesten einige dressierte Ponys und Hunde, den Spaßmacher, den Trapezkünstler und etwa eine bescheidene Drahtseiltänzerin erwarten ließ, bestand in Wirklichkeit aus drei ärmlichen Personen, die, im strömenden Regen unter freiem Himmel hantierend, ein wahrhaft herzbrechendes Elend zu Gemüte führten. Daß es einen so jämmerlichen Zustand wie diesen unsäglich mühsamen Broterwerb gab und daß Menschen darauf verfallen konnten, ihn zu ergreifen, hatte ich bislang nicht gewußt.

Die Anstalten, die man für die kommende Schaustellung getroffen hatte, bestanden aus einem Teppich, der auf der Erde lag, und einem derben Holzstuhl, den man wohl zu turnerischen Zwecken daraufgestellt hatte. Die drei Akteure – Mann, Ehefrau und Tochter – hatten, von einer aufgestellten, gegen den Regen kämpfenden Fackel flackernd belichtet, lange nasse Mäntel über ihren Trikots, die ein Windstoß zuweilen sichtbar machte. Es war ersichtlich, daß diese frierenden Jammergestalten innig wünschten, der Regen solle aufhören, die Abendsonne noch ein wenig hervortreten, damit sie vermöge ihrer Kunststücke vielleicht zu einem bescheidenen Nachtessen kommen und so ihren Hunger stillen könnten.

Daß dies übrigens unter allen Umständen zu geschehen habe, dazu hatte ich meinen Entschluß gefaßt.

Die irgendwie statuarischen Gestalten auf dem leeren Marktplatz wurden, da ich in ihrer Nähe blieb, naturgemäß auf mich aufmerksam. Daß sie im Regen aushielten, wie sie es taten, mochte geschäftliche Gründe haben. Es sollte wahrscheinlich bedeuten, das Unternehmen sei keineswegs abgesagt. Seltsam genug: mir war, als sei ich beteiligt daran.

Wie gesagt, ich fühlte mich sehr bald bemerkt, zum mindesten von dem Elternpaar, das öfters die Köpfe zusammensteckte.

Mich aber zog ausschließlich die Tochter an.

Man kann dies wohl kaum befremdlich finden. Ich war in der Tat nicht alt genug, um gegen die Aura der Jugend immun zu sein. Aber der Reiz, den dieses verhüllte Mädchen auf mich ausübte, war weniger erotisch als rätselhaft. Ich weiß nicht, welch ein Lichtreflex von irgendwoher ihr im Auge blitzte – ihr Antlitz war durch den Mantel verhüllt –, aber er drang gleichsam in mich ein und schien jene Seite vorherrschend zu machen, die ich übersinnlich genannt habe.

Zunächst war ich zeitlich gut anderthalb Jahrhunderte zurückversetzt, und zwar in jene vergangenen Zeiten, als der Großvater die Großmutter nahm, wie man sagt. Es klingt nach in diesem und jenem Gedicht von Eichendorff und diesem und jenem Lied, das uns Kindern etwa die alte Nähterin mit zahnlosem Mund heimlich sang und das meist von einem Posthorn, dem dazugehörigen Postillion und der Postkutsche handelte.

Kein Zweifel, ich war in den Zeiten der Postkutsche:

Seht ihr drei Rosse vor dem Wagen
und einen jungen Postillion?
Von weitem hört man ihn schon klagen
mit seines Hörnleins dumpfem Ton.

Es fehlte nicht viel, so hörte ich Hufschläge, hörte die Postkutsche klirrend heranrasseln und das Posthorn erklingen, zumal da der Regen ein wenig nachließ und die Poesie einer Mondnacht sich andeutete, erklingen in jenem schmerzlichen Sehnsuchtston, den das Liedchen der Nähterin dumpf nannte. Was war es, was mich so jählings ergriff? Es war die Romantik, die ich im Elternhause als Kind noch erlebt, noch wahrhaft gefühlt hatte. Ein holder ätherischer Zauber, auf den Auge, Ohr und Herz überall im Bürgerhause der Eltern und Großeltern traf.

Ich bebte bei dieser Erinnerung, ich erschrak: wer ahnt wohl, was uns damit verlorengegangen ist!

Meine Veränderung ging so weit, daß ich, als ich den Blick unverwandt in den der Zigeunerin bohrte – es konnte leicht eine solche sein –, in ihr ein Kind der Romantik sah, in unsere banale Zeit verstoßen. Ich ging dabei über die Frage hinweg, ob sie vielleicht nur ein Schemen sein mochte und so nur in meinem Geiste lebt: sie blieb sowieso für mich – freilich mit dem Geheimnis, das sie umgab – eine mich bannende Realität, die mir meine Reise nach Stresa plötzlich als Bestimmung verständlich machte.

Warum wurde meine Neugier auf das, was sich bei dem Fallen des Mantels von den Schultern des Mädchens darbieten würde, auf eine schmerzliche Weise angespannt? Was wollte ich erleben, erblicken, feststellen? Die bloße Wirklichkeit war es nicht! Viel eher wohl schon in diesem Augenblick ein Phantasma, um das meine Wünsche kreisten: ein Gebilde aus jener Welt, darin sich der Monolog des Faust und die Sehnsucht der Romantik bewegt.

Bei alledem war ich mir darüber im klaren, daß ich keine Enttäuschung erleben würde.

Goethe also, und nicht Jean Paul, hatte sich meinem abenteuerlich-suchenden Geist zugeordnet. Sein unsterblicher Agathodämon hatte die Hand auf mich gelegt, und ohne daß ich den Umstand ins Bewußtsein faßte, umgab mich schon jetzt seine Geistesluft. Strömte sie von dem Kinde aus, oder ward sie durch meinen Atem auf es übertragen?

Mit einem Entschluß, der meine Alltagsgefühle wohl kaum überrumpelt hätte, ging ich festen Schrittes auf das mitleiderregende, kläglich durchnäßte Stückchen menschlichen Elends zu und preßte in Eile in die sich widerwillig vorstreckende Hand Banknoten. Ein braunes Gesicht, ein spitzes Näschen enthüllten sich, an dem Regentropfen herabliefen. Der geöffnete Mantel verriet ein schlankes, knabenhaftes Geschöpf, das nackte Ärmchen, ein rotes Westchen über der flachen Brust, verschlissene Puffen um die Hüften, Trikots an den Beinen und an den winzigen Füßchen Tanzschuhe zeigte. Ich erhielt einen mißtrauisch-lauernden, ja fast feindlichen Blick und mußte erleben, daß mein Geschenk mit verächtlicher Handbewegung dem vermutlichen Vater zugeworfen wurde, wie man sich von einem Unflat befreit.

Zu meinem Entsetzen ereignete sich daraufhin, und zwar blitzschnell, eine Brutalität. Der dickbäuchige Artist, dessen feuerrotes Gesicht einen starken Konsum an Chianti verriet, hatte kaum die Größe der Summe erkannt und das Betragen der Kleinen damit verglichen, als er auch schon den Mantel von sich warf, seine Mignon buchstäblich beim Kragen nahm, sie unter allerlei italienischen Scheltworten niederduckte und zwang, mir die Hand zu küssen.

Dieser Vorfall zog Menschen an, um so mehr, da ich heftig wurde, meine italienischen Brocken mit deutscher Entrüstung verband und nichts weiter erreichte, als daß der Akrobat die Tochter backpfeifte. Aber die Leute, die sich nun mehr und mehr sammelten, ergriffen keineswegs meine und des Mädchens Partei, sondern nahmen, was vorging, meist lachend und wie ein Stück des nun beginnenden Schauspiels hin.

Das Gewitter war abgezogen. Der Artist hatte eine Peitsche ergriffen und regte mit heihopp Frau und Tochter zur Arbeit an. Die Schmitze knallten um ihre Ohren.

Ein endloser Traum setzte in dieser Nacht das Mignon-Erlebnis fort – denn diesen Namen hatte ich ihm gegeben. Die Produktionen des Kindes stießen mich ab. Ich war geradezu vor ihnen geflüchtet, als sie sich, wie ganz ohne Knochengerüst, rückwärts bog und den Kopf zwischen ihren Fußknöcheln hervorstreckte. Alpdruckartig verfolgte und wiederholte sich im Traum diese Vorstellung. Es dauerte am Morgen nach dem Aufwachen lange, bevor ich wieder in einer natürlichen und befreiten Weise dem Tage gehören konnte. Ehe dies erreicht war, hatte ich – wie nicht selten – mit dem Niederringen lebensfeindlicher Mächte zu tun, die das Dasein in Sinn und Gehalt angreifen.

Am Morgen, nach dem Frühstück, überreichte mir Commendatore Giuseppe Barratini ein schön ausgestattetes Buch, das den Titel trug: »Le Roman des Îles Borromées«. Es ist in französischer Sprache geschrieben und enthält Landschaftsbilder und Porträts, Stiche und Photographien, die teils aus dem Museum der Mailänder Scala stammen, teils aus der dortigen Ambrosiana, der berühmten Bibliothek. Der Text hat folgende Abschnitte: Erstens: Preludio – Rêves et Réalité; zweitens: Notturno – L'Esprit de Mignon; drittens: Eroica – Napoléon; viertens: Appassionata – Poètes et Amants; fünftens: Pastorale – Les Sœurs Cadettes.

Ich überging das Preludio, Rêves et Réalité, das mit dem Namen Goethes beginnt. »Die Stätte, die ein guter Mensch betrat, ist eingeweiht« – dieser Satz von ihm wird französisch in einer etwas gesteigerten Form zitiert und darauf gesagt, daß die Borromeischen Inseln dann allerdings eine im höchsten Maße geheiligte Stätte darstellen, da sie von geradezu unzähligen großen und edlen Menschen betreten worden seien.

Es wird dann gehandelt von der Familie Borromeo, deren legendäre Herkunft auf Antenor, den Gründer von Padua, zurückgehen soll. Die heilige Justine wird erwähnt, die sechzehnjährig den Märtyrertod erlitten hat; das diesen Akt glorifizierende Altarbild zu Padua von Paolo Veronese ist auf der Nebenseite reproduziert. Ein weiteres Bild des weitausholenden Textes zeigt Barbarossa, der dem Papst Alexander III. vor dem Markusdom in Venedig die Füße küßt, vorher aber die Worte spricht: »Non tibi, sed Petro.«

Man sieht dann ein Bild des heiligen Carlo Borromeo mit dem Familienwappen und seiner Devise »Humilitas«, das wohl hier mit Demut zu übersetzen ist, der edelsten seiner vielen Bedeutungen. Man gerät damit in eine hohe Gemeinschaft von Kardinälen und sonstigen Kirchenfürsten der Familie hinein, deren uns am nächsten stehender, ein Kardinal Frédéric, durch die herrliche Schilderung Alessandro Manzonis in seinem Roman »I Promessi Sposi« berühmt geworden ist. Von ihm ward die Biblioteca Ambrosiana begründet. Mit dem Comte Vitaliano Borromeo, dem Gründer der Isola Bella, tritt ein weltlicher Geist in die Familie ein. Dieser prunkliebende, vornehme Mann zauberte ein Paradies auf öde Felsen und versammelte bei seinen Festen Herzöge, Prinzen, Kardinäle, Gesandte, große Denker, Dichter und Schriftsteller. Seine Banketts, Serenaden, Konzerte, Feuerwerke und Regatten haben ihr Echo in aller Welt und sind Gegenstand der Bewunderung der brillantesten Höfe Europas, ebenso seine theatralischen Repräsentationen.

Freilich, wo blieb da die Devise »Humilitas«?

Von hier aus tritt es sich leicht in das sogenannte Notturno »L'Esprit de Mignon« ein. Dieses Kapitel besaß nach meiner Begegnung mit dem armseligen Hungertrio der Artisten für mich begreiflicherweise die größte Anziehungskraft. Feste, wie sie der Graf Vitaliano Borromeo auf der Isola Bella gefeiert hatte, konnten recht wohl der leuchtende Hintergrund einer verirrten, geraubten und verschleppten Gestalt wie Goethes Mignon sein, auch wenn sie dergleichen persönlich nicht miterlebte. Vielleicht war die Seele von solchen Festen oder etwas von ihr in sie eingeboren. Sie war etwa eine Atmosphäre gewohnt, in der eine buhlerische Luft, vom betäubenden Duft der Gärten erfüllt, zugleich beseligend musizierte, wo die goldenen Äpfel der Hesperiden sich zu ihrem Munde herniederneigten und alle köstlichen Früchte sie zu erquicken wetteiferten. Sie war vielleicht ein kaum beachtetes, vater- und mutterloses Kind in der zu Hunderten zählenden Dienerschaft, das man nicht störte in seiner Eigenart, vielleicht manchmal neckte, aber gern mochte. Wer weiß, wie verschiedenes Blut sich in Mignon gemischt hatte! Warum sollte nicht auch das Blut eines Vitaliano Borromeo in ihr sein?

Der mit »L'Esprit de Mignon« bezeichnete Teil des Buches sucht zu beweisen oder nimmt an, daß eben der Geist Mignons am Lago Maggiore der Borromeischen Inseln beheimatet sei und daß ihre Nostalgia hierher weise.

Kennst du das Land, wo die Zitronen blühn,
im dunkeln Laub die Goldorangen glühn,
ein sanfter Wind vom blauen Himmel weht,
die Myrte still und hoch der Lorbeer steht?
Kennst du es wohl? Dahin! Dahin
möcht' ich mit dir, o mein Geliebter, ziehn.

Kennst du das Haus? Auf Säulen ruht sein Dach,
es glänzt der Saal, es schimmert das Gemach,
und Marmorbilder stehn und sehn mich an:
Was hat man dir, du armes Kind, getan?
Kennst du es wohl? Dahin! Dahin
möcht' ich mit dir, o mein Beschützer, ziehn.

Es unterliegt keinem Zweifel, daß diese unsterblichen Verse an keinem Platz der Erde sich so wie auf der Isola Bella in die Umgebung einweben. Der unsichtbare Geist Mignons in seiner unstillbaren Melancholie scheint sie auch hier überall zu hauchen, da es für ihn nicht einmal Erfüllung ohne Schmerz geben kann.

Sollte ich mir eine Barke mieten und nach Isola Bella hinüberrudern? Ich war ungeduldig und aufgeregt. Aber nein: ich wollte mich lieber von allem romantischen Zauber loslösen und entschloß mich zu einer längeren Wanderung.

Den Marktplatz zu meiden, um das Luftspringertrio aus meinem Gedächtnis zu tilgen, konnte ich mir jedoch nicht abringen.

Wie zu erwarten: die Piazza war leer, meine sogenannte Mignon war mit ihren Peinigern weitergezogen.

Bald befand ich mich nun wieder, bergan steigend, in den schon geschilderten Gebieten der Parkanlagen, Villen und kleinen Landhäuschen, die von ihren in Mailand, Como oder sonst irgendwo verschwundenen Besitzern seltsamerweise durch dicke Mauern um die Gärten von der Welt abgeschlossen waren. So lagen sie noch in Verwunschenheit, geflohen von denen, die schließlich ihre selbstgeschaffene Einsamkeit nicht ertragen und eigens errichtete Mauern wie die eines Kerkers durchbrochen hatten.

Während ich durch die engen Gäßchen langsam schritt, blieb ich nicht selten stehen, wie jemand, der nachsinnend etwas ergründen will, etwas, das der schweigsame Äther, ohne daß man es sah oder hörte, bereithielt. Irgendwie schien sich mein Geist im Kreise um den Einsiedlergedanken immer noch zu bewegen, der ja auch meine Reise verursacht hatte. Ich erinnerte mich dabei, am frühen Morgen einen Brief erhalten zu haben, der den Poststempel Pallanza trug und von einem älteren, reichen Manne stammte, der mir seinen Besuch ankündigte und den meinen in seinem Landhaus jenseits des Sees erwartete. Dieses Anwesen hatte auch er »Eremitage« genannt.

Nun, der Morgen mit seinem köstlichen Sonnenlicht, das er über die schönsten Gebiete der Welt ergoß, die blumigen Berglehnen bis zum hohen Monte Mottarone hinauf, der weite See und die wie Silber in den Äther gehauchten Hochalpen dahinter hatten wohl Kraft, mich im Sinnenbereiche festzuhalten. Mich ergriff jene Heiterkeit, die im Betrachten beglückt, im bloßen Sein sich dankbar beseligt fühlt und Grübeleien als Spiel empfindet. Dies alles befreit von der Schwere des Lebensmysteriums und läßt an den Schöpfer als einen beglückten und allbeglückenden Künstler denken, einen Meister, der sich nicht genugtun kann in der seligen Verspieltheit seiner Kraft.

Die Freude, von allem Nagenden, Suchenden durch tiefe gesunde Atemzüge frei geworden zu sein, beherrschte mich noch, als ich, von meiner Wanderung zurückgekehrt, das besuchteste Café der Piazza betrat, um einen Vermouth zu mir zu nehmen und so mein Wohlbehagen vielleicht noch zu steigern. Hier traf mich jenes Erlebnis, das nüchtern und unbegreiflich zugleich begann und sich in ebendem Sinne fortsetzte – und Ursache dieser Erzählung geworden ist.

In dem Café wurde von einem Klavier, einer Geige und einem Cello musiziert, was indessen die Gespräche um die besetzten Tische nur anregte. Als ich meine Augen durch das

Lokal schweifen ließ, wie üblich in der Hoffnung, irgend etwas nicht Uninteressantes, besonders unter den immer vorhandenen Liebespärchen, aufzufinden, bemerkte ich plötzlich in einem Kreise lebhafter älterer Damen einen alten Herrn, der mir – ja, wie sag' ich doch gleich? – Entsetzen erregte. Ich blickte weg und wiederum hin und konnte bemerken, daß der würdige Mann auf gelegentliche Fragen aus dem Frauenkreis ernst und gelassen antwortete und sich im übrigen bei der bauchigen Korbflasche auf selbstverständliche Weise behaglich zu fühlen schien.

Was war nun an ihm entsetzenerregend?

Der Mann war Goethe von Kopf zu Fuß, und zwar jener starke, etwas bäurische Herr, wie ihn die Zeichnung von Jagemann uns überliefert. Er trug sich, wie er sich diesem Künstler dargeboten, aber der dunkle Rock und der hohe Überschlagkragen daran deckten die weißen Halsbinden und nahmen dem Anzug das Befremdliche. Wie sich in solchen ungewöhnlichen Fällen der Mensch verhält, verhielt ich mich auch. Hier ist, so dachte ich, eine Ähnlichkeit zweier Menschen, wie die Natur sie nicht selten dartut. In den Archiven der Polizei werden frappante Fälle dieser Art in Zeichnung und Photographie aufbewahrt. Zwei Jünglinge, sagen wir, gleichen sich so durchaus, daß der eine – bevor die Tatsache überzeugend zutage tritt – für das Verbrechen oder das Vergehen des andern zu Unrecht büßen muß.

Auch ließ sich die Ähnlichkeit anders ergründen: Goethe hatte bei seinen Reisen in Italien manches Liebesabenteuer gehabt. In seinen »Römischen Elegien« schildert er eines davon. Eros, der unermüdlich Schaffende, verließ diesen naturhaften Menschen nie, und so konnten wohl da und dort Söhne und Töchter geboren werden, die von dem Blute nichts wußten, das in ihnen floß: so mochte der Fremde, den ich sah, ein Enkel oder Urenkel Goethes sein.

Indem ich ihn an- und wiederum wegblickte, ging mir dies alles durch den Kopf. Ich verlor mich in eine gewisse Versonnenheit, und als ich daraus erwachte, war der lebhaft schwatzende Kreis der Damen und mit ihnen mein bäurischer »Goethe« verschwunden...

Gottfried Benn

Turin

»Ich laufe auf zerrissenen Sohlen«,
schrieb dieses große Weltgenie
in seinem letzten Brief – dann holen
sie ihn nach Jena – Psychiatrie.

Ich kann mir keine Bücher kaufen,
ich sitze in den Librairien:
Notizen – dann nach Aufschnitt laufen: –
Das sind die Tage von Turin.

Indes Europas Edelfäule
an Pau, Bayreuth und Epsom sog,
umarmte er zwei Droschkengäule,
bis ihn sein Wirt nach Hause zog.

Wilhelm Lehmann

Tag in Ravenna

Sand knistert in der Tasche
Des weggehängten Rocks –
Schabt an versteinter Kante
Zwinge des Wanderstocks?

Silberner Wermut bittert,
Den Atem salzt das Brack.
Einst fuhr hier die Triere,
Der Sand fraß längst ihr Wrack.

Der Straßen gelbe Dürre,
Das Kircheninnen kühl,
Starrblick der Mosaiken,
Zuletzt ein Grabgefühl.

Hirsche und Lämmer, Fische,
Wie sie symbolisch schnitt
Ein Glaube in die Fliesen,
Verwetzt der Wanderschritt.

Gemeines Haus wie andres,
Doch Geistessarkophag:
Wo Dante starb, schrieb Byron
»Der Tage letzten Tag«.

Sein Ritt durch die Pineta
Nicht hellern Lichts als heut,
Nicht blauer fiel die Nadel
Als meinem Fuß gestreut. –

Um dürres Büschel streicht
Des Windes Serenade,
Es duftet noch gebleicht
Von eines Tages Gnade.

Blick auf Rom

Im Boden verschollen
Triumphgeschrei, Geheul und Gelächter,
Alle Opfer und alle Schlächter.

Dann weideten hier Kühe und Geißen,
Campo caprino, campo vaccino.

Die aufgeweckten Steine hilft mein Fuß verschleißen.
Wohin vergehe ich? Wage ich, noch zu bestehn?
Teerose, Pfirsich geben ihre Farben der römischen Vedute;
Das Mauersims besteigt der Feigenbaum mit immer
wiederholtem Mute.

Über der Peterskuppel seh ich sich drehn
Eine Säule Zugvögel,
Des Weges gewiß, so tüchtig wie flüchtig.
Ich wage es, noch zu bestehn.

Wolfgang Koeppen
Aus dem Roman »Der Tod in Rom«

... Ein Graben zieht sich um das Pantheon und war einmal eine Straße, die vom Tempel aller Götter zu den Thermen des Agrippa führte, das römische Weltreich brach zusammen, Verfall deckte den Graben zu, Archäologen hoben ihn aus, Mauerrümpfe ragen verwittert moosbewachsen hervor, und auf den Stümpfen hocken die Katzen. Katzen gibt es überall in Rom, sie sind die älteste Familie der Stadt, ein stolzes Geschlecht wie die Orsini und die Colonna, sie sind wahrlich die letzten echten Römer, aber diese hier sind Gestürzte. Cäsarische Namen! Sie heißen Othello, Caligula, Nero, Tiberio. Kinder scharen sich um sie und rufen und necken die Katzen. Die Kinder haben laute, schrille, schnellsprudelnde, für den Fremden so reizvoll klingende Stimmen. Die Kinder liegen bäuchlings auf der Umfassungsmauer des Grabens. Ihre Schulschleifen verwandeln ihre verrotzten Gesichter in kleine Renoirs. Die Schulschürzen sind hochgerutscht, die Hosen winzig, und die Beine sind anzusehen wie die Glieder gegossener Plastiken unter einer Patina von Sonne und Staub. Das ist die Schönheit Italiens. Jetzt erhebt sich Gelächter. Eine alte Frau wird ausgelacht. Das Mitleid erscheint immer in hilfloser Gestalt. Die Alte wandelt mühsam am Stock und bringt den Katzen Speise. Eine eklig durchfeuchtete Zeitung umschließt den Fraß. Fischköpfe sind es. Auf blutbesudeltem Druckbild reichen sich der amerikanische Staatssekretär und der russische Außenminister die Hände. Kurzsichtig beide. Ihre Brillengläser funkeln. Verkniffene Lippen täuschen ein Lächeln vor. Die Katzen knurren und fauchen sich an. Die alte Frau wirft das Papier in den Graben. Abgemesserte Häupter der Meerleichen, gebrochene Augen, verfärbte Kiemen, opalisierende

Schuppen stürzen unter die schweifschlagende mauzende Meute. Aas, ein scharfer Geruch von Ausscheidungen, von Sekret, von Fortpflanzungsgier, ein süßer von Altersfäulnis und Eiter steigt in die Luft und vermischt sich mit den Benzindünsten der Straße und dem frischen anregenden Kaffeeduft aus der Espressobar an der Ecke der Piazza della Rotonda. Die Katzen balgen sich um den Abfall. Es geht um ihr Leben. Unselige Kreatur, warum vermehrte sie sich! Die Katzen sind ausgesetzt zu Hunderten, sie sind hungrig zu Hunderten, sie sind geil, schwanger, kannibalisch, sie sind krank und verloren und so tief gesunken, wie man als Katze nur sinken kann. Ein Kater mit mächtigem Schädel, schwefelgelb und kurzhaarig, herrscht böse über die Schwächeren. Er tatzt. Er teilt zu. Er nimmt weg. Er trägt die Schrammen der Machtkämpfe im Gesicht. Er hat eine Bißwunde am Ohr – diesen Krieg verlor er. An seinem Fell frißt die Räude. Die Kinder nennen den Kater zärtlich »Benito«.

Ich saß an einem Aluminiumtisch, auf einem Aluminiumstuhl, leicht, als solle mich der Wind forttragen, ich war glücklich, ich redete mir es ein, ich war ja in Rom, in Rom, in Rom, ich saß in Rom draußen vor der Espressobar an der Ecke der Piazza della Rotonda und trank einen Schnaps. Auch der Schnaps war flüchtig, leicht, leichtmetallen, wie aus Aluminium gebraut, ein Grappa, und ich trank ihn, weil ich bei Hemingway gelesen hatte, man trinke ihn in Italien. Ich wollte lustig sein, aber ich war nicht lustig. Mich grämte etwas. Vielleicht grämte mich die elende Katzenschar. Niemand sieht Armut gern, und hier konnte man sich nicht mit Pfennigen loskaufen. Ich weiß dann nie, was ich tun soll. Ich gucke weg. Das machen viele, aber mich quält es. Hemingway scheint nichts von Schnäpsen zu verstehen. Der Grappa schmeckte synthetisch und faulig. Er schmeckte wie ein deutscher Schwarzmarktschnaps aus der Reichsmarkzeit. Ich hatte einmal zehn Flaschen eines ähnlichen Schnapses gegen einen Lenbach getauscht. Der Lenbach war eine Bismarckstudie; ein falscher Kubaner in amerikanischer Uniform erwarb ihn. Der Schnaps war aus dem Antriebssprit von V-2-Raketen destilliert, die London vernichten sollten; man sauste, wenn man ihn trank, in die Luft, aber keine Angst, auch der Lenbach war falsch. Jetzt hatten wir in Deutschland das Wirtschaftswunder und gute Schnäpse. Auch die Italiener hatten gute Schnäpse, aber sie hatten wohl kein Wirtschaftswunder. Ich beobachtete den Platz. Da wurde der Staat betrogen. Ein junges Weib handelte aus schmutziger Schürze mit amerikanischen Zigaretten. Wieder kamen mir die Katzen in den Sinn. Das Weib war die menschliche Schwester der armen Kreatur, zerlumpt, zerzaust, voll offener Schwären. Sie war elend und verkommen; auch ihre Art hatte sich zu stark vermehrt, und Geilheit und Hunger hatten sie verkommen lassen. Jetzt hoffte das Weib, auf Schleichwegen reich zu werden. Sie war bereit, das Goldene Kalb anzubeten; aber ich weiß nicht, ob das Goldene Kalb sie erhören wird. Mir fiel ein, das Weib könnte ermordet werden. Ich stellte sie mir stranguliert vor; während sie sich schon als feine Geschäftsfrau, eine echte Signora, in einem respektablen Kiosk thronen sah. Auf der Piazza ließ sich das Goldene Kalb herbei, das Weib ein wenig zu lecken. Sie schien hier wohlbekannt zu sein. Wie eine Boje stand sie im Strom des dichten Verkehrs, und kleine flinke Fiats steuerten sie geschickt und verwegen an. Wie hier die Bremsen kreischten! Die Fahrer, schöne Männer, mit gelockten, mit ondulierten, mit gesalbten Haaren, gecremten, polierten, parfümierten Glatzen, manikürten Fingernägeln, reichten Geld aus dem Fenster des Wagens, empfingen ihre Päckchen, und schon jagte der kleine Fiat anderen Geschäften nach und munter anderen Weisen, den Staat um das Seine zu bringen. Eine Jungkommunistin kam gegangen. Ich erkannte sie an dem grellroten Halstuch über ihrer blauen Windjacke. Ein stolzes Gesicht! Ich dachte: Warum bist du so hochmütig, du verleugnest alles, du verleugnest die alte Frau, die den Katzen Futter bringt, und überhaupt verleugnest du das Mitleid. In einem Torweg lauerte ein Bursche, schmierig, wie durch Öl gezogen. Er war der Freund der Zigarettenverkäuferin, ihr Schützling oder ihr Beschützer; vielleicht war er auch ihr Chef, ein ernster Geschäftsmann mit Absatzsorgen, und jedenfalls meine ich, er war der Teufel, den das Schicksal dieser Frau mit auf den Weg gegeben hatte. In Abständen traf sich das Paar wie zufällig auf der Piazza. Sie reichte ihm die eingenommenen schmutzigen Lirescheine, und er steckte ihr neue, sauber in Cellophan gehüllte Päckchen zu. Ein Carabiniere stand in seiner eleganten Uniform wie sein eigenes Denkmal da und blickte verächtlich und gelangweilt zum Pantheon hinüber. Ich dachte: Du und die kleine Kommunistin, ihr werdet ein prächtiges Paar geben, die Katzen werden Staatskatzen heißen, die mitleidige alte Frau wird in einem Staatsheim sterben, die Fischköpfe werden volkseigen und alles schrecklich geordnet sein. Noch aber gab es Unordnung und Sensationen. Händler riefen mit lüsterner, heiserer Stimme die Abendblätter aus. Ich bewundere sie immer. Sie sind die Rhapsoden und Panegyriker der Verbrechen, der Unglücksfälle, der Skandale und der nationalen Erregungen. Die weiße Festung im indochinesischen Dschungel stand vor dem Fall. Es ging in diesen Tagen um Krieg und Frieden, aber wir wußten es nicht. Wir erfuhren die Vernichtung, die uns gedroht hatte, erst viel später und aus Zeitungen, die jetzt noch nicht gedruckt waren. Wer konnte, aß gut. Wir tranken unseren Kaffee, unseren Schnaps; wir arbeiteten, um Geld ausgeben zu können, und wenn es sich ergab, schliefen wir miteinander. Rom ist eine wunderbare Stadt für Männer. Ich interessierte mich für Musik, und es sah so aus, als ob sich auch noch andere in Rom für neue Musik interessierten. Aus vielen Ländern waren sie zum Kongreß in die alte Hauptstadt gekommen. Asien? Asien war fern. Zehn Flugstunden war Asien fern und unheimlich und groß wie die Woge des Hokusai. Diese Woge kam heran. Sie bespülte den Strand von Ostia, wo man die Leiche eines jungen Mädchens gefunden hatte. Die arme Tote ging wie ein Gespenst durch Rom, und Minister erschraken vor ihrem bleichen Spiegelbild; doch konnten sie alles noch einmal zu ihrem Besten richten. Die Woge näherte sich dem Felsen von Antibes. *»Bon soir, Monsieur Aga Khan!«* Wage ich zu sagen, daß es mich nichts angehe? Ich besitze kein Bankkonto, kein Gold und keine Edelsteine, mit nichts werde ich aufgewogen; ich bin frei, ich habe keine Rennpferde und keine Filmmädchen zu verteidigen. Ich heiße Siegfried Pfaffrath. Ich weiß, es ist ein lächerlicher Name. Aber der Name ist auch wieder nicht lächerlicher als viele andere. Warum mißachte ich ihn so sehr? Ich habe ihn mir nicht ausgesucht. Ich rede gern schamlos drein, aber ich schäme mich, ich gebe mich respektlos und sehne mich danach, achten zu können. Ich bin Tonsetzer. Das ist, schreibt man nicht für das Große Wunschkonzert, ein Beruf, so lächerlich wie mein Name. Siegfried Pfaffrath erscheint nun in Konzertprogrammen. Warum wähle ich kein Pseudonym? Ich weiß es nicht. Hänge ich gar an diesem gehaßten Namen, bleibe ich an ihm hängen? Läßt mich die Sippe nicht los? Und ich glaube doch, daß alles, was geschieht, gedacht, geträumt, verdorben wird, alles im All, selbst das Unsichtbare und das Unfaßliche, mich angeht und mich ruft.

Ein großes Automobil, lackglänzend, schwarz, geräuschlosen Getriebes, ein funkelnder dunkler Sarg, spiegelblank und undurchsichtig die Fenster, war vor dem Pantheon vorgefahren. Der Wagen sah wie ein Gesandtschaftsauto aus, der Botschafter Plutos, der Minister der Hölle oder des Mars mochte drinnen auf schwellenden Polstern sitzen, und Siegfried, der auf der Piazza seinen Schnaps trank und träumte, las hinüberblickend und ein Geschehen betrachtend, das er wohl wahrnahm, doch nicht bemerkenswert fand, die Schrift auf dem Nummernschild für arabische Zeichen. War es ein Prinz aus den Märchen der Tausendundeinen Nacht, der da ankam, ein vertriebener König? Der braungesichtige Chauffeur in militärähnlicher Livree sprang vom Steuersitz, riß die Tür des Coupés auf und hielt sich dicht, dienstbereit, adjutantisch beflissen hinter einem Mann, der in einen bequemen grauen Anzug gehüllt war. Der Anzug war aus englischem Flanell und wohl von einem guten Schneider gearbeitet, aber auf dem gedrungenen Körper des Mannes – wuchtig der Nacken, breit die Schultern, gehoben der Brustkorb, gerundet und elastisch wie ein praller Boxball der Bauch und stämmig die Schenkel – erinnerte der Anzug an eine gebirglerisch bäurische Lodentracht. Der Mann hatte borstiges, kurzgeschorenes ergrautes Haar und trug eine große dunkle Sonnenbrille, die ihm ein allerdings gar nicht bäurisches, viel eher ein geheimnisvolles, listiges, weithergereistes, corpsdiplomatisches oder verwegen steckbrieflich gesuchtes Aussehen verlieh. War er Odysseus, der die Götter besuchen wollte? Er war nicht Odysseus, der verschlagene König Ithakas; dieser Mann war ein Henker. Er kam aus dem Totenreich, Aasgeruch umwehte ihn, er selber war ein Tod, ein brutaler, ein gemeiner, ein plumper und einfallsloser Tod. Siegfried hatte seinen Onkel Judejahn, vor dem er sich als Kind gefürchtet hatte, seit dreizehn Jahren nicht getroffen. Oft hatte man Siegfried gestraft, weil er sich vor Judejahn versteckte, und der Junge hatte schließlich in Onkel Gottlieb die Verkörperung alles zu Fürchtenden und zu Hassenden gesehen, das Symbol des Zwanges, der Aufmärsche, des Krieges, und noch glaubte er manchmal die polternde, immer schimpfende Stimme des stiernackigen Mannes zu hören, doch erinnerte er sich nur noch undeutlich an des im Lande gefürchteten mächtigen Tribunen zahllose Abbilder aus Zeitungen, von Litfaßsäulen, als Wandschmuck in Schulsälen, als lähmender Schatten auf Kinoleinwänden, die den Gewaltigen böse vorgebeugten Hauptes in aufdringlich schmuckloser Parteiuniform und in stumpfen Marschstiefeln zeigten. So erkannte Siegfried, inzwischen in die Freiheit entkommen, nach Hemingway Grappa trinkend, über den römischen Platz und seine Musik meditierend, die sein einsames Abenteuer war, Gottlieb Judejahn nicht, und er ahnte nicht einmal, daß dies Ungeheuer in Rom erschienen und im Begriff war, von den Toten aufzuerstehen. Siegfried bemerkte nur beiläufig und mit unwillkürlichem Schauder einen korpulenten, vermutlich wohlhabenden, in der Welt etwas vorstellenden und unsympathischen Fremden, der den Kater Benito an sich lockte, ihn am Genick packte und das Tier unter dem Gekreisch der Kinder in sein nobles Auto trug. Der Chauffeur erstarrte eine Sekunde zinnsoldatenstramm und schloß achtungsvoll hinter Judejahn und Benito den Wagenschlag. Lautlos glitt das große schwarze Automobil vom Platz, und Siegfried sah flüchtig in der Sonne des Nachmittags die arabische Schrift auf seinem Nummernschild funkeln, bis sie plötzlich, eine Wolke trat vor die Sonne, in Staub und Dunst sich auflöste und verschwand. [...]

Am späten Abend ist die Via del Lavatore eine tote Straße. Der Markt hat seine Stände weggekarrt, und die vor den kleinen Comestibles heruntergelassenen Rolläden, altersgrau und altersgrün, machen die Front der Häuser blind wie grauer oder grüner Star das altersmüde Auge. In den Seitengassen, den dunklen Sackgängen sind die einfachen Weinschenken des Volkes, das hier in vielen Stockwerken in engen und hohen Kammern wohnt. Sie sitzen auf Bänken und Schemeln an ungedeckten von Resten und Lachen gefärbten Tischen, sie bestellen einen halben Liter roten oder einen halben Liter weißen Wein, *dolce* oder *secco*, und wer essen will, bringt die Speisen mit, in Papier eingeschlagen oder in Töpfen, und breitet sie ungeniert über den Tisch. Fremde finden selten den Weg in diese Winkel. Doch Siegfried sitzt draußen vor einer solchen Schenke im blassen künstlichen Mondlicht der weißen Kugellampe. Ein Mann wirtschaftet am Tisch. Aus einer Zwiebel wird ein Salat bereitet. Siegfried mag den Geschmack der Lauchgewächse nicht, aber der Mann schält und schneidet mit so viel Vorfreude die junge noch grüne Knolle, er mischt die Scheiben so sorgsam mit Essig und Öl und Pfeffer und Salz, er bricht so andächtig sein trockenes Brot, daß Siegfried nicht umhin kann, ihm *»buon appetito«* zu wünschen. Den Mann freut Siegfrieds Teilnahme, und er bittet ihn, doch seinen Wein zu probieren. Siegfried graust es vor dem Glas des Mannes, dessen Zwiebelmund schon ölig und ätherisch den Rand beschmiert hat, aber er überwindet den Ekel und kostet den Wein. Nun bietet Siegfried dem Mann von seinem Wein an. Sie trinken und reden. Das heißt, der Mann redet. Er redet lange schöngebaute und schönverschlungene Sätze, deren Sinn Siegfried, der nur ein paar Floskeln nach dem Wörterbuch stottert, nicht versteht. Aber gerade weil er den Mann nicht versteht, unterhält er sich gern mit ihm. Für einen Augenblick ist Siegfried froh, und die beiden sitzen beisammen wie zwei alte Freunde, von denen der eine viel zu erzählen weiß, während der andere zuhört oder auch nicht zuhört und vielleicht dankbar und freundlich einer Geisterstimme lauscht, die er auch nicht versteht, aber für eine Weile zu begreifen glaubt. Als der Mann die Zwiebel verzehrt hat, stippt er mit dem Rest des Brotes das letzte Öl aus der Kumme. Das fettdurchzogene Brot reicht er der Katze, die ihn schon lange bittend beobachtet hat. Die Katze bedankt sich und geht mit dem Brot in den Torgang; dort hat sie ihre Jungen.

Siegfried wünscht *»felice notte«*. Er verneigt sich. Er wünscht die glückliche Nacht dem Mann, der Schenke, der Katze und ihren Jungen. Vielleicht wünscht er die glückliche Nacht auch sich. Er ist zufrieden in dieser Abendstunde. Nun geht er in die Schenke, um einen Fiasco zu kaufen. Vielleicht wird er nicht schlafen können. Es ist gut, wenn man nicht schlafen kann, etwas Wein im Haus zu haben. Siegfried möchte noch eine zweite Flasche Wein kaufen. Er würde sie gern dem Mann schenken, mit dem er gesprochen hat. Siegfried hält den Mann für arm. Vielleicht würde der Wein ihn erfreuen. Aber Siegfried fürchtet, den Mann, weil er arm ist, zu kränken. Er unterläßt es, die zweite Flasche zu kaufen. Beim Hinausgehen verneigt er sich noch einmal vor dem Tischgenossen. Noch einmal *»felice notte«*. Aber hat er recht gehandelt? Warum schämte er sich seines freundlichen Einfalls? Er weiß es nicht. Schon wieder zweifelt er. Es ist schwer, das Rechte zu tun. Und schon ist er nicht mehr froh. Er ist nicht mehr zufrieden. Siegfrieds Schritte hallen in der nächtlichen stillen Via del Lavatore. Sein Schatten läuft ihm voran, sein Schatten kriecht in ihn hinein, sein Schatten verfolgt ihn. Und schon überfällt Siegfried der Lärm und das Rauschen am Platz der Fontana di Trevi. Die Scharen der Fremden stehen am Rande des Wunderbrunnens und reden wie einst in Babel in vielen Sprachen. Reisegesellschaften sind fleißig und absolvieren noch in der Nacht ihren Schnellkurs in Kulturgeschichte und Länderkunde. Photographen lassen ihr Blitzlicht leuchten: auch ich war in Rom. Übernächtigte römische Jugend beugt sich über das Becken der Fontäne und fischt mit langen Stecken das Geld aus dem Wasser, das die Fremden leichtsinnig oder abergläubisch oder aus purem Jux hineinwerfen. Der Reiseführer lehrt, man komme nach Rom zurück, wenn man Geld in den Brunnen geworfen habe. Will der Fremde wiederkommen, will er zurückkehren, fürchtet er in freudloser Heimat zu sterben, will er in Rom begraben werden? Siegfried möchte wiederkommen, er möchte bleiben, er wird nicht bleiben, er wirft kein Geld in den Brunnen. Er möchte nicht sterben. Er möchte nicht zu Hause sterben. Möchte er hier begraben werden? Am Brunnen steht sein Hotel. Schmal und schief spiegelt sich die alte Fassade im Wasser.

Siegfried tritt ein. Er geht durch den Windfang. Allein der alte Mann hinter dem Windfang fror. Er fror an seinem Pult vor dem Schlüsselbrett im zugigen Treppenhaus. Er trug Filzschuhe wegen der Kühle des Steinbodens, er hatte den Mantel nach abgekämpfter Krieger Art über die Schulter geworfen, er deckte seinen kleinen kahlen Schädel nach alter Professoren Weise mit einem schwarzen Schlapphut, er sah wie ein Emigrant aus, wie ein liberaler Exilpolitiker aus einer liberalen Zeit, aber er war nur der Verwalter dieses kleinen Hotels, doch war er als Österreicher geboren, und als Italiener würde er sterben, bald, in wenigen Jahren, und ihm war es gleichgültig, ob er als Italiener oder als Österreicher sterben mußte. Manchmal unterhielten wir uns, und jetzt, als ich heimkam, empfing er mich eifrig: »Ein Priester wartet auf Sie!« »Ein Priester?« fragte ich. Und er sagte: »Ja, er wartet auf Ihrem Zimmer.« Und ich dachte: Es muß ein Irrtum sein, und es ist sonderbar zu dieser Stunde. Ich stieg die Treppe hinauf, die Treppe des alten Hauses, die Steinstufen waren zu kleinen Mulden ausgetreten, das Gemäuer senkte sich, der Boden meines Stockwerks hing schief, ich ging wie bergan und erreichte die schlecht sperrende Tür meines Zimmers. Kein Licht schimmerte durch die breiten Ritzen im aufgesprungenen Holz, und wieder dachte ich: Ein Irrtum. Ich öffnete die Tür, und da sah ich ihn der Tür gegenüber am Fenster stehen, ein hoher schwarzer Schatten, wirklich ein Priester, im Licht der Scheinwerfer, die draußen noch immer die Fontana di Trevi anstrahlten, ihre üppigen Fabelwesen, ihren barocken fleischigen Olymp und ihre ständig strömenden, wie Meeresschlag rauschenden und einschläfernden Wasser. Er war groß und wirkte hager. Sein Gesicht war bleich, aber vielleicht kam das von dem tünchenden Strahl der Scheinwerfer. Ich schaltete das Zimmerlicht an, die unverhüllte Glühbirne, die über dem breiten Bett hing, dem *letto grande* des Beherbergungsgewerbes, dem *letto matrimoniale*, dem Ehebett, das jetzt mir vermietet war, mir allein, und auf dem ich nackt liegen mochte, bloß, keusch oder nicht keusch, allein, und die nackte bloße Glühbirne über mir, allein oder fliegenumsummt, und das Rauschen des Brunnens und das Gebabel der Stimmen aus aller Herren Länder, so sagt man, und er, der Priester, wandte sich mir nun mit einer in sich gehemmten Geste der Begrüßung zu, die er nicht vollendete, er hob und breitete die Arme, eine Bewegung, die, da er die Kutte trug, an einen Kanzelredner denken ließ, und gleich senkte er die Arme wieder, wie verzagt oder als ob er sich der Geste schäme, und seine Hände versteckten sich wie zwei schüchterne rötliche Tiere in den Falten seines schwarzen Gewandes. Er rief: »Siegfried!« Und dann sprach er hastig, sich überstürzend: »Ich habe deine Adresse ausfindig gemacht, verzeih. Ich will dich nicht stören. Ich störe dich sicher, und ich gehe besser gleich wieder, wenn ich dich störe.« Es war Adolf, der groß und hager, verwirrt und im geistlichen Kleid vor mir stand, Adolf Judejahn, der Sohn meines einst so mächtigen und schrecklichen Onkels, und ich sah Adolf, wie ich ihn zuletzt gesehen hatte, auf der Ordensburg, klein, er war jünger als ich, ein kleiner armer Soldat in der Uniform der Junkerschule, klein in langer schwarzer Militärhose mit roter Biese, klein in dem braunen Parteirock, klein unter dem schwarzen Schiffchen, das schräg auf das kurzgeschnittene nach Vorschrift gescheitelte Haar gesetzt war, auch ich war so 'rumgelaufen, und ich hatte es gehaßt, mich wie die Soldaten oder wie die Bonzen kleiden zu müssen, und vielleicht hatte auch er den Anzug gehaßt, aber ich wußte es nicht, ich hatte ihn nicht gefragt, ob er die Ordensburg, den Dienstbetrieb, die Soldaten und die Bonzen hasse, ich dachte an Onkel Judejahn, und ich traute Adolf nicht, ich ging ihm aus dem Weg, und ich dachte gar, daß er wie mein Bruder Dietrich gern in der Uniform steckte oder seinen Vorteil draus holte und sich zu Posten drängte, und darum belustigte es mich, ihn nun im Gewand des Priesters zu sehen, und ich überlegte, in was für Verkleidungen wir doch auftreten, traurige Clowns in einer mäßigen Verwechslungsposse. Ich sah ihn stehen, und ich sagte: »Setz dich doch.« Und ich schob ihm den schäbigen wackligen Stuhl der Herberge hin, drängte von der Marmorplatte der Kommode Bücher, Zeitungen und Notenblätter zurück, ich holte aus der Schublade den Korkenzieher, öffnete den Wein, den ich mitgebracht hatte, und spülte das Zahnputzglas im Waschbecken aus. Ich dachte: Judejahn ist verschollen, Judejahn hat es erwischt, Judejahn ist tot. Und ich dachte: Wie schade, daß Onkel Judejahn seinen Sohn nicht sehen kann; wie schade, daß er ihn nicht bei mir auf wackligem Stuhl sehen kann; wie schade, denn ich glaube, er wäre geplatzt, und noch heute würde ich ihn gern platzen sehen. Übertrieb ich nicht? Maß ich ihm nicht zuviel Bedeutung zu? Ich schenkte den Wein ein und sagte: »Trink zuerst. Wir müssen aus einem Glas trinken. Ich habe nur ein Glas.« Und er sagte: »Ich trinke nicht.« Und ich: »Als Priester darfst du doch ein Glas Wein trinken. Das ist doch keine Sünde.« Und er: »Eine Sünde ist es nicht. Aber ich danke dir. Ich mag nicht.« Und nach einer Weile sagte er: »Ich bin noch nicht Priester. Ich habe erst die Diakonatsweihe.« Ich trank von dem Wein, schenkte das Glas wieder voll und nahm es mit mir zu dem breiten Bett. Ich legte mich auf das breite Bett, und es war, als wolle ich andeuten, daß ich unkeusch lebe, was in diesem Zimmer gar nicht mal zutraf, und ich weiß auch nicht, was unkeusch ist, oder ich weiß es, aber ich will es nicht wissen, und ich lehnte mich zurück, stützte mich gegen das Kopfkissen und fragte ihn: »Was ist der Unterschied?« Und er sagte: »Ich darf taufen.« Und dann, als ob er sich besonnen hätte, sagte er: »Ich kann noch nicht die Messe feiern. Ich habe noch keine Absolutionsgewalt. Ich kann die Sünden nicht vergeben. Erst wenn mich der Bischof zum Priester geweiht hat, darf ich die Sünden nachlassen.« Ich sagte: »Da wirst du viel zu tun haben.« Und dann ärgerte ich mich, weil ich das gesagt hatte. Es war dumm und witzlos und gemein, und eigentlich mag ich die Priester. Ich mag die Priester, die ich nicht kenne. Ich mag die Priester, die ich sehe, ohne sie zu kennen. Ich mag die Priester von weitem, ich mag sie aus sicherer Entfernung. Ich mag die Priester, die lateinisch sprechen, weil ich sie dann nicht verstehe. Ich verstehe sie nicht, aber ihre lateinische Sprache gefällt mir, und ich höre ihnen gern zu. Wenn ich sie verstehen könnte, würde ich ihnen gewiß weniger gern zuhören. Vielleicht verstehe ich sie auch, aber nur ein wenig. Vielleicht bilde ich mir bloß ein, sie ein wenig zu verstehen, und es gefällt mir, weil ich sie, genau genommen, doch nicht verstehe. Vielleicht verstehe ich sie sogar falsch, aber es gefällt mir dann, sie falsch zu verstehen, und es wird schon richtig sein, wenn ich sie falsch verstehe, denn wenn sie recht haben und es gibt Gott, dann wird Gott mir durch ihren Mund das Richtige verkünden, auch wenn der Mund seiner Diener ganz andere Sätze spricht, als ich sie verstehe. Wenn ich die Wörter der Priester so verstehen könnte, wie die Priester sie reden, würde ich sie nicht mehr mögen. Sicher sind auch die Priester dumm und rechthaberisch und eigensinnig. Sie berufen sich auf Gott, um zu herrschen. Judejahn berief sich, als er herrschte, auf Hitler und die Vorsehung. Und Adolf? Auf wen mochte er sich berufen? Ich sah ihn an. Er sah mich an. Wir schwiegen. Die Fremden, keine Pilger, redeten nach Babels Weise. Das Wasser rauschte Vergänglichkeit. Das war draußen. Hier summten Fliegen. Fliegen summten hier. Schmutzige Fliegen...

Paul Celan

Assisi

Umbrische Nacht.
Umbrische Nacht mit dem Silber von Glocke und Ölblatt.
Umbrische Nacht mit dem Stein, den du hertrugst.
Umbrische Nacht mit dem Stein.

Stumm, was ins Leben stieg, stumm.
Füll die Krüge um.

Irdener Krug.
Irdener Krug, dran die Töpferhand festwuchs.
Irdener Krug, den die Hand eines Schattens für immer verschloß.
Irdener Krug mit dem Siegel des Schattens.

Stein, wo du hinsiehst, Stein.
Laß das Grautier ein.

Trottendes Tier.
Trottendes Tier im Schnee, den die nackteste Hand streut.
Trottendes Tier vor dem Wort, das ins Schloß fiel.
Trottendes Tier, das den Schlaf aus der Hand frißt.

Glanz, der nicht trösten will, Glanz.
Die Toten – sie betteln noch, Franz.

Stefan Andres

Porträt einer kleinen Stadt

Viele hundert Male hatte ich den Namen dieser Stadt über den Briefbogen gesetzt und bemerkte schließlich, daß die Feder dies »Positano« immer mehr stilisierte und zu einer Arabeske machte: im »P« wölbte sich die sarazenische Kuppel seiner Häuser, im ganz alleinstehenden und rundgezogenen geschlossenen »o« öffnete sich der dunkle, kühle Zisternenmund im Höfchen, im scharfgekurvten »s« zog die Feder – wie gesagt ohne Absicht und ganz auf eigene Faust! – die Schlange des Asphaltweges nach, der den Ort, buchtaus-buchtein laufend, verbindet. Das kleine »i« mit dem einsamen Punkt könnte etwas von der Sonne über dem mageren Kalkstein, der Hitze und der Trockenheit der Luft aussagen. Aber hier wird man mir etwa Gesuchtheit in symbolischer Schriftdeutung vorwerfen. Man müßte die Stadt noch in ihrer guten Zeit gekannt haben, in ihren lockeren Jahren. Vor romantisch gestimmten Ohren erwähnt, erregte der Name Positano damals in Berlin so gut wie in New York, London und Oslo ein ganz bestimmtes Lächeln, man seufzte lustig und rief: »Ach, was macht der Carlino? Ist Assunta verheiratet? Spukt es noch in der casa Cosenza?« Und man beginnt, jenen für die Außenstehenden so dürftig erscheinenden Zauber wie ein Geduldspiel aufzurichten. Denn wirklich, der Außenstehende, also ein Mensch, der Positano nicht kennt oder nicht erkannte, versteht einfach nicht, worauf diese Schwärmerei sich gründet. Denn gerade in ihren besten Jahren wies die Stadt weniger auf als heute, da sie allmählich in ihre bequemen Jahre kommt und von ihren Erinnerungen lebt: weniger »Komfort« nämlich und weniger Betriebsamkeit, worauf die meisten Leute noch das Hauptgewicht legen. Damals gab es an dem nicht immer sauberen Strand nicht einmal Badekabinen, kein Radio konnte seine Geräuschfontänen steigen lassen, denn noch war damals nicht das elektrische Licht über die Berge auf diesen wackeligen Masten herabgestelzt, die heute den Strom (wenn nicht gerade der Wind an den Stangen rüttelt!) in die Häuser bringen. Heute gibt es Kanalisation und Wasserleitungen, damals waren die Kettchen mit dem Porzellangriff »Ziehen« gänzlich unbekannt. Der Eimer wurde in den Ziehbrunnen gesenkt, Trinkwasser von den Mädchen auf dem Kopf herbeigetragen, das Feuer mit Reisig entzündet. Und man ging einander, die gefährlichen Treppen auf- und niedersteigend, mit Windlichtern besuchen, man trank den damals oft miserablen Wein in denselben törichten Unmengen wie späterhin, und damals schon schworen die Fremden gelegentlich, aus der Stadt auszuziehen wegen all der Umstände. Aber sie blieben doch, wenn nicht gerade die Weltgeschichte eingriff oder das Geld ausging oder die Familie und Freunde nachsehen kamen, um dann den an seinen Träumen zum Säugling gewordenen abzuholen und in das tätige Leben zurückzuführen. Diese Bannkraft Positanos verständlich zu machen, ist eben darum so schwer, weil dies Städtchen niemals die üblichen Mittelchen kurtisanenhafter Orte anwandte: hier gab es kein Sanatorium, keine Spielhölle, keinen Korso, kein Wagenrennen, und den Damen fiel es sogar damals schwer, ihre großen Toiletten an den Mann zu bringen. Ein Freund sagte einmal – übrigens ein klarer, kühler Kopf, er entfloh nach einer Woche! –, daß der Felsenkessel wie ein »steinerner Uterus« diese Menschenfrüchte bewahre, und wer lange Jahre hier weile, müsse sich hernach einen neuen Eintritt in die Welt erkämpfen, der schmerzlich wie eine Geburt sei. Daran mag mancherlei stimmen, doch möchte ich das gewagte Bild abmildern und sagen: Positano sei ein Sonderfall von jener platonischen Höhle, in der der Eremit trotz aller hexenhaften Sonne in einer dämmerigen Abgeschiedenheit von der Welt wohnt und ihr Treiben nur als einen Dahingang von Schatten wahrnimmt. In diesem Felsennest saßen nicht nur jene Traumsäuglinge und nicht nur fade Schmarotzer und auf dem Abstellgleis vermodernde Naturen, sondern auch höchst lebendige Menschen, vom Verlangen nach Abstand zur Welt hierhergetrieben: Leute mit Unabhängigkeitsgefühl, die den Anblick gewisser uniformierter Staatsorgane einfach nicht mehr ertragen wollten. So lebten sie mit Frau oder Freundin, mit Kind oder Kegel und dem Kater Kallimachos und der Magd Lusinella in ihren weißgekälkten Gewölben, vor der Staffelei oder am Schreibtisch, schnitten ihre Weinstöcke und Zitronenpergeln, zankten sich mit dem Fischverkäufer in jenem das Blut befeuernden Spiel des Feilschens, tranken ihren Wein und lasen die seltene Post. Und wenn man sie in Briefen beschwor, sie sollten doch heimkehren, sonst ginge die Welt noch am Ende ohne sie weiter, schüttelten sie nur verwundert und nachsichtig den Kopf. Es ist bezeichnend, dachten sie dann bei sich, wie es die Geschäftigen »draußen« irritiert, daß es Einsiedler gibt. Aber solche seelisch oder finanziell Gestrandeten, geistig zu kurz Gekommene mit edlen Allüren, kleine und große Abenteurer, Frauen mit bedenklichem Lebenswandel, Sektengründer, Rauschgiftler, partielle Narren, politische Hitzköpfe und emigrierte Obristen und dazwischen etwa ein braver Seifenfabrikant mit seiner Frau, die »an Spiritismus glaubt«, das ergab, absichtlich wahllos eingeladen, häufig eine dem Eremiten für ein paar Stunden ein ganz ernsthaftes, aber auch grimmig ausgelassenes Welttheater aufführende Gesellschaft. Und dazu dieser Hintergrund: aus den Weinlauben steigt das Meer auf, oft vom Mond erhellt wie eine ungeheure Tanzfläche der Ideen, das Spiel herausfordernd und seine Bedenklichkeit untermalend: das Stopp der Natur im tikkenden Ablauf der Gedankentelegramme. Und um dieser großen, kein Wort verlierenden Umwelt willen wohnten jene werkbesessenen Menschen eigentlich in dieser Stadt. Das immerzu sich verändernde und gleichbleibende Meer, die im Jahreskreis aufgrünenden und abgoldenden Kalkhalden des Kessel, die unendliche Weite des Blickes vom Monte Sant' Angelo, die Spaziergänge an schwindelerregenden, aufs Meer hinmündenden Schluchten entlang, das einfältige und kluge Gesicht der Bauern auf den Bergdörfern im Umkreis, die Musik der italienischen Sprache und der duldsame und wahrhaft liberale und auch kindliche Charakter der Leute, mochten sie auch gelegentlich kleine Gauner sein; das alles einte sich mit der einzigartigen Architektur des Ortes mit diesen Kuppeln und Loggien und Terrassen und den rechtwinkligen Flächen der Häuserwände und überdies mit dem seidenen Zeltdach des Himmels, daß daraus jener Bann entstand, den jeder von der Positano-Sehnsucht Befallene kennt.

Wie nahe nun aber auch die Einheimischen und die Fremden in Positano wohnten, im Grunde saßen sie auf ihren Balkons und Terrassen einander immer fremd und unerreichbar wie in einem großen Theater gegenüber, und selbst der vielbenutzte Feldstecher mochte wenig zur Annäherung der ewig Einsamen beitragen. So erzählten sie übereinander Geschichten wie überall auf der Welt. Was gäbe das zu guter Letzt für eine aufschlußreiche und wirklich spannende Geschichte, wenn man alle die Lügenmärchen um jeden einzelnen auffädeln würde, hier in dieser kleinen Stadt – und vielleicht auch draußen in der Welt einmal, denn das kleine Positano ist ja nur ein Bild, ein Theater, in dem das größere Geschehen sich sinnbildhaft abspielt.

Immerzu schaut die Stadt mit vielen dunklen Tür-Fenster-Augen auf das Meer hinaus, fast greisinnenhaft, schweigsam und doch erinnerungslustig. Sie wartet, die kleine uralte und doch so unverwüstliche Poseidonstadt; und manchmal, wenn die Frühlingssonne sie liebkosend überfällt, liegt ein Glanz von Gewißheit über ihr und sie lächelt golden und rund unter dem dunklen Laub der Orangenbäume, und sie weiß: ihre Steine sind beständiger als der Streit der Menschen, und das Meer bestätigt gleichmutsvoll im Schlag der Brandung solch wissende Erwartung.

Das Fest der Fischer

Auf der Balustrade, die gegen die niedriger gelegenen Häuser den Platz abschloß, hockten dicht nebeneinander Männer und Knaben. An den schwarzen, aus den Eckquadern des Platzes aufragenden Laternen hingen Trauben von kleinen, zappelnden Gestalten, die über die Köpfe der Wartenden hinweg ihre Rufe ertönen ließen – gegen die Tür im Domportal, man konnte sie wohl bis an den Hochaltar hören.

Dann kam Bewegung in das Menschengedränge. In weiße Röcke gehüllte Ordner wurden sichtbar, welche wie die Engel des Letzten Gerichts verfuhren und die Gruppen zerbrachen und das Gewoge säuberlich zerteilten – zur Rechten und Linken hin, so daß eine Straße entstand – einem Kiespfad zwischen windbewegten Blumen vergleichbar.

Nun wurden die Flügel des Domportals aufgetan, die Orgelbässe schnarchten durch den Leib des Domes hin, die Flöten jubelten, und zugleich quoll aus dem hohen Spalt, wie von den Tönen hervorgespült, der von Fahnen und Farben flackernde Strom der Prozession.

Für einen Augenblick stand das goldene Tragkreuz des Ministranten, als schwebte es über den Köpfen, funkelnd im Ausschnitt des Portals auf dem Dämmer des Dominnern. Dann aber, im unfeierlich südländischen Kurzschritt, bröckelte der Zug über die oberen Treppenstufen, stieß schnell über den Platz und zerlief, ein wenig ordnungslos, auf der breiten, unteren Treppe, nur zusammengehalten durch die Mauer der großen und der kleinen Leute, die in frommem Gaffen und in fröhlichem Geplauder geduldig verharrten, manchmal auch über die Prozession fort sich einige Worte zuriefen oder gar wieselgleich sich durch Weihrauch und Brokat wanden, wohin es sie trieb.

Der Kreuzträger wandte sich nach links, durch die sehr schmale und ein wenig dunkle, von Stützbögen gesicherte Gasse, wo der Schreiner und der Weinverkäufer wohnten und auch Giacominos »Risorgimento« lag; und ihm nach durch den Mauerschlund, der auf die Piazza mündete, bewegte sich die buntgescheckte, kerzenflimmernde, bewimpelte Schlange.

Hinter den Kreuzträgern schritten, weiß vermummt, die Männer von der Begräbnisbruderschaft; die Schlitzaugen ihrer spitz aufgerichteten Kapuzen erinnerten mitten im Fest an ihren einstmaligen, gefährlichen Beruf, der sie Gesicht und Mund bedecken ließ, wenn sie neben den läutenden Pestkarren einherschritten. Ihnen folgten die blumenbekränzten Mädchen, von den am Weg sie erwartenden Müttern noch einmal geschneuzt und zurechtgezupft, und hinter diesen trotteten halbwüchsige Burschen, säuberlich wie Kleriker gekleidet, in Soutane, Rochette und Birett, als Vorläufer sozusagen der richtigen und eigentlichen Kleriker, die mit feierlich gelassenen und kindlich stolz umherschweifenden Augen die Psalmen hersangen, ein wenig plärrend und ohne aneinander Gleichklang und Maß zu nehmen.

Endlich – von vier in weiße Priesteralben gekleideten Fischern getragen – schwankte starr lächelnd die goldstrotzende Madonna von Positano auf ihrer Sänfte einher. Wohin sie kam, gab es Kußhände, Kreuzzeichen, Verbeugungen und dazwischen ganz selbstverständliche Zurufe und leicht zerspritzendes Gelächter, was alles nicht immer der Madonna oder der Prozession und dem Festtage galt.

Wo die Madonna und die sie umgebenden Kerzenträger, welchen noch ein Schwarm betender Frauen folgte, vorüber waren, da löste sich die lebendige Mauer; ihre Bruchstücke trieben gegeneinander, es gab Wirbel und Kreise, man drängte fort und verharrte auf der Stelle. Der Kreuzträger aber sprang leichtfüßig die wenigen Stufen, die der kleinen Piazza zum Strand hin vorgelagert sind, hinunter und eilte auf das Meer und die frisch angestrichenen Boote zu. Inzwischen hatte die ganze Prozession sich am Strande gestaut. Die Madonna war endlich angekommen und nahm, von den Pfarrpriestern und zweien der ältesten Fischer umringt, im größten der Fischerboote, das mit Grün und Bändern geschmückt war, ihren althergebrachten Platz ein, beim hellen, ununterbrochenen Gebeier der Glocken.

Als nun der alte Fischer, der Besitzer des Bootes, in die Hände spuckte und sein Ruder ergriff und sein Nachbar mit dem andern sich abwartend nach vorn lehnte, ertönte ein Pistolenschuß, und darauf lösten sich an der steilen Bergwand oberhalb der Stadt, als kämen die weißen, strahlenden Häuser heruntergestolpert, die Böller mit erneuter und gedoppelter Macht.

Alle Boote, denn sie wollten ja auch in diesem Jahr wieder unbeschadet und voller Fische heimkehren, richteten ihren Bug ins Meer und strebten in gleicher Linie mit dem Madonnenboot hinaus. Die Blicke der Rudernden waren gegen ihre Stadt gerichtet, gegen den winkenden Menschensaum am Ufer. Im Durchziehen der Ruder warfen sie ihre Gesichter dem Himmel zu; und der schien weiter als sonst gewölbt, war feierlich und leer und saugte mit seiner Stille die Schifflein hinaus, bis das Boot mit der Madonna, keinen Kilometer vom Ufer entfernt, anhielt.

Sie ließen die Ruder beikommen und blickten erwartungsvoll und mit verhaltenem Atem von allen Seiten auf einen Punkt: dort hob der Pfarrer, von den kundigen Fischern unterstützt, das Holzbild aus seinem Gestell, hob es – die Fischerfäuste hoben es – hoch in die Luft und senkte es schließlich in die Flut, bis nur noch das Köpfchen der Madonna aus der weiß gekräuselten Feuchte herausragte.

Und wieder schlugen die Böller vom Berg, mit unsichtbaren Fäusten schlugen sie in das Blau, auf das festgespannte Fell des Himmels, riefen: Das Meer ist eröffnet, sein fruchtbarer Schoß ist erschlossen durch die Jungfrau-Mutter, der Vertrag mit dem Abgrund ist neu geschlossen, das Bündnis erneuert, die dankbare Abhängigkeit demütig anerkannt, der Tribut entrichtet an das göttliche Element: denn die Jungfrau und große Mutter hat gebadet in ihm und den Segen des Meeres mit dem Segen des Himmels erwidert.

Schnell bewegte sich nun die zusammengeschmolzene Prozession in den Dom zurück, kaum noch säumten Zuschauer den Weg, alles strömte regellos hin und her. Die Glocken luden in gewohntem Geläute zum Hochamt.

Mozzo, mein Faktotum

Als ich Mozzo das letztemal vor seinem Tode traf – er saß klein und steil an der Chiesa nuova hinter einem Glas Wein –, da war er bereits in einem Alter, bei dem man, an frühere Daten sich haltend, zu rechnen beginnt, weil man es nicht glauben kann, daß er noch immer da ist und noch immer Wein trinkt...

Mozzo war dreimal so alt wie ich, damals, als er bei mir die Zugehfrau spielte, war also bereits über das biblische Alter hinaus und damit in den Jahren, von denen der Psalmist sagt, daß sie nur Mühsal und Plage seien. Für Mozzo nicht so: er wußte, wie man es machte, um die letzten Jahre des Lebens vergnüglicher zu gestalten als die ersten. Er lief, wie er es als kleiner Junge gewöhnt war, barfuß, die Hosenbeine bis an die Waden hochgekrempelt, unterm Hemd auf der Haut trug er selbst im Sommer ein Wolljäckchen, das den Schweiß aufsaugte. Die Mütze hing ihm, wie an dem widerspenstigen, melierten Haarschopf aufgehängt, über den rechten Hinterkopf herab, während er die Jacke, vielleicht in einem Toga-Atavismus, auf der linken Schulter trug und so seinen rechten Arm für ausladende Bewegungen frei hatte, deren Heftigkeit und Weite von fern her schon das Maß des genossenen Weines anzeigten.

Mozzo war nicht gerade ein Trunkenbold, er ließ sich – das hatte er noch aus der Zeit seiner langen Ehe mit Rosinella – das Glas wegnehmen und trank überhaupt nur, wenn sein Patron bei Kasse war. Ließ das Geld auf sich warten, zog er sich die Pyjamajacke seines Herrn heimlich als Hemd an und ging damit zum dicken Giovanni, bei dem der Wein nicht wie bei den andern Wirten mit Wasser vermehrt wurde. Und er zeigte ihm den schönen Kragen der Pyjamajacke und sagte: »Sieh mal, Giovanni, solche Hemden trägt mein Signore sogar bei Nacht!«

Und er kam mit einem Fiasco, mit Brot, Ziegenkäse und einer Zwiebel heim, und das Abendessen war durch diese intime Kreditpolitik Mozzos sichergestellt. Es konnte aber auch geschehen, daß ihn sein Herr zum Weinkauf ausschickte und dann den ganzen Abend wartend dasaß, bis in der beginnenden Nacht das Tamburin auf der Terrasse rasselnd und pochend losbrach und Mozzos brüchige Stimme zu hören war: »O weh, was sagt der Signore? Ich habe seine drei Lire vertrunken! O weh, wer hieß mich niedersitzen auf den Stufen, wer den Korken lüpfen! Verflucht der Duft des Korkens – nicht des Weines! –, des Korkens nur, der mich verführte! O Sant' Antonio, wie tief bin ich gesunken! O armer Mozzo, der ich nunmehr bin!«

Das kam nicht oft vor, ja, eigentlich nur, wenn Mozzo erfahren hatte, daß Geld angekommen sei. War Besuch da, der die Sprache nicht kannte, glaubte man jedesmal, Mozzo singe ein altes Volkslied. In der Geschichte Positanos gebildete Besucher sprachen sogar von offenbar sarazenischen Restelementen, welche in diesen Liedern weiterwirkten.

Ich machte mir, wenn Mozzo zuviel getrunken hatte, jedesmal Vorwürfe. Er hatte die Altersgicht und stöhnte nächtelang in der Küche drunten, bevor das große Stöhnen der Tramontana einsetzte oder des Schirokkos – zu den vielen Verrichtungen, die er übernommen hatte, war er auch noch mein Wetterprophet.

Und wie konnte man ihm auch den Wein vorenthalten, wenn er von der Post mit Briefen kam und, obwohl er nicht lesen konnte, eine gewisse Schrift auf einem gewissen bläulichen Umschlag erkannt hatte. Dann schwang er den Brief in der Hand, und seine Augen standen so, daß unter dem Schwarz der Iris das Weiß wie ein Halbmond blitzte. Sein Mund war bis tief in die faltigen Wangen gezogen, und der Schnurrbart machte einen Strich quer durch sein kleines, drahtiges Wüstengesicht.

Eine halbe Stunde später konnte ich Mozzo jedesmal ganz hinten im Garten finden, wie er vor dem halbleeren Fiasco dasaß, die Schultern hochgezogen, stumm. Dann dachte er an seine Frau, nicht an seine Kinder, die lebten ja alle: seine

Söhne, Enkel und Urenkel – irgendwo in Positano und in der weiteren Nachbarschaft; nein, nur an seine Frau dachte er, ausführlich und mit Hingebung, bis er mit einem Satz aufsprang, ins Eßzimmer lief, das Tamburin von der Wand riß und es rasselnd schwang und dann mit den Fingern besprang: tupfend, wischend und klopfend. Und er sang: »O Mozzo, schäme dich, wie alt bist du geworden! Hol der Teufel meine Gicht! Alles hat mir dieser alte Bösewicht gestohlen; den buntbebänderten Peitschenstiel und die rot-schwarze Carozza und die zwei nikkenden Pferdchen und Rosinella, die runde, braune Rosinella! Nur die Gicht ließ er mir. Soll er sie doch selber haben! Ich aber will Wein trinken, Signore, schenk Mozzo einen Tropfen! Mir brennt das Herz von Rosinella!«

Ein Monstrum, wer solchen Brand nicht gelöscht hätte! Natürlich konnte Mozzo an solchen Tagen, wenn das Wetter umschlug, die Erinnerung an Rosinella hochkam oder sonst ein Anlaß zum Trinken und Singen und Tamburinschlagen sich bot, seinen häuslichen Verrichtungen nicht mehr weiter nachkommen. Doch hatte er vorgesorgt, daß er nicht unabkömmlich sei. Das Wasserholen an der Fontana gehörte eigentlich zu seinem Dienst, aber dafür war von ihm ein Mädchen angestellt, »sie ist so arm«, hatte er mehr in anordnendem als bittendem Tonfall gesagt, »sie muß sich etwas verdienen.« Wenn ihm die Kleine nicht schnell im Nebenher auch noch die Kartoffeln schälte, kochte *er* sie mit der Schale: die gehe hernach von selber ab – »ganz, ganz leicht!« versicherte er mir mit zusammengezogenen Brauen, und er überzeugte mich.

Einmal erwartete ich Gäste, und es sollte ein Tisch ins Freie getragen werden. Ich rief also Mozzo und bat ihn, mir zu helfen. »Gleich, Signore«, sagte er – und huschte zur Tür. Aber ich war schneller und trat ihm in den Weg. Er lächelte anerkennend über meine Klugheit und begann mich auszufragen: wohin der Tisch denn komme? Ob er nicht zu schwer sei für uns beide? Ob es nicht viel einfacher und auch schöner sei, wenn die Gäste ihre Gläser auf den Kies oder das Terrassenmäuerchen stellten? Nein? Warum ich überhaupt Gäste einlüde? Es folgten noch viele Fragen, welche sich von dem Tisch mehr und mehr entfernten. Wir redeten zuletzt vom Kastanienrösten, und er versicherte mir, er habe im Nebenhaus noch so einen uralten Röster, mit dem gehe es besser als mit den neuen, er werde ihn mal heraufholen. Und trippelte zur Tür.

»Zuerst tragen wir den Tisch ins Freie!« sagte ich, »und zwar sofort!« »Ach, der Tisch, richtig, dieser vermaledeite Tisch!« Damit geht er zur Anrichte, ergreift den Fiasco und gießt sich, mir einen bittenden Blick zuwerfend, ein Glas ein. »Der Tisch ist schwer«, flüstert er mit hochgeschobenen Brauen, »wir müssen uns etwas Kraft antrinken! Wenn Sie einmal so alt sind wie ich...« Ich sah ein, daß ein Glas Wein die Arbeit fördern könnte. Über seinen Ausführungen, wie schwer es doch ein armer, alter, von seinen Kindern im Stich gelassener Mann habe, hatte sich der Fiasco geleert. Der Augenblick, entschieden zu sein, schien mir gekommen. Mozzo erhob sich willig und machte einige, jedoch betont unsichere Schritte über die Fliesen. »Oh, Signore, schlimm, ich habe zuviel getrunken! Meine Beine tragen kaum mich selber, wie soll ich da einen Tisch tragen! Ich fiele um und stürzte Euch den Tisch – der runde ist sehr schwer! – auf den Leib. Malt Euch selber das Unglück aus! Die Ärzte taugen hier nichts, sage ich Euch, hier darf man nicht krank werden!«

Da stand er, die Jacke über die linke Schulter gehängt, mit großer beschwörender Bewegung, und was er über die Ärzte sagte, war mit nichts zu widerlegen. »Gut«, seufzte ich und stopfte soviel Enttäuschung in meine Miene und Stimme, als es ging, »so werde ich den Tisch also allein tragen!« »Das verhindere Gott«, rief er, »ihr macht Euch unglücklich! Und das alles wegen dieser Gäste!« Damit legt er seine Jacke auf einen Stuhl, schiebt seine Hände unter die Tischkante und blickt mich mit einer Falte düsterer Entschlossenheit zwischen den Brauen wartend an. Ich nicke, hebe den Tisch in der Mitte an, und ich fühle, daß ich ihn allein trage. Indes er keucht, stöhnt und betrachtet mich aufmerksam, den Mund verzerrt und die Augen hervorgequollen, Atlas und Herakles in einer Person!

Über diesen Tischtransport sprach Mozzo nicht viel anders als die Arbeiter des Papstes an jenem Abend, da sie den Obelisken bewegt und vor St. Peter aufgerichtet hatten. Mozzo besaß nämlich die Weisheit, in den unscheinbaren Anfängen die darin enthaltenen Möglichkeiten, die schlimmen ebenso wie die angenehmen, von ferne zu erblicken. Denn wie er sich vor dem Tragen eines Möbelstückes fürchtete, so freute er sich jedesmal über den Brief, den er mir brachte; und es kam keiner an, keiner von den bläulichen mit der gewissen Krakelschrift, dessen Lesung er nicht auf dem Tamburin begleitet hätte. Seine vom Alter brüchige Stimme, immer wieder sang sie: »Der Signore bekam einen Brief, nächste Woche kommt noch einer! Und dann noch einer! Und alle sind von derselben Signora! Der Teufel bekomm meine Gicht! Das war eine Zeit, als Mozzo so alt war wie der Signore, als er in der Carozza saß und mit der Peitsche knallte und alle ihn grüßten – und Rosinella mit dem Essen wartete! O armer Mozzo, der ich nunmehr bin!«

Heinz Piontek

Apulische Ebene

Kommt, o kommt
zu dem feurig gedeckten Tisch!

Kommt,
eh der Sturmwind
an euren Stränden an Land springt!

Kommt von allen vier Enden –
ihr Reiterinnen auf Eseln,
ihr Bälger auf Büffeln,
ihr mit den unversiegbaren Hoden:
tagelöhnernde Zwerge,
mohrenbraun.

Auch ihr vom Rande der Berge,
aus euren Gruften,
kommt, ihr Toten,
pflügt durchs Getreide
mit Sicheln und Sensen!

Schön liegt Ruth
bei den trinkenden Schnittern im Schatten,
die rosenbraunen Glieder gelöst.

Schöner noch ist es zu wissen,
daß euch die Sonne liebt.

Aber wie nah jetzt der Erzfeind,
das Rauschen des Plünderers,

der von der einsamen Erde
den Staub noch hinwegreißt!

Ein Jahrhundert ums andere
schabt er, schleift er
an den Quadern der Kathedralen.

Stößt Maltersäcke um und Weinschläuche,
knickt Ölbäume leichthin
oder zerrt die Wäsche weg
von der Bleiche.

Einkehren will er zur Nacht
schnaubend
im kaiserlichen Kastell.

Brandstätten glühen herauf.
Pauken und Pfeifen.

Roms Schwalben

Die Betteleute wissens zur Genüge,
dem Reiterführer ohne Reiterei
entdeckten es die fensterhohen Engel:

Die Schwalben führen hier das Regiment –
seitdem die Kinder mit den Wölfen heulen,
die Kaiser, traumhaft, hell, vergangen sind.

Sie sprechen Recht, wenn Liebe sich erbittert,
und halten den Titanenclan in Schach.
Sie treiben durch das Nadelöhr Sankt Peter
die Reichen dieser Welt in hellen Haufen.

Sie segnen Wein und Fisch. Sie ordnen an,
daß man, wie ihre Nester, an die Hügel
die transparenten Häuser schmiegen müsse.

O Vogelreich, wie kreist das Blut geschwind.
Der Heilige hat Rippen leicht wie sie.
Die Favoritin zwitschert, kaum erwacht.

Kein Wallring hemmt sie, keine goldne Schranke:
Durch alle Bilder zieht ihr klarer Flug –
ins leere Garn gehn nur die Vogelsteller.

Doch jüngsten Tags wird sich ihr Heer
der ganzen Ortschaft wunderbar erbarmen,
die Last von Stein auf seidne Flügel laden
und sie im Sturm wie eine Braut entführn.

Ingeborg Bachmann

Brief in zwei Fassungen

Rom im November abends besten Dank
das glatte Marmorriff die kalten Fliesen
die Gischt der Lichter eh die Tore schließen
der Klang mit dem erfrorne Gläser springen
der Singsang den sie aus Gitarren wringen
eh sie die Schädel in die Münzen stanzen
auf die Arena mit Zypressenlanzen!
der Holzwurm ist bei mir zu Tisch gesessen –
wie wohl ein Blatt aussieht das Raupen fressen?
und Herbst in Nebelland die bunten Lumpen
der Wälder unter großen Regenpumpen
ob es die Käuzchen gibt das Todeswerben
die Drachen die in warmen Sümpfen sterben
das Segel schwarz den Unglücksschrei der Raben
den Nordwind um die Wasser umzugraben
das Geisterschiff die Halden und die Heiden
schuttüberhäuft das Haus die Trauerweiden
verschuldet und vertränt am Strom aus Särgen
den Wahnsinn den sie aus der Tiefe bergen
Immer und Nimmermehr gemischt zum Trank
dein wehes Herz vergötternd alle Leiden
vernichtet und verloren liebeskrank...

Nachts im November Rom Einklang und Ruh
der Abschied ohne Kränkung ist vollzogen
die Augen hat ein reiner Glanz beflogen
die Säulen wachsen aus den Tamarinden
o Himmel den die blauen Töne binden!
es landen Disken in den Brunnenmitten

sie drehen sich zu leichten Rosenschritten
wollüstig dehnen Katzen ihre Krallen
der Schlaf hat einen letzten Stern befallen
der Mund entkommt den Küssen ohne Kerben
der Seidenschuh ist unverletzt von Scherben
rasch sinkt der Wein durch dämmernde Gedanken
springt wieder Licht mit seinen hellen Pranken
umgreift die Zeiten schleudert sie ins Heute
die Hügel stürmt die erste Automeute
vor Tempeln paradieren die Antennen
empfangen Morgenchöre und entbrennen
für jeden Marktschrei Preise Vogelrufe
ins Pflaster taucht die Spiegelschrift der Hufe
die Chrysanthemen schütten Gräber zu
Meerhauch und Bergwind mischen Duft und Tränen
ich bin inmitten – was erwartest du?

Römisches Nachtbild

Wenn das Schaukelbrett die sieben Hügel
nach oben entführt, gleitet es auch,
von uns beschwert und umschlungen,
ins finstere Wasser,

taucht in den Flußschlamm, bis in unsrem Schoß
die Fische sich sammeln.
Ist die Reihe an uns,
stoßen wir ab.

Es sinken die Hügel,
wir steigen und teilen
jeden Fisch mit der Nacht.

Keiner springt ab.
So gewiß ist's, daß nur die Liebe
und einer den andern erhöht.

In Apulien

Unter den Olivenbäumen schüttet Licht die Samen aus,
Mohn erscheint und flackert wieder,
fängt das Öl und brennt es nieder,
und das Licht geht nie mehr aus.

Trommeln in den Höhlenstädten trommeln ohne Unterlaß,
weißes Brot und schwarze Lippen,
Kinder in den Futterkrippen
will der Fliegenschwarm zum Fraß.

Käm die Helle von den Feldern in den Troglodytentag,
könnt der Mohn aus Lampen rauchen,
Schmerz im Schlaf ihn ganz verbrauchen,
bis er nicht mehr brennen mag.

Esel stünden auf und trügen Wasserschläuche übers Land,
Schnüre stickten alle Hände,
Glas und Perlen für die Wände –
Tür im klingenden Gewand.

Die Madonnen stillten Kinder und der Büffel ging' vorbei,
Rauch im Horn, zur grünen Tränke,
endlich reichten die Geschenke:
Lammblut, Fisch und Schlangenei.

Endlich malmen Steine Früchte, und die Krüge sind gebrannt.
Öl rinnt offnen Augs herunter,
und der Mohn geht trunken unter,
von Taranteln überrannt.

Schwarzer Walzer

Das Ruder setzt auf den Gong mit dem schwarzen Walzer ein,
Schatten mit stumpfen Stichen nähn die Gitarren ein.

Unter der Schwelle erglänzt im Spiegel mein finsteres Haus,
Leuchter treten sich sanft die flammenden Spitzen aus.

Über die Klänge verhängt: Eintracht von Welle und Spiel;
immer entzieht sich der Grund mit einem anderen Ziel.

Schuld ich dem Tag den Marktschrei und den blauen Ballon –
Steinrumpf und Vogelschwinge suchen die Position

zum Pas de deux ihrer Nächte, lautlos mir zugewandt,
Venedig, gepfählt und geflügelt, Abend- und Morgenland!

Nur Mosaiken wurzeln und halten im Boden fest,
Säulen umtanzen die Bojen, Fratzen- und Freskenrest.

Kein August war geschaffen, die Löwensonne zu sehn,
schon am Eingang des Sommers ließ sie die Mähne wehn.

Denk dir abgöttische Helle, den Prankenschlag auf den Bug
und im Gefolge des Kiels den törichten Maskenzug,

überm ersäuften Parkett zu Spitze geschifft ein Tuch,
brackiges Wasser, die Liebe und ihren Geruch,

Introduktion, dann den Auftakt zur Stille und nichts nachher,
Pausen schlagende Ruder und die Coda vom Meer!

Was ich in Rom sah und hörte

In Rom sah ich, daß der Tiber nicht schön ist, aber unbekümmert um seine Kais, aus denen Ufer treten, an die keiner Hand legt. Die rostgebräunten Frachtschiffe benützt niemand, auch die Barken nicht. Sträucher und hohes Gras sind mit Schmutz beworfen, und auf den einsamen Balustraden schlafen in der Mittagshitze die Arbeiter regungslos. Noch nie hat sich einer umgedreht. Nie ist einer hinuntergestürzt. Sie schlafen, wo die Platanen ihnen einen Schatten aufschlagen, und ziehen sich den Himmel über den Kopf. Schön ist aber das Wasser des Flusses, schlammgrün oder blond – wie das Licht ihn strählt. Den Tiber soll man entlanggehen und nicht von den Brücken sehen, die als Wege zur Insel gedacht sind. Die Tiberina bewohnen die Noantri – wir anderen. Das ist so zu verstehen, daß sie, die Insel der Kranken und Toten seit alter Zeit, von uns anderen mitbewohnt werden will, mitbefahren, denn sie ist auch ein Schiff und treibt ganz langsam im Wasser mit allen Beladenen, in einem Fluß, der sie nicht als Last empfindet.

In Rom sah ich, daß die Peterskirche kleiner erscheint als ihre Maße und doch zu groß ist. Es heißt, Gott wollte seine Kirche auf einem Felsen und fest stehen haben. Diese nun erhebt sich über dem Grab ihres Heiligen, das man freilegt. So ist's der Heilige selbst, der sie in Gefahr bringt und schwächt. Trotzdem treten die großen Feste noch laut auf, mit Balletten in Purpur unter Baldachinen, und in den Nischen ersetzt Gold das Wachs. Chiesa granne divozzione poca. Noch sorgen die Armen in ihrer Behutsamkeit dafür, daß die Kirche nicht fällt, und der sie gegründet hat, verläßt sich schon auf den Schritt der Engel.

In Rom sah ich, daß dem Palazzo Cenci, in dem die unglückliche Beatrice vor ihrer Hinrichtung lebte, viele Häuser gleichen. Die Preise sind hoch und die Spuren der Barbarei überall. Auf den Terrassen morschen die Oleanderkübel zugunsten der weißen und roten Blüten; die möchten fortfliegen, denn sie kommen gegen den Geruch von Unrat und Verwesung nicht auf, der die Vergangenheit lebendiger macht als Denkmäler.

In Rom sah ich im Ghetto, daß noch nicht aller Tage Abend ist. Aber am Tag des Versöhnungsfestes wird für ein Jahr jedem im voraus verziehen. Nah der Synagoge ist in einer Trattoria die Tafel gerichtet, und die kleinen rötlichen Mittelmeerfische kommen, mit Rosinen und Pignolien gewürzt, auf den Tisch. Die Alten erinnern sich ihrer Freunde, die mit Gold aufgewogen wurden; als sie losgekauft waren, fuhren trotzdem die Lastwagen vor, und sie kamen nicht wieder. Aber die Enkelkinder, zwei kleine Mädchen in brennend roten Röcken und ein dickes blondes Kind, tanzen zwischen den Tischen und lassen die Augen nicht von den Musikanten. »Spielt weiter!« ruft das dicke Kind und schwenkt seine Mütze. Seine Großmutter beginnt zu lächeln, und der die Geige spielt, ist ganz weiß geworden und setzt einen Takt lang aus.

Ich sah auf dem Campo de' Fiori, daß Giordano Bruno noch immer verbrannt wird. Jeden Sonnabend, wenn um ihn herum die Buden abgerissen werden und nur mehr die Blumenfrauen zurückbleiben, wenn der Gestank von Fisch, Chlor und verfaultem Obst auf dem Platz verebbt, tragen die Männer den Abfall, der geblieben ist, nachdem alles verfeilscht wurde, vor seinen Augen zusammen und zünden den Haufen an. Wieder steigt Rauch auf, und die Flammen drehen sich in der Luft. Eine Frau schreit, und die anderen schreien mit. Weil die Flammen farblos sind in dem starken Licht, sieht man nicht, wie weit sie reichen und wonach sie schlagen. Aber der Mann auf dem Sockel weiß es und widerruft dennoch nicht.

In einer römischen Bar sah und zählte ich: eine Katze mit witzigen Ohren und einem fast nackten Gesicht, weißen Beinkleidern und einer honigfarbenen Weste aus einer besseren Zeit. Einen Kellner, der den Kaffee verschüttete und die Aperitifgläser überschwappen ließ. Einen kleinen Jungen mit vorgebundener Schürze, der die Tassen und Gläser wusch und nie vor Mitternacht zu Bett ging. Gäste, die kamen und gingen, und einen Gast, der immer wieder kam und von kleinen Schlucken Bitterkeit lebte.

In Rom habe ich die großen Villen gesehen, mit natürlichen Pinien und Zedern, auch Buchs, zu Phantasiegetier geschnitten. Auf dem Kapitol den Lorbeerbaum und das verräterische wilde Gras im Forum, und gehört habe ich, wenn das Gras über die verschlagenen Säulen und zerbrochenen Mauern in der Dämmerung herfiel, den Lärm der Stadt, täuschend fern und sanft das Gleiten der Autos.

Ich sah, wo Roms Straßen ausfallen, den triumphalen Himmel in die Stadt einziehen, der sich unter kein Tor bückte und über die sieben Hügel verbreitete, blau nach Raubzügen an den Küsten Siziliens und voll von den Inselfrüchten des Tyrrhenischen Meers, unverwundet nach Überfällen ins Brigantenland der Abruzzen und schwarz von Schwalbentrauben, über den Apennin gerettet. Ich sah den gelobten Himmel aus Hermelin und den armseligen Himmel aus Sackleinwand, und ich sah in seinen größten Momenten seine Hand gelassen den goldenen Schnitt über den Dächern ausführen.

Daß jeder sich sein Haus baut, wie es ihm gefällt, habe ich oft gesehen, und daß kein Plan besser eins ans andre fügt als Zufall und der Geschmack am Einzelnen. Aber kein Geschmack reicht aus, die Abstände zu schaffen, einsame Felder für Sonne und Schatten, und kein Zufall löst die Gleichung, in der die Schwere einer Mauer die Gewichtlosigkeit eines Turms ausdrückt. In alter Leinwand stecken die Häuser; vertrocknet sind die Farben darauf. Erst wenn Licht in den porösen Stoff eindringt, erscheint die Farbe, die wir sehen; ein zu jeder Verwandlung fähiges Braun.

In Rom sah ich, daß alles einen Namen hat und man die Namen kennen muß. Selbst Dinge wollen gerufen werden. Der Ludovisische Thron ist nicht mit dem letzten Gekrönten gefallen. Säulen sind vom Tempel der Venus stehen geblieben – von diesem Tempel und keinem anderen. Der Kopf der heiligen Agnes ist geschrumpft, aber nicht zu dem einer Lederpuppe geworden. Nach vielen Päpsten wird dieser Papst in der Sänfte getragen, und der Segen gilt urbi et orbi. Die Geschlechter heißen: Corsini und Pignatelli, Ruspoli und Odescalchi, Farnese und Barberini, Aldobrandini... Sie heißen noch so, wenn in einem Campagnaschloß die Obdachlosen ihre Eisenbetten aufstellen und ihre Wasserbehälter auf den Sarkophagen stapeln. Der Letzte der Familie ist längst weggezogen. In der Stadt sind seine Zimmer mit schwarzem Brokat ausgeschlagen; auf einem schwarzen Flügel spielt er blaublütige Chansons. Wenn er seinen Namen hört, erschrickt er. Anders war das Tier, das nicht vom Fleisch nahm, sondern in seinem Fleisch die Nahrung für eine Geschichte erzeugte, der es voranging: die Wölfin.

Ich sah, daß wer »Rom« sagt, noch die Welt nennt und der Schlüssel der Kraft vier Buchstaben sind. S.P.Q.R. Wer die Formel hat, kann die Bücher zuschlagen. Er kann sie ablesen von dem Wappenschild der vorüberfahrenden Autobusse, von der Platte eines Kanaleinstiegs. Sie ist der Ausweis der Brunnen und der besteuerten Getränke; das Zeichen der einzigen Hoheit, die ohne Unterbrechung die Stadt regierte.

Auf dem Bahnhof Termini sah ich, daß in Rom die Abschiede leichter genommen werden als anderswo. Denn die fortfahren, lassen denen, die bleiben, einen Gepäckschein auf Sehnsucht zurück. An den Bahnhof grenzt ja ein Rest der Diokletiansmauer, und gegen die neue schwebende Glaswand gestochen erscheinen drei Zypressen in einer unmißverständlichen Schrift. Das Klassische ist das Einfachste, und alte und neue Texte vertreten es gleich gut.

Wer ein Geldstück in die Fontana di Trevi wirft, um wiederzukommen, fürchtet, es könnte nicht angenommen werden. Aber er kann getrost sein. Nachts setzt sich ein Junge auf den Brunnenrand und pfeift, lockt die andern hervor. Wenn alle sich versammelt haben, legt der Junge die Kleider ab und steigt lässig ins Wasser. Mond belichtet die Szene, während er sich fröstelnd bückt und die Münzen einsammelt. Am Ende pfeift er wieder, und in seinen Händen verschmelzen alle Währungen zu Silber. Die Beute ist unteilbar unter dem Mond, denn der Junge hat das Aussehen eines Gottes gegenüber den andern, die ihre Gestalten billigen Anzügen verdanken.

Schwer zu sehen ist, was unter der Erde liegt: Wasserstätten und Todesstätten. Treppen führen hinunter zu Zisternen, die der Wind ausgetrunken hat, zu Brunnenhäusern, von Kragstein überwölbt und in weichen Tuff gehöhlt, zu Blutstropfen, die Quellen auslösten. Die Wege senken sich in die Katakomben. Ein Zündholz wird angeritzt. Seine Flamme dehnt sich nach den Sinnbildern. Für einen Augenblick erscheinen: Fisch, Pfau und Taube, Anker und Kreuz, Speise und Trank. Das Zündholz erlischt rasch, und die vor dir gehen, drängen nach oben. In der Kurve bleibt einer stehen und fragt: Woher weht der Wind?

Wenn mir Hören und Sehen verging in Rom, kam der Schirokko und hatte über den Adlerwind aus den Bergen gewonnen. Die Sonne trug dann ein Hemd und leuchtete in falschem Licht. Es ist die Zeit, in der die Unglücke zunehmen und ein liebloses Wort leicht gesprochen wird. Denn der warme Wind greift zurück auf die Wüste. Manchmal läßt er's wissen, streut roten Sand über die erschlaffte Stadt und haucht sie an, daß sie besinnungslos wird. Wenn der Schirokko geht, tut er's heimlich und mitten in der Nacht, während wir vergeßlich schlafen. Aber morgens, gegen drei, fällt Tau. Wer da wach liegen und seine Lippen feuchten könnte!

In Rom habe ich in der Früh vom Protestantischen Friedhof zum Testaccio hinübergesehen und meinen Kummer dazugeworfen. Wer sich abmüht, die Erde aufzukratzen, findet den der andern darunter. Für den Friedhof, der an der Aurelianischen Mauer Schatten sucht, sind die Scherben auf dem Testaccio nicht gezählt, aber gering. Er hält sich eine große Wolke wie eine Muschel ans Ohr und hört nur mehr einen Ton. In den sind eingegangen: »One whose name was writ in water«, und neben Keats Versen eine Handvoll Verse von Shelley. Von Humboldts kleinem Sohn, der am Sumpffieber starb, kein Wort. Und von August von Goethe auch kein Wort. Von den stummen Malern Karstens und Marées sind einige Linien geblieben, ein Farbfleck, ein wissendes Blau. Von den anderen Stummen wußte man nie etwas.

In Rom freilich habe ich gehört, daß mancher das Brot hat, aber nicht die Zähne, und daß die Fliegen auf die mageren Pferde gehen. Daß dem einen viel und dem anderen nichts geschenkt ist; daß, wer zuviel zieht, zerreißt und nur eine feste

Säule das Haus hundert Jahre aufrecht hält. Ich hörte, daß es in der Welt mehr Zeit als Verstand gibt, aber daß uns die Augen zum Sehen gegeben sind.

Marie Luise Kaschnitz

Verfremdung

Die italienische Sprache, längst vertraut, kann in Augenblicken der Ermüdung oder der Geistesabwesenheit wieder zur fremden werden, so wie die Andersartigkeit des fremden Volkes oft ganz plötzlich wieder in Erscheinung tritt. Die auf solche Weise verfremdete Welt wird zum Gleichnis eines allgemein menschlichen, durchaus nicht auf Sprachverschiedenheiten beschränkten Nichtwissens und Nichtverstehens. Unverständliches wird Gesang, wie das Lied der gurrenden Täuberiche, das heißt der jungen Männer, die ich auf dem Korridor einer Fremdenpension täglich telefonieren hörte, bittend, klagend, beschwörend die immer gekränkten Freundinnen zu neuen Liebesstunden überredend. Wie das Lied der Armen, in diesem Falle eines alten Besenverkäufers, der sich gegen Abend durch die Straßen unseres Viertels schleppt, ein Bündel struppiger Reisbesen auf der Schulter, und der unablässig heisere und verzweifelte Rufe ausstößt, die, ob sie auch nur seine Ware anpreisen mögen, doch wie halb schon erstickte Hilferufe eines Ertrinkenden klingen. Wie das Lied des Hasses endlich, eines ohne Worte: das Gesicht eines Arbeiters, der vom Fenster einer Mietskaserne zur Dachterrasse eines inmitten der Neubauten stehengebliebenen Landhauses hinüberblickte, stumm und finster, Ausdruck einer unermeßlichen unpersönlichen Feindschaft, die von vielen Generationen Bessergestellter hervorgerufen und leichtfertig vertieft worden war. Liebe, Not und Haß – drei möglicherweise mißverstandene Äußerungen fremden Lebens oder des Lebens überhaupt, drei Beispiele für eine gewisse Art der Verfremdung, die unversehens eine tiefere Ahnung, ein wesentlicheres Begreifen in uns hervorrufen kann.

Römische Kinder

Die Großmutter, blond, schlank, maskenhaft alterslos, Werfels leibhaftige G^3, die, als alle andern den Aufzug in die Unterwelt besteigen, durchaus zurück- und am Leben bleiben will. Die Töchter sind kleiner, dunkler, halten sich schlechter, tragen vormittägliche Unlust zur Schau. Der Treffpunkt der Familie ist ein bestimmter Tisch nahe dem im Winter verlassen daliegenden Musikpavillon. Dort sitzen die drei Frauen in der Sonne, springen auf, laufen den Kindern nach, setzen sich wieder, erteilen Ermahnungen, stoßen gellende Schreie aus. Die Kinder, klein noch und fünf an der Zahl, sollen in der Sonne bleiben, in den Schatten gehen, kein Wasser trinken, doch Wasser trinken, mit dem Fahrrädchen fahren, nicht mit dem Fahrrädchen fahren, die Mäntelchen ausziehen, die Mäntelchen anziehen, endlich etwas sagen, endlich einmal ruhig sein. Sie sollen nicht zu nahe spielen, weil einem von ihrem Geschrei die Ohren gellen, aber fortlaufen auch nicht, weil man sie immerfort sehen, berühren, spüren will, die kleinen Engel, dieses eigene Fleisch und Blut, aber unverdorben, diesen eigenen Atem, aber rein. Die kleinen Engel haben schöne ruhige Tieraugen, sind gesammelt, völlig bei ihrer Sache, unbekümmert um das mütterliche und großmütterliche Getue. Wortlos zerren sie einander die Spielsachen aus den Händen, wortlos entfernen sie sich, wortlos reißen sie die Räder von ihren bunten Holzwägelchen, die Blätter vom jungen Baum. Die Ermahnungen der Erwachsenen laufen ab wie warmer Sommerregen, alles, was von ihnen kommt, ist nur Aufschub, nur eine kleine Verzögerung des notwendigen Tuns. Man muß zu den Oleanderkübeln hinüberlaufen, ein wenig Erde in die Hand nehmen und sich diese Erde in den Mund stopfen, rasch, fest, bis man beinahe erstickt. Man muß sich mit beiden Füßen in die Pfütze stellen und spüren, wie die eiskalte Feuchtigkeit durch die Sohle dringt und die Söckchen hinaufsteigt bis zum nackten Bein. Man muß unter die dunklen Gebüsche kriechen, andere Welt, schaurig, modrig, und am Dornenstrauch hocken, die eigene Hand anzusehen mit ihrer Kruste von Dreck und Blut. Man muß krüppelhaft hinken, mit zusammengekniffenen Lidern als Blinder sich vorwärtstasten, seltsame Schreie ausstoßen, hundertmal denselben hohen, spitzen, unmenschlichen Ton. Einiges davon muß man allein tun, bei anderem wieder sich gegenseitig anfeuern und stärken. Zum Beispiel wenn man, auf dem Bauche sich vorwärtsschiebend, mit der Zunge den Asphalt aufleckt, Staub, schillernde Spucke, Ameisen, alles was kommt. Plötzlich beginnen alle fünf Kinder sich auf diese Weise vorwärts zu bewegen, gerade in dem Augenblick, in dem der Kellner das Tablett voll Limonaden auf dem Tischchen absetzt und die Blicke der Erwachsenen in Sonnennickelblitz und Schürzenblendung zergehen. Die Zitrone für mich, sagt die Großmutter, habt ihr gehört, Marina, ja, schon im dritten Monat. Und dann springen alle drei Frauen auf, rennen und reißen die Kinder vom Boden und an den Tisch zurück. Hat man schon so etwas gesehen von Unart, von schmutzigen Kleidern und Gesichtern, kaminfegerschwarz? Die Hände mit den rotgelackten Nägeln schlagen und beuteln, klopfen den Staub aus, werden schon sanfter, streicheln und liebkosen zuletzt. Hat man schon so etwas gesehen von rosiger Haut und goldenem Haarflaum, von festen braunen Armen und glatten runden Knien? Schließlich endet alles in Küssen, in der grenzenlosen Anbetung, die alle Kinder dieses Landes erfahren, nicht nur die vom Chauffeur in der Mittagsstunde aus der Villa Borghese heimgeholt werden, auch die am Campo di Fiori mit dem Abfall der Metzgerstände spielen, auch die in den eisigen Bergorten ums Straßenfeuer sitzen, wenn der Abend beginnt. Ciaò, bellezza, kleine Schönheit, kleine Unsterblichkeit unseres vergänglichen Seins.

Stelzvogel

Wir Nordländer sind hier, und nicht nur an unseren plumperen Schuhen, unter den Einheimischen auf den ersten Blick zu erkennen. Wir gehen anders, zielstrebig, gerichtet, angezogen und aus dem Gleichgewicht gebracht von dem, was wir erreichen wollen, ein Museum, die Arbeit zuhause, einen Menschen, den es uns wiederzusehen begehrt. Wir scheinen nicht im Augenblick, sondern in der Zukunft zu leben, nicht innerhalb, sondern außerhalb unseres Selbst heimisch zu sein. Wir gehen mit vorgebeugtem Oberkörper, weggestrecktem Kopf und geschlenkerten Armen, wie Kinder, die auf dem Eise vorwärtszukommen vesuchen. Auf der glatten Fläche des Augenblicks nun weiß der Südländer sich vortrefflich zu halten, ja diese scheint sein eigentliches Element zu sein. Die Weiterbewegung ist bei ihm nur eine Kette von Stillstand, unmerklich und anmutig aneinandergereiht. Nichts erscheint so wichtig, daß es eilends erreicht werden müßte, nichts verpflichtender als das Dasein in diesem gegebenen Moment. Das Zeitliche mit der ganzen menschlichen Würde, das heißt der eines aufrecht stehenden, von natürlichem Selbstbewußtsein getragenen Wesens auszufüllen, ist die Aufgabe, die geleistet wird, mit derselben ruhigen Anmut, mit der eine Frau auf dem Lande den Wasserkrug auf dem Kopfe trägt. Auch mit dem Wasserkrug strebt man irgendwohin, aber es würde bei schnellerem, unbeherrschterem Lauf das Gleichgewicht und damit einiges von dem kostbaren Inhalt verlorengehen. Der Verlust des inneren Gleichgewichts und die damit verbundene Einbuße an Persönlichkeit wird hier gewiß als ähnliche Gefahr empfunden, jedes Sichfortwerfen an andere Dinge, jeder übertriebene Eifer mutet barbarisch an. Una bestialità – eine Bestialität – hörte ich einmal ein leidenschaftliches, von keinerlei Rhetorik geadeltes Streitgespräch nennen, als tierisch gilt jede Bemühung, die die Einheit der Person verletzt. Den Frauen zumal wird Hast und Dringlichkeit nicht zugebilligt – ihre Bewegungen dürfen nicht stürmischer sein, als es der Umriß ihrer Lockenfrisur zuläßt, ihre Schritte nicht eiliger, als es die anmutige Linie ihres Körpers erlaubt. Daß auch ein von seinen Gedanken besessener oder durch innere Disharmonien im ruhigen Da-Sein gestörter Mann absonderlich und komisch wirkt, erfahren wir vor kurzem bei einem Ausflug, den wir mit einem deutschen Freunde machten. Während wir nämlich vor einem Caféhaus an der Piazza eines umbrischen Städtchens saßen, verließ uns dieser Freund für ein paar Minuten, um in einem nahen Geschäft Einkäufe zu machen. Er ging über den Platz, und wie wir ihm nachsahen, bemerkte ich einige halbwüchsige Buben, die sich auf die sonderbarste Weise, wie stelzende und mit den Flügeln schlagende Vögel bewegten. Erst nach einer Weile kam ich darauf, daß sie den Gang unseres Freundes nachahmten und daß dieser ihnen grotesk und überwältigend komisch erschien. Der Freund tauchte wieder auf, sie unterbrachen ihre Vorstellung nicht, und es wurde mir bange bei dem Gedanken, wie der Betroffene ihre Verhöhnung auffassen mochte. Er hatte aber, wie wir alle, so wenig Gefühl für seine eigene Erscheinung, daß er das wunderliche Gehaben der Kinder mit sich selbst überhaupt nicht in Zusammenhang brachte. Steifbeinig, krumm und die Arme schlenkernd ging er mitten zwischen den stelzenden, flügelschlagenden und sich vor Lachen ausschüttenden Knaben hindurch und sah sie fröhlich verwundert, mit einem schönen, unschuldigen Lächeln an.

Straße in Trastevere

In Trastevere ist man ärmer als in anderen Stadtteilen, das bedeutet mehr Menschen auf einem Haufen, mehr in einem Zimmer, mehr in einem Bett. Mehr Austausch von Kochtöpfen und Neuigkeiten, mehr Leben, das aus den Häusern auf die Straße quillt, mehr Kinder, die mit einem zum Ball gestopften Lumpen Fußball spielen, sich streiten und schreien. Für den Fremden die [täuschende] Vorstellung, hier eher »dahinterzukommen«, nämlich hinter die Gesetze und Spielregeln römischer Armut, hinter die Kunst, bei geringem oder gar keinem festen Einkommen nicht Hungers zu sterben. Die Salita di Sant' Onofrio selbst gibt in dieser Beziehung nicht viel her, wer sich auf ihr bewegt, geht meist in die Kirche, die Braut an der Hand oder den Täufling auf dem Arm, wenn er nicht selbst noch ein Kind ist und in blauer Kittelschürze zu den Klosterfrauen in die Schule strebt. Am Tage läßt sich dort nichts anderes erfahren als die edle Baum- und Strauchlosigkeit römischer Renaissancestraßen, Schattenkühle im Sommer, Holzfeuergeruch im Winter und der Ruf des Erdnußverkäufers, der sein Tischchen dort aufgebaut hat, wo die Stiege beginnt. In der Nacht ist das anders, da hängen im schmalen Mauerschacht die Zwiegespräche, Streit und Liebe und Liebesstreit, zumal auf der Treppe, die im steilen Sturz an der Mauer des Palazzo Salviati hin den Tiber erreicht. Da stehen die Paare im Mondlichtschatten, Grund zur Aufregung gibt es immer, warum gabst du mir die tiefen Blicke, oder: ich habe dich heute mit einer andern gesehen. Hier verletzt man sich nicht, wie vielleicht in den feinen Wohnungen in den Parioli, mit spitzen Worten, sondern mit dem Messer, bei dessen Verwundungen man wenigstens um Hilfe schreien und bemitleidet werden kann. Die Polizei verfährt nach der Art mancher Eltern, die mit der Begründung, das sollen die Kinder unter sich ausmachen, Geschwistertragödien geflissentlich überhören und übersehen. In der Portierswohnung aber erfährt man alle Einzelheiten, geflüstert von der Göttin Fama, in diesem Falle der kleinen Signora Elisa, in Goldschmuck und Marderschwänzchen am Sonntag, in der Woche mit wirrem Haar, im verwaschenen Kittel, Einkaufstaschen schleppend, treppauf und treppab. Von ihr erfährt man, wer in der Straße wen zum Geliebten hat, wer über Nacht zu Geld gekommen ist und wem das Wasser an der Kehle steht. Bei ihr erlebt man, etwa wenn ein Kind von einem Motorrad angefahren und verletzt wurde, das enge Nebeneinander von Pathos und Berechnung, die grellen Schreie und den flinken Kalkül. Hier werden Krankheiten geschildert, gräßlich anschaulich, der Brand, bei dem man bei lebendigem Leibe abfault, die Krebsgeschwulst, mit der man verhungert oder erstickt. Hier sieht man die kleine Signora Elisa im Traumbuch nachschlagen, über die Treppe gegangen Zahl 8, einem Leichenwagen begegnet Zahl 21, den Schlucken gehabt Zahl 45 und so weiter, bis die fünf beisammen sind, die man zum Haupttreffer beim Lottospiel braucht. Hier macht man sich einen Begriff, wie in kleinen Geschäften und kleinem Wucher das kleine Geld umläuft und, wenn auch nur mit Stockfisch und Suppe aus gelben Erbsen, seinen Mann ernährt. Hier bekommt man jeden Tag etwas anderes angeboten, aber nicht, wie in den vornehmen Bankgeschäften, flüsternd und auf dem Papier. Die angestaubten Schirme, die gebrauchten Servietten und der bronzene Aschenbecher liegen auf dem Ehebett der Signora Elisa, das auszuleihende Geld ist unter die Matratze versteckt. Das letzte Geschäft, das wir vor unserem Auszug erlebten, drehte sich um eine Puppe, die zur Verlosung kommen sollte und für die alle Hausbewohner und Nachbarn einen beträchtlichen Einsatz zahlten. Ob irgend jemand die Puppe am Ende gewonnen hat, haben wir nie erfahren. Aber viele Tage lang stand sie, mit weißen Leinenbändern in ihrer Pappschachtel festgebunden, auf dem Tisch der Signora Elisa, groß wie eine Zweijährige, in rosaroten Organdy gekleidet, mit langen Wimpern und einem süßen, törichten Lächeln auf dem Gesicht.

Rom 1961

Wiedergesehen die Stadt
Eine mächtige geschleuderte Wabe
Mit den pickenden Altartauben
Den Seelenvögeln
Aufgescheuchten zum Himmel.
Mit kopflosen Märtyrern
Hervorschießend aus ihren Gräbern
Mit leuchtendem Springwasser
Fliegend von Brunnen zu Brunnen
Mit Brausen schwerrädrigem
Funkelnder Explosion.

Alle ihre Pinien fand ich
Ihre Platanenalleen
In Bewegung gesetzt
Ihre rostroten Drehbühnenpaläste
Ihre Statuen
Säulengehege
Mir vorübergerissen rundum.

Wer klinkte in solcher Eile noch Türen auf?
Wer vernähme im Innern der Kirchen
Die todstille Messe?

Übersprungen vom Lichtschein
Fortwähren Jahrtausende
Erschütterter Steine
Und Cypria Weltherz Du
Geschlagen gebeutelt gepreßt
Verschenkst Deinen leuchtenden Honig.

Karte von Sizilien

Ich zeichne Euch den Umriß. Einen Flügel
Wie von der Schulter einer Siegesgöttin.
Den Aufriß, eine Scholle Felsgebirge
Stehen geblieben unterm Glanz der Sonne
Indes mit Tang und Sand und Zug der Fische
Das Meer die süßen Ebenen bedeckt.
Das dunkle Strichwerk meint den Sturz der Hänge.
Flußtäler sieben bleiben ausgespart.
Ein Zackenkranz der Berg, wo Eis und Feuer
Heilige Hochzeit halten. Jetzt rückt näher
Am Abendtisch. Den Ölkrug heb ich auf.
Wo ich die Tropfen fallen lasse, wachsen
Wälder von schwarz und silbernen Oliven.
Wo ich das Brot zerkrümle, weht die Saat
Auf roten Hügeln, weiter Weg der Pflugschar.
Das weiße Salz im Osten ausgeschüttet
Meint Nahrung aus dem Meere, Salz und Fische
Aber das gelbe Mondviertel Citrone im Norden
Schatten der Laubendächer. Süßen Blühduft.
Die roten Pfeile, ausgestreckt im Meer
Dieser vom Festland, dieser von Afrika,
Dieser von Spanien, der aus der Peloponnes
Sind die Schiffswege der fremden Eroberer.
Nun hebt vom Gartenpfad die weißen Kiesel
Zu zweien, dreien. Glänzen sie Euch nicht
Tempeln und Domen gleich im Mondeslicht –
Doch stampf ich mit den Füßen, seht
Wie sie schüttern und tanzen
Wie im Beben der Erde der fällt, der steht.

Die Lampe rück ich fort und wieder her
Und wieder fort. Nun Licht. Nun Dunkelheit.
Glanz und Verderben, ewiger Widerstreit.
Wo ist der kleine Bauer, den ich mir
Aus Brot geknetet? Dieser steht noch immer
Die Hacke in der Hand. Ein wenig tiefer
Gebeugt als zu Beginn. Was ist das Ganze?
Brot, Blut und Stein. Ein Stückchen Abendland.

Palermo

In Palermo der Spruch aus der fünfundfünfzigsten Sure:
Gelobt sei Gott, der Herr der Jahrhunderte

In Palermo die winzige Fratze Cherubim
Sodom in Flammen, Simon Magus Sturz

In Palermo das tropfnasse Pflaster lavaschwarz
Giftgrüner Kohl, flatternde Wäsche der Armen

In Palermo die Gräber, kaiserlicher Porphyr
Zu Staub zerfallende Tunika, Krone und Schwert

In Palermo die Seufzer der steinalten Männer bergauf
Mit Körben voll triefendem Gras

In Palermo die glitzernde Kirche Juwelenschrein
Gelsomine am Brunnen verzweigt

In Palermo die spitzige Trauer Kindergesicht
Hungerbauch, brennender Ausschlag

In Palermo die mächtigen Winterwellen am Strand
Gewitternebel, Regenbogen, Rostschiff

In Palermo der schweigende Garten Sterbegeruch
Fleischfarbene Blüten, eisenblaues Gras

In Palermo das scheppernde Glöckchen Tagvorbei
Stimmen der Wächter hinter Abendbüschen:

Si chiude.

Piazza Vittorio

Katzen am Grashang
Neben der magischen Pforte
Spielen mit Fischköpfen
Grünlichen Gräten.

Zwischen Kohlrippen, bleichem Gedärm
Leuchtet der Hahnenkamm
Gefleckt von Orangenschalen
Versickert der Blutbach.

Der Hauch des Mittags hält
Die fahrbaren Spielzeuge an
Und die Klöppel der Glocken.

Die Riesin Roma schläft
Zurückgewendet das Haupt
In die wilde Campagna.

Genazzano

Genazzano am Abend
Winterlich
Gläsernes Klappern
Der Eselshufe
Steilauf die Bergstadt.
Hier stand ich am Brunnen
Hier wusch ich mein Brauthemd
Hier wusch ich mein Totenhemd.
Mein Gesicht lag weiß
Im schwarzen Wasser
Im wehenden Laub der Platanen.
Meine Hände waren
Zwei Klumpen Eis
Fünf Zapfen an jeder
Die klirrten.

Günter Eich

Fußnote zu Rom

Ich werfe keine Münzen in den Brunnen,
ich will nicht wiederkommen.

Zuviel Abendland,
verdächtig.

Zuviel Welt ausgespart.
Keine Möglichkeit
für Steingärten.

Hans Magnus Enzensberger

Giovanni de' Dondi (1318–1389)

Giovanni de' Dondi aus Padua
verbrachte sein Leben
mit dem Bau einer Uhr.

Einer Uhr ohne Vorbild, unübertroffen
vierhundert Jahre lang.
Das Gangwerk mehrfach,
elliptische Zahnräder,
verbunden durch Gelenkgetriebe,
und die erste Spindelhemmung:
eine unerhörte Konstruktion.

Sieben Zifferblätter
zeigen den Zustand des Himmels an
und die stummen Revolutionen
aller Planeten.
Ein achtes Blatt,
das unscheinbarste,
wies die Stunde, den Tag und das Jahr:
A. D. 1346.

Geschmiedet mit eigener Hand:
eine Himmelsmaschine,
zwecklos und sinnreich wie die *Trionfi*,
eine Uhr aus Wörtern,
erbaut von Francesco Petrarca.

Aber wozu vergeudet ihr eure Zeit
mit meinem Manuskript,
wenn ihr nicht fähig seid,
es mir nachzutun?

Dauer des Tageslichts,
Knoten der Mondbahn,
bewegliche Feste.
Ein Rechenwerk, und zugleich
der Himmel noch einmal.
Aus Messing, aus Messing.
Unter diesem Himmel
leben wir immer noch.

Die Leute von Padua
sahen nicht auf die Uhr.
Ein Putsch folgte dem andern.
Pestkarren rollten über das Pflaster.
Die Bankiers
stellten ihre Positionen glatt.
Es gab wenig zu essen.

Der Ursprung jener Maschine
ist problematisch.
Ein Analog-Computer.
Ein Menhir. Ein Astrarium.
Trionfi del tempo. Überbleibsel.
Zwecklos und sinnreich
wie ein Gedicht aus Messing.

Nicht Guggenheim sandte
Francesco Petrarca Schecks
zum Ersten des Monats.
De' Dondi hatte keinen Kontrakt
mit dem Pentagon.

Andere Raubtiere. Andere
Wörter und Räder. Aber
derselbe Himmel.
In diesem Mittelalter
leben wir immer noch.

Niccolò Machiavelli (1469–1527)

Niccolò Niccolò fünfhundertjähriger Bruder
diesen Kranz aus dürren Worten drück ich dir auf den harten Schädel

Unter uns gesagt haben wir allen Grund dich zu bewundern
dürr und kleinkariert und zerfressen von Theorien

Niccolò Meister des kriechenden Ganges
ewig gekränkter Staatsdiener einer schäbigen Republik

Generalstäbler, Botschafter, *Herrlichkeit*, Polizist
immer zu schlecht bezahlt für deinen Geschmack eines Parvenus

Vorbild aller Geschichtsschreiber *(Ob ich, ohne allzusehr anzustoßen,*
diese Begebenheiten herausstreichen oder herabsetzen darf)

So wie einst du wühlen sie heute noch in dreckigen Schubladen
vollgestopft mit zerbrochenen Zinnsoldaten und schimmligen Herzögen

Als kleiner Krautjunker frißt du nun *Feigen und Bohnen und Dörrfleisch,*
den Maden abgejagt, und bist beschäftigt mit Gallensteinen und Holzverkauf

Und was deine Weiber betrifft, so hast du sie wie Schnepfen gerupft
am Samstagabend, und sie erschienen deinem Maklergehirn wie *bewegliche Sachen*

In meinem Mauseloch, wo ich keine Seele finde, die sich meiner treuen Dienste
erinnert, streite ich mich um zehn Lire Spielschulden herum

Keine Angst, Niccolò, wir wissen deine Verdienste zu schätzen
und wir erinnern uns deiner großen Zeiten

Zum Beispiel anno 1502 in Pistoia, wer riet wohl damals dem Chef:
Die Städte ausradieren, die Erde verbrennen, die Einwohner deportieren?

Und wer da Widerstand leistete, ans Wippseil mit ihm, an den Galgen?
Denn einige wenige abschreckende Strafen sind milder als übertriebene Langmut

Das war ein gutes Jahr für Mr Borgia, *unübertroffen glänzend und groß*,
für seinen Ghostwriter Niccolò und für die First National City Bank of Florence

Zehn Jahre später die Katastrophe, Undank der Welt Lohn,
Pensionierung mit dreiundvierzig, ein ranziges Landgut

Tränen des Selbstmitleids: *Denn nirgends froher*
erhebt sein Haupt der Undank als in des Volkes Herzen

Unverstanden wie jedes bessere Genie, Feldherr
auf einem Maulwurfshügel, Hausierer mit ewigen Wahrheiten:

Dies ist der Kreislauf in dem sich alle Staatsgebilde der Welt
gedreht haben, drehen und immerdar drehen werden

Beweis: die Geschichte, dein Selbstportrait, ein Rattenkönig
von Plünderungen, Meineiden und irren Intrigen

Nach des Tages Last werfe ich den schmutzigen Bauernkittel ab,
lege prächtige Hofgewänder an und begebe mich in die
Säulenhalle der Alten

Und abends die lyrische Seele: Bettlersonette an den Gangster
vom Dienst
Was ein rechter Renaissancemensch ist, das krümmt sich
beizeiten

Niccolò Niccolò höchste Blüte Europas, vollgestopft
mit Staatsraison bis zum Hals und einem fabelhaften Gewissen

Du hast deine Leser durchschaut, Napoleon, Franco, Stalin
und mich,
deine dankbaren Schüler, und dafür verdienst du Lob:

Für deine kahlen steinernen Sätze, für deinen Mut zur Feigheit,
deine tiefsinnige Banalität, und deine Neue Wissenschaft

Niccolò, Schuft, Dichter, Opportunist, Klassiker, Henker:
du bist der Alte Mensch wie er im Buche steht, und dafür lob
ich dein Buch

Bruder Niccolò, das vergeß ich dir nicht, und daß deine Lügen
so oft die Wahrheit sagen, dafür verfluche ich deine krumme
Hand.

Ravenna

Tönern ruht die Kuppel: schweigend geht der Priester um.
Nur die silberne Gerätschaft singt
und mit aufgerißnen Augen sehn die Kinder zu
ob das Opfer ihm gelingt.

Von den Wänden glimmert farbig kalt das Mosaik:
Über Lilien und Pfauen geht
blaugestirnt, in der Sandale ein gelaßner Fuß,
und ein Purpurmantel weht,

Diadem und Aura. Doch ein Schatten färbt
unter weißem Lid ihr Auge fahl
und in kaiserlichen Händen unter dem Brokat
flattert eine alte Qual.

Denn die Steine heulen. Blut und Inzest und Verrat
sickern langsam ins beglänzte Ohr:
stinkend schwarze Banner hissen Ruhm und Pracht
weit ins Firmament empor.

Peter Rühmkorf

Gruß aus Rom

Auch unter Pinien läßt es sich leben, gewiß doch,
der ganze
unaussprechliche Süden paßt in ein Fliegenfenster
(dein sorgsam gerasterter Lichtblick)
und wie von ferne nur
dringt es in deine Stube mit Schwerter- und Schlachtenlärm.

Von ferne der Mut und der Ruhm.
Drei Jahrtausende, mindestens, rücken sie an, dich zu grüßen,
drei Jahrtausende randvoll!
Ja, hier gibt wirklich ein Heros dem andern die Klinke in die
Hand.
Ein Triumph des anderen Huckepack.
Über die Ränder des braunen Lateinbuchs hinweg
ragt es wie goldene Lettern,
und aus den Fußnoten Niebuhrs,
unentwegt,
hörst du den Tritt der Legionen.

Entweder – oder!
Eine erstklassige Klassik schafft man nicht im Sitzen.
Wenn es ein Volk in eine andere Lage drängt,
wackelt der Hausrat.
Oder sehen Sie nur diesen lieblich gebuckelten Landstrich:
von *wie* viel Seiten berannt,
wie viele ausgesuchte Helden mußten sich
nicht aufeinander werfen,
um aus Sumpf einen Hügel zu bilden.

Was, diese Blutsuppe schmeckt Ihnen nicht?
Dieser hehre historische Schichtkäse?
Sie denken sich eine Zukunft auch wohl eher als
Zeitenrichter im Selbstverlag?!
Aber der Genuß von Aprikosen widerstrebt Ihnen nicht
unbedingt?
Des Pfirsichs, der Kirsche?
Alles ganz legitime Beutestücke im übrigen.
Alles seinerzeit mal auf der Schwertspitze eingeführt.
Zenite!
Fulminanzen!
He – he, Ihr Tieferbleichten, nicht dem Ausgange geht es,
hier geht's den Sternen zu.
Da könnte ja jeder kommen und sagen:
mal eine Weile gar nichts, oder:
wo man nicht mehr den scharfen Zug der Geschichte im
Nacken spürt,
der Platz im Garteneck –
Nein, Freundchen,
nein, mein Lieber,
nein,
du Dezimalgespenst,
auch vierzehn Stellen hinterm Komma bläst man nicht
Waldesruh.
Aber Leute,
die wirklich
ihr Grab noch ausfüllen, rufen dich an;
und es weist in die Zukunft mit handgehämmerten Wunden.

Cicerone

Ach, wie gern ich andres schriebe –
Rom ist tot, Sankt Peter schweigt;
was ist Tizian, wenn nicht Liebe
mit dem Finger auf ihn zeigt?

Marc Aurel schwebt unveraltet,
Caesar ziert sich frisch vergipst:
alles einwandfrei gestaltet,
nur der Zauber ausgeknipst.

Was zu geben war, du gabst es –
(Was der Dichter sagt, das gilt!)
Nonnen, Schwarzbuntvieh des Papstes,
hasten kopflos durch mein Bild.

Plötzlich birst der Campanile:
wenn du hören magst, vernimm's:
stählern, ohne Selbstgefühle,
tret ich an den Lebenssims.

Suche hinterm Horizont
Deutschland-Deutschland nicht zu deuten:
Unbegreif-, Gewöhnlichkeiten:
schwarz-rot-blond.

Peter O. Chotjewitz

Über den Bankräuber Sante Notarnicola

Nacherzählung

Er fühlte sich als Verfolgter und er war es auch. Wenn die herrschenden Werte Brot und Arbeit, Fürsorge, Gerechtigkeit und individuelle Zufriedenheit verheißen, muß man annehmen, daß alle Menschen, die dieser Güter nicht teilhaftig werden, schuldig sind und sie entsprechend bestrafen. Da seine Existenz die Fragwürdigkeit der herrschenden Werte bewies, wurde er verfolgt.

Die besten Mittel, Menschen zu verfolgen, sind legal. Seinesgleichen verfolgt man mit Anstaltsordnungen. Als er das begriff, wurde er zum Rebellen. Zum Revolutionär wurde er, als seine Rebellion scheiterte.

Im Süden sind die Dörfer so groß wie bei uns die Kreisstädte. Das Klassenschema hat dort andere Proportionen. Die große Mehrheit ihrer Bewohner waren bis vor wenigen Jahren kleine Pachtbauern, Tagelöhner, Hirten, Kleingewerbetreibende, Arbeitslose und Bettler. Heute bildet diese verarmte Schicht eine unterprivilegierte Gruppe im Proletariat; immer auf der Suche nach Arbeit und über halb Europa verstreut.

In solch einem Dorf wurde Notarnicola 1937 geboren:

Castellaneta in Apulien. Als er neun Jahre alt war, verließ der Vater die Familie mit einer anderen Frau: »Zusammengerechnet verließen die zwei an die zehn Kinder. Gemessen an den dortigen Bräuchen, grenzten diese Dinge ans Tragische. Die Schmach fällt über die ganze Familie.«

Ein Vorbild zerbrach. Er verlor mehr als den Vater. Dic örtliche Bourgeoisie bestrafte die Mutter mit Arbeitslosigkeit. Sie ging als Hausmädchen nach Turin. Er kam ins Waisenhaus.

Mit 16 entließen sie ihn nach Turin. Die ersten Jahre wohnte er bei Onkel und Tante in Barriera di Milano, einem Arbeitervorort. Da er keine Facharbeiterausbildung hatte, mußte er oft die Stellung wechseln. Sehr bald erkannte er, daß er nicht persönlich gemeint war, wenn sie ihn ins Waisenhaus steckten, mit schlecht bezahlten Anstaltsarbeiten ausbeuteten, ihm keine rechte Ausbildung gaben, von einer Arbeitsstelle in die nächste stießen, in triste Arbeiter-Gettos pferchten, am Arbeitsplatz ausbeuteten, verprügelten und denunzierten, wenn er streikte. Er war ein Kostenfaktor und ein mobiles Produktionsmittel. Wer mehr sein will, wird bestraft.

Hier in Barriera waren alle rot. Den Parteizirkel nannten sie ihr »Stalingrad«. Die meisten waren in der kommunistischen Partei und da selbst die ernüchternde Erkenntnis seiner Klassenlage ihn nicht dazu verleitete, den kleinbürgerlichen oder faschistischen Weg einzuschlagen und seine Klasse zu verraten, wurde er Kommunist und bekleidete im Laufe der Jahre mehrere Ämter in der Jugendorganisation.

Die Partei ersetzte ihm den Vater, der ihn unehrenhaft verlassen hatte und die Mutter, die ihn nicht zu sich nehmen konnte, da sie bei ihrer Herrschaft wohnte: »Sie lehrte uns Menschen zu werden, richtige Menschen. Keine Speichellekker. Sie bildete uns entsprechend den revolutionären Hoffnungen, von denen man bei uns an der Basis damals noch glaubte, sie würden sich in absehbarer Zeit erfüllen.«

Seine Liebe gehörte den Partisanen.

Auch Helden haben Klassencharakter. Das erste Mal hörte er im Waisenhaus von ihnen. Mitten hinein und wohl ganz außer Programm in die Trostlosigkeit der reaktionär-katholischen Heimerziehung erzählte ein Lehrer von der Widerstandsbewegung.

Das war ein Fehler. Denn während selbst die kommunistische Partei heute nur noch ihre antifaschistische, antinazistische Komponente anerkennen will und ihre sozialrevolutionäre, antikapitalistische Tendenz in Vergessenheit bringen möchte, identifizierte er das Wort Partisan sogleich mit dem Wort Kommunist: »Alles, was besonders ehrenwert und heldenhaft ist, verband ich seither mit dem Wort Partisan.«

In Barriera gab es mehrere ehemalige Partisanen. Sie meinte er, ihre Kommandounternehmen und Ideen, wenn er an die

Partei dachte. »Sie waren heiter, ruhig, sicher und besaßen einen unerschütterlichen Glauben an den Sieg des Proletariats.«

Aber die Partei hatte sich gewandelt, und sie wandelte sich weiter. Seine erste große Enttäuschung kam 1956 nach dem XX. Parteitag, als auch in Barriera das Bild Stalins von den Wänden verschwinden sollte:

»Stalin hatte man uns zu lieben gelehrt, er war das Symbol aller unserer Kämpfe. Genossen starben, kamen ins Gefängnis oder wurden zusammengeschlagen, aber Stalin war stets bei uns. Jetzt wollten sie ihn uns wegnehmen. Ich sah, wie ›Barba‹ vor Wut erbleichte; ›Barba‹, der an der Widerstandsbewegung teilgenommen hatte. Die gehorsameren Genossen waren bereit, der Parteiführung zu folgen. An jenem Abend lag eine Schlägerei in der dicken Luft der Sektion. Aber das Bild Stalins blieb hängen.«

Was da zum Ausdruck kam, war mehr als der Kampf zweier Linien. Es war ein grundsätzlicher Zweifel am Funktionieren der Dialektik zwischen Parteiführung und Basis: »Ich fühlte mich wie ausgehöhlt. Wenn Stalin so mit Schmutz bedeckt werden konnte, wenn er alles falsch gemacht haben sollte, konnte auch die Partei, der ich mich angeschlossen hatte, sich irren und eines Tages mit Dreck beworfen werden.«

Es war ein Zweifel, der stärker wurde. Immer deutlicher wurde, daß die Partei die revolutionären Methoden der Partisanen und Kommunisten der ersten Generation aufgab und hinter den Stand der allgemeinen Klassenkämpfe zurückfiel. »Am stärksten empfand ich den Widerspruch zwischen meiner Parteiarbeit und den Träumen unserer Jugend. Jedes Haus, jedes Tal, jede Brücke war eine Erinnerung an die Partisanenbewegung. Jedes Dorf, jede Fabrik war eine ständige Erinnerung an die Geburt der revolutionären Arbeiterbewegung.«

Aber noch hielt er zur Partei. Ohne Organisation ist das Proletariat der Klassenwillkür hilflos ausgeliefert. »Allem zum Trotz hielt ich die Partei für den einzigen Weg zum Fortschritt. Die Parteilinie befriedigte mich nicht länger, doch auf der anderen Seite war das Unbekannte oder regelrecht das Nichts.«

Zum Bruch kam es erst, als die Partei sich offen gegen die

Revolutionsbereitschaft der Massen stellte und diese zurückzuholen versuchte. Doch so schmerzlich und langwierig die Trennung von der Partei war, so quälend langsam auch die Hinwendung zur Idee der Stadtguerilla. Die Partei wachte über die Einhaltung der bürgerlichen Gesetze.

Ihre erste Aktion, 1959, richtete sich gegen ein Lohnbüro der FIAT. Die Ausbeute war gering im Verhältnis zum Risiko, das sie eingegangen waren. Da sie die Diskussion in der Partei in aller Offenheit geführt hatten, fiel der Verdacht der Funktionäre auf sie, zumal Danilo Crepaldi, einer der Beteiligten, früher in der betroffenen FIAT-Filiale gearbeitet hatte.

Die Gruppe bestand zunächst aus drei Personen. Crepaldi, ein ehemaliger Partisan, der auch die Waffen beschaffte, Piero Cavallero, ein Freund Notarnicolas, nach dem die Bande später benannt wurde, und Notarnicola. Auch Cavallero war, wie schon sein Vater, ein kleiner Schreiner, aktiver Kommunist. Als vierter Mann nahm an den letzten Überfällen, 1967, ein weiterer Genosse aus Barriera teil, Adriano Rovoletto.

Der Zweck des Überfalls war die Finanzierung von Waffenkäufen für die Befreiungsbewegungen in Algerien und Cuba.

Der geringe Erfolg hatte eine vierjährige Unentschlossenheit zur Folge. Erst im April 1963 führten sie ihren zweiten Überfall aus – diesmal in der Absicht, mit der Beute eine Stadtguerilla nach dem Vorbild der antifaschistischen »GAP« (»Partisanen-Aktions-Gruppen«) aufzubauen. Das Geld wurde Crepaldi anvertraut, der es zur Finanzierung weiterer Aktionen und zum Aufbau der neuen »GAP« verwenden sollte. Sich selbst teilten sie nur Spesen zu. So wie Polizei und Armee der bewaffnete Arm der herrschenden Klasse sind, wollten sie der bewaffnete Arm des Proletariats werden.

Vier Jahre lang führten sie nun in immer kürzeren Abständen Raubüberfälle durch. Ihre Objekte waren vor allem Banken. Ihr Rekord lag bei drei Überfällen in 48 Minuten. Notarnicolas Anteil betrug 200000 Lire im Monat – nach damaligem Geld etwa 1200,– Mark. Hinzu kamen die Spesen.

Gelegentlich drängte er darauf, endlich mit den politischen Aktionen zu beginnen, da er nicht wußte, daß Cavallero bereits einen Banküberfall als eine politische Tat betrachtete und Crepaldi sich nur für das Geld interessierte. Sein Traum war, den Aufsichtsrat eines Konzerns zu überfallen und den Anwesenden die Hosen auszuziehen. Er wünschte sich revolutionäre Publikationsmittel, Flugblätter, eine Zeitung, die die Chancen und Methoden des bewaffneten Kampfes darstellte. Er glaubte, daß bereits an mehreren Orten Genossen säßen, die Crepaldi und Cavallero angeworben hätten und die »Cavallero-Bande« als ihre Vorhut begriffen. Irgendwo lag nun schon ein großes Kapital zur Finanzierung bewaffneter Kämpfe bereit.

Seine Tarnung war perfekt. Er hatte Bekannte, die bei der Polizei waren und nichts ahnten. (Selbst seine Frau fiel bei seiner Verhaftung aus allen Wolken.) Sein Traum vom gefährlichen Leben eines Untergrundkämpfers begann in Erfüllung zu gehen. Wie ein Vertreter reiste er unauffällig durch's Land und erkundete Objekte. Ihre Aktionen waren stets bis ins Detail geplant, die Ausführung kaltblütig und präzise. Sie schossen nicht auf Menschen, nur auf Polizisten, die sich ihnen entgegenstellten.

Stets entkamen sie, weil ihre Aktionen blitzschnell am hellichten Tag in menschenüberfüllten Stadtzentren erfolgten und die Polizei nicht zu schießen wagte, um keine Menschen zu gefährden. »Am 25. September 1967 war alles zu Ende.« An diesem Tag nahm die Polizei einige Tote und Verletzte in Kauf. So konnten sie sich nicht mehr unbeobachtet absetzen. Im Prozeß wurden sie auch für diese Opfer bestraft, obwohl die Kugeln aus Polizeiwaffen stammten, die sie nie besessen hatten.

Notarnicolas Traum war vorbei, aber das Scheitern seiner Utopie lag nicht daran, daß die Waffen der Herrschenden einen kurzen Sieg errungen hatten. Sein Scheitern erschloß sich ihm erst auf der Flucht.

Es war eine aussichtslose Flucht. Polizei und Carabinieri verfolgten sie mit einem beispiellosen Aufwand an Truppen und Material, reichlich versorgt mit Informationen aus der Bevölkerung. Selbst die Beschaffung von Wasser und Nahrungsmitteln war ein unüberwindliches Problem.

In dieser Aussichtslosigkeit lag der Schlüssel zur Erkenntnis: Sie flohen durch ein Gebiet mit einer großen Partisanentradition, in dem jeder zweite oder dritte Einwohner Kommunist war und konnten doch mit keiner aktiven Solidarität rechnen, weil sie ihre Beziehungen zu den Massen vernachlässigt hatten. Sie waren eine Vorhut, die sich selbst allein gelassen hatte. Seine letzte Hoffnung waren die Genossen, für die sie geraubt hatten und das ersparte Geld, das ihnen nun zur Flucht verhelfen konnte.

Sieben Tage lang versuchte Notarnicola sich zu ihnen durchzuschlagen und ebensolange versuchte Cavallero, ihn daran zu hindern. Der Grund dafür erwies sich als zwar übertriebene, jedoch folgerichtige Konsequenz des grundsätzlichen Fehlers, den Notarnicola bereits eingesehen hatte: Es gab keine Genossen im Hintergrund und es gab kein Geld mehr. In der letzten Stunde vor ihrer Verhaftung gestand Cavallero, daß Crepaldi und er das Geld für eigene Zwecke ausgegeben und nie mit dem Aufbau einer Widerstandsorganisation begonnen hatten.

Danach hegte Notarnicola nur noch einmal für kurze Zeit eine Erwartung, die ihn abermals enttäuscht hätte. Er erwog, aus dem Knast zu fliehen. Aber je mehr er darüber nachdachte, desto mehr kam er zu dem Schluß:

»Für solche, wie mich, gibt es keine Flucht. Genauso wie damals, würden sie mich erbarmungslos jagen. Ich hätte mein Leben nur verteidigen können, indem ich schoß, tötete und Überfälle durchführte, bis ›meine‹ Kugel allem ein Ende setzte oder ich, schlimmer noch, abermals ein Paar Handschellen um die Gelenke gelegt bekam.«

Falsch wäre es, diesen Beschluß für Resignation zu halten. Es war nur die Abrechnung mit zwei Irrtümern, der Partei und der individuellen Aktion. Dahinter stand die Erkenntnis, daß nur Ziele und Mittel, die sich konkret auf die Realität stützen, in die Zukunft weisen.

Die letzten sieben Jahre beweisen die Richtigkeit dieser Behauptung. Erst im Gefängnis wurde der Bankräuber zum revolutionären Kämpfer, der auch durch Isolationshaft, Schikanen und ständige Verlegungen nicht aufgehalten werden kann, da er zum Teil einer Massenbewegung geworden ist. Wenn es heute in den italienischen Gefängnissen eine aktive, politische

Bewegung gibt, die revolutionären Zielen folgt, so geht das auch auf seine Arbeit in den Haftanstalten zurück, in denen er saß, seit er zu lebenslänglichem Zuchthaus verurteilt wurde.

Proletarier innerhalb und außerhalb der Gefängnisse, vereinigt Euch.

Klaus Stiller
Aus der Novelle »Die erste Republik«

...Dreißig Mann des Wachpersonals wurden ausgetauscht, darunter auch Oberst Meoli. Der Duce wurde noch schweigsamer. Ein einziges Mal verließ er das Haus zu einem kleinen Spaziergang unter den Pinien.

Am 13. August erwachte er unruhig. Er erwartete Unangenehmes. Tatsächlich überreichte man ihm nachmittags erstmals einen Lagebericht: Luftangriffe auf Turin und Mailand, und die zweite Bombardierung Roms.

Anderntags kam Pòlito auf Inspektion. Der Duce ließ ihn sogleich rufen. Pòlito erschien in Begleitung eines Admirals, der am Gespräch teilnahm. Der Brigadegeneral sagte, er habe Frau Rachele sicher nach Rocca begleitet. Von Vittorio noch keine Nachricht. Die Partei sei aufgelöst. Das Volk habe alles satt und ersehne nichts mehr als das Kriegsende.

Der Duce war nervös, und Pòlito machte ihm Mut, beschwor kommende ruhigere Zeiten, da alles gerechter beurteilt würde. »Niemand kann abstreiten«, sagte er, »daß Sie nur ein Leitmotiv hatten, nämlich unser Land groß und reich zu machen.«

Nach diesem Gespräch wurde er noch pessimistischer. Für ihn stand nun fest, daß sein Sturz endgültig war. Auch machte er sich keine Illusionen über die Flatterhaftigkeit des Volkes. »Zu allen Zeiten war die Masse schnell bereit, ihre Idole von gestern vom Sockel zu stürzen«, sagte er sich, »auch wenn sie es anderntags schon bereute. In meinem Fall aber wird es nicht einmal Reue geben. Die untrügliche Stimme meines Blutes sagt mir, daß mein Stern für immer untergegangen ist. Wenn ein Mann samt seinem System stürzt, so ist sein Sturz endgültig, vor allem wenn er die 60 überschritten hat.«

Und je mehr er die Aussichtslosigkeit seiner Situation einsah, desto bereitwilliger redete er sich ein, er habe ja alles ganz anders gewollt. »Gott ist mein Zeuge«, sagte er, »wie ich im schicksalsschweren August '39 verzweifelt und ernsthaft versuchte, den Frieden zu retten!« Vergebliche Müh! Man habe nicht auf ihn gehört, die Schuld hätten jetzt, zu gleichen Teilen, Engländer wie Deutsche.

Nicht, daß er militärischen Erfolg grundsätzlich verachtete! Aber so – – Denn wenn die Angloamerikaner am 10. Juli in der Bucht von Gela ein Dieppe großen Stils erlitten hätten, dann würde er sich heute auch nicht auf dieser kargen Insel befunden und es nicht nötig haben, sich den Kopf zu zerbrechen über seine Rolle und das Bild, das die Welt von ihm hatte, und das er jetzt im eigenen Interesse zu korrigieren wünschte.

Und schließlich war er auch von seinen eigenen Landsleuten enttäuscht. Was soll die Welt bloß von uns denken! Welch ein Wankelmut in Fragen politischer Überzeugung!

Da hatte er sich eine Generation lang abgemüht, nach seinem Ebenbild einen neuen Menschen modeln zu lassen, die Jugend perfekt durchorganisiert, in Disziplin gedrillt, hatte eindrucksvollste Großveranstaltungen, Massenaufmärsche, Leibesertüchtigungen in Anmut und Schönheit zur Durchführung gebracht, Wehrhaftigkeit und Opferbereitschaft gestählt, erfolgreich Uniformen angepaßt, Fahnen verteilt, zu Sport und Spiel Turngeräte geliefert und Waffen – und mit einem Schlag sollte nun diese herrliche, zu größten Hoffnungen berechtigende Jugend allein gelassen werden! Nein, solches hatte sie nicht verdient. Und überhaupt: Wo würde sie morgen hintreiben, nach links vielleicht, hin zu extremistischen Ideen? Oder würde sie, hoffnungslos enttäuscht, künftig nichts und niemand mehr glauben?

Er wußte für sich selber keinen Ausweg, und da er sein Volk als ein impulsives, in den Tag hinein- und vom Tag lebendes verstand, witterte er treulosen Verrat. »Es fällt mir leicht zu glauben«, sagte er, »daß Millionen von Italienern, die mich noch bis gestern auf Händen gen Himmel trugen, heute voll Abscheu den Tag, da ich das Licht der Welt erblickt, vermaledeien, sowie den Ort, wo ich geboren ward, samt meiner ganzen Sippe, die längst verblichnen Ahnen wie die Lebenden.«

Ein Stabsarzt kam, Doktor Mondini, sympathisch, kultiviert, Venezianer im besten Sinn des Wortes, schrieb Arzeneien auf, Vitamin C und Kohletropfen für den Magen, auch gab er eine Aufbauspritze.

»Lohnt es sich noch?« fragte der Duce.

»Als Mensch sowie als Arzt kann ich nur sagen ja!«

Er glaubte ihm kein Wort.

Ferragosto war vorüber, die Hitze hielt an. Der Duce erwachte erregt, sein Blut kochte. Würden wenigstens die Hausaltäre des Fascio unangetastet, die Märtyrer der »Bewegung« in Erinnerung bleiben? Das Glück hatte sich von ihm abgewendet, seine große Zeit war vorbei.

Das Meer lag ruhig da wie ein Alpensee. Unbeschreibliche Gleichheit lag auf allem. Schreibend und, in bescheidenem Maße, philosophierend verdrängte er seine Tage. Von der Gegenwart konnte er nichts erwarten, von der Zukunft noch weniger. Also hielt er sich an Vergangenes, biß sich fest im bittersüßen Geruch der Erinnerung, fand Geschmack am Gehabten, versank in totaler Imagination verströmter Macht. »Die Vergangenheit gehört uns wirklich«, tröstete er sich, »gehört uns im Guten wie im Schlechten, in Lust und in Leid! Ja – nach christlicher Auffassung – kann nicht einmal Gott das Gewesene ungeschehen machen.«

Trübsinn hielt ihn gefangen. Todesgedanken quälten ihn.

Er rief nach einem Priester. Don Capula, der Pfarrer von Maddalena, kam am 17. August nachmittags. Der Pfarrer sagte, er habe viel über ihn nachgedacht. Und gestern sei er zufällig in der Nähe der Villa spazieren gegangen. Da habe er ihn auf der Terrasse stehn sehn und ihm zugewinkt.

Der Duce berichtete von sich, von seinen inneren Zweifeln. Er sprach sich die Qual von der Seele. Fast war es eine Beichte.

Der Pfarrer hörte ruhig zu, und dies war es, was der Duce brauchte.

Alles wäre ja gar nicht so schlimm, aber die Isolation, die völlige Abschirmung von der Außenwelt, die Reduziertheit auf das eigene Ich.

Der Pfarrer erwiderte, er könne sich jederzeit mit allen Sorgen an ihn wenden, auch in delikaten Angelegenheiten, und selbstverständlich werde er größte Diskretion walten lassen.

Der Duce sagte, er habe vollstes Vertrauen in ihn, als Priester wie als Italiener.

»Gestatten Sie, daß ich ganz ehrlich und frei zu Ihnen spreche«, sagte daraufhin der Pfarrer. »Sie haben Momente großen Glücks durchlebt, aber im Glück sich nicht immer als Meister erwiesen. Zeigen Sie nun Ihre wahre Größe im Unglück! Denn die Nachwelt wird Sie nicht nach dem beurteilen, was Sie bis gestern gewesen, sondern in dem, was Sie von jetzt an sind, von diesem Augenblick an. Gott, der alles sieht, sieht auch Sie, und ich bin mir sicher, daß Sie künftig nichts mehr unternehmen werden, was die Grundwahrheiten der katholischen Religion verletzt. Handeln Sie fortan in diesem Sinne, auch wenn weitere Schicksalsschläge Ihrer harren!«

Der Duce versprach es und bat den Pfarrer wiederzukommen. Dieser sagte im Weggehen: »Viele haben Ihnen viel zu verdanken und es heute vergessen. Andere empfinden für Sie Hochachtung wie für einen Gefallenen und vielleicht auch – heimliche Trauer.«

Von kurzer Dauer war die Stimmung der Einkehr. Am übernächsten Tag brachte Admiral Brivonesi aus Rom heißerwartete Post mit: Einen Brief Racheles und eine 24-bändige Nietzsche-Gesamtausgabe als spätes Geburtstagsgeschenk – des Führers.

Der Duce hatte es geahnt, jetzt aber glaubte er es zu wissen. Der Führer würde ihn retten, würde alles in seiner Macht Stehende tun, ihn herauszuholen. Es galt lediglich, geduldig auszuharren, bis die treuen germanischen Kameraden würden herausgefunden haben, wo er sich aufhielt.

Und endlich hatte er auch, zum Zähneausbeißen, Lektüre: die himmelaufreißenden Gedanken des nordischen Denkers, dessen kühnen Entwurf einer so nie gewesnen Antike und seine dumpfsinnigen Jugendgedichte, schön, viel zu schön alles.

Eines schönen Abends, keine Woche später, der Duce hatte sich bereits durch drei dicke Bände hindurchgefressen und mühte sich, auf der Veranda sitzend, die Hintersinnigkeiten des Zarathustra vordergründig zu entziffern, eines Abends gegen 20 Uhr raste, von Korsika kommend, ein Tiefflieger der Luftwaffe auf Maddalena zu und überflog, keine 50 Meter hoch, schräg wendend die Villa, so daß der Duce das Gesicht des Piloten gut erkennen und prompt hinaufwinken konnte.

Ein neues Versteck war vonnöten. Wenige Tage hielten sie ihn in einem kleinen Haus am Fuß des Gran Sasso fest. Dann beförderten sie ihn per Drahtseilbahn hinauf.

Hier hatte er Vergünstigungen. Er durfte Radio hören, so viel er wollte, die Mahlzeiten allein einnehmen und mit seinen Bewachern Karten spielen. Aber die gute Behandlung machte ihn skeptisch. Er kam sich vor wie ein Todeskandidat, dem man kurz vor der Hinrichtung noch einmal sämtliche Wünsche erfüllt.

Er bedauerte sich. Hatte er nicht selber Drahtseilbahn und Berghotel am Gran Sasso anlegen lassen zum Wohle des Volkes? Und war das eine Art, ausgerechnet ihn jetzt da hinaufzubefördern?

Von den Wachen bekam er freilich immer wieder Sympathiebeweise. Ein Sicherheitsbeamter teilte ihm mit, die Lokomotiven der vom Brenner herunterrollenden Züge trügen sein Bild an der Front und auf den Waggons stünde in Großbuchstaben sein Name. Ein anderer gab sich als Alter Kämpfer der Ersten Stunde zu erkennen und sprach von Vergeltung.

Einmal täglich, jeweils am frühen Nachmittag, verließ er, von einem Unteroffizier in respektvollem Abstand beobachtet, das Haus zu einem kurzen Verdauungsspaziergang. Bei solcher Gelegenheit passierte es, daß ein Schäfer, dessen Herde in der Nähe weidete, den Duce erkannte, auf ihn zuging und sagte: »Exzellenz, unsre germanischen Verbündeten stehn schon vor Rom. Und die Regierung flieht. Wir hier auf dem Land sind alle Faschisten geblieben. In den Dörfern hat uns niemand belästigt. Man hat nur die Parteibüros geschlossen. Tag und Nacht haben wir uns gefragt, was mit Ihnen passiert ist. Zuerst hieß es, Sie wären in Spanien. Dann, man habe Sie umgebracht. Einige sagten, Sie seien bei einer Operation in einem römischen Krankenhaus gestorben. Andere, man habe Sie in der Festung Boccea erschossen. Ich glaube, die Deutschen holen Sie raus, sobald sie wissen, wo Sie sind. Ich bring' jetzt meine Schafe runter ins Tal und sag' es ihnen selber. Wenn ich meiner Frau erzähle, daß ich Sie gesehen habe, erklärt sie mich für verrückt.«

Am Abend des 8. September hörte der Duce beim Scopone-Spiel die Nachricht vom Waffenstillstand. Radio Rom berichtete, König und Regierung seien geflohen, die Streitkräfte lösten sich auf, im Volk herrsche Verwirrung.

Die Wachen schienen nervös. Niemand begeisterte sich. Die Bewachung wurde jetzt wieder verschärft und vor dem Schlafraum des Duce ein Posten plaziert.

Zwei Tage später kam der Duce gegen 20 Uhr in den Aufenthaltsraum, schaltete das Radio ein und hörte Berlin. Dort hieß es, der Waffenstillstand beinhalte seine Auslieferung an die Angloamerikaner. Die Nachricht erregte ihn heftig, und er schrie, niemals werde er sich lebend den Engländern ergeben und schon gar nicht den Amerikanern. Seine Bewacher suchten, ihn zu beruhigen. Es sei gewiß eines der vielen Gerüchte. Er aber brüllte wie in seinen besten Tagen: »Nein, nein, es ist die reine und nackte Wahrheit! Ich weiß es besser!« – Daraufhin brach Faiola, der das Kommando hatte, in Tränen aus und beteuerte: »Ich kenne die Engländer aus eigner Erfahrung, denn ich war in einem ihrer Gefangenenlager in Ägypten! Eine Stunde vorher werdet Ihr unterrichtet. Dann könnt Ihr fliehen. Das schwöre ich Euch beim Leben meines einzigen Sohnes!«

Alles klang so echt, daß der Duce es glaubte. Aber wer garantierte, daß nicht in letzter Minute etwas Unvorhergesehenes dazwischen käme? Und wenn auch unter den jungen Soldaten sehr viele waren, die offen zu ihm hielten, liefen da nicht auch vier oder fünf Finsterlinge herum, mit fliehendem Blick und Killermiene?

In der Nacht vom 11. auf den 12. September konnte er nicht schlafen. Er stellte sich vor, vielleicht schon morgen zu aller Spott in den Händen seiner Erzfeinde zu sein, derselben Leute, die er noch vor kurzem mit Hohn überschüttet hatte und die sich nun dafür rächen würden, indem sie ihm einen wahrhaft unwürdigen Abgang verschafften. Er dachte an Flucht. Und Faiola sollte ihm helfen. Um 2 Uhr morgens stand er auf und schrieb diesem. In dem Brief wiederholte er bloß, daß er entschlossen sei, wie ein Römer zu sterben und nicht wie ein Hund in angloamerikanischer Sklaverei zu enden. Aufgeschreckt stürmte wenig später Faiola herein, nahm sogleich alle spitzen und scharfen Gegenstände an sich – Rasierklingen, Scheren und Messer – und wiederholte, erneut vor Erschütterung weinend: »Duce! Ich wurde in Tobruk schwerverletzt gefangen genommen. Ich bin Zeuge für die britischen Grausamkeiten gegenüber den Italienern. Niemals werde ich einen Italiener an die Engländer ausliefern!« – Dann verließ er den Raum.

Beruhigt davon schlief der Duce ein.

In der Früh hatte er erneut ein Vorgefühl. Gleichwohl ahnte er nicht, wer nunmehr gierig und kalt seine Fühler ausstreckte nach seiner Person, wem er noch mehr galt als allen Feinden und einstigen Bewunderern zusammengenommen, in wessen Besitz er übergehen sollte lebendigen Leibs.

So saß er, schier sorglos, um 2 Uhr nachmittags am offenen Fenster, um sich zu sonnen, als in nur 100 Meter Entfernung ein Flugzeug landete, dem weitere folgten. Alarm wurde geschlagen. Faiola rannte ins Zimmer und schrie: »Fenster zu! Und keine Bewegung!« Er aber, als hätte er nichts zu verlieren, blieb ruhig sitzen und rief den Bewachern hinaus: »Ein italienischer General! Nicht schießen!« – Und damit war alles gelaufen.

Die Befreiung war abenteuerlich und ganz nach seinem Geschmack.

Schüsse fielen keine. Er packte still seine Siebensachen zusammen, während seine Bewacher schon mit den germanischen Kameraden fraternisierten. Und alle waren versammelt, als er sich am Eingang mit bewegenden Worten verabschiedete. Bevor er ins Flugzeug stieg, drehte er sich noch einmal um und winkte seinen treuen Bewachern ein letztes Mal zu. Diese waren zuinnerst bewegt, viele mit Tränen im Blick.

Die Startbahn war kurz. Fast wäre man abgestürzt. Aber wieder einmal wollte es die Vorsehung anders. Denn er war, dies glaubte er von sich selbst, hart im Sterben.

Unterwegs sprach man nurmehr vom Führer. Der Duce wiederholte mehrmals, er habe es immer gewußt, daß dieser ihn retten würde. Und seine Befreier erzählten, der Führer habe Nächte und Nächte gegrübelt, wie er ihn herausholen könne.

Er wurde zu ihm gebracht. Der Führer schritt ihm entgegen, umarmte ihn wie einen verlorenen Sohn.

»Führer!« sagte der Duce, »das vergesse ich Ihnen nie!«

Wie er sich fühle, fragte der Führer.

»Schlecht!« sagte der Duce. Man sah es ihm an.

Der Duce klagte, das Riesengebäude seiner Volksbewegung sei innerhalb weniger Stunden zusammengestürzt wie ein Kartenhaus, das Land versinke im Chaos, alles löse sich auf.

Solche Töne gefielen dem Führer überhaupt nicht. Er sprach ihm Mut zu, erzählte, wie stets bei solchen Gelegenheiten, von seiner Kampfzeit. Wie er oftmals vor dem absoluten Nichts gestanden sei, ohne Geld und Waffen, allein gegen eine Welt von Feinden. Dann habe er sich nur um so fester an seine Idee geklammert, und sein unerschütterlicher Glaube habe ihm endlich geholfen, habe Berge versetzt. Dagegen sei er, der Duce, ja geradezu beneidenswert, denn er habe nicht nur ihn, den Führer, mit seinem fanatischen Willen zum Endsieg, hinter ihm stünden 100 Millionen todesbereiter Germanen, ein bis zum Letzten entschlossenes Volk, das zu dieser Stunde um Sein oder Nichtsein kämpfe. Dies und noch mehr habe er in die Waagschale zu werfen. Doch er tue es, ohne mit der Wimper zu zucken, heute für ihn, den Duce, wie für sein Land, überzeugt, daß dem italienischen Volk nur alle tausend Jahre ein Revolutionär seines Kalibers beschert würde.

Es war nicht leicht, ihn zu überzeugen. Doch nach zwei Unterredungen hatte ihn der große Überredungskünstler im Griff, und als er ihn gar bei seiner revolutionären Ehre packte, ihn aufrief, die Brücken hinter sich abzubrechen, Schluß zu machen mit dem elenden Pack der international versippten Monarchen, alle Verräter einfach an die Wand stellen zu lassen, um konsequent und rigoros Ordnung zu schaffen im eigenen Haus, da war der Duce gewonnen und versprach, zurückzukehren ins Vaterland, um daselbst mit Hilfe der tapferen germanischen Kameraden aufzuräumen und seine Macht erneut zu entfalten.

Also kehrte er heim.

Unterwegs, von München aus, kündigte er über Rundfunk seinem verblüfften Volk seine Wiedererscheinung an, an die Treue des Führers erinnernd. »Das Wort Treue«, sagte er, »hat in der deutschen Seele eine tiefe, unverwechselbare, ich möchte sagen, ewige Bedeutung. Es ist das Wort, das die germanische Geisteswelt umschließt, in der Gemeinschaft wie bei jedem einzelnen.« – Und er deutete schon entfernt an, wie er sich den Neuanfang vorstellte: »Wenn eine Monarchie ihre Aufgabe nicht mehr erfüllt«, sagte er, »verliert sie jede Daseinsberechtigung. Wir haben mehr republikanische Traditionen als monarchistische. Mehr als von Monarchisten sind Italiens Freiheit und Unabhängigkeit von der republikanischen Bewegung gewollt worden und von ihrem reinsten und größten Apostel: Giuseppe Mazzini.«

Und er gründete sie, die »Soziale Republik Italien«, und es war die erste ihrer Art. Sollten nach ihm seinetwegen andere kommen und eine bessere gründen oder eine schlechtere, ihm könnte wenigstens niemand das Recht absprechen, die erste gegründet zu haben. Doch sollte sie auch nicht irgendeine sein, sondern – bis zu einem gewissen Grad – auch das Volk berücksichtigen, speziell das arbeitende. Freilich sollte sie auch wiederum nicht antikapitalistisch werden, denn sonst wäre sie ja, wie er meinte, zugleich antisozialistisch. Mitbestimmung in den Betrieben wollte er einführen, alle Arbeitsplätze garantieren, die Grundindustrien nationalisieren. Dies und noch mehr wollte er und hatte in vielem nicht unrecht.

Aber noch herrschte Krieg, und so konnte er im Augenblick das Volk leider noch nicht in den Genuß bringen all seiner schönen Pläne und Wünsche. Deshalb wollte er fürs erste bloß ein bißchen mehr Macht gewährt haben vom Führer, denn die tapferen germanischen Kameraden hausten inzwischen in seinem Vaterlande auf ihre Weise. Der Führer hatte für ihn jedoch nicht mehr Macht übrig. Und so wollte er wenigstens nach dem Endsieg so frei sein, dem Führer vorzuschlagen, mit ihm gemeinsam die ganze Welt zu sozialisieren, nach seinen Vorstellungen.

Er spürte aber, daß es dazu nie kommen würde. Und er wußte, daß alles eine Farce war. Und von allem seltsam distanziert, fühlte er sich endlich nicht einmal mehr als Akteur, Poseur und Schauspieler, sondern als Zuschauer in der letzten

Reihe. Zwar hörte er sich noch sprechen, aber es war die Stimme eines anderen, die da weiterredete.

Angst hatte er mehr denn je, doch er suchte sie zu zerstreuen. Und so blätterte er in Büchern von Kant, Schopenhauer, Goethe und Eichendorff herum, jetzt, im März des Jahres 1945, bis er schließlich auf Verse stieß des Angelus Silesius, die ihm wesentlich erschienen, die er sich einprägte, die er mitnehmen wollte:

Die Würmer, denen du bist Preis,
Die werden deiner lachen
Und dir mit Lust und großem Fleiß
Gar bald den Garaus machen.
Die Kröten werden dein' Gebein'
Zermalmen und zernagen
Und nicht erst, ob sie edel sein
Und hochgeboren, fragen.

Er wollte nunmehr fast nichts mehr. Er wollte sich retten. Und er suchte einen Ausweg.

Sein Ende ist bekannt.

Rolf Dieter Brinkmann
Aus den Aufzeichnungen »Rom, Blicke«

Rom, d. 29.10.72
100161 ROM, Villa
Massimo/Largo di
Villa Massimo 1–2

Lieber Henning,
ein Samstagnachmittag, halb vier, der Hintergrund ist ein dünnes graues Geräusch von Wagen, näher davor in einigen kümmerlichen Bäumen spitzes flirrendes Gezirpe von unsichtbaren Vögeln, schnell und wirbelnd, ab und zu zieht ein hohles Sausen und Scheuern durch die Luft, denn die Flugschneise zieht sich über der Villa Massimo hin.

Hinter der Mauer, die das große Grundstück umgibt, sind die geschachtelten Häuser zu sehen, rechteckige Balkone, grüne Rolläden, gelbe verwaschene Mauern, darauf die Fernsehantennen.

Der Park selbst ist voll auszementierter Pinien, was schon wild aussieht: diese langen Risse in den Stämmen und mit Zement zugekleistert, ein hohes eisernes Tor, durch das man eine Kies bestreute Allee betritt, an der zu beiden Seiten große Kübel mit bleichen Kakteen stehen, und, sogleich am Eingang, steinerne, verblaßte Särge, in denen einige Blumen vor sich hintrocknen.

Ich bin nicht so unempfindlich, um nicht das Spaßhafte aber auch das Grauenhafte eines beweglichen Lebens zu empfinden, das durch eine derartige Kulisse strolcht, und mir jedenfalls wirft diese Art der Dekoration ein nachdenkliches Licht auf unser abendländisches Bewußtsein, denn gleich, nachdem diese Allee zu Ende ist, und nachdem eine Seitenallee, die mit verschimmeltem grünem Moos und buckligen Steinen ausgelegt ist, gekreuzt wird, kommt eine Mauer und ein Durchgang, an dem wieder zwei kleine Särge stehen als Zierde, diesmal zwei Kindersärge unter einer abgesplitterten steinernen Sitzfläche. Danach kommt der weite, ebenfalls Kies bestreute Vorplatz der eigentlichen Villa, in der der Direktor, eine Frau, wohnt, und in der es einen Veranstaltungsraum gibt. Ein Brunnenaufbau mit verstümmelten Büsten liegt der Villa gegenüber, der an den Seiten zwischen einer hohen Lorbeerhecke von weiteren versteinerten Verstümmelten Figuren umgeben ist, der einen fehlt ein Auge, dem die Nase, der glotzt mit eisernen Klammern an seinem zerfressenen Rumpf befestigt römisch-antik vor sich hin.

Hinter dem Brunnen mit den zerfressenen Masken liegt der Bereich der Ateliers, eine Reihe Wohnungen, die mehr oder weniger in Takt sind und doch ziemlich verwohnt aussehen, ebenfalls mit einem Kiesweg davor. Ich bewohne das Atelier 10, das offensichtlich das verwahrloseste ist und habe mich in den hinteren Räumen, den Wohnräumen eingerichtet mit den wenigen Sachen, die ich benötige. Das Atelier nimmt die ganze Vorderseite zum Kiesweg hin ein und steht leer. Ich werde es nicht benutzen. Es ist geheizt, einige Neckermann-Möbel stehen darin und Zeichentische und kreuz und quer gespannte elektrische Leitungen mit Lampen hier und da an mir völlig unverständlichen Stellen, dazu eine flache Liege, die Höhe des Raumes schätze ich auf 5 Meter, Breite 10 Meter, Länge 10 Meter – Du siehst, falls Du herkommst, was Dich erwartet. Wie schon einmal gesagt, habe ich stark den Verdacht, daß im Großen & Ganzen die Schönen, Bildenden Künstler ziemlich spinnen. Es ist wohl ein alter Fetisch-Glaube, der sie dazu zwingt, monumental zu sein, zumindest in ihren Ansprüchen.

Das Essen ist mir zu fade. Die Wurstwaren haben zwar verschiedene Geschmacksrichtungen, doch ziehe ich Dicke Bohnen mit durchwachsenem Speck auf die norddeutsche Art jedem Essen hier vor. Das Brot ist weiß und weich. Im Restaurant zu speisen ist ähnlich wie bei uns teuer und kaum jeden Tag zu leisten. So mache ich mir für den Anfang meine Knorr-Suppen, die ich ja gewohnt bin aus einfacheren Zeiten, und rühre mir ein Ei hinein. Die Supermärkte sind nicht aufzuhalten, insofern ist jede Romantik des einfachen Lebens überflüssig.

Trinken kann man nur im Stehen in den sogenannten Bars. Sobald man sich setzt, kostet jedes das Doppelte, dafür daß man sitzt. Am Donnerstagnachmittag sind alle Geschäfte zu. Nachts sah ich am Hauptbahnhof zerschlissene Gestalten auf Pappkartons liegen. Aber die Luft ist hier sehr fein und angenehm, zu jeder Tageszeit, Smog wie in Köln gibt es hier nicht, dafür dickes bläulich-graues Abgase-Blei-Gepuffe an jeder Ecke, denn sie fahren hier wohl ein bleihaltigeres Gemisch. Auch sind vor lauter Leuten und ist vor lauter Verkehr und einem permanenten Achten auf die Straßensituation kaum möglich, etwas in sich aufzunehmen und auf sich wirken zu lassen.

Plötzlich tauchen aus dem Gewimmel der häßlichen Menschen mitten in der verstaubten Ruinenkulisse Heiligenbilder auf, angestrahlte Christusse, mit elektrischen Girlanden umwundene Madonnenbilder in Tordurchfahrten, gespenstisch und blöd.

Die männlichen Italiener kratzen sich ständig am Sack. Sie verschieben ihre Schwengel ungeniert an jeder Stelle und jedem Ort zu jeder Zeit in den engen Hosen, und zwar auf eine klotzige Art etwa so wie jemand klotzig in der Nase popelt, egal wo. Das zu sehen, zufällig, hat mich gelegentlich zum Kotzen gebracht. Die Häßlichkeit einer derartigen, bereits längst unbewußt und aller Scham entbehrend gewordenen Handlung ist kaum zu überbieten. Sie widert schnell an. Wer möchte schon ständig an den Schwanz eines anderen erinnert werden? Ich nicht.

Die Landschaft vor Rom, die ich jetzt 3 Mal lange durchfahren habe, ist kaputt und abgewrackt. Sie ist total zerteilt, hier ein Baum und da ein Baum, kahle, wahrscheinlich früher abgeholzte Hügel, Bruchbuden von Häusern, Schrott, Todesmelodien.

Nachts in Rom kommt der verstaubte Charakter der Straßen, der Häuser des Lebens stark hervor, die Straßenlampen sind niedrig, so daß sich die Kästen der Häuser nach oben im

Dunkeln verlieren, auch die Leuchtkraft der Lampen ist gering, so tappt man durch düstere Straßenschluchten.

»Auch ich in Arkadien!«, Göthe. Dieses Arkadien ist die reinste Lumpenschau. Seien es die modischen Lumpen oder die antiken Lumpen, ein Mischmasch, das so weit von Vitalität entfernt ist. Tatsächlich, das Abendland, lieber Henning, geht nicht nur unter – es ist bereits untergegangen, und nur einer dieser kulturellen Fabrikanten taumelt noch gefräßig und unbedarft herum, berauscht sich an dem Schrott – was ist das für ein Bewußtsein, das das vermag!

Mentalität: in verstopften Straßen trillerndes Pfeifen von Polizisten, wahnsinniges Gehupe, als wären sie von Sinnen und könnten durch Hupen die Stauungen auflösen, – ein alter Volksglaube? Alte Überlieferung, Lärmvermehrung.

Frauen mit enormen Gesäßweiten, oft schön zum Ansehen, diese breiten Hintern, schöne sinnlich-starke Vorstellungen herauflockend, aber dann diese Fressen dazu! Sie bringen mich in meinen Tagträumen völlig durcheinander, was kann man da machen? Zerrissene Emotionen wieder, der Witz mit dem Handtuch, das über so ein Gesicht gelegt wird, ist wohl nicht praktikabel, mir hat das noch keiner im Ernst erzählt, daß er es getan hätte.

Schöne, lichtvolle Himmel darüber, denn das nahe Meer fegt alle Stauungen dort oben hinweg. Wolkenschichten voll Licht spät nachmittags, langsame Verschiebungen, sich abdunkelnde Bäume, verblassende Häuserfärbungen.

Im Hof das Plastikspielzeug der Künstler-Kinder, streunende Katzen, gute Gerüche, gestern Nacht ein feiner gleichmäßiger Regen, der sanft auf mein Nervensystem sich verteilte. Dann wurde irgendwo ein Wagen gestartet und das sanfte, gleichmäßige Rauschen verschwand total darin. Dann wieder dieses ruhige, gleichmäßige Rauschen und ich schlief ein.

Ja, manchmal packt mich schon eine dieser hungrigen, wütenden und furiosen Verzweiflungen und ich stoße lautlose wirre Gehirnzeichen aus, so verschüttete alte Tierlaute, gelbe sprachlose zackige Fetzen, oder fluche laut auf deutsch vor mich hin.

Sackkratzer, Spaghetti-Fresser, Schuh-Macher, überall eine

Menge Grimassen, der Senat und das Römische Volk rauscht in den Abwässer-Kanälen, zu denen inzwischen die Straßen geworden sind. – Gelegentlich aber stößt man auch auf überraschend stille Ecken, und das sind meistens Ecken, die niemand mehr haben will.

Fünf Minuten von der Villa entfernt, die auch Accademia Tedesca heißt, vorbei an dem gelb verwaschenen Gebäude der Algerischen Botschaft, wo 15, 20 Katzen rumlungern, eine wilder als die andere, eine graue mit nur einem Auge, eine andere mit tiefer Wunde am Hals, rötlich-braune Felle, sie liegen träge in der Sonne oder unter den abgestellten Wagen, und vorbei an einem weißen nackten gleichmäßig-schönen Hintern einer Statue, die über die Balkon-Brüstung sieht, ihren Hintern zwischen einigen Geranien der Straße zugewandt – und immer für winzige Augenblicke der Anlaß zu Tagträumereien, liegt ein kleiner Platz, Piazza Bologna mit Geschäften, Bank, Post, ein kümmerlicher, ausgelebter Grünflecken in der Mitte mit ausgesogenen Bäumen, Kieswegen, ramponierten Bänken, und mit Papier und sonstigen Abfällen gefleckt, einem Zeitungskiosk, drei Obstständen und niedrigem Holzgitter, Gras habe ich da noch nicht gesehen, obwohl vielleicht einiges dünn dort sein mag.

6 Uhr am Samstagabend, und die Straßen, die hierauf zu laufen, stoßen in immer neuen Wendungen und Varianten Häßlichkeit aus, ein durcheinandergehendes rhythmisches Pulsieren, geregelt durch die Verkehrsampeln und Türen der Geschäftshäuser. – Menschliche Larven in stinkenden Blechbuckeln von Fiats verstopfen die Blicke, und ich möchte nicht wissen, was alles sich aus diesen Larven zu völlig unberechenbaren Momenten entpuppen kann. – Ein Schirmverkäufer mit einer Radkarre am Straßenrand, die Seitenwände des Karrens sind aus alten Coca-Cola-Schildern, gegenüber, zwei, drei Schritte entfernt eine offene Fleischerei, da liegen die weißen Hühnerhäute und bleichen Kottletts und Stücke Tierfleisch, weiter andere Straßenhändler, Nippes-Verkäufer, Transistor-Verkäufer, Kunst-Verkäufer, immer am Straßenrand, der Ladenfront gegenüber. – Mottenhafte Amerikanerinnen, die aus jeder Falte Parfum stinken und ein Quäken von sich geben. – Der Maroni-Verkäufer hat neben sich ein altes Telefonbuch

liegen und reißt daraus Fetzen zum Einwickeln. – Und ich schaue mir die Leute an, die hier gehen (:vor lauter Wagen und Leuten kann man sich nichts anderes ansehen), ich beobachte ihr Verhalten: sie gehen ganz daher wie die Eingeborenen Könige des allgemeinen Drecks, jeder ein bedeutendes Wesen, das den Dreck, die Verrottung ganz in Ordnung findet. – Ich bin viel zu sehr Sinnen-Mensch, um nicht durch diese Art des Stolzierens um mich herum, durch diese Art verwüstenden Selbstgefälligen Selbstbewußtseins erschreckt zu werden – tatsächlich: Entropie! – Die Szenen nehmen viel Energie, aber geben nichts dafür zurück. Und ich denke, daß Du vielleicht ganz Recht daran getan hast, auf der Stelle umzukehren, als Du Dich auf Deiner damaligen Reise Rom genähert hattest. —Jaja, nicke ich geheimnisvoll und leer. Nach einiger Zeit des Herumgehens merkte ich, wie eine Starre sich bei mir im Nacken und Schädelansatz festgesetzt hatte, Übergang des Rückengehirns zum Stammhirn, der ältere Teil von mir hatte genug von der Zivilisation.

Inzwischen ist Sonntagnachmittag, Sonne, die durch die grünen Fliegengitter hereinkommt, wieder Schnabelgewetze der Vögel, zirpende monotone Rhythmen, gleich vor der Tür bosselte die Familie von nebenan und knotete Schaukeln an einen Baum, schon sah ich ständiges Kinder-Geheule direkt vor der Tür, wo ich arbeite. Nix da, tappte ich in die Helligkeit, gibt doch genug Bäume woanders.

Machte gegen Viertel nach 9 meinen ersten größeren Spaziergang, Wochenende, Samstagabend, Vergnügungszeit, – ist das ein altes Verhalten? Oben ein abnehmender Mond, weiße Wolkenschollen, Platanenlaub, ein grüner Bus, der in einer wirklich sichtbaren Bleiwolke eine große Verkehrsallee heruntergerast kam, Linie 60, Richtung Piazza Barberini, wo ein Brunnengeriesel steht, von Bernini 1640, naja, weißt Du, ist eben alt, und von dem aus die Via Veneto in einer Schleife sich hochzieht bis an den Rand der Villa Borghese.

Busfahrten sind billig; sie kosten 50 Lire, was etwa 25 Pfennig heißt. – Der erste Eindruck, noch im Bus während der Fahrt, an einem Tor, das Porta Pia heißt und so'n Heiligengemälde trägt, gegen das ein Krieger anstürmt, Garibaldi, waren die geparkten Wagen, ein mattschimmerndes leicht gewölbtes Meer von Autodächern überall. Dazwischen einzelne Schattenrisse von Menschen. Und lungernde Soldaten, die ich hier sehr häufig gesehen habe mit allen möglichen Hüten zu der immer gleichen Nato-Oliv-grünen Uniform, mit Federn am Hut, mit roten Bommeln an dem Käppi, oder in torerohaftem breiten schwarzen Hut, der schief aufgesetzt wird, Kinnband, und schwarze Hahnenfedern hat. – (Auch als ich durch die Schweiz vor 14 Tagen fuhr, sah ich überall aufgebotene Soldaten morgens durch die öde schweizer Helligkeit traben mit Schnellfeuergewehren und Rucksäcken bis hoch in die feuchte, nebeldampfende Öde des Gotthard auf verlassenen kleinen Bahnstationen, durch die der Zug hindurchdonnerte – und in Basel sahen selbst die neuen, mit Metall verkleideten Postaufzüge auf den Bahnsteigen wie Tresore aus – und dann die schweizer Sprache: sie vergrämt alles an einem, rote und gelbe Herbstbäume krochen die Hügel hoch, zuerst schön, und dann entsetzlich weil wieder viel zu viele davon da waren in Rot und Gelb – schön für die Augen? Na weißt Du, Henning! Da ist vielleicht noch Luxemburg schöner!) – Also am Platz Barberini raus, und zuerst eine überdimensional große Unterwäsche-Reklame, da kniet eine Nuß, streckt den Hintern raus gepanzert in Lovebal, für Loveabel oder wie das Zeug heißt, darüber: Disney On Parade und Mickey-Mouse. 1 Mann in weißem Hemd mit Schlips holt sich Wasser aus einem Brunnen, eine große Baustelle, Flugblätter auf dem Asphalt, Flugblätter im Brunnen, dann Berninis Triton schwarz angelaufen der Brustkorb, als hätte der 'n inneren Brand, die Ränder gelb, trug irgendwas krümeliges auf dem Triton-Stein-Haupt. Rundum geparkte Wagen. – Schild zur American Dancing Bar – in wüste Bleidämpfe eingehüllt die abfallende Via del Tritone, aus der ich 5 Stunden später dann überraschend, für mich selbst überraschend, denn ich hatte ganz woanders herauskommen wollen, wieder hervorkam, gegen 2 Uhr.

Und rein in die Via Veneto: ein Polizist pfeift, und prompt stoßen beim ruckhaften Anhalten zwei Stink-Buckel-Fiats zusammen. 1 Portiers-Stimme wimmert mich an »Täntzing, Täntzing!« und weist in eine Nebenstraße. 20 nach 9 abends, leere

Cafés, leere Tische draußen auf dem Trottoir, viele abgestellte Wagen, eine einzelne Nutte in blondiertem Haar, schwarzem Umhang bis zu den Schuhen, tief ausgeschnitten vorne, so daß die Titten recht gut zu sehen sind, zwei Hautbeutel Milchdrüsen, schwarzer kurzer Rock, schwarze Stiefel. – So unverhofft auf Menschenfleisch zu stoßen macht doch zuerst schlucken! – Schattige Bäume, distinguierte Hotels, fein und dämmerig und still, soweit von außen zu sehen, 1 Gaul müde und abgeschlafft und hinter sich ein schwarzer nasser Haufen Kot samt Droschke, in dem ein dösendes Bauerngesicht saß und an der Ecke Via Liguria wartete – Zeitschriftenstände – gläserne Café-Kästen – (: darin sind die gewöhnlichen häßlichen Menschen zu besichtigen, wie sie sitzen, glotzen, essen, plus Kellner) – Metallverkleidete Schuh-Geschäfte, und wieder Schuh-Geschäfte und nochmals Schuh-Geschäfte und dann wieder Schuh-Geschäfte – am Ende der Via Veneto, die sich durch Leere auszeichnete, ein altes Gemäuer, dessen Rundbogen gelb angestrahlt waren und wo ein paar Schwule im Stil der Kölner Paula in Fetzen alter Frauenkleider standen – Motten – dann zwei weiße Adler auf Steinstümpfen, der Eingang zum Park der Villa Borghese. Es ist Viertel vor 10 und ich kehre auf der anderen Straßenseite zurück.

Martini-Neon-Zeichen, Pepsi-Cola-Zeichen, J & B's »rare« Whisky-Zeichen, Alte-Tanten-Parfum, amerikanische Laute vor Schuhgeschäften, Wimpy-Bar, Nippes-Läden und ein wahnsinniger plötzlicher Motorrad-Kamikaze-Lärm.

Wieder zurück am Platz mit der Baustelle gehe ich die Via Sistina hoch bis zu der Spanischen Treppe, die, das ist nun ernsthaft mir sehr spanisch vorgekommen, äußerst un-imposant war, die Postkarten davon sind beeindruckender. Oben eine Säule plus Kirche, die man nirgendwo hier vergessen kann. Die Säule ist viereckig und läuft flach nach oben zu, also ein Obelisk. Oben drauf ein freches Grünspan-Kreuz. Als hätte der Christus-Typ ausgerechnet über die ägyptische Kunst und Kriegsführungsberichterstattung gesiegt.

Und runter die Treppe, mit wieder so amerikanischen Lauten eines abgewrackten US-Ehepaars im Ohr – Achtung! Stufen! – die ausgetreten und abschüssig sind, Hippie-Mist auf

Samtdeckchen, auch ’n Bauzaun auf halber Höhe dieser 17 Hundert&Soundsoviel Rokoko-Treppe, als ich unten war und an wieder so einem Brunnengeplätscher stand, in dem aufgeweichtes Zeitungspapier und Flugblätter schwammen, stand, mich umdrehte und hochsah, dachte ich: lächerlich! Dafür war so viel Aufhebens gemacht worden? Die ganze Szenerie ist nur noch vergammelt.

Trank ein Pepsi für 220 Lire, ging Viertel nach 10 p. M. weiter, auf jedem kleinsten Platz, in jeder noch so engen Straße geparkte Autos. Und kam zu einem Platz mit einer Heiligen-Grünspan-Frau hoch oben gegen das Dunkel der Nacht auf einer Säule, es war die Unbefleckte Empfängnis, das alte Monstrum, das mitgeholfen hat, die Sinnlichkeit im Kopf 1900 Jahre kaputt zu machen, gräßliches Kontrollinstrument des Abendlandes – denk Dir doch mal: unbefleckt, als ob Sperma beflekken würde – natürlich in ein starres Nachthemdgewand gehüllt, und wieder so ein Slum-Kerl, der wahnwitzig auf dem Motorrad vorüberfuhr.

Einbiegen in eine kleine Straße, die Via Frattina heißt, vor einem verhauen alten Tor stehen, drei schwarze Plastiksäcke mit Müll, und von neuem Schuhgeschäfte (: gar nicht so übel, diese vielen Geschäfte, nur so sind die Schuhe noch billig!), Nippes, Silber, Bars, am Ende gelange ich zur Via del Corso und sehe ein Kino mit Marlon Brando Il Padrino halb 11. – Meine Stimmung war dürftig, nach einiger Zeit des Gehens kommt doch das Empfinden auf, jedes wiederhole sich bis zur Öde. Da sehe ich in einer schmalen Seitenstraße ein anderes kleines Kino Cinema Nuovo Olimpia, in dem ein Film mit J-L Trintignant läuft und gehe hinein, 300 Lire nur, also 1 DM 50, ein verblaßtes karges Foyer – was heißt da Foyer? Ein größerer Vorraum ohne jegliche Ausstaffierung, eine Schwungtür, hinter einer Barriere eine Frau, die Karten verkauft – fast alles ältere Jugendliche, die reingehen, Studenten – ein Kino mit täglich wechselndem Programm und sehr verwohnt, so geriet ich in einen neuen italienischen Film, der – soviel ich mich erinnern kann – von Bertolucci mitproduziert worden ist und von einem Regisseur G. Patroni Griffi geschrieben und inszeniert war: Addio Fratello Crudele – sehr bunt, Breitwand, mit unermüdlich dramatischem Gerede. – Im Kinosaal konnte man rauchen, an den Seiten ein Balkon, klapprige Holzstühle, und auch wieder ohne jede Ausstattung, eben nur ein Saal – die Reihen bis direkt zur Leinwand, also Rasiersitze, und man konnte sich hinsetzen, wo jeder wollte. Die Projektion war dürftig, offensichtlich besaßen sie nicht die geeigneten Vorführmaschinen, und im Dunkeln wanderte und zuckte der Lichtstrahl hin und her, dicht über den Köpfen und voll Zigarettenqualm. Zwischendurch wurde nach dem 1. Teil eine Pause gemacht und ein Coca-Cola & Eis-Verkäufer, ein faltiger kleiner Mann, schluffte herum.

Die Geschichte des Films bestand, wie gesagt, aus vielem dramatischem Reden, eine exquisite Kulisse aus Kellerloch, in dem ein schöner starrer blonder junger Mann mit vielen Bücherstapeln für sich allein lebte, an der Wand ein großes Foto vom Meer. Er schießt mit der Pistole auf das Bild einer Frau, die gerade in dem Moment hereinkommt. Sie ficken, er drappiert sich mit einer riesigen Hakenkreuz-Fahne. Ein anderer Ort ist ein teures Apartment, in dem die Frau mit einem teuergekleideten Mann wohnt, der Dramatiker ist. Als drittes ein gepflegt arrangiertes großes Abendessen, das von einem weiteren Schriftsteller gegeben wird, der ebenfalls verheiratet ist. Zwischendurch einmal ein Aufenthalt am Meer, der Selbstmordversuch des Kellerloch-Hakenkreuzfahnen-Mannes, der aber durch die Frau gerettet wird, und als Drehpunkt die geheimen erotischen Beziehungen der Leute untereinander, kumulierend in einer Szene, wo sie alle zusammen sich anfassen und küssen.

Hektische Schnitte, assoziative Sprünge, Wechsel der Szenen innerhalb ein und derselben Kulisse, so wie häufig gedacht und assoziiert und erinnert wird, Großaufnahmen, bewegte Kamera, Schwenks.

Da ich kein Wort verstehen konnte, hatte ich Gelegenheit, intensiv mir die Gesten anzuschauen: das war Opernhaft, kein Blick ohne Bedeutung, keine Handbewegung ohne Bedeutung, und die Sexualität total zu einem Ritus geworden, so daß ich dachte, daß je ärmer und leerer das alltägliche Leben wird, umso stärker der Hang zur Ritualisierung dieser Armut und

Leere wird, – und das kann man ja auch wiederum draußen bei den verschiedensten Gelegenheiten, wo Leute sich versammeln, bemerken – sei es auf einer politischen Versammlung, im Bundestag oder bei einem Abendessen oder einer sonstigen Zusammenkunft.

Mir fiel auf, oder immer mehr fällt mir auf, in welchem Ausmaß das Leben und die Menschen bereits zerträumtes Material sind. (Auch hier in der Villa reden sie alle nur noch von Geld, von Preisen, von Honoraren und geschäftlichen Beziehungen, dann reden sie von Autounfällen und dann kommen witzige Bemerkungen und schließlich das Thema Essen.)

Das war also Addio Fratello Crudele, aus dem ich 5 vor halb 1 rauskam und nach dem ich weiter den Corso bis zum Forum Romanum abklabusterte: vorbei an weiteren Schuh-Geschäften und Bars (: Bar ist hier alles, auch wo Kaugummi, Plätzchen, Postkarten und Kaffee zu haben ist) und der 42-Meter hohen Sieges-Säule Marc Aurels mit Kriegszenen der Siege über Germanen undsoweiter, oben drauf wieder so 'n katholischer Heiliger draufgesetzt, dahinter Il Tempo und in rotem Neon Partito Socialista Democratico Italiano, und hoch darüber ein abnehmender halber Mond.

Um 20 vor 1 kam ich auf die Piazza Venezia und stand vor einem weißen kalkigen Mammut-Bau: Der Altar des Vaterlandes, (heißt so!), hinter dem das Trümmerfeld beginnt. Weiße große Treppe mit zwei Lichtergeflacker am Grab des Unbekannten Soldaten, unten an der Treppe zwei Polizisten, ein Bus mit bleichen Gesichtern an der Ecke rappelnd und wartend, ein neurer Kaiser auf einem Gaul, König Victor Emanuel der Zwote, ziemlich unverfroren und zotenhaft das Ganze, halb Tempel, halb Grabmal, halb Adler und halb Löwe, halb Säulengang und halb gar nichts.

(Ich hatte diesen Durchblick einmal, als ich vor 1 Jahr eines Sonntagsmorgens in Berlin allein die Straße des 17. Juni runtergegangen kam und zu der Siegessäule oder was ist das? ging, etwa gegen halb sechs früh, diese breiten Asphaltbahnen, kein Verkehr, eine dünne graue Helle ringsum und Stille, aus der dann plötzlich diese überdimensional-großen Onkels in starrer Haltung auf Steinsockeln aus einem Gebüsch sahen – stinkende

Great Old Ones – rollte mir dann eine Kiff-Zigarette und trollte mich seitwärts in die von der Morgenfrühe nassen Anlagen.)/ (Nicht das der Kiff mich in die Lage versetzt hätte, den Augenblick so zu erfahren, es war auch wohl die Leere und Stille, die breite Asphaltbahn, auf der ich allein ging und dann unvermutet vor diesen Figuren stand, sinnlose Starre, die zwischen den Gebüschen war, und ich davor und die da, etwa so!)

Vielleicht wunderst Du Dich, Henning, daß ich den ganzen Kram so sehe, aber vielleicht erinnerst Du Dich an bestimmte Augenblicke im Kiff-Rausch, in denen diese aufgetürmten menschlichen Denkmäler, diese Standbilder und wahnhaften Zeichen und eingefrorenen geschichtlichen Symbole, also der ganze Zinnober staatlich-menschlich gelenkter Fetisch-und-Bau-Wut, unendlich lächerlich einerseits wird, zum anderen aber auch grauenhaftes enthält, nämlich durch den gegenwärtigen anwesenden Grünspan-Popanz hindurch blickt man in eine gar nicht genau zu übersehende Zeitdimension, die mit Ritualen, Fetischen, bronzenen und steinernen Wächtern und Standbildern in einer langen Reihe hintereinander gekennzeichnet ist, und man begreift, wie sehr doch so etwas mit dem leeren, hohlen magischen Gefühl des Affenmenschen, der heute in Anzügen rumläuft, zusammenhängt, und wie weit reicht das in den menschlichen Stoffwechsel hinein? Immer noch?

Man muß doch endlich einmal sehen und begreifen, durch welche Gegend man also seinen lebendigen Körper trägt! Wie fast alles diese Lebendigkeit in einem einsperrt durch tausenderlei Hinweise, die alle das Zurück meinen und Geschichte, vor der man in die Knie zu gehen hat, wenn auch nicht immer und zu jedem Augenblick, aber abberufbar sind doch diese Erinnerungen und Hinweise und auch aktivierbar, wenn wieder so ein Oberaffe das Allgemeinwohl beschwört.

Ich mußte an einen Satz des Franzosen Elie Faure denken, leider gibt es kein Buch auf deutsch von ihm, wo das genau nachzulesen wäre, aber sinngemäß lautet er so: daß, anstatt die Tempel und alten Bauten als Denkmäler zu pflegen, es besser wäre, sie wieder von Pflanzen zuwuchern zu lassen, also wieder in die Erde absinken lassen – also mehr Gegenwart, die Menschen zu leben hätten! Bedenke doch einmal alle die toten Bedeutungen, in denen sich heute Leben abspielt! Und zwischen denen das tagtägliche Leben gelebt wird! – Ruinöse Formen, Anlagen, die wieder ruinieren. Die menschliche Umwelt sollte jeder auch einmal so sehen.

Bei dem Paläoanthropologen Bilz kommt der Ausdruck vor: Subjekt in der Gewalt seines Feindes, – dieser Feind ist inzwischen wohl die unmittelbare Umgebung eines jeden geworden, und die Gewalt ist der ganze Spuk der Vergangenheit.

In seiner Studie über den Vagus-Tod schreibt Bilz zu Anfang: »Es gibt außerdem den unblutigen Tod des Erdrosselns, Ertränkens oder Vergiftens. Neuerdings ist man zu der Erkenntnis gekommen, daß es außerdem einen rein situativ bedingten Tod gibt: Die mit einer Angst verbundene Situation der Ausweglosigkeit kann dem Dasein das Ende setzen.« – Ich überlegte folgendes dazu: die Landschaft, durch die man täglich geht, ist angefüllt mit Hinweisen und Drohungen des Todes, alle möglichen Todesmelodien werden gespielt, an jeder Ecke sind Todesbilder oder Eindrücke der Verrottung, aus Kinoprogrammen, Zeitungsberichten und Fernsehen fallen imaginäre Todesschrecken – überall wird der Tod verherrlicht und angepriesen, eine enorme Einübung in die Todesatmosphäre wird, ich weiß nicht, in wie weit das dem einzelnen überhaupt gewärtig ist und in wie weit das von dem einzelnen bewußt hergestellt ist, betrieben. – Sicher ist jede Situation durch die Anwesenheit von Angst gekennzeichnet, und im Bewußtsein drängt sich auch ganz sicher die allgemeine Aussichtslosigkeit vor. – Da sind also alle einzelnen Momente dieses situativen Todes beisammen, von denen Bilz spricht. Könnte man nicht auch die vielen Herzinfarkte, die bereits ab 30 auftreten, die ganze Schwemme der Managerkrankheiten als ein Ergebnis der unterschwellig empfundenen Situation der Ausweglosigkeit ansehen? – Mir fielen dazu auch die verschiedenen kulturellen Anlässe ein, die Ausstellungen, die Musik, die Literatur – wie sie dort die Todesmelodien intoniert haben und die Situationen der Ausweglosigkeit nachinszenieren. – Was ist dagegen zu setzen, wenn nicht der Einzelne, der radikal, heftig, auch mit einer gewissen Rücksichtslosigkeit und Aggression, sich selbst dagegensetzt? – Auch ein Bruchstück aus einer Rolling-Stones-

Platte fiel mir dazu ein: »It's not easy living on your own, it's ha-aa-rd«, Aftermath.

Der Mond schob sich in Wolkenbäuche rein, die hellgrau gegen einen glatten, schwarzen Himmel abgehoben waren, und sichelte wieder heraus.

Im Hintergrund einer breiten mehrspurigen Asphaltstraße stand der Schutthaufen des Kolosseums, lehmig-gelb angeleuchtet und mit den schwarzen Rundbögen, die an Stolleneingänge denken ließen. – Neben mir, zur einen Seite der Via Dei Fori Imperiali, eine tiefergelegene Schrotthalde und eingezäunt. – Altes Zeitungspapier über 3 Tausend Jahre geweht, Säulen-Reste, Rundbogen-Stümpfe, Stein-Klötze – wüst durcheinander, Bruchstücke von Wänden, Andeutungen von Treppenstufen – in der Ecke eine große Rolle rostender Stacheldraht – und eine Katze, die geräuschlos am Rand entlangstreicht. 3 Säulen standen sinnlos hoch.

Über schwarze große Basaltbrocken ging ich dann an dem Trümmerfeld hoch, vielleicht habe ich innerlich gegrinst – aufgerissene Rollbahnen eines Flugplatzes in Vechta – Bombentrichter voll Wasser – eingefallene Hallen – Zementmatten, die aus den Eisengerüsten hängen – grünes Sprühen einer Brandbombe – lautlos abbrennendes Stangenpulver nachmittags – Metallwracks von Flugzeugen – geborstene Plexiglasscheibe der Flugkanzel – kleine schwarze Figuren, die unter geblähten Pilzkappen herunterschweben – Unkraut wuchert das Gelände zu. Hier und da eine Trümmerecke herausgerissen von elektrischem Licht.

Nein, keine noch so leisen und fernen Schauer ergriffen mich, schreckte nur einmal unvermittelt zusammen, als ein jäher greller Hupton von der Straße kam. Ich sah auch keine Rüstungen, Fahnen, gepanzerte Brustkörbe imaginärer Gespensterheere hier langziehen.

Dahinten, in dem lehmigen, gelb-bröckeligen Sportpalast aus dem Jahr 72 v. Chr. hatten sie mal den Drecksleuten immer zur Mittagszeit, so als Zwischeneinlage, während das Gelümmel und menschliche Gehänge seine miesen Brotfladen reinstopfte und irgendein Frascati-Gesöff der damaligen Zeit fettig und schwitzend und aus den lumpigen Gewändern stinkend, umgeben vom Geruch der Schweißfüße in sich reinlaufen ließ, ungeübte nackte Menschen mit Schwertern vorgetrieben, jeder Hieb traf. Da schwenkten sie schreiend ihre Stummelarme, aus denen die roten Fäden rausliefen, und blutige Fleischstücke flogen durch die Luft, aus der geschlitzten Bauchhaut quollen die Innereien hervor, während der Pöbel fraß und sich am Sack kratzte. »Also, hör mal, Gaius, die Nuß da in der vorderen Reihe (er rülpst sauer auf), der möcht ich gern mal eine vorknallen, he, he?! (und kaut die mitgebrachten grünen Bohnen).« Und Gaius aus der Vorstadt kratzt sich schon am Sack.

Ich ging weiter, eine ansteigende Straße hoch, rechts das schwarze Trümmerfeld mit den hier und da herausgerissenen Steinbrocken, geplatzten Sockeln, Mauerresten und halben Torbögen, eine schwarze, weißgefleckte Fläche. – Ich war allein, ungestört, und fühlte mich als jemand, der durch Gerümpel ging, ganz deutlich. – Ich weiß nicht, ob Du auch diese Art der Erfahrung eigenen Daseins kennst, daß sich besonders in durch ein allgemeines Bewußtsein objektivierten, das heißt allgemein-gültigen Szenerien und Situationen und Gegenständen deutlich erfährt – etwa angesichts dieser Reste von Zivilisation wie auch von Kunstwerken: immer komme ich deutlicher zu mir zurück und immer schwerer fällt es mir, mich, mein eigenes Dasein, meine Anwesenheit in diesem Körper unberücksichtigt zu lassen. – Sehr lächerlich erscheint mir also jede Art von formulierter Weite, sei es eben hinsichtlich Geschichte oder sei es hinsichtlich Kunst, eines noch so berauschenden Bildes, einer noch so berauschenden Musik oder eines Buches. – Also erfuhr ich meine eigene Anwesenheit jetzt hier im Oktober 1972 nachts bei der Besichtigung wieder einmal. –

Hatte ich mir nicht doch die gesamte Szene eindrucksvoller heimlich gedacht und vorgestellt? – Es erging mir so wie am ersten Sonntag meines Aufenthaltes hier: im Unterstufenbuch des Lateinfaches war dieser bellende Hund abgebildet mit dem Spruch Cave Canem darunter. Damals kam mir das sehr wichtig vor, gerade dieser Hund mit dem Spruch, denn dadurch sah mich durch das starre formelhafte Erlernen der Grammatik ein winziges Stückchen Lebendigkeit an und zeigte mir, daß einmal das sich ja um Leben gehandelt hatte – Sonne, Licht, Luft, Bewegung, wohnen, ein bellender Hund. An dem Sonntag ging ich nachmittags eine Straße runter und sah mir die Gebäude an mit den blassen Farben und Bäumen und trat in Hundescheiße. Ich bog gleich darauf in die größere Verkehrsstraße ein und sah am Eingang eines größeren Villenkomplexes diese Kachel mit dem bellenden Kettenhund und Cave Canem darunter. – Hatte ich mir also doch die ganze Kulisse heimlich um ein weniges beeindruckender vorgestellt?

Zwei abgestellte Polizeiwagen standen im Schatten des Kapitolsplatzes. Die uniformierten Körper lehnten im Halbdunkel, und aus einer Tasche der Uniform kam dünn Transistormusik.

Es war gegen 1 Uhr, als ich daran vorbeikam und auf den von Michelangelo entworfenen Platz des Kapitol-Hügels kam – wirklich ein schöner, befreiender Platz mit einem feinen Raumgefühl entworfen, denn das Gefühl des Raumes teilte sich mir sofort mit. Ich hatte das Gefühl des Raumes und nicht das eines staubigen Durcheinanders, sobald ich von den Bauten ringsum und ihrem Zustand absah. – Hier konnte ich gehen, mich bewegen, über eine gleichmäßige Fläche, die angenehm war. – Scheinwerferlicht und darüber der weißwolkige hohe Himmel, und in der Mitte des Platzes das Reiterstandbild des Marc Aurel, das mir im Gefühl des Raumes ziemlich überflüssig vorkam, obwohl die Musterung des Bodens, das gleichmäßige Pflaster auf diese Statue zuläuft.

Einzelne Gestalten bewegten sich hier und da, standen zusammen, sehr fremd, wie Gäste in einem teuren Hotel, das sie nicht gewohnt sind. Ich glaube ihre halblauten Bemerkungen über die Umgebung widerlich zu verstehen. Sie hätten besser daran getan, nichts zu sagen und diesen Platz für ihre Anwesenheit dort zu benutzen, selbstverständlicher.

Der gepanzerte Leib auf dem Pferd in der Leere und die halb erhobene ausgestreckte rechte Hand zeigen zu einer Treppe, an deren Seiten zwei übergroße Steingespenster stehen, Castor und Pollux. Daneben murmelten zwei Männer. Ein Fiat, vollgestopft mit Familie, kam flitzend an der Seite hoch und ödelte über den Platz und verschwand auf der anderen Seite zwischen den schattigen Gebäuden.

Die Treppe runter, der Blick geht über das Gewimmel von

Dächern, unten einzelne Neonlichter, Bars, Autos, und die Treppe wieder rauf, über den Platz und in die halbe Dunkelheit eingetaucht, eine kleine Treppe abwärtsgestiegen zu dem archäologisch-touristischen Gelände mit säuberlich gefällten Säulenreihen und der zerkrümelte Triumphbogen eines Septimus Severus, 3 Arkaden, um 20 Meter hoch und breit, und über die Straßenmauer gelehnt noch etwas hingeguckt. Ein Flugzeug orgelte unsichtbar, hoch darüber, zerreibende, komprimierte Luftrotationen, gasiges Geschmurgel und Gegrolle, ein heißes Glosen, das sich zusammenzog und weg war. – Rauchte eine Chesterfield, grinste ein bißchen in mich unverständlich hinein, auch sinnlos nachdenklich, denn einen Gedanken erwischte ich da nicht mehr, bis ein Nieselregen einsetzte, ich den Mantelkragen hochschlug und machte, daß ich fortkam.

Wieder durch staubige Straßen, abgeschabte Häuser, in kurzen Rucken die Straßenöffnungen auf platzähnliche Vergrößerungen, diffus in der Straßenbeleuchtung, die nachts eine diffuse Atmosphäre verbreitet, da sie niedrig hängt.

An einer sonst ringsum erloschenen Straßenecke hatte noch eine Birreria San Marco geöffnet, es war 20 vor 2, wo ich im Stehen 1 Birra Dreher, grande, für 220 Lire getrunken habe, Kellner mit Würstchen und Salaten auf der Hand vor sich balancierten durch die am Ausschank und der Esswarenvitrine Stehenden in die hinteren Räume, ein Ort etwa wie eine größere Kölner Kneipe bzw. Wirtschaft, etwa das Birbäumchen, aber mit weißen Tischdecken. – Plötzlicher Einfall beim Trinken, ohne zu wissen, ob er so exakt ist oder nicht: wahnsinnige Welt, wo die Genüsse und Erlebnisse auf Verfeinerung sich hinbewegen, also zum Kopf hin, und doch so stark gefesselt an einen brüchigen Körper mit stark den Einzelnen definierendem Stoffwechsel. – Ein Bündel Zwiebeln hängt neben der Tür. – Entweder ist Leben als Ganzes unbewußt, oder es ist überhaupt nicht, G. Benn – »Wollen Sie für die Menschenrechte eintreten?« – Im nächsten Winter – Korzybski: das Wort ist nicht die Sache, die Landkarte nicht das Gelände, das sie darstellt.

Und durch einen langen geraden Tunnel voll gelbem Neonlampenlicht mit schmutzigen nassen Schlieren aus Straßenstaub und Wasser auf den Fliesenwänden, menschenleer und lang, nur in Abständen von Motorengedonner durchzogen – oben drüber einer der Hügel Roms, der Gipfel des Quirinals mit allerhand Ausblicken, auf Kirchen, und Balustraden und was weiß ich, denn ich ging ja unten durch (: oben sollen wieder Kolossal-Statuen mit Rossebändigern stehen, na dann, hü-hott!) Und kam auf eine Straße, die auf dem Platz mit der Baustelle und Unterwäsche-Reklame und schwarz-angelaufenen, mit gelben Rändern versehenen Triton-Brunnen des Herrn 17. Jahrhundert-Gian-Lorenzo-Berninis auslief, wo ich in einen dieser grünen, verblichenen, deutlich sichtbare bläuliche Bleidämpfe aus einem Rohr in die Luft stoßenden römischen Busse stieg und durchgerappelt in das Viertel mit der Villa Massimo zurückkam – erneut vorbei an einer Stadtmauer, gegen die der Federhütige Garibaldi immer noch anstürmt – und in den kleinen Zeitschriftenständen kann man viele Bücher mit dem Duce sehen – die breite, von Platanen gesäumte Straße hoch, deren feuchten, nach schweren welken Blättern angenehm riechenden Eindruck ich am ersten Abend der Ankunft hier in Rom außerordentlich intensiv aufgenommen habe.

Noch ein kurzes Stück Seitenstraße, nämlich das Stück mit der Hundescheiße, die Via Antonio Nibby heißt, der Kerl war Archäologe, hat wahrscheinlich ein paar Säulen ausgebuddelt, mit hohen Mauern um die besseren Grundstücke, still-liegenden gut-bürgerlichen Wohnhäusern, schattengefleckt und von raumlosen, schwarzen, leicht schaukelnden Blätterschattengespinsten schräg auf den Mauern hin und her lautlos huschend angefüllt, ein wenig ansteigend, mit den üblichen links und rechts geparkten Wagen, und mit den kleinen feuchten Rändern um jedes welke Platanenblatt auf dem Asphalt, weiße, graue Wolkenschollen in der Luft darüber samt Mond-Dekoration, gesehen aus dem schmalen Straßenkanal, müde, ein wenig erschöpft, in dem klaren, frischen Geruch atmender Bäume und Sträucher, die von allen Seiten aus den Vorgärten herüberhängen, etwa Viertel nach 2 in der Nacht, aus der Ferne die klappernden Eisenstücke eines fahrenden Zuges, auf die Kreuzung vor der Villa Massimo zu mit der vielleicht 15 Meter hohen Pinie oder Ceder als Verkehrsinsel und dem vergammelten

Spruch Fronte della Gioventu an einer Mauer, im Kopf vorüberziehend jetzt die Orte, Städte, die Straßen, durch die ich bisher hindurchgegangen bin und mich umgesehen habe: London, Paris, Longkamp, Vechta, Berlin, Hamburg, Husum, Bremen, München, Brüssel, Amsterdam, Neu-Ringe, Wien, Graz, Klagenfurt, Montpellier, Dünkirchen, Hannover, Düsseldorf, Fulda, Harlingen, Leiden, Trier, Oythe, Nordhorn, Maux, sogar für 2 Stunden Venedig während eines Rangier-Aufenthalts, mit roten Neonlichtreflexen eines Hotels auf dem Wasser, dem klatschenden Geräusch der Wellen gegen eine verschimmelte Gondel und einer schwebenden Lucia, der unten das Wasser rausläuft = Brunnen vor dem Hauptbahnhof: (fehlen eigentlich noch die nordischen Länder und Madrid, Warschau, Prag und Dublin – aber wäre das dort so anders?), über diesem schnellen geisterhaften Zug immer oben die gerissen-verteilten Wolkeninseln und Schollen und das matte, sanfte Mondlicht, und daran anknüpfend die Überlegung (: Teufel auch, sie geben 13 Tausend Mark für Essen aus plus umgerechnet Miete in so einer Stadt sagen'wa mal rund 15 Tausend Mark in der gegenwärtigen Währung – pro Person hier in der Accademia Tedesca, die – ehrlich gesagt – eine Absteige für 2.rangige Künstler geworden ist oder immer war, so daß ich mich doch sehr derangiert empfinde –, macht also circa 30 Tausend für 10 Monate, was könnte ich damit machen, kriegte ich sie auf einmal, ich wäre gewiß nicht nach Rom gegangen!), also die ganzen Orte in meinem spukhaften Gedächtnis zusammen – überraschende kurze Windstöße in den Zweigen da – schaukelnde Schwärze über dem Autoblech – über verblaßte rote Hauswände und Eingänge – in losen Windspiralen raschelt Laub auf – merkwürdige Choreographie der Natur – selbst bei Abgestorbenem – Laubhieroglyphen – Schattenzauber für das Auge – Geraschel an einer Steinmauer – (: ach, Dreck, diese Art der Offenheit von Sinnen ist nicht gut um in der Gegenwart auskommen zu können!) – keiner der Orte hat mich bisher befriedigt, überall zuviel sogenannte Wirklichkeit und immer zu wenig Traum bis zu den hirnverbrannten Ideologen des Sozialismus. – Ich dachte, daß ein starkes Empfinden der Gegenwärtigkeit, also der eigenen Anwesenheit hier in diesem Raum und in dieser Zeit und diesem Körper doch überhaupt gar kein Hinderungsgrund ist für eine etwas größere träumerische Ansicht als das, was überall angeboten wird. –

Ich dachte, daß ich immer bislang nach Augenblicken gesucht habe, die komprimiert sind, meinetwegen auch rauschhaft, meinetwegen auch verrückt gegenüber dem Wertmaßstab der cleveren Geschäftsleute, die jedes nur nach dem Verhökerungswert bemessen, also gesteigerte Augenblicke, nicht extensive, unhistorische, nicht logisch-geschichtliche, Wirklichkeit also, wie man vom Orientalen sagt, als Verdichtung in einem ewigen Augenblick, und nicht Wirklichkeit als Ausdehnung der Zeit ins Unendliche – da wird mir ja ganz übel, wenn ich mir Gegenwart und die gegenwärtigen Verhältnisse als Ausdehnung ins Unendliche vorzustellen habe, selbst unter dem Blick einer sozialen Veränderung, die nur ein Vertauschen des einen Zustandes durch einen anderen ist, der derselbe ist.

Zack, klappt die dicke grüne Holztür zu, das Schloß schnappt ein, ich gehe den Kiesweg, genau 220 Schritte vorbei an den Ateliers zur einer zur anderen Seite eine löchrige Lorbeerhecke entlang bis Atelier 10, wo ich mich notdürftig eingerichtet habe.

Dahinter liegen sie und komponieren, dahinter liegen sie und formulieren noch einmal, was schon da ist, dahinter klimpern sie atonal und modellieren sie ihre stereotypen Ansichten, zweite Wahl, freundliche Arschkriecher, elende hirnvergammelte Schwätzer, Zahnpopler, die Erfindung der Schreibmaschine beleidigende, schließlich nur armselige Häufchen, die ihre blöden Fleppen ins Reine bringen wollen, Dicktuer, avantgardistische Konventionelle, samt einem mümmelnden Pfarrer als Ehrengast! Auch ein Professor als Ehrengast, klapprige würdevolle Geste, den Kopf schon als Reflex zurückgeworfen, Pensionsberechtigte, also die Kultur ist vielleicht vergammelt, lieber Henning! Unglaublich!...

Rose Ausländer

Offener Brief an Italien

Italien
mein Land der Terrassen und Trauben
von Sonne geliebt
deine Haut ist blau wie die Blume
die der Dichter sich einst
an die Stirn steckte

In deine Geschichte taste ich mich
von Marmor zu Marmor
aus brüchigen Schichten schäle ich Glanz
höre den Pulsschlag deiner Paläste
durch deine Portale betret ich die sieben Dante-Himmel

Vivaldi hat meinen Traum vertont
Bei Leonardo lernte ich fliegen
Ich frage Raffael nach der sanftesten Madonna
Michelangelo nach dem mächtigsten Mann

Mein Italien
ich schreibe dir aus Amerika
daß ich dir huldige
Ich huldige deinen Ruinen im Blau
deinen traumäugigen Bettlerkindern
deinen gesprächigen armen sanften singenden stolzen
Menschen
der unerschöpflich dich liebenden Sonne im Blau

Venedig

Goldner Schmutz
Mosaik aus Palazzi und Wellen

St. Markus-Platz:
Siamesisches Zwillingsviereck
im Taubenschaum badend

Alle Gondeln fassen nicht
den Körper deiner Unwirklichkeit
Alle Gondeln fassen nicht
deine Schwermut unter dem Süßsang

Leih mir den Glockenton deiner Gläser
Lehr mich das Latein deiner Zaubergassen
Schenk mir einen Strahl
vom Tintorettostern

Schläfe an Schläfe
mit dem medialen Mond
fliegen Kähne
ins Labyrinth
der Kanäle

Italien

Immer träume ich zurück
zu deinen Städten
Venedig Rom Florenz
Siena Neapel

Zum Amalfiweg
zu San Michele
zu deinen Schätzen

Ich verständige mich
mit vier Worten
ja nein rechts links

Die Menschen verstehen mich
antworten mir
mit gütigen Gesten
jeder Blick ein
Willkomm-Gruß

Italien
mein Immerland

Mein Venedig

Venedig
meine Stadt

Ich fühle sie
von Welle zu Welle
von Brücke zu Brücke

Ich wohne
in jedem Palast
am großen Kanal

Meine Glocken
läuten Gedichte

Mein Venedig
versinkt nicht

Friedrich Christian Delius

Römische Elegie 1

Sie wollte dich nicht loslassen. Jetzt
aber hast dus geschafft: Stehst
am mittleren Vormittag, ausgesaugt, müde,
in der übertriebenen Sonne und trottest
blinzelnd an stinkenden Autos vorbei, willst
nichts von manifesto oder Kunst, Streiks
und Trümmern wissen, jetzt erst mal
Ruhe. Daß man Zärtlichkeit immer
noch mit solchen Abschieden bezahlen muß!
Dann kommt der Bus.

Römische Elegie 3

Ostia. In diesem schwarzen Sand lag ich
vor rund zehn Jahren, also nicht in diesem Sand –
Oberprima, die Haare zurück und noch so viel
weniger fähig als heute, den Kopf und mich
zu gebrauchen. In diesen Sand gruben wir Anno 62
unsern Studienrat ein aus Jux, weiter gingen wir nicht.
Immerhin wir haben uns / die Entwicklungen haben uns
mehr verändert als diese Bretterbuden und diese Badewüste.
Mir stinkts hier, Verdrängungen brechen auf
– die alten Fotos, da sehn wir alle fröhlich aus –
und Wut: hätten wir damals verstanden, was uns fehlt,
wir ständen heute mutiger da oder lägen
gelassener im Sand.

Römische Elegie 4

Während die hier Wahlkampf machen,
bleibt uns etwas Zeit, über die Schönheit
von Hammer und Sichel nachzudenken. Altmodisches Gerät!,
sag ich, sagt das Vorurteil. Na gut. Aber wenn schon
so ein Maßstab, dann bitte: Was für ein Fortschritt
gegenüber andern politischen Symbolen, die
in Natur ausweichen (Ahornblatt, Sonnenaufgang)
oder, wie die Faschisten, aufs Element Feuer zurückgehn
und brandstiften oder wie die christliche Reaktion,
die sich auf Schilde der Kreuzfahrer stützt.
Also Hammer und Sichel: Werkzeuge, von der oder jener
Fraktion mehr oder weniger stilisiert, aber
Werkzeuge, noch wenig benutzt.

Brief an Born in Berlin

Mensch Born,
wenn du hierher kommst, wirst du das alles auch erleben, auf deine gute Bornsche Weise, aber
ich schreib dir schon mal, was mir so durch den Kopf geht, wenn ich beispielsweise mit zwei, drei Briefen rüber zum Briefkasten an der Piazza Bologna geh.
In diesen Briefen habe ich geschrieben: alles o.k., etwas vom Frühling, etwas vom Tischtennis und unserer Arbeit und etwas, was wir hier in den Zeitungen lesen –
das ist ja alles nicht gelogen, aber, was heißt das schon: in dieser Ecke Europas zu leben –
ich sag auch nicht viel, wenn ich sag,
ich verlaß jetzt diese deutschen Mauern und biege in die Via di Villa Ricotti ein
und langsam kommt mir,
wenn ich auftauche aus den Bilanzen, den kapitalistischen Schiebungen, wenn ich abschüttle, was mich fleißig macht, Akkordsysteme und Details der Ausbeutung,
dann kommt diese Stadt wieder auf mich zu, in der wir uns bewegen, aber nicht wie Fische im Wasser, sondern wie weiß ich nicht,
zwischen ihren immer etwas, wie Piwitt sagt, gockelhaft verkleideten Leuten und den lauten weil luftgekühlten Fiats
plus Himmel und Dreck und die-

ser immer wieder erstaunliche Mai, der hier schon im März kommt,

du weißt schon: Rom,

und man kann, wenn man diese grüne und Ocker-Szenerie noch mehr beleben will, die Leute abzählen:

jeder Dritte ein Linker und jeder Sechste ein Faschist – und in dieser feineren finsteren Gegend vielleicht sogar auch jeder Dritte ein Freund der Kopf-ab-Methode,

in dieser finsteren Gegend mach ich solche Zahlenspielchen vielleicht lieber doch nicht,

ich geh mit meinen Briefen weiter an den Fiats vorbei, die den Leuten abends, wenn sie gelenkig und nicht verheiratet sind, zum Vögeln dienen müssen,

weil ihnen die immer noch viel zu langsam schrumpfende Macht ihrer Kirche keine anderen Räume läßt, auch die 500er müssen herhalten,

mir gehn die Faschisten nicht aus dem Kopf (ich weiß, ich vergeß zu schnell, daß deren Protest und Geschrei Gründe hat, die wir ja kennen, daß diese Leute aber gewöhnt werden, auf ihre Unzufriedenheit nicht anders als brutal und unsolidarisch zu reagieren – wie kommen wir dagegen an?)

und ich komm, während ich den Katzen der Gräfin Ricotti ausweiche,

an der Algerischen Botschaft vorbei und frag mich, was hört man eigentlich von Boumedienne und der algerischen Revolution?

und denk an ein Datum, das im Roten Kalender steht: 8. Mai 1945: Französische Kolonialtruppen ermorden 45000 Algerier,

jetzt fährt der algerische Botschafter im französischen Citroen DS Super, na und?

ich ärger mich über diese einfältigen moralischen Einfälle: natürlich braucht er ein Auto, und ob er Citroen oder Mercedes fährt, ist wirklich so scheißegal wie dieser edle Konsumprotest:

die Obstsäfte des einen Profitgeiers den Obstsäften des andern Profitgeiers vorzuziehn,

also soll sich der Herr oder Genosse Botschafter von mir aus im Citroen kutschieren lassen,

ich geh an diesem rausgeputzten Palazzo vorbei, in dem auch wieder nur rausgeputzte Leute wohnen

und entsprechende, mit blond gefärbten Strähnen, Frauen, über die ich trotzdem nachdenk: was wäre wenn,

vorbei an dem Pförtner, den ich immer nur gelangweilt seh, der manchmal mit seinen Kindern spielt und abends den linken Paese Sera liest, und dann

ein Blick über die Mauer dieses Feudal-Relikts, dieser ziemlich lächerlichen, aber sehr schönen und nicht völlig unnützen und nicht ganz von allen guten Geistern verlassenen

Villa Massimo (anfangs genierte ich mich, die überhaupt beim Namen zu nennen oder den zu schreiben, jetzt hab ich diese Art von Skrupel verloren, das kann gut sein oder auch schlecht),

wo auf einer Fläche von 3 Hektar, auf der sonst 2000 Leute wohnen, wenns hoch kommt, jetzt 40 sich ausbreiten dürfen,

was natürlich auch ungeheure Vorteile hat (trotzdem könnte eine Verdopplung der Bewohner dieser Insel nur gut sein),

und weiter, kurz von der Ecke Via XXI Aprile überhole ich einen dieser professionellen Katholen, der hat in dieser Szenerie noch gefehlt, mit seiner (na schön, das Vorurteil stimmt) fettigen Soutane,

und auch für das Vorurteil, daß so einer ungeniert Frauen unter die Röcke faßt, habe ich Zeugen,

und vorbei an dem Laden des, wie Kürschner sagt, schmierigen Weinhändlers, der einen guten Verdicchio hat, aber einem immer noch alte Eier andrehn will, und im Hinterkopf die banale Frage: ist der nun auch ein Faschist oder nur ein harmloserer Marienverehrer?,

weiter geradeaus die Piazza Bologna, jeder hier weiß: Faschistenzentrum, ich will dir den Mussolini nicht an die Wand malen, da steht er schon

(aber das nur nebenbei: allein im Jahr 1969 173 Bombenattentate, von denen 102 mit Sicherheit von Faschisten organisiert wurden und für mehr als die Hälfte der übrigen liegen gewichtige Indizien vor, daß sie ebenfalls von Faschisten verübt wurden – und heute sieht das nicht anders aus),

vorbei an der Bank vom Heiligen Geist, wo wir schüchtern die von den, wie sagt man in Berlin, lohnabhängigen Massen bezahlten Schecks einlösen,

also die Faschisten, ich will keine Panik machen, zwar halten die Bürger die Augen zu und Nixon, Griechenland und viele Unternehmer das Geld hin,

aber die Genossen sind stark und entschlossen und versichern, sich weitere Übergriffe auf ihre Büros und so weiter nicht gefallen zu lassen,

was nicht einfach ist, weil diese Regierung solche Anschläge natürlich sehr gern sieht, ich geh

vorbei am Spielzeugladen mit den englischen Tischfußballspielen und Hunderten von Plastiksoldaten aller berühmten alten und neuen Armeen und Waffengattungen,

und dann begegnet mir der Maler Knipp, der neulich sagte, er hätte jetzt Baran/Sweezys Monopolkapital gelesen und sehr viel draus gelernt,

wir grüßen uns kurz mit buona sera, aber jetzt sei er deprimiert, was man denn gegen dieses System noch machen könne

(ich hatte das Gefühl, Antworten geben zu müssen, aber auch das ein Irrtum: was nützen, selbst wenn sie mir passend einfielen, Antworten, wo es doch erst mal um die Klärung von Interessen und um die richtige Verarbeitung von Erfahrungen und Begriffen geht – und ich wollte ein ermunterndes Wort sagen, was mir natürlich nicht gelang), vorbei

am Elektroladen mit lauter deutschen Platten, Waschmaschinen, Radios, so weit sind die schon,

da fällt mir wieder meine Arbeit ein: Das deutsche Kapital erobert die Welt,

und jetzt die Piazza Bologna, Bäume blühn, in der Mitte das Café, was weiß ich, was da drin wieder für Gauner sitzen, draußen um das Café rum sind die meisten nur zahnlose Alte, die ihre (ich kann nichts für diese Wiederholungen: faschistische) Zeitung lesen,

rechts die Post mit den Briefkästen, ich werfe die Briefe ein und weg und mach die Augen auf:

Sonne,

Autos,

Mädchen auf Mopeds, denen mein Blick nachfährt,

Grün, das mich besoffen macht oder besoffen machen könnte,

alles halb bekannt, halb déjà vu,

und trotzdem, in dieser halben Minute vor der Post,

während die allgemeineren Befürchtungen und Hoffnungen im Hinterkopf verschwinden, wieder dieser lächerliche Wunsch: möglichst viel um mich rum mit sämtlichen Sinnen aufzuspießen/wahrzunehmen/zu verstehn –

du kennst das ja, Born.

Gen Italien

Jeder ein Fernglas, den Blick auf
irgendeine Ferne, nur nicht auf uns – so
trafen wir uns auf einem Schiff im Mittelmeer.
Mäßiger Sturm war, schlimmer war
das Getue der Leute. Die kotzten uns an,
Tanten und Leute mit Geld. Wir stifteten
uns gegenseitig an wegzufliegen, flogen
über das Meer aufs Festland zu, das war
Italien. Wir zogen durchs Land wie Kinder,
mal zog ich dich, mal zogst du mich an der Hand
durch bergige Landschaften, traurige Vorstädte,
an Eisenbahnlinien entlang.

Unter dieser Sonne fanden Entwicklungen statt:
In Sizilien wucherten Blumen uns zu, neue Wörter
erfanden wir in Salerno, erleichtert nahmen wir
die Umleitungen um Rom. Der Kuß von Orvieto!
In Florenz an einem Brunnen hockte
der alte Freud und murmelte immer vor sich hin:
gen Italien – Genitalien, gen Italien – Genitalien.
Du gingst zwischendurch zu Sehenswürdigkeiten,
erzähltest den Amis irgendwelchen Unsinn
von Cäsar und Cleopatra, und wir hatten wieder
ein paar tausend Lire mehr. Allmählich
ließen wir die Kinderspiele sein: wer fängt
diese Eidechse? Wer weiß was von Marsmenschen?

Je näher wir den Alpen kamen, desto mehr fühlten
wir die Last erwachsen zu werden und hatten
immer noch keine Ahnung von uns und Italien.
Warum bleiben wir hier Kindsköpfe oder
Konsumenten? Verbraucher der Landschaft, der Leute
und unsrer Gefühle? Vermuten an jeder roten Ecke
den schönsten Kommunismus? Du sagtest, vor der Grenze,
ich geh jetzt, schön wars, aber Liebe? Und ich,
statt zu lachen, fragte, warum diese Schwierigkeit,
aus uns keine Traumfiguren zu machen, aus Italien
kein Traumland? Aber du warst schon weg,
gingst statt über die Alpen lange weite Treppen hoch,
und ich nannte dich, weil dies Bild eine
vertraute Filmeinstellung zum Thema Entschwinden war
und weil mir dazu nichts Bessres als Freuds Deutungen
und das Küchenlied einfiel, nannte dich Martha,
Martha, du entschwandest. Dadurch wurde alles sehr
trivial.
Jahre später trafen wir uns wieder in Italien, aber wo.

Gramscis erste Überfahrt

Gib acht, das Meer legt strenge Farben an
Gib acht, dir zittern schon die Kniegelenke
Und halt den Koffer fest
Der Koffer ist aus Pappe
Und zu essen nur ein Käse
Ein Käse von Cagliari bis Turin

Dem reicht die Reling grade bis zum Hals
Der hat gar keinen Hals der Buckelzwerg
Dem Hungerleider zittern ja die Knie
Ein Wrack ein Schlafwandler Student

Gib acht, woher sie die Verachtung haben
Gib acht, so wichtig bist du nicht
Wer hat dein Land so zugerichtet
Das wirst du klären
Lernen lernen lernen
Anders ist die Welt ein Graus

Er schwankt, er träumt im Hungerfieber
Ein Teil bist du von dem was sich bewegt
Ein Tropfen in der Flut die steigt
Viel zu langsam, langsam dampft das Schiff

Ulla Hahn

Roma antiqua 1980

Hier scheint jeder mit seinem Leben
ein leichtes Spielchen zu treiben. Männer
gebärden sich so wie sie sind und
darüber hinaus. Ihre Frauen
schaffen mit Kindern sichre Beweise
segnen die Namen der Männer
noch aus dem Hinterhalt.

Mosaik

An den Füßen die
Ausverkaufsschuh mit
beiden Beinen fest auf
dem Weg nach Brindisi
freihändig der Kopf schwebt
ständig dicht unterm Himmel.
Du trägst »Ganz Rom« Brot
und Wein im Beutel über
der Schulter da und da und
dahin zeigt deine Hand meine
Augen flattern ihr nach
durch diesen Raum
aus Zeit und auferstandnen Zypressen.
Bis uns die Hitze vom Weg
fegt hinter die Tempelruinen hier
unter freiem Himmel üben
wie knieend kauernd Verbotenes
aus stecken es ein drücken der
Sonnen fein gesponnen
ein Auge zu.
Halten paar bunte Steine Staub
bißchen Gott und die Welt in der Hand.

Piazza Navona

Damals fiel mir das Wort
für die Hunde am Brunnen
die Kinder die Kleider die
Locken für Männer und Frauen
auf den Bänken Geranien
Balkons für geschlossene
Kirchen Mopeds die
Staffeleien der Maler
bel canto aus
dem Kofferradio für die
Hitze das klirrende Eis
im Glas im Traum nicht ein.
Heute vermute ich da
hinter steckte so etwas
wie Glück.

Günter Kunert

Pompeji I

Hingestürzte hinterließen
in der Asche eine Hohlform
später mit Gips ausgegossen
Mädchen und Männer
schlank und verhüllt
und zum Teil obszön entblößt
von der Katastrophe

Ein unerhebliches Daliegen
ohne Anliegen ohne Bedeutung
Ausstellungsobjekte des Museums

Auch ein Hund
mitleiderregend verrenkt
seit tausendneunhundert Jahren
beweist der Vergänglichkeit Dauer

Hohlformen bleiben
und werden mit Gips ausgegossen
Deine Sprache sei Jaja und Neinnein
füllet wieder Busch und Tal
und
Wer weitergeht wird erschossen

Hingestürzte hinterlassen nichts
als das Abbild ihres Falles
und das ist: kein besonderer.

Pompeji II

Nicht Schweigen Stille
entströmt den Ruinen
Keine Klage keine Anklage

Stille

Triumphierendes Aufbewahrtsein
in den geretteten Resten
alltäglicher Werke

In der Weinschenke
marmorne Tischplatten durchtränkt
von den Schatten der Trinker
Am Bewurf der Wände
ihr verblassendes Wort
Im Lupanar über die inneren Pforten gemalt
auf allerlei Art sich Paarende
ein Katalog der Lust
Bitte auswählen und eintreten
und Platz nehmen auf steinernem Bett
auf das steinerne Kissen den Kopf
daß dich eine Ahnung umfange
vom Wesen der Liebe
vom Verwesen der Leiber

Unseren Wegen folgt der Vesuv
durch luftige Klarheit
fern und nah zugleich
Begleiter einstiger Einwohner

in die er uns für die Ewigkeit
einer Sekunde verwandelt

Wir sind andere Andere sind wir
und kein Hinweis auf
der Archäologen kostbarsten Fund
kein Hinweis
auf uns

Verlangen nach Bomarzo

Selber ein Fels sein.
Stillstehen mit der gewesenen Zeit:
so ein teils steiler Hügel
eine teils erhabene Klippe ortsgekrönt
des Morgens inmitten der Ebene
über sie
einen langen und leichten Schatten legt.

Platz nehmen im *Parco di Mostri*
unter schweigenden Ungeheuern
aus behauenem Gestein.
Einer der ihren werden
halb in der feuchten Erde geborgen
reglos und nichts anderes um sich
als lauter leeres Geheimnis
sonnenüberflutet und dunkel
wie der Sinn der Gestalten und Tiere
Elefant und Gladiator
Nymphe und Drache
Jahrhunderte alt.

Der Schädel mit dem Scheunentormund
darinnen Tisch und Sessel aus gleichem Granit
dich empfingen wäre der meine:
Hüt dich vorm Eintritt
damit du nicht in die unterirdischen Tiefen
meines ferneren Leibes gelangst
ausgestreckt unter Bomarzo:
der unsichtbare Grund
auf dem alles steht und der alles trägt.

Dableiben. Hierbleiben.
Kristallinisch
solcher Landschaft sich innig verbinden:
wenigstens vorübergehend
unsterblich sein.

Venedig I

Düsendonner über der Lagune.
Auf dem Dach die Bronzegäule schreckgebäumt
im ewigen Wahnsinn erstarrt
die Augen aufgerissen und blind
erkennen dich nicht.
Zieh zu den Brücken und als *dein* Lebenswerk
überquere jede
einmal von dieser und einmal von dieser Seite

Jedesmal ist die Welt anders

Aber vergiß deinen Schatten nicht
er reicht bis ins Wasser hinab
wo unter undurchsichtigem Schmutz
die Strömung ihn wegspült. Keiner mehr
singt während der schwankenden Fahrt
eine Zeremonie ohne Ziel
und zu oft wiederholt.

Im Hotel um die Ecke haust ein Mann
namens Dostojewski oder
ist bereits abgereist oder bereits
wieder angekommen.

Die alten Paläste
zerfrißt unser zeitgenössischer Atem
so daß wir sie nicht bewohnen können
trotz inniger Absicht.

Zerbröckeln würde unser Zugriff
den Stein
und alle Geometrien sänken ineinander

wie lautlos wie erwartet.

Venedig II

Nach dem Untergang Venedigs
werden sie sagen
(ihr wißt schon wer)
es hat nie eine Stadt
auf einer Lagune gegeben

Alles Erfindung

Und wer da Byzanz überfiel
das waren die Deutschen
wie von jeher
(Fränkische Ritter am Fallschirm)
Legenden beschreiben
einen erdachten Ort
Es ist ein Begriff
für eine kanalisierte Anlage
doch nach einiger Zeit
am Horizont des Vergessens
tauchen die Kuppeln von San Marco auf
der Dogenpalast
die Piazetta mit den zwei Säulen trotzdem
und
die Gefängnisse füllen sich
mit Leuten die glauben
auf dem Canale Grande gefahren
zu sein.

Venedig III

Ein schwerer Luftzug
durch die alternde Konstruktion.
Qual des Erstickens
im weißen Licht der Lampe
aus weißem Glas aus Murano.
Eine Insel nahe Venedig.
Unter den Arkaden der Piazza San Marco
zusammensitzen mit einem Unsichtbaren.
Er heißt Marcel und schon als Knabe
des ersten Bandes wünschte aus Swanns Welt
er sich her.

Aber was suchen wir
in diesem schönsten Salon Europas
(Definition N. Bonapartes), da jede Zeit
seit langer Zeit in der stillstehenden Historie
verschwindet.
Spurlos.
Das wird stündlich verkündet
vom Turm und so laut, daß hoch unter
seiner Spitze auf der Galerie
die Geschöpfe Gottes von der Größe
unseres kleinen Fingernagels
die Mäulchen aufsperren und
die Händchen an die Köpfchen pressen.
Von Glockenschlägen gefoltert.
Was gäben sie jetzt nicht für eine Kammer
aus Kork.

Das dichte Gemengsel von Dächern, von Wasser
umrundet, das sehen sie, indem sie
über uns wegsehen. Denn wahrhaft anwesend
sind wir immer woanders.
Statt eines wächsernen Pfropfens, schirmt
der eigene Atem das Gehör ab. Wir lauschen
auf das Geräusch unseres Leidens, das
uns fremd vorkommt. Wie die Töne
einer im Meer versinkenden Stadt.

Venedig IV

Der Kanal zwischen Fassaden
von Palästen
schon ganz und gar verblaßt
Leblose Türen und Fenster
starren auf unverfließbares Wasser
überwölbt von drei Brücken
in unterschiedlicher Höhe

Aber alles ist menschenleer

Wie niemand es je gesehen
außer dem Fotografen

Die Perspektiven
auf der Flucht vom Betrachter
nach hinten in ein Nichts

Geometrische Metapher
die auch alle Städte unserer Gegenwart
in einem Moment mangelnden Augenmerks
unversehens betroffen hat.

Peter Handke

Aus dem Roman »Der Chinese des Schmerzes«

... Noch am selben Abend stand ich an einem anderen Fluß. Am frühen Nachmittag war ich über Zürich nach Mailand geflogen und hatte dort den Lokalzug nach Mantua genommen. Ein paar Kilometer südlich liegt ein Dorf namens Pietole, das früher Andes hieß und als Vergils Geburtsort gilt. An dem Dorf vorbei fließt hinter einem Damm der Mincio, den Vergil einst »ungeheuer« nannte, »in langsamen Windungen« durch das lombardische Tiefland führend, die Ufer »bewebt mit zartem Schilf«. Heute, so steht es in den Vergilausgaben, sei der Mincio nur noch ein schmales Flüßchen. Davor angekommen, sah ich jedoch: Das ist nicht die Wahrheit; der Fluß entspricht vielmehr genau der zweitausend Jahre alten Beschreibung. Er teilt sich hier und dort sogar in mehrere Arme, mit bewaldeten Inseln dazwischen.

Weiße Seerosen, gelb in der Mitte, hoben und senkten sich in der langsamen Strömung. Kleine Fische schnellten hoch in die Lüfte. In einem Inselwald rief ein Kuckuck, und darüber segelte ein Reiher. Im Hinterland am jenseitigen Ufer loderten die Fakkeln einer Raffinerie.

Es war ein warmer heller Abend, kein Mensch unterwegs; nur in einem ummauerten Hundezwinger tobte es, wie von verschiedenen, dazu rückwärts gespielten Musikstücken, und die Vögel schossen beim Überfliegen da senkrecht empor. Ich zog mich nackt aus und tauchte bis zum Hals in das lehmbraune Wasser.

Wieder angekleidet, ging ich westwärts in das Dorf und setzte mich vor eine Gaststätte, die »Trattoria Andes« heißt. Das Haus steht an der Kreuzung von zwei asphaltierten Ackerwegen, umgeben von einem großen Maisfeld, wo auf fast jeder der erst halbwüchsigen Pflanzen ein Spatz hockte. Den Mais da hatte Vergil nicht gekannt; auch nicht die Kartoffelstauden auf dem Nachbarfeld; nicht die Tomaten; und nicht die gleichfalls vom anderen Kontinent eingeführten, »mit ihren kleinen weichen Blättern im Wind von allen Bäumen am stärksten rauschenden Robinien« (mein naturkundiger Sohn).

Den Rückweg nach Mantua nahm ich aufs Geratewohl durch diese Ackerebene, die gequert wird von vielen brückenlosen Kanälen. Die meisten übersprang ich; nur einer war so breit, daß ich ihn durchschwimmen mußte (wobei ich die Kleider als Bündel vorauswarf). Das bei uns »Bärenklaue« oder »-tatze« genannte Unkraut, ein Hasenfutter, war hier etwas viel Zierlicheres und erschien bei längerer Betrachtung tatsächlich als »der gewundene Akanthus«. Der Holunder war zwergenhaft. Die »den Trinkern mit Schatten dienende Platane« stand an den Feldrändern als ein beschnittenes Heckengewächs, in dem die trockenen Samenkugeln des Vorjahrs bei jedem Luftzug laut klapperten.

In der Nacht träumte ich, das Dorf Andes läge an einer Meeresbucht. In einem anderen Traum sah ich das leere Bett meiner Mutter. Ihr Nachthemd war darauf ausgebreitet, mit den genauen Abdrücken des wunden Körpers.

Am nächsten Morgen nahm ich in Mailand das Flugzeug nach Alghero in Sardinien. In Sardinien habe ich, in zwei aufeinanderfolgenden Sommern, meine Kinder gezeugt, und Alghero habe ich einmal vom Schiff aus als weiße Stadt gesehen. Die Insel bedeutet seitdem für mich: »nichts sagen müssen«, »schweigen können«. Während des Flugs glänzte unten das leere Meer; und einmal kreuzten einander zwei Fähren. Nach der Landung flatterten an dem bepackten Karren mitten auf dem Betonfeld die hellen Gepäckzettel.

Einen ganzen Tag verbrachte ich an dem abgelegenen Lago di Barratz, der, vom Meer durch eine Riesendüne getrennt, der einzige natürliche Süßwassersee der Insel ist. Ich war da allein; von anderen Leuten gab es nur Fußspuren. Ich stand barfuß im Wasser, über die Knöchel im schwarzen Schlick, bis ein kleiner Blutegel sich an mir festbiß, dicker wurde und wieder abfiel. Zwischen den Fingern hielt ich ein mir zugeflogenes, fast spatzengroßes Heupferd, das mit seinen wie Sägescharten gezackten Beinen meine Haut anritzte. An den Ufern war der See überdacht von asparagusgrünen, nur viel höheren Tamariskensträuchern, deren Grün mit dem unaufhörlichen blauen Rieseln in einer vollkommenen Schwebe war: »die schwanken Tamarisken«. Im Hintergrund, auf einem sandfarbenen Hochplateau, verhielt ein dunkler Stier stundenlang ohne Bewegung. Auf dem Rückweg zur Bushaltestelle lag im roten Staub kalkweiß der Stein, mit dem ich getötet hatte; die runden Löcher darin als die Fingergriffe. Im Dorf rief ein Kind mir, der ich immer noch barfuß ging, zu: »Du hast keine Schuhe!« woraus dann ein Chor wurde.

Tags darauf – ich hätte da schon wieder in Salzburg unterrichten müssen – ging ich an dem Asyl der sogenannten »Behinderten« von Alghero vorbei, das durch eine Uferstraße vom Meer getrennt ist und »Domus Misericordiae« heißt. Die Idioten, in der Regel Jugendliche, saßen fast alle auf einer sehr langen Bank im Hof, mit dem Rücken zur Straße; ein paar beäugten auch von den Zaunsockeln herab die Passanten. Einer hielt die Finger, als sei da eine Maultrommel, und schlug diese lautlos. Ich suchte seinen Blick; aber der auf dem Sockel gewann: ich senkte die Augen und ging weg. Gegen Abend kehrte ich zurück und stellte mich ein zweites Mal dem Maultrommler, der sich nicht von der Stelle gerührt hatte. Wir maßen einander lange, ausdruckslos, zugleich ohne zu starren. Schließlich blinzelte es hinter dem Zaun, und mein Gegenspieler wandte sich ab, aber nicht mit der Haltung eines Besiegten, sondern lässig und gleichgültig, so als sei nichts gewesen: für den Augenblick kein Zurückgebliebener mehr, vielmehr dessen schlauer Darsteller. »Häßlicher Narr!« sagte er.

Ich wiederholte mein Spiel am folgenden Tag auf einer Autobusfahrt ins Inselinnere, mit einem Säugling, der mich zuvor, das Gesicht auf der Schulter der Frau in der Vorderreihe, lange nicht aus den Augen gelassen hatte: auch der Säugling zeigte, als ich zurückblickte, schließlich wie durchschaut sein Profil und suchte Zuflucht am Hals der Mutter; schmunzelte zugleich aber, als sei er, so durchschaut, auch erleichtert. Mutter und Kind bildeten zusammen einen Januskopf.

An die Küste zurückgekehrt, kam ich am Sonntagmorgen noch einmal an dem Asyl vorbei, wo im Freien, unter dem Baumdach, gerade die Messe gelesen wurde. Einmal fiel dem Priester von oben eine Eidechse auf die Schulter. Als er die weiße Oblate emporhob, erschien diese von Schatten geädert wie eine untergehende Sonne. Der Ministrant spielte während der Predigt mit einer Spinne. Die Idioten fuchtelten, klatschten laut in die Hände und ergingen sich, gluckernd, lallend, krächzend, unkend und stöhnend, in unverständlichen Zwischenrufen. Ein Spatz, sich in einer Staubkuhle plusternd und spreizend, verwandelte sich in alle möglichen Tiere: eine Maus, eine Krähe, einen Hahn, einen Löwen, einen Delphin; einen Rebus. Das Meer von Alghero glitzerte von weitausholenden Schwüngen, Strichen und Schlingen, wie eine Langschrift. Ein Papagei saß davor, in einem Käfig auf einem Kalkblock, ohne einen Laut von sich zu geben...

Verzeichnis der Autoren und der Quellen

Johann Wolfgang von Goethe (1749–1832), Gedenkausgabe der Werke, Briefe und Gespräche, hrsg. von E. Beutler, Zürich/München 1948–1960; Bd. 11 (1950): »Italienische Reise.« *Texte*: »Das Römische Karneval«, S. 556–567. »Das Volk von Neapel«, S. 362–369.

Wilhelm Heinse (1746–1803), »Ardinghello und die glückseeligen Inseln«, Insel-Verlag, 5. Auflage, Leipzig o. J. *Text*: S. 50–57.

Ludwig Tieck (1773–1853), Frühe Erzählungen und Romane, Darmstadt 1963 (Wissenschaftliche Buchgesellschaft). *Text*: aus »Franz Sternbalds Wanderungen. Eine altdeutsche Geschichte«, S. 968–977.

Jean Paul (Johann Paul Friedrich Richter; 1763–1825), Werke, hrsg. von N. Miller, 6 Bände, München 1959–1963. *Text*: aus »Titan«, Band 3, München 1961, S. 570–575.

Ernst Theodor Amadeus Hoffmann (1776–1822), Sämtliche Werke, hrsg. von W. Müller-Seidel u. a., 5 Bände, München 1960 ff. *Text*: aus »Die Fermate«, in »Die Serapionsbrüder. Gesammelte Erzählungen und Märchen«, München 1963, S. 64–74.

Franz Grillparzer (1791–1872), Sämtliche Werke, hrsg. von P. Frank und K. Pörnbacher, 4 Bände, München ^{2}1969. *Text*: »Kennst Du das Land?«, Band 1, S. 111; »Kolosseum«, S. 113 f.; »Am Morgen nach einem Sturm. Im Molo di Gaeta«, S. 118; »Zwischen Gaeta und Kapua«, S. 118–120; »Nach der Rückkehr aus Italien«, S. 120.

Joseph von Eichendorff (1788–1857), Werke, 2 Bände, München 1970. *Text*: aus »Das Marmorbild«, Band 2, S. 559–564.

August von Platen (1796–1835), Sämtliche Werke in 12 Bänden, Leipzig 1910. *Text*: aus »Venedig«, Band 3, S. 175–179; »Die Fischer auf Capri«, Band 4, S. 139–141; »Bilder Neapels«, S. 141–145.

Heinrich Heine (1797–1856), Historisch-kritische Gesamtausgabe der Werke, in Verbindung mit dem H. Heine-Institut, hrsg. von M. Windfuhr, Hamburg 1986ff.; hier Band VII, 1, 1986: »Reisebilder III/IV«. *Text*: aus »Italien I. Reise von München nach Genua«, S. 39–46. Werke und Briefe in 10 Bänden, hrsg. von H. Kaufmann, Berlin/Weimar ^{2}1972. *Text*: aus »Florentinische Nächte«, Band 4, S. 121–124.

Friedrich Nietzsche (1844–1900), Werke in 3 Bänden, hrsg. von K. Schlechter, München 1966. *Text*: aus »Ecce homo«, Band 3, S. 1092–1093.

Paul Heyse (1830–1914), Gesammelte Werke, mit einer Einführung in sein Leben und Schaffen von E. Petzet, Leipzig o. J. *Texte*: »Lied von Sorrent«, Band III, S. 312. aus »Vendetta«, Band II, 2, S. 434–447.

Ricarda Huch (1864–1947), Gesammelte Erzählungen, Freiburg 1962. *Text*: aus »Patatini«, S. 149–157. »Das Leben des Grafen Federigo Confalonieri«, Wiesbaden 1953; S. 5–14.

Heinrich Mann (1871–1950), »Die kleine Stadt«, Düsseldorf 1960 (Sonderausgabe 1983). *Text*: S. 5–16.

Georg Heym (1887–1912), Dichtungen und Schriften, Gesamtausgabe, hrsg. von K. L. Schneider, (3 Bände), Hamburg/München 1964. *Texte*: »Römische Nacht«, Band 1, S. 61; »Marengo«, S. 165; »Rom«, S. 183–185.

Rainer Maria Rilke (1875–1926), Sämtliche Werke, hrsg. vom Rilke-Archiv in Verbindung mit R. Sieber-Rilke, besorgt durch E. Zinn, Band 1, Wiesbaden 1955. *Texte*: »Venedig I–IV«, S. 116–118; »Römische Fontäne. Borghese«, S. 529; »Römische Campagna«, S. 599f.; »Spätherbst in Venedig«, S. 609f.

Georg Trakl (1887–1914), Die Dichtungen, Salzburg 1938. *Text*: »In Venedig«, S. 165.

Hermann Hesse (1877–1962), Gesammelte Schriften, Band 5,

Frankfurt/M. 1958 (hierin: »Die Gedichte«, S. 371–805). *Texte*: »Ravenna«, S. 452; »Über die Alpen«, S. 454; »Die Zypressen von San Clemente«, S. 468; »Hafen von Livorno«, S. 496f.; »Chioggia«, S. 498; »Barcarole«, S. 518; »Venedig«, S. 546; »Ankunft in Cremona«, S. 599f. © Suhrkamp Verlag, Frankfurt am Main 1958.

Hugo von Hofmannsthal (1874–1929), »Andreas oder die Vereinigten«, Frankfurt/M. 1957 (Exempla Classica). *Text*: »Die wunderbare Freundin«, S. 7–13; 54–58; 66–76. © Bermann-Fischer Verlag A. B. Stockholm 1945. Abdruck mit Genehmigung der S. Fischer Verlag GmbH, Frankfurt a. M.

Klabund (Alfred Henschke; 1890–1928), Erzählungen und Grotesken, Berlin 1981. *Text*: »Katharina«, S. 102–105. © Verlag Kiepenheuer & Witsch, Köln.

Franz Werfel (1890–1945), »Verdi. Roman der Oper«, Berlin/Wien/Leipzig 1924. *Text*: S. 186–194. © 1924 Paul Zsolnay, Wien. Abdruck mit Genehmigung der S. Fischer Verlag GmbH, Frankfurt am Main. »Gedichte. Aus den Jahren 1908–1945, Frankfurt/M. 1953. *Text*: »Venezianische Melancholien«, S. 81–85. © Bermann-Fischer Verlag, Stockholm 1946. Abdruck mit Genehmigung der S. Fischer Verlag GmbH, Frankfurt am Main.

Gertrud von Le Fort (1876–1971), »Das Schweißtuch der Veronika. Teil I: Der römische Brunnen«, München [5]1967. *Text*: S. 273–280. © Ehrenwirth Verlag GmbH, München 1967.

Thomas Mann (1875–1955), Werke, 12 Bände, Frankfurt/M. 1966/67. *Text*: aus »Mario und der Zauberer. Ein tragisches Reiseerlebnis«, in: Erzählungen, Band 2, S. 511–523 und 531–542. © S. Fischer Verlag GmbH, Frankfurt am Main 1960, 1974.

Reinhold Schneider (1903–1958), Gesammelte Werke, hrsg. von E. M. Landau, Frankfurt/M. 1981; Band 5: Lyrik. Auswahl und Nachwort von Chr. Perels. *Texte*: »Italien«, S. 364; »Italienischer Frühling«, S. 365–367; »Assisi«, S. 368. © Insel Verlag, Frankfurt am Main 1981.

Hans Carossa (1878–1956), Sämtliche Werke, 2 Bände, Frankfurt/M. 1962 (unveränderte Nachauflage 1978). *Text*: »Via Appia«, S. 52f. © Insel Verlag, Frankfurt am Main 1962.

Gerhart Hauptmann (1862–1946), Sämtliche Werke. Centenar-Ausgabe, hrsg. von H.-E. Hass, 10 Bände, Frankfurt/M. 1962ff. *Text*: aus »Mignon«, Band 6, S. 487–504. © Verlag Ullstein GmbH, Berlin.

Gottfried Benn (1886–1956), Gesammelte Werke in 4 Bänden, hrsg. von D. Wellershoff, Stuttgart [6]1986. *Text*: »Turin«, Band 3, S. 177. © Verlags-AG Die Arche, Zürich 1948. Veränderte Neuausgabe © Arche Verlag AG, Raabe + Vitali, Zürich 1983.

Wilhelm Lehmann (1882–1968), Gesammelte Werke in 8 Bänden, Band 1: Sämtliche Gedichte, Stuttgart 1982. *Texte*: »Tag in Ravenna« S. 230; »Blick auf Rom«, S. 282. © Klett-Cotta, Stuttgart 1982.

Wolfgang Koeppen (geb. 1906), »Tauben im Gras. Das Treibhaus. Der Tod in Rom. Drei Romane«, Frankfurt/M. 1986. *Text*: aus »Der Tod in Rom«, S. 429–435 und 484–490. © Suhrkamp Verlag, Frankfurt am Main 1975.

Paul Celan (1920–1970), »Von Schwelle zu Schwelle«, Stuttgart 1955. *Text*: »Assisi«, S. 32. © Deutsche Verlags-Anstalt, Stuttgart 1955.

Stefan Andres (1906–1970), »Das Fest der Fischer«, München 1973. *Text*: S. 7–28. © R. Piper & Co. Verlag, München 1973.

Heinz Piontek (geb. 1925), Gesammelte Gedichte, Hamburg 1975. *Text*: »Apulische Ebene«, S. 139f.; »Roms Schwalben«, S. 142f. © Heinz Piontek.

Ingeborg Bachmann (1926–1973), Werke, 4 Bände, München 1978, (Sonderausgabe 1982) *Texte*: »Brief in zwei Fassungen«, Band 1, S. 126f.; »Römisches Nachtbild«, S. 128; »In Apulien«, S. 130; »Schwarzer Walzer«, S. 131; »Was ich in Rom sah und hörte«, Band 4, S. 29–34. © R. Piper & Co. Verlag, München 1978.

Marie Luise Kaschnitz (1901–1974), »Nicht nur von hier und heute«. Ausgewählte Prosa und Lyrik, Düsseldorf 1971 (Sonderausgabe 1984). *Texte*: »Verfremdung«, S. 156f.; »Römische Kinder«, S. 157–159; »Stelzvogel«, S. 159f.; »Straße in Trastevere«, S. 160–162. »Gedichte«. Ausgewählt von P. Huchel, Frankfurt/M. 1975. *Texte*: »Rom 1961«, S. 28f.; »Karte von Sizilien«, S. 45f.; »Palermo«, S: 47f.; »Piazza Vittorio«, S. 66; »Genazzano«, S. 67. © Claassen & Goverts GmbH, Hamburg 1947. © Claassen Verlag GmbH, Düsseldorf und Hamburg 1971.

Günter Eich (1907–1972), »Zu den Akten. Gedichte«, Frankfurt/M. 1964. *Text*: »Fußnote zu Rom«, S. 59. © Suhrkamp Verlag, Frankfurt am Main 1973.

Hans Magnus Enzensberger (geb. 1929), »Mausoleum. Siebenunddreißig Balladen aus der Geschichte des Fortschritts«, Frankfurt/M. 1975. *Texte*: »Giovanni de'Dondi (1318–1389), S. 7f.; »Niccolò Machiavelli (1469–1527)«, S. 11–13. © Suhrkamp Verlag, Frankfurt am Main 1975. »Die Gedichte«, Frankfurt/M. 1983. *Text*: »Ravenna«, S. 38. © Suhrkamp Verlag Frankfurt am Main 1983.

Peter Rühmkorf (geb. 1929), Gesammelte Gedichte, Hamburg 1976. *Texte*: »Gruß aus Rom«, S. 101f.; »Cicerone«, S. 120. © Rowohlt Verlag GmbH, Reinbek 1976.

Peter O. Chotjewitz (geb. 1934), »Durch Schaden wird man dumm«. Erzählungen aus zehn Jahren, Düsseldorf 1976. *Text*: »Über den Bankräuber Sante Notarnicola. Nacherzählung«, S. 71–76. © Claassen Verlag GmbH, Düsseldorf 1976.

Klaus Stiller (geb. 1941), »Die Faschisten. Italienische Novellen«, München 1976. *Text*: aus »Die erste Republik«, S. 95–108. © Carl Hanser Verlag, München Wien 1976.

Rolf Dieter Brinkmann (1940–1975), »Rom, Blicke«, Hamburg 1979. *Text*: S. 45–63. © Rowohlt Taschenbuch Verlag GmbH, Reinbek bei Hamburg 1979.

Rose Ausländer (1918–1988), »Im Atemhaus wohnen«, Frankfurt/M. 1981. *Texte*: »Offener Brief an Italien«, S. 28; »Venedig«, S. 29. © S. Fischer Verlag GmbH, Frankfurt am Main 1985. »Mein Venedig versinkt nicht«, Frankfurt/M. 1982. *Texte*: »Italien«, S. 25; »Mein Venedig«, S. 126. © S. Fischer Verlag GmbH, Frankfurt am Main 1982.

Friedrich Christian Delius (geb. 1943), »Ein Bankier auf der Flucht«. Gedichte und Reisebilder, Berlin 1975. *Texte*: »Römische Elegie 1«, S. 54; »Römische Elegie 3«, S. 55; »Römische Elegie 4«, S. 55; »Brief an Born in Berlin«, S. 56–60; »Gen Italien«, S. 61f. © Rotbuch Verlag GmbH, Berlin 1975. »Die unsichtbaren Blitze«. Gedichte, Berlin 1981. *Text*: »Gramscis erste Überfahrt«, S. 75. © Rotbuch Verlag GmbH, Berlin 1981.

Ulla Hahn (geb. 1946), »Herz über Kopf«. Gedichte, Stuttgart 1981. *Texte*: »Roma antiqua 1980«, S. 72; »Mosaik«, S. 73;

»Piazza Navona«, S. 74. © Deutsche Verlags-Anstalt, Stuttgart 1981.

Günter Kunert (geb. 1929), »Verlangen nach Bomarzo«. Reisegedichte, München 1982. *Texte*: »Pompeji I«, S. 31; »Pompeji II«, S. 33f.; »Verlangen nach Bomarzo«, S. 34f.; »Venedig I«, S. 36; »Venedig II«, S. 37; »Venedig III«, S. 39f.; »Venedig IV«, S. 40. © Carl Hanser Verlag, München Wien 1978.

Peter Handke (geb. 1942), »Der Chinese des Schmerzes«, Frankfurt/M. 1983. *Text*: S. 221–229. © Suhrkamp Verlag, Frankfurt am Main 1983.

Wir danken den Verlagen für die freundliche Genehmigung zum Abdruck.

Auswahlbibliographie

Altgeld, W., Das politische Italienbild der Deutschen zwischen Aufklärung und europäischer Revolution von 1848, Tübingen 1984 (Bibliothek des deutschen historischen Instituts in Rom, Band 59).

Cernohous, H., Das Gesicht Italiens in den deutschen Briefen, Reisebeschreibungen und Novellen des 19. Jahrhunderts, Diss. Wien 1937.

Doblhoff, W., Die Entwicklung des Italiengefühls der deutschen Klassiker, aufgezeigt an W. Heinse, Goethe und A. von Platen, Diss. Wien 1935.

Emrich, W., Das Bild Italiens in der deutschen Dichtung, in: Studien zur deutsch-italienischen Geistesgeschichte, Köln/Graz 1959, S. 21–45.

Geller, H., Deutsche Künstler in Rom, Rom 1961.

Häusler, R., Das Bild Italiens in der deutschen Romantik, Bern/Leipzig 1939 (Reprint 1970).

Haufe, E. (Hrsg.), Deutsche Briefe aus Italien. Von Winckelmann bis Gregorovius, Hamburg 1965.

Hehn, V., Italien. Ansichten und Streiflichter, Berlin ^{3}1887.

Klenze, C. von, The interpretation of Italy during the last two centuries. A contribution to the study of Goethes »Italienische Reise«, Chicago 1907.

Michels, R., Italien von Heute. Politische und wirtschaftliche Kulturgeschichte von 1860 bis 1930, Zürich/Leipzig 1930.

Oswald, St., Italienbilder. Beiträge zur Wandlung der deutschen Italienauffassung 1770–1840, Heidelberg 1985 (Beiheft 6 der Germanisch-Romanischen Monatsschrift).

Ragionieri, E. (Hrsg.), Italia giudicata 1861–1945, ovvero la storia degli italiani scritta dagli altri, Bari 1969.

Rüdiger, H., L'immagine dell'Italia nello sviluppo della civiltà tedesca dalla controriforma all'ultimo romanticismo, in: *Acme.* Annali della facoltà di filosofia e lettere dell'università statale di Milano, Nr. 3, 1950, S. 355–381.

ders., Literarisches Klischee und lebendige Erfahrung. Über das Bild des Deutschen in der italienischen Literatur und des Italieners in der deutschen Literatur, Düsseldorf 1970 (Sonderdruck, 19 S.)

Waetzold, W.: Das klassische Land. Wandlungen der Italiensehnsucht, Leipzig 1927.

Pipers Italienische Bibliothek

Giorgio Bassani
Die Gärten der Finzi-Contini
Roman. Aus dem Italienischen von Herbert Schlüter. 358 Seiten. Leinen

Giacomo Casanova
Das Duell
Novelle. Aus dem Italienischen von Hartmut Scheible. 144 Seiten. Leinen

Carlo Fruttero & Franco Lucentini
Die Sonntagsfrau
Roman. Aus dem Italienischen von Herbert Schlüter. 527 Seiten. Leinen

Carlo Emilio Gadda
Die gräßliche Bescherung in der Via Merulana
Roman. Aus dem Italienischen von Toni Kienlechner. 410 Seiten. Leinen

Eugenio Montale
Die Straußenfeder
Ausgewählte Prosa. Auswahl, Übersetzung und Nachwort von Alice Vollenweider. 146 Seiten. Leinen

Elsa Morante
La Storia
Roman. Aus dem Italienischen von Hannelise Hinderberger. 631 Seiten. Leinen

Pier Paolo Pasolini
Vita Violenta
Roman. Aus dem Italienischen von Gur Bland. 444 Seiten. Leinen

Giuseppe Tomasi di Lampedusa
Der Leopard
Roman. Aus dem Italienischen von Charlotte Birnbaum. 338 Seiten. Leinen

Federigo Tozzi
Erinnerungen eines Angestellten
Roman. Aus dem Italienischen von Klaus Bochmann. 86 Seiten. Leinen

Giovanni Verga
Mastro-Don Gesualdo
Roman. Mit einem Nachwort von Marianello Marianelli.
Aus dem Italienischen von Marlis Ingenmey. 414 Seiten. Leinen

Giorgio Bassani

Die Brille mit dem Goldrand

Erzählung. Aus dem Italienischen von Herbert Schlüter.
106 Seiten. Serie Piper 417

Im Mittelpunkt der Erzählung steht der kultivierte, von seinen Ferrareser Mitbürgern respektierte Arzt Fadigati. Als seine homosexuellen Neigungen bekannt werden, bleibt er weiterhin von der Gesellschaft geduldet. Erst als er sich mit einem schönen skrupellosen Studenten einläßt, der ihn in aller Öffentlichkeit bloßstellt, zieht sich die achtbare Gesellschaft von ihm zurück. Der einzige, der ihm mit Verständnis und Menschlichkeit begegnet, ist der Ich-Erzähler, der als Jude in eine ähnliche Isolation gedrängt wird.

Ferrareser Geschichten

Aus dem Italienischen von Herbert Schlüter. 250 Seiten. Serie Piper 430

»Bassani beherrscht die Kunst, seine Personen von sich wegzuschieben und sie quasi in einen Spiegel zu stellen.« Eugenio Montale

Hinter der Tür

Roman. Aus dem Italienischen von Herbert Schlüter.
174 Seiten. Serie Piper 386

»In einer seltenen Verbindung von Zartgefühl und (scheinbar) unbemühter Schlichtheit« (Günter Blöcker) erzählt dieser Roman von dem Verlust kindlicher Unschuld. Schauplatz ist ein Gymnasium – für viele eine Hölle mit Auserwählten und Zurückgewiesenen. Dem Ich-Erzähler gelingt es nicht, in die magische Welt der Auserwählten vorzudringen, und er schließt sich einem unsympathischen Mitschüler an. Luciano, ein doppelgesichtiges, rätselhaftes Wesen, verstrickt ihn schrittweise in Intimitäten und verrät dies an die »Auserwählten«.

Der Reiher

Roman. Aus dem Italienischen von Herbert Schlüter.
240 Seiten. Serie Piper 630

Der Reiher erzählt vom letzten Tag im Leben des 45jährigen Gutsbesitzers Edgardo Limentani. Während eines Jagdausflugs kommt ihm die Sinnlosigkeit seiner Existenz lähmend zu Bewußtsein. Der Reiher, den sein Begleiter abschießt – sein Flug, sein Sturz und sein langsames, sinnloses Verbluten –, erscheint Limentani wie ein Bild seiner selbst. Nur im Selbstmord glaubt er den Ekel vor dem Leben überwinden zu können.

»Ein Meisterwerk« Die Zeit

Federigo Tozzi

Das Gehöft

Roman. Aus dem Italienischen von Ragni Maria Gschwend.
179 Seiten. Geb.

»Ein Meisterwerk der erzählenden Literatur, dessen gestaltete Intensität sich dem Leser mehr und mehr aufdrängt und ihn nicht entläßt, bevor er das Buch beendet hat. Die Faszination beruht vor allem auf der zeitlosen Thematik und dem Verzicht auf jede Modernismen, die uns das mehr als sechzig Jahre alte Werk wie ein Buch aus diesen Tagen lesen läßt.«

Hannoversche Allgemeine Zeitung

Drei Kreuze

Roman. Aus dem Italienischen von Ragni Maria Gschwend.
158 Seiten. Geb.

Das eigentliche Thema des Romans, der erzählt, wie man das Leben verraucht, verfrißt, verschläft »und es dreimal verachtet«, ist die Problematik von Gut und Böse, die Verstrickung in Schuld – Motive, die Tozzi von Verga und Dostojewski übernommen hat. Zugleich ist »Drei Kreuze« die unerbittliche Röntgenaufnahme einer heuchlerischen Gesellschaft, die nur auf die Fassade achtet. Nicht wegzudenken aus dem Roman ist schließlich Siena, die gotische Stadt, die den Hintergrund dieser düsteren Geschichte bildet und von der Tozzi sagte, er werde auf ewig traurig sein, weil er dort habe leben müssen.

Mit geschlossenen Augen

Roman. Aus dem Italienischen von Ragni Maria Gschwend.
212 Seiten. Geb.

Das Schließen der Augen, diese Blindheit gegenüber dem Leben, ist das offenkundige oder verborgene Leitmotiv der wichtigsten Werke Tozzis. In seinem Roman »Mit geschlossenen Augen« ist die offenkundige Unfähigkeit Pietros, der Wahrheit ins Gesicht zu sehen, die Ursache für das Scheitern der Licbc.

Giovanni Verga

Der letzte Tag

Erzählungen. Aus dem Italienischen von Hannelise Hinderberger und Marianne Schneider. Herausgegeben und mit einem Nachwort von Johannes Hösle.
448 Seiten. Leinen

Giovanni Verga ist neben Manzoni der bedeutendste italienische Erzähler des 19. Jahrhunderts. Der vorliegende Band umfaßt nahezu die Hälfte von Vergas novellistischem Werk, darunter zahlreiche Erzählungen, die erstmals ins Deutsche übersetzt wurden.

»Verga erzählt mit kalter Wucht, mit lakonisch geballter Sachlichkeit, kommentarlos, in hastigen Sprüngen. Überfallartige Schrecken jagen kurze Leben zu einem krassen Ende. Durchschnittlich nicht mehr als sieben Seiten braucht er von einer Geburt bis zum Tod.
Er verschleudert einen Stoffvorrat, der heute für zehn Dichter reichen würde.
Verga schildert nicht das romantische Sizilien der Touristen, sondern ein versengtes, brütendes, fieberdampfendes, starr lastendes Land. Es gibt keine bessere Warnung vor der Idyllisierung archaischer Zustände als diese Erzählungen. Die Armen leben wie die Tiere. Die Geschichte eines totgeprügelten Esels und seiner fünf Herrschaften, eine jeweils schlechter als die andere, unterscheidet sich denn auch kaum von der Geschichte eines halbwüchsigen Jungen, des Rotschopfs, den alle peinigen, der davon hart und gemein wird, aber alles erträgt, bis sie ihn in den Tod treiben. Aber noch das niedrigste Leben hat Würde. Für einen Moment verzaubert das Aufblühen der Liebe noch die trostlosesten Bedingungen.« Frankfurter Allgemeine Zeitung

Paolo Volponi

Der Speerwerfer

Roman. Aus dem Italienischen von Barbara Kleiner.
239 Seiten. Leinen

Eine Kleinstadt in den *Marche* bei Urbino, eine Jugend im faschistischen Italien der dreißiger Jahre. Damín ist der Enkel Damiano Possanzas, eines innerhalb der Tradition seines Handwerks genialen Töpfers, der dem Expansionsdrang der neuen Zeit unbestechlich gegenübersteht, anders als sein Sohn, Damíns Vater. Enkel und Großvater werden gleichermaßen unglückliche und in ihrer Machtlosigkeit doch fast komplizenhafte Zeugen des Ehebruchs von Damíns schöner, sanfter Mutter, die der Verführung des lokalen Paradefaschisten, Marcacci, erliegt. Voll Begehren und Abscheu beobachtet der Knabe die Zusammenkünfte seiner Mutter mit ihrem Liebhaber, dem gegenüber er eine vertrackte Mischung aus Mordlust, Haß, Ekel und Verachtung empfindet und auf der anderen Seite Bewunderung und körperliche Anziehung.
Der Speer, den Damín auf dem Sportfeld nach ihm schleudert, verfehlt sein Ziel, erreicht aber, daß Marcacci auf ihn aufmerksam wird und in ihm einen vielversprechenden Sportler entdeckt.
Damín verfängt sich in der Identifikation mit dem klassischen griechischen Speerwerfer, der außer dem Speer, Pfeile, Blicke, Begierden und schließlich sich selbst wirft. Aber Damín wirft ins Leere, ins Nichts. In seinem sexuellen Begehren auf die Mutter fixiert und von ihr mit dem Faschisten »betrogen«, erstarrt Damín in der Isolation seiner Autoerotik. Eine scheinbare Lösung der Krise zeichnet sich ab, als Damíns zeichnerische Begabung einen Zugang zur Realität zu versprechen beginnt, und eine andere Frauengestalt als die Mutter seine Begehren zu wecken scheint; doch da geschieht es, daß Damín auf einem ländlichen Schnitterfest die zärtlich geliebte jüngere Schwester in den Armen eines Faschisten sehen muß: unausweichlich nähert sich die Tragödie ihrem Kulminationspunkt.
Volponi verquickt mit der ihm eigenen, furiosen Akribie des Sachlichen und der Phantasien die subjektive Geschichte eines Heranwachsenden mit einer ungemein lebendigen und genauen Zeitchronik.

»›Der Speerwerfer‹ ist ein Meisterwerk.« Alberto Moravia

Toni Kienlechner

12mal Italien

458 Seiten mit 17 Abbildungen. Serie Piper 5110

Es ist die Kunst des Buches, Gegenwart durch Geschichte verständlicher, Geschichte durch das Engagement für die Gegenwart lebendiger zu machen. Aus persönlicher Vertrautheit mit dem Land weiß die Autorin den Leser sicher durch die Städte und Regionen zu führen, über Beispiele und Erlebnisse das Interesse für Umstände und Hintergründe zu wecken. Auf eine ganz persönliche Weise läßt sie Italien selbst zu Wort kommen: durch Gespräche mit prominenten Politikern und Künstlern wie Andreotti, Spinelli, Gadda, Silone oder Fellini.

»Die Müllmänner von Palermo kommen vor und die Fußballmannschaft von Neapel. Der Schriftsteller Gadda tritt auf unf der Fiatchef Agnelli. Viele Zahlen werden genannt, sie sind profan: 13 000 gestohlene Kunstgegenstände, 3,5 Millionen Abwanderer aus Kalabrien. Ein Buch über ein Italien mit Wirtschaftsproblemen, aufgeblähter Bürokratie – auch ein Buch über die überwältigende Schönheit des Landes. Eine Fülle von Fakten, Erklärungen, Begründungen, Entwicklungen. Kritisch, einfühlsam, eingänglich, aber nicht einfach. Kurzum ein Italienbuch, nicht für oberflächliche Reisende, sondern für die, die Italien wirklich lieben und sich die Mühe machen wollen, es zu verstehen.« Die Zeit